TOMORROW AND TOMORROW AND TOMORROW

明日，明日，又明日

嘉布莉・麗文　方慈安譯

GABRIELLE ZEVIN

再次獻給H.C.，工作與遊戲的夥伴

那份愛就是全部，
是我們所知之愛，
如此足矣，貨物份量應與
承載的軌道相稱。

——艾蜜莉・狄金生（Emily Dickinson）

重量級媒體強力推薦

我不打電玩，以後也不太可能會去打，而這本書寫的是兩個好朋友兒時因為在醫院裡一起打電玩相識，長大後一起建立了電玩帝國，卻讓我心醉神迷，還備受鼓舞。故事中，儘管這段友情歷經種種誤解、錯誤、不幸，山姆．梅蘇爾和莎蒂．葛林還是從兩人的情誼中獲得動力，持續追尋夢想、鼓起勇氣克服批評，成為最好的自己。在過程中，他們體會人生種種：心痛與心碎、企圖心與冒險、成功與失敗、嫉妒與傾慕。我讀到欲罷不能，讀完整本書後更是滿心歡喜，走路都像裝了彈簧，只因為發現了這麼一本描繪友誼的傑作，能夠充分展現友情的光輝與複雜層次。

——美國亞馬遜（Amazon）網路書店二〇二二年七月選書推薦，艾兒．伍德沃斯（Al Woodworth）

讓人愉快沉浸其中……麗文不花力氣去爭辯遊戲設計師是不是最高級別的藝術創作者，而是自然而然接受這項事實。她故事中最優秀的遊戲設計師，的確就是藝術家……眼界廣闊且充滿娛樂性……文學與遊戲愛好者必定都會愛上她精心創造的世界，而其他人則會疑惑，過去怎麼不知道電玩能夠這樣體現出人類創造力的美妙、生動與苦痛。

——湯姆・比索（Tom Bissell），《紐約時報》（*The New York Times*）

精彩的傑作……動人呈現故事與遊戲的力量……麗文說自己「當了一輩子的玩家」，以如此豐富的閱歷寫作，故事可能會有一廂情願的懷舊氛圍，而對《太空侵略者》（*Space Invaders*）不抱持特殊情懷的人完全沒辦法體會，但事實上正好相反。書蟲常常對電玩嗤之以鼻，麗文寫出的小說卻能把好奇的讀者帶回這個大型娛樂產業的草創時期，透過優秀小說家深刻且細膩的筆法，證明閃動的螢幕也同樣具備迷人吸引力。

——朗恩・查爾斯（Ron Charles），《華盛頓郵報》（*The Washington Post*）

無論描寫什麼主題，只要故事夠有力，就能帶領讀者深入不屬於我們的世界，《白鯨記》（*Moby Dick*）是如此，《明日，明日，又明日》也是如此。這個故事把製作優良電玩遊戲的過程，描繪得像追尋巨大白鯨一樣引人入勝……對文化挪用的反思也很聰明，小說中的遊戲《一五》靈感正是源自日本藝術家葛飾北齋的名畫《神奈川沖浪裏》……這個文筆優美的故事充滿雄心，描繪前所未見的主題，成功揉合嚴肅藝術與吸睛的娛樂效果。

——莫琳·柯里根（Maureen Corrigan），全美公共廣播電台《新鮮事》（*Fresh Air*）節目

讓人沉迷……雖然書中有許多篇幅，都在描寫一九九〇年代電玩草創時期的懷舊遊戲，但這並不是一本只寫給宅宅圈內人看的小說……電玩是一種媒介，讓麗文筆下的角色盡情表達自我，並在彼此的人生中成為共同回憶。

——山姆·賽克斯（Sam Sacks），《華爾街日報》（*The Wall Street Journal*）

《明日，明日，又明日》深入思索原創性、文化挪用、電玩與其他藝術形式的共通性、身處虛擬世界的自由與可能性，以及柏拉圖式愛情是否比一般戀愛更深刻、完滿，且在創意夥伴關係中尤其如此。

——《紐約客》（*The New Yorker*）

從電玩到真實人生，《明日，明日，又明日》用各式各樣的故事不斷強調人與人建立關係的重要性。透過山姆和莎蒂從麻州到加州、再到遊戲幻想世界的這趟旅程，麗文刻劃出了最珍

貴的一種愛情。

——安娜貝爾・古塔曼（Annabel Gutterman），《時代》（*TIME*）雜誌

三個才華洋溢的年輕人成立了一間電玩公司，但這本書的故事不只如此，舉凡友誼、愛情、忠誠、美國的暴力問題、幻想世界的魔力都包納其中。精彩！

——琪姆・哈柏德（Kim Hubbard），《時人》（*People*）雜誌

讀者不需要是電玩玩家，也能欣賞這部暢銷小說跳動的真心：在跨越三十年的故事裡，從《奧勒岡小徑》（***Oregon Trail***）到《馬克白》（***Macbeth***）輪番登場，嘉布莉・麗文寫出了一個非常具有現代風格的故事，描繪工作、愛情，以及讓人願意賭上一切的真摯友誼。

——奇莉・魏斯（Keely Weiss）與海莉・勒沙維奇（Halie Lesavage），《哈潑時尚》（*Harper's Bazaar*）

刻劃友誼、身分、創造美的動力，跨越文字與圖像……麗文顯然對角色扮演遊戲非常熟悉，而書中更保留了聰慧細膩的筆調所營造出的類比親切感。

——莉亞・葛林布雷（Leah Greenblatt），《娛樂週刊》（*Entertainment Weekly*）

我這輩子沒玩過任何一款電玩，卻立刻被這本書吸引住，彷彿這本書是《最後一戰》（*Halo*），而現在是二〇〇一年，我還是那個不擅社交的青少年。真的，不是只有透過遊戲理解人生的人適合讀這本小說，透過故事理解人生的讀者都應該看。

——珍妮．辛格（Jenny Singer），《魅力》（*Glamour*）雜誌

這是過去十年來最特別的一本小說，描述兩位好友成為彼此激勵的創意夥伴，在年少時代多次分分合合。

——琪琪．柯羅謝茨（Kiki Koroshetz），Goop 網站

讓人欲罷不能……讀《明日，明日，又明日》之前，我從來沒聽說過有誰用我和老公打電玩的方式玩遊戲，但山姆和莎蒂就是這樣玩的：一起玩單人劇情模式，把控制器傳來傳去。這麼玩必須放下自我，心知別人有權做出改變故事走向的決定，或是獲取技能，通過某些你不會再看到的遊戲段落。如果用這種方式玩，最重要的是有彼此在身邊，一起繼續前進。

——艾德莉安．蘇（Adrienne So），《連線》（*Wired*）雜誌

男孩遇見女孩，沒有發展成戀愛，故事卻非常浪漫……麗文模糊了現實與遊戲的界線……《明日，明日，又明日》非常恰到好處，充滿吸引力，卻不譁眾取寵。麗文創造的世界層次豐富、幅員廣闊，也和她筆下角色打造出的遊戲世界一樣好玩。

——琵芭・貝利（Pippa Bailey），《衛報》（*The Guardian*）

兩個好友對彼此常常滿懷愛意，卻從來沒有成為戀人。進入製作遊戲的世界後，兩人必須共同面對成功帶來的名氣、快樂與悲劇。這個故事跨越三十年，走過好幾個地點，由《A. J. 的書店人生》作者一手打造，絕對超乎期待。

——提爾尼・布里克（Tierney Bricker），《E! 新聞》（*E! News*）

《明日，明日，又明日》透過不斷轉換敘事觀點，鋪展出一個跨越幾十年的故事。

——艾蓮娜・尼可勞（Elena Nicolaou），《今日秀》（*TODAY Show*）

書中角色的人生不斷遭逢傷與痛，但整個故事卻讓人心情飛揚，因為他們始終希望再見面、再一起玩遊戲、再一起成為世界的造物主……這本書對技藝充滿敬意，愛的技藝、遊戲的技藝、熱愛遊戲的技藝，在在提醒讀者人生之豐富，能將彼此永遠珍藏在記憶中，又是多麼幸運的事。

——艾許莉・巴坦（Ashley Bardhan），小宅（Kotaku）情報網

小說很精彩，麗文有能力讓人在幾個段落內立刻在乎起她筆下的人物……書中角色彼此交織的命運成為敘事的推進力……讀者會很高興能伴隨山姆和莎蒂踏上旅程，逐步成長，發現自己究竟是什麼樣的人，以及思索人生原有的其他可能性。

——艾瑞卡・瓦格納（Erica Wagner），《金融時報》（*The Financial Times*）

如果你在ＩＧ和抖音追蹤的推書標籤都在狂推這本書，絕對是有理由的……相信我們的推薦準沒錯……讀者將跟著山姆和莎蒂活過數十年，從麻州搬到加州，體會他們的企圖心、失去、成功、心痛。我們才沒有哭，會想哭的是你。

——《*The Skimm*》

嘉布莉・麗文的重磅長篇新作令人印象深刻，心情隨之起伏。開篇看到山姆在人滿為患的

地鐵月台對多年沒聯絡的童年好友莎蒂大叫：「你因為痢疾而死！」就讓人忍不住愛上。如果你認得出這段是《奧勒岡小徑》的哏，想必會喜歡這個描寫愛與電玩、超乎期待的有趣故事。

——派翠克・拉帕（Patrick Rapa），《費城詢問報》（*The Philadelphia Inquirer*）

十分精彩。嘉布莉・麗文以這本壯麗華美的小說，描繪人類之愛與創造力的美好、強韌與脆弱。《明日，明日，又明日》是我讀過最棒的書之一。

——《人類事評論》（*The Anthropocene Reviewed*）作者約翰・葛林（John Green）

我最最推薦的書……《明日，明日，又明日》非常厲害，是一個關於愛情、友情與電玩的故事。

——艾瑪・史特勞布（Emma Straub），Cup of Jo網站

嘉布莉・麗文精心編排出一個精彩的故事，處理人生最難參透的謎團：友誼、家庭、愛情、失去。這本書充滿有趣、辛酸、傷感、偶爾讓人心碎的轉折，完全征服了我，而我甘之如飴。

——《*The Nix*》作者奈森・希爾（Nathan Hill）

《明日，明日，又明日》是文筆優美的傳奇故事，描繪人與人之間的關係、創意工作的過程，以及愛情複雜的層次。這本小說像一顆寶石，既細膩又恢弘，既現代又經典，書中許多片刻在我心中揮之不去，就像玩過《俄羅斯方塊》（***Tetris***）之後，彷彿還能在腦海裡看見方塊繼續往下掉。

——《無星之海》（*The Starless Sea*）作者艾琳・莫根斯坦（Erin Morgenstern）

嘉布莉・麗文寫了一封精美的情書，獻給玫瑰與地雷並存的人生，以智慧和感性探究人際關係的本質。小說中的角色令人難忘，故事無可限量，會讓讀者隨之歡笑、悲慟、學習、成長。

——《婚姻生活》（*An American Marriage*）作者塔雅莉・瓊斯（Tayari Jones）

《明日，明日，又明日》是那種十年難得一遇的書，說故事手法極其精彩。這本書刻劃愛情與友情、工作與天職的交集，以及我們如何受到命運無情的牽引，注定要西行逐夢。嘉布莉・麗文是當代偉大的小說家，而這本書或許正是她的代表作，非常出色。

——《奇蹟晚餐》（*The Dinner List*）作者瑞貝卡・瑟爾（Rebecca Serle）

這部優美深刻的小說描繪忠誠與愛，就像高明的電玩遊戲一樣，越深入其中越讓人沉迷。

——康妮・歐葛（Connie Ogle），《明星論壇報》（*Star Tribune*）

精彩的故事，聚焦身分認同、人際關係，當然還有愛情的許多形式。

——沙比耶娜・包曼（Sabienna Bowman），PopSugar 網站

如果你是電玩迷，這本特別的成長／愛情／社會小說絕對適合你，故事從角色的年少時光說起，一路說到他們成年後創立成功的遊戲公司。就算你對電玩沒有半點興趣，麗文的招牌敘事魅力也還是會讓你著迷。

——瑪莉恩・威尼克（Marion Winik），《新聞日報》（*Newsday*）

沒錯，這是個愛情故事，但絕對是你沒讀過的那種。嘉布莉・麗文這本小說錯綜複雜，令人目眩神迷，故事跨越三十多年時光，探究身分、障礙、失敗的本質，以及最重要的：和他人建立關係的需求。《明日，明日，又明日》是這個夏天最受矚目的新書，我們非常期待你打開

這本書。

這本小說以想像力豐富、令人難以忘懷的方式，探究身分、障礙、遊戲與愛等等主題。

——《B&N 閱讀報》（*B&N Reads*）

——She Reads 網站

麗文推出這部令人振奮的新作，描繪友誼、悲傷、電玩遊戲開發……她筆下人物的關係起起落落，令人心痛的情感創傷為故事增添層次……更令人驚嘆的是那些充滿想像力與開創性的遊戲……這是非常特殊的成就。

——《出版者週刊》（*Publishers Weekly*）星號書評

一封獻給電玩各個層面的情書……麗文對筆下角色、人物性格及他們的作品所流露出的喜愛，為這個產業撒上了一層魔法亮粉……即使是這輩子從沒玩過電玩的人也會迷上這本書，而對電玩有所了解的人更會立即深陷其中。

——《柯克斯書評》（*Kirkus Reviews*）星號書評

麗文創造出擁有迷人缺點的角色，跨足於現實與遊戲世界之間，透過並列巧妙呈現兩個世界的同與異。愛情故事迷與電玩玩家都能充分獲得樂趣。極度推薦。

——《圖書館雜誌》（*Library Journal*）星號書評

讀嘉布莉・麗文的小說《明日，明日，又明日》時，很難預測會在哪裡墜入情網，但讀者終究都會被這個故事擄獲……她創造出精巧又具包容力的世界、真摯又討喜的角色，讓讀者像關切真實人物一樣在乎角色的遭遇。最重要的是，麗文對山姆與莎蒂之間關係的描繪神乎其神，這種關係深刻、複雜，超越所謂愛情故事所能定義的一切。讀者熟不熟悉電玩完全不是重點。這正是令人引頸期盼的那種小說。

——琪卡・古加拉帝（Chika Gujarathi），BookPage 網站

目錄

第一章

生病的孩子

1

在梅瑟賦予自己梅瑟這個新身分之前，他叫山姆森．梅瑟（Samson Mazer），在山姆森．梅瑟之前，他叫山姆森．梅蘇爾（Samson Masur），稍微改變了姓氏的念法，他就從明顯具有猶太血統的善良男孩，變成了開創新世界的專家。不過，大部分年少時光裡，他都叫做山姆，在外公的《咚奇剛》（*Donkey Kong*）遊戲機台高分榜裡顯示為「S.A.M.」，其他時候都叫山姆。

二十世紀即將結束，某個十二月下旬午後，山姆踏出地鐵車廂，發現通往手扶梯的路徑上擠滿了人，全都呆望著某個地鐵廣告。山姆已經遲到了。他要和指導教授見面討論，但約定時間一拖再拖，拖了超過一個月，大家都有共識，必須在寒假之前解決這件事。山姆不想理會這群人，也不想知道他們到底在看什麼蠢東西，但是他沒辦法避開人群，必須想辦法穿過去，才能順利被送上地面。

山姆穿著一件寬大的海軍藍羊毛呢短大衣，是他的室友馬克斯（Marx）傳承給他的，而馬克斯是在大一時去市區的陸海軍二手商店買的，買來之後就一直裝在塑膠購物袋裡擺著發臭，擺了一整個學期，山姆才開口問能不能跟他借來穿。那年冬天特別冷，四月來襲的一場東北風暴（四月！麻州的冬天太誇張了！）終於讓山姆放下尊嚴，去問馬克斯借外套。山姆假裝是因為他喜歡外套的設計，馬克斯說可以直接送他，而山姆早就知道他會這樣說。和多數從陸海軍二手商店買來的東西一樣，這件外套帶有霉味、塵土，以及已逝年輕士兵曾流過的汗，山姆盡量不去推想為什麼這件衣服會流落到二手商店。不過，外套比他上大一時從加州帶來的風衣保暖得多，他也認為外套夠大件，能修飾他矮小的身型。不過因為這件外套大得離譜，實際上只是讓他看起來更嬌小，像個小孩。

因此，二十一歲的山姆．梅蘇爾缺乏重訓鍛鍊出來的健美身材，只能想盡辦法在人群中迂迴穿梭，感覺自己像電玩《青蛙過河》（*Frogger*）裡那隻注定過不了河的兩棲動物。他發現自己一直重複說「不好意思」，儘管根本沒什麼可不好意思的。山姆想，人類大腦的運作方式真是神奇，能夠在心想「閃開啦」的時候說出「不好意思」。小說、電影、遊戲裡的角色，除非特別有問題，除非是那種瘋狂或卑鄙的人物，否則一向表裡如一，言行舉止很有一貫性。但即使是最平凡、正直、誠懇的人類，都多少必須仰賴嘴上說一套，本意、感覺、行為又是另一套的機制，來度過每一天。

「你一定要這樣擠嗎？」戴著黑色搭綠色藤編帽的男人對山姆大喊。

「不好意思。」山姆說。

「可惡，差點就成功了。」用背帶揹著寶寶的女人在山姆從她面前走過時喃喃抱怨。

「不好意思。」山姆說。

有時候，會有某個人匆匆離開，讓人群裡出現空位。原本這是山姆掙脫的好機會，但空位總是馬上又被渴望娛樂的其他人類填滿。

快要擠到手扶梯前時，山姆回頭看大家究竟在看什麼。他想像自己說是車站人潮導致他遲到之後，馬克斯會說，「你不好奇到底發生了什麼事嗎？這個世界上有很多人和很多事，你不要這麼孤僻就不會錯過。」就算是實話，山姆還是不喜歡馬克斯說他孤僻，因此他轉過頭，就在這一瞬間，他看見了過去的戰友，莎蒂・葛林（Sadie Green）。

這幾年他並不是完全沒見過她。他們兩個都是科展、學術遊戲聯盟及許多其他競賽（演講、機器人設計、創意寫作、程式編寫）的常客。儘管一個去上東邊的平凡公立高中（山姆），一個去上西邊的時髦私立學校（莎蒂），洛杉磯的聰明孩子總歸就是那一群。他們會隔著整個房間的書呆子迅速對視一眼，有時她甚至會對他笑一下，彷彿是想證明彼此關係已經緩和。下一刻，她的注意力就又被拉回身邊緊迫盯人的小圈圈裡，那群男孩女孩有魅力又聰明，和他是同類型的人，但是更有錢、更接近白人，戴的眼鏡和牙套更高級。而他不想成為在莎蒂・葛林身邊繞來繞去的醜阿宅之一。有時候他會把她想成壞蛋，想像她其實輕視他：有一次她轉身背對他，有一次她避開他的視線。不過她從來沒有做過這種事。也許做了還比較好。

他知道她去念麻省理工學院，也曾經想過他進了哈佛之後不知道會不會巧遇。整整兩年半，他都沒有主動做什麼事去促成相遇，她也沒有。

不過現在她就在眼前，活生生的莎蒂・葛林。看見她甚至讓他有點想哭，彷彿她是一道困擾他多年的數學證明題，突然之間有了最顯而易見的解法，有血有肉，還有神采奕奕的雙眼。

那是莎蒂，他心想，沒錯。

他本來想叫她的名字，卻沒有開口，突然感受到上一次他和莎蒂獨處以來所經歷的漫長時間沉沉壓在心頭。客觀上他知道自己還年輕，可是怎麼時間已經過了這麼久？為什麼他突然這麼輕易就忘掉自己對她的不屑？山姆想，時間是個謎。但是下一秒，又覺得這說法太感性了。時間可以用數學解釋，人心，也就是被稱之為內心的那部分大腦，才是真正難解的謎。

莎蒂不再看人群注目的東西，開始朝著剛到站的紅線列車走去。

山姆大喊她的名字：「莎蒂！」在列車進站的轟鳴聲中，還夾雜著平常站內人群發出的聲音。一個少女用大提琴演奏企鵝咖啡館樂團（Penguin Cafe Orchestra）的曲子，賺取小費。一個穿著變形蟲花紋背心的男人客氣詢問過路人能不能撥出一分鐘，幫幫雪布尼查（Srebrenica）的穆斯林難民。莎蒂旁邊有個攤位，賣六塊錢一杯的現打果昔，山姆開口叫她的那一瞬間，果汁機啟動，在空氣不流通的地下層散發出柑橘和草莓的香氣。「莎蒂・葛林！」他又叫一次，但她還是沒聽見。他盡可能加快腳步，但一快步走，反而感覺自己像在參加兩人三腳比賽。

「莎蒂！莎蒂！」他覺得自己很蠢。「莎蒂・米蘭達・葛林！『你因為痢疾而死！』」

終於，她轉過身，慢慢掃視人群，發現了山姆，露出微笑，就像山姆在高中物理課堂上看過的縮時影片裡，一朵玫瑰綻放的樣子。好美，山姆心想，接著又擔心那只是客套的假笑。她走向他，臉上還掛著笑，右頰出現一個酒窩，上排門牙之間的牙縫有點寬，但很不明顯。他覺得人群好像都在為她讓路，而世界從來不曾這樣對待他。

「我姊姊是因為痢疾而死，山姆・梅蘇爾。」莎蒂說，「我是因為精力耗盡，在被蛇咬之後。」

「還有因為不想對野牛開槍。」山姆說。

「很浪費耶！那麼多肉都會壞掉。」

莎蒂說著，伸手環抱他。「山姆・梅蘇爾！我一直希望能遇到你。」

「通訊錄上有我的聯絡方式啊。」山姆說。

「嗯，可能我追求自然的相遇吧。」莎蒂說，「現在就遇到啦。」

「你怎麼會來哈佛廣場？」山姆問。

「喔，當然是為了魔術眼（Magic Eye）。」她用開玩笑的語氣回答，向身前一比，示意眼前的廣告。山姆這才看見是什麼讓通勤人潮變成一群擠來擠去的殭屍：是一張長一・五公尺，寬一公尺的海報。

用全新方式看世界。
今年聖誕節，每個人都想要的禮物
就是魔術眼。

海報上的圖用翠綠、鮮紅、金色等聖誕色調組成魔幻花紋，如果長時間盯著花紋看，大腦就會被自己誤導，看見隱藏的３Ｄ圖像，這種圖像叫立體圖，只要有最基礎的程式編寫能力，就能輕鬆做出這樣一張圖。就這個？山姆想。怎麼會是這種普通人有興趣的東西？他不屑地哼聲。

「你不以為然嗎？」莎蒂說。

「這種東西學校裡隨便一間宿舍交誼廳都有。」

「這張不一樣，山姆。這張圖特別……」

「波士頓每個地鐵站都有。」

「可能全美國都有吧？」莎蒂笑出來，「所以山姆，你不想用魔術眼看世界嗎？」

「我一直都是用魔術眼看世界。」他說，「充滿純真的好奇心。」

莎蒂指著一個大約六歲的男孩：「你看他這麼開心！他看出來了！很棒吧！」

「你看出來了嗎？」山姆問。

「我還沒。」莎蒂承認，「而且我一定要搭上下一班車，不然上課就會遲到。」

「好，你還剩下五分鐘可以用魔術眼看世界。」山姆說。

「下次再說吧。」莎蒂說。

「別這樣，莎蒂。上課下次也可以上啊！你有多少機會可以和所有人一起盯著同一個東西看，至少和大家的腦袋和眼睛一起接收同一個現象？這種證實大家都活在同一個世界的證據不是很難得嗎？」

莎蒂苦笑，輕輕捶了山姆肩膀一拳。「你說這種話真的有夠像山姆。」

「我就是山姆本人。」

聽見要搭的火車轟隆隆離站，她嘆了一口氣。「如果我計算機圖形學進階專題被當掉，就是你的錯。」她調整站姿，重新看向海報。「你跟我一起看，山姆。」

「遵命。」山姆答應。他挺起胸，直直看向前方。他已經好多年沒有站得離莎蒂這麼近了。海報上的說明寫著要讓眼睛放鬆，然後集中視線在一個點上，直到神祕圖案浮現。如果沒有用，他們建議先貼近海報，然後慢慢後退，但在地鐵站沒有這麼做的空間。反正山姆一點也不在乎神祕圖案是什麼。他猜想應該是聖誕樹、天使、星星之類的，是五角星而不是六角星，總之就是有節慶感、俗氣、能吸引到最多人，好賣出更多魔術眼產品。山姆從來沒有成功看出立體圖，他總覺得是因為眼鏡。眼鏡矯正了重度近視，卻讓他的眼睛無法放鬆，使大腦沒辦法產生錯覺。因此，過了好一陣子（十五秒），山姆放棄尋找神祕圖案，轉而開始觀察莎蒂。

她的頭髮變短了，他猜應該是最近流行的髮型，不過還是一樣的紅褐色捲髮。鼻子上淡淡的雀斑也一樣，皮膚還是橄欖色，不過比起他們小時候一起在加州時已經白了很多，嘴唇有點乾裂。她的眼珠也還是棕色，帶有金色斑點。他媽媽安娜也有這種眼睛，她曾經告訴山姆，這種眼珠顏色叫異色瞳（heterochromia），當時他還覺得聽起來很像一種病，可能會害媽媽死掉。莎蒂眼睛下方有不明顯的新月狀陰影，其實從小就一直都有，不過，他還是覺得她看起來很累。山姆仔細看著莎蒂，心想，*這就是時空旅行的感覺吧*！在一個身上同時看見過去和現在。這種形式的旅行，只有已經認識很久的人之間才能做到。

「我看出來了！」她眼睛亮起來，做出一個和他記憶中十一歲時一樣的表情。

山姆迅速把目光轉回海報。

「你看到了嗎？」她問。

「嗯，」他說，「看到了。」

莎蒂盯著他，「你看到什麼？」

「就那個啊，」山姆說，「不錯，很有過節的感覺。」

「你真的有看見嗎？」莎蒂問，嘴角往上翹，那對異色的眼珠帶著笑意盯著他。

「有，但是我不想讓還沒看到的人聽見答案。」他向群眾一指。

「好喔，山姆，」莎蒂說，「你真貼心。」

他很清楚她知道他沒看到。他對她笑，她也對他微笑。

「很奇怪對不對？」莎蒂說，「感覺好像我一直有跟你碰面。感覺好像我們每天都跑來這一站看這張海報。」

「我們心有靈犀。」山姆說。

「我們心有靈犀。我收回剛剛講的，這句才是最像山姆的話。」

「我是最像山姆的山姆。你……」他說話時，果汁機又開始運作。

「什麼？」她說。

「你來錯廣場了。」他重複一遍。

「『來錯廣場』是什麼意思？」

「你現在在哈佛廣場，可是你應該去中央廣場或肯德爾廣場吧。我聽說你去念麻省理工了。」山姆說。

「我男朋友住這附近。」莎蒂的語氣擺明不想再被追問。「不知道為什麼要叫廣場，這幾個地方根本沒有廣場吧。有嗎？」又一輛列車進站。「我的車又來了。」

「地鐵就是這樣。」山姆說。

「沒錯，一班接一班再接一班。」她說。

「所以你應該跟我去喝咖啡。」山姆說，「喝什麼都可以，如果你覺得咖啡太無聊，香料奶茶、抹茶、汽水、香檳……飲料的選擇有無限多，一切都取決於我們的腦袋，你知道嗎？我們現在搭上那個手扶梯，就可以通通喝到。」

「我也想，但是我必須去上課。我講義只讀完大概一半，至少要準時上課出席。」

「我不相信。」山姆說。莎蒂是他認識數一數二優秀的人。

她又快速抱了山姆一下。「很高興遇見你。」

她開始往車廂裡走去，山姆努力要想出辦法讓她停下來。如果這是遊戲，他可以按暫停，可以重新開始，說不同的話，這次一定會試對。他會翻遍自己的背包，找出讓莎蒂不會離開的道具。

他想起他們甚至還沒交換電話號碼，內心焦躁地想了一輪在一九九五年能聯絡上另一個人的方式。在更早以前，山姆還小的時候，人和人是有可能一輩子聯絡不上的，但現在已經沒那麼容易失聯了。漸漸的，只要你真心渴望透過一串串不確定的數字捕捉到不受宰制的血肉之軀，就一定找得到人。所以他安慰自己，儘管他的老友此時越走越遠，整個世界還是會趨向同一個方向，有全球化、資訊高速公路等等，要再找到莎蒂．葛林一定很容易。他可以猜猜看她的電子信箱，麻省理工的信箱地址都有既定的格式。他也可以去網路上搜尋麻省理工的通訊錄。可以直接打給計算機科學系，應該是計算機科學系吧，他猜測。也可以打給她住在加州的父母，史蒂文．葛林（Steven Green）和雪琳．費德曼葛林（Sharyn Friedman-Green）。

但他了解自己，知道自己除非確信對方樂於接聽，否則絕不會主動撥電話。他的腦袋負面得無可救藥，會自顧自生出她一直對他很冷淡、她那天根本就沒有課、她只是想要趕快遠離他等等想法。他的腦袋會堅稱，如果她真的想見他，一定會給他聯絡方式。於是結論就出來了：對莎蒂而言，山姆象徵她人生中一段痛苦的時期，所以她當然不會想再見到他。又或許，像他常常猜想的，對她來說他什麼也不是，只不過是富家千金的日行一善。他會一直想著她提過有個男友住在哈佛廣場。他會搜索她的號碼、電子信箱、居住地址，但絕對不會真的付諸實用。因此，結束現象學分析後，他心情沉重，意識到這很有可能是自己最後一次見到莎蒂．葛林，決定努力記住每一個細節，記住在寒冷的十二月天裡，她如何在地鐵站慢慢走遠，還有她的樣子：米色喀什米爾毛帽，連指手套，圍巾。駝色七分袖海軍短大衣，絕對不是在陸海軍二手商店買的那種。藍色牛仔褲，磨損嚴重，褲腳是不收邊的靴型剪裁。黑色運動鞋，有一道白色條紋。琥珀色皮革斜背郵差包，跟她整個人一樣寬，塞得太滿，掉出一隻亞麻色毛衣的袖子。她的頭髮很有光澤，帶一點濕氣，長度剛過肩胛骨。他認為這不能代表莎蒂真正的樣子。她看起來跟地鐵站裡其他打扮得宜的聰明女孩沒什麼兩樣。

在即將消失之際，她轉過身，跑回他身邊。「山姆！」她說，「你還會玩遊戲嗎？」

「會啊。」山姆的語氣有點過於熱切，「當然會。隨時都在玩。」

「來。」她說著，把一張三點五吋磁片塞進他手裡。「這是我做的遊戲。你可能很忙，但是如果有空就玩一下吧。我想知道你的感想。」

她又跑回車廂裡，山姆跟在後面。

「等一下！莎蒂！我要怎麼聯絡你？」

「磁片裡有我的信箱。」莎蒂說，「看讀我檔案。」

地鐵車門關上，載著莎蒂返回她的廣場。山姆低頭看著磁片，遊戲的名字叫《解決方案》（*Solution*）。標籤是她手寫的，他到哪都認得出她的筆跡。

當天晚上他回到公寓，沒有馬上安裝《解決方案》，只是把磁片放在電腦的磁碟機旁邊。他發現忍著不去玩莎蒂的遊戲，會讓他很有動力，於是他開始寫已經遲交一個月的大三學年報告計畫書，雖然此時已經只能等過完寒假再交。糾結老半天之後，他定的題目是「以排除選擇公理的其他途徑探究巴拿赫塔斯基悖論（Alternative Approaches to the Banach-Tarski Paradox in the Absence of the Axiom of Choice）」，但光是計畫書寫起來就很無聊，他很擔心寫報告要熬過更多沉悶的過程。他開始懷疑自己雖然在數學方面頗有天資，但似乎不特別感興趣。他在數學系的導師是後來獲得了國際傑出數學發現獎的安德斯．拉森（Anders Larsson），拉森在那天下午見面討論時也說了類似的話。散會時他說，「你非常有天賦，山姆，但要注意：擅長做某件事和熱愛是不太一樣的。」

晚餐山姆和馬克斯吃外帶義式料理，馬克斯多點了一些，如此一來，他不在的這段時間，山姆就可以繼續吃剩下的菜。馬克斯再度開口邀請山姆放假時跟他去泰勒瑞滑雪：「你真的應該來啦，如果你是擔心滑雪，其實大家大部分時間都只會在旅館耍廢。」山姆的錢通常連在假期返鄉都不夠，所以這類邀約總是反覆出現，又反覆遭到拒絕。吃過晚餐後，山姆開始讀道德推理課的講義（這門課研究維根斯坦年輕時的哲學理論，當時他還沒認為自己全盤皆錯），而馬克斯開始收拾，準備離開去度假。馬克斯打包完後，寫了一張佳節賀卡給山姆，就留在他書桌上，跟一張五十元的啤酒屋禮券擺在一起。這時馬克斯注意到磁片。

「什麼是『解決方案』？」馬克斯問，把那張綠色磁片舉起給山姆看。

「是我朋友做的遊戲。」山姆說。

「什麼朋友？」馬克斯問。他們住在一起快三年了，馬克斯幾乎沒聽過山姆提過任何朋友。

「我在加州的朋友。」

「那你要玩嗎？」馬克斯問。

「之後吧。可能也不好玩吧，我只是要幫忙看看。」山姆覺得說這種話像在背叛莎蒂，但確實有可能不好玩。

「是什麼遊戲？」馬克斯說。

「不知道。」

「但名字滿酷的。」馬克斯在山姆的電腦前坐下來。「我還有一點時間，要不要現在玩？」

「好啊。」山姆說。他本來想自己一個人玩，但馬克斯和他常常一起玩遊戲。他們偏愛格鬥遊戲：《真人快打》（*Mortal Kombat*）、《鐵拳》（*Tekken*）、《快打旋風》（*Street Fighter*），還組了個《龍與地下城》（*Dungeons & Dragons*）的團，時不時會跑一下。由山姆擔當城主的那一團已經進行超過兩年了。只有兩個人跑團玩《龍與地下城》是非常奇特又親密的經驗，而他們對誰都沒有提起過這個團的存在。

馬克斯把磁片放進機器，山姆把遊戲安裝到硬碟。

幾個小時後，山姆和馬克斯第一次把《解決方案》破關了。

「這到底是什麼東西？」馬克斯說，「我必須趕快去艾許妲（Ajda）家，已經遲到太久了，她一定會殺了我。」艾許妲是馬克斯最近的新情人，一位身高有一百八十公分的壁球選手，偶爾兼職模特兒，來自土耳其，在馬克斯的戀愛對象裡算是普通。「我以為我們大概就玩個五分鐘。」

馬克斯穿上外套，駝色，和莎蒂那件一樣。「你朋友太變態了，而且可能是天才。你說你們怎麼認識的？」

2

莎蒂第一次遇見山姆是在醫院裡，她剛被趕出她姊姊艾莉絲（Alice）的病房。艾莉絲有十三歲少女變幻無常的脾氣，也有因癌症面臨死亡陰影時那種起伏的情緒。兩姊妹的母親雪琳說應該盡量多給艾莉絲空間，因為她同時面對青春期和生病這兩大風暴，區區一個肉身很難抗衡。多給空間的意思是莎蒂應該先去候診區待著，等艾莉絲不生她的氣了再回去。

莎蒂不太清楚自己這次做了什麼惹惱艾莉絲。她給艾莉絲看《青少年》（*Teen*）雜誌上的某張照片，是一個女孩戴著紅色貝雷帽，說了句類似你戴這頂帽子會很好看的話。莎蒂想不起來她實際上說了什麼，總之艾莉絲無法忍受，她突然放聲尖叫：沒有人在洛杉磯戴那種帽子會好看！你就是這樣才交不到朋友，莎蒂．葛林！艾莉絲衝進廁所開始哭，發出像噎住的聲音，因為她鼻塞，喉嚨裡又佈滿瘡口。在病床旁的陪病椅上睡覺的雪琳醒來，開口要艾莉絲冷靜，否則會害自己更不舒服。我已經很不舒服了，艾莉絲說。在那一刻，莎蒂也開始哭，她很清楚自己沒有任何朋友，可是艾莉絲直接這樣說出來還是很過分。雪琳要莎蒂先去候診區。

「不公平。」莎蒂對她母親說，「我什麼都沒有做，明明是她無理取鬧。」

「是不公平沒錯。」雪琳同意。

被驅逐的莎蒂試圖想通問題出在哪裡，她是真心認為艾莉絲戴紅色帽子會很好看。可是仔細想想，或許是因為提起帽子，讓艾莉絲以為莎蒂在影射她的頭髮因為化療變得稀疏。如果艾莉絲真的這樣想，莎蒂覺得很抱歉，很希望自己一開始就不要提什麼蠢帽子。她去敲敲艾莉絲病房的門，想要道歉。雪琳在裡面隔著門上的窗玻璃做口型，「等一下再來，艾莉絲睡了。」

到了午餐時間，莎蒂開始肚子餓，對艾莉絲的歉意因此減少，覺得自己比較可憐。艾莉絲表現得這麼混蛋，卻是莎蒂被懲罰，實在讓人惱怒。莎蒂被反覆交代過，艾莉絲生病了，但她不會死。艾莉絲得的那種白血病緩解率相當高，她治療後反應也很好，甚至可能來得及在秋天時按照正常進度去上高中。艾莉絲這次只要住院兩天，根據她母親的說法，只是為了「追求穩妥」。莎蒂喜歡「追求穩妥」這個說法，讓她聯想到一群烏鴉、一群海鷗，或是一群野狼在追逐。她想像「穩妥」是某種生物，也許看起來像聖伯納犬和大象的混種，一種巨大、有智慧、友善的可靠動物，能守護葛林姊妹不受任何威脅。

一位護理師注意到這個顯然很健康的十一歲小孩獨自待在候診室，於是給了莎蒂一杯香草布丁。他發現莎蒂是那種因為手足生病而被忽略的孩子，於是提議帶她去遊戲室。那裡有任天堂遊戲機喔！他說，平日下午很少人去玩。莎蒂和艾莉絲也有一台任天堂，不過接下來五個小時莎蒂的確無事可做，只能苦等雪琳載她回家。那時是夏天，她已經把《神奇收費亭》（*The Phantom Tollbooth*）讀完兩遍了，手邊又只有這本書。如果艾莉絲沒發脾氣，那天她們本來可以像平常一樣：早上看她們喜歡的益智節目《按鈕搶答！》（*Press That Button!*）和《價格猜猜猜》（*The Price Is Right*）；一起看《十七歲》（*Seventeen*）雜誌，問彼此心理測驗的題目；玩《奧勒岡小徑》（*Oregon Trail*）或其他艾莉絲那台筆電裡有的教育類遊戲，那台筆電重達九公斤，是為了讓她跟上學校進度而買的。總之，兩個女孩有很多一起輕鬆消磨時間的方法。莎蒂確實沒有多少朋友，但從來不覺得自己缺朋友。艾莉絲就是最極致的存在。沒有誰像她一樣聰明、大膽、漂亮、擅長運動、幽默，隨便你想到什麼優點都能放在她身上。儘管大家堅稱艾莉絲會康復，但莎蒂還是常常忍不住想像沒有艾莉絲在的世界，沒有人和她分享笑話、音樂、毛衣、烤好的布朗尼，在黑暗中蓋著棉被，自在地和她皮膚相貼，最重要的是，沒有艾莉絲，就沒有人守護莎蒂純真心靈裡深藏的祕密和羞恥。莎蒂對艾莉絲的愛超過對任何人，包括爸媽，包括奶奶。沒有艾莉絲的世界灰暗單調，像尼爾．阿姆斯壯（Neil Armstrong）的登月照片一樣顆粒粗糙，會讓十一歲的莎蒂嚇得不敢睡覺。所以，能暫時逃到任天堂的世界裡，也是一種解脫。

但遊戲室裡並非空無一人，有個男生在玩《超級瑪利歐兄弟》（*Super Mario Bros*）。莎蒂認定他是生病的小孩，而不是像她自己一樣的家屬或訪客，因為他在大白天穿著睡衣，椅子旁靠著一對拐杖，左腳還包覆著像一個什麼中世紀牢籠的奇怪裝置。她判斷男孩跟她一樣是十一歲，或是稍微大一點。他頂著一頭糾結的黑色捲髮，鼻子像巴哥犬，戴眼鏡，頭型像卡通人物一樣圓。莎蒂在學校美術課學到，畫畫時要先把東西拆分成各種基礎形狀。如果要畫這個男孩，用得最多的一定是圓圈。

她跪坐在他旁邊，看他玩了一下。他技術很好，在關卡結束時，有辦法讓瑪利歐抓到旗杆的最上面，莎蒂從來沒辦法做到。儘管莎蒂喜歡自己玩，但旁觀技巧高超的玩家玩有另一種樂趣，就像在欣賞一支舞。他不曾轉頭看她，甚至似乎完全沒注意到她在旁邊。打敗第一個頭目後，螢幕上浮現「可是我們的公主在別的城堡」，他把遊戲暫停，完全不看她，開口說，「你想把這條命玩完嗎？」

莎蒂搖頭，「不用，你玩得很順，我可以等到你死掉再玩。」

男孩點點頭，就繼續玩，莎蒂也繼續看。

「等你死掉。我不應該這樣講。」莎蒂道歉，「因為你有可能真的快死了。這裡是兒童醫院。」

男孩操控著瑪利歐進入充滿雲朵、到處都是金幣的區域，「這個世界就是這樣，每個人都會死。」他說。

「沒錯。」莎蒂說。

「但我沒有快死了。」

「那就好。」莎蒂說。

「你快死了嗎？」男孩問。

「沒有。」莎蒂說，「目前沒有。」

「那你怎麼了？」男孩說。

「是我姊，她生病了。」

「她怎麼了？」

「痢疾。」莎蒂說。她不想提到癌症，破壞原本輕鬆的對話。

男孩看著莎蒂，彷彿打算追問下一個問題，結果只是把控制器遞給她。「給你。」他說，「我大拇指痠了。」

莎蒂這一關玩得不錯，讓瑪利歐變強，還多了一條命。

「你玩得不錯嘛。」男孩說。

「我們家也有任天堂，可是一星期只准玩一小時。」莎蒂說，「不過反正最近沒人注意我，從我姊小艾生病之後……」

「痢疾。」山姆說。

「嗯。我今年夏天本來要去佛羅里達的太空營，可是我爸媽決定我應該留在家陪小艾。」

莎蒂解決掉一隻長得像香菇的栗寶寶（Goomba），超級瑪利歐世界裡很常見的生物。「我覺得栗寶寶好可憐。」

「他們只是小嘍囉。」山姆說。

「但是總覺得他們是被迫參與跟自己無關的事。」

「小嘍囉的命運就是這樣。從水管下去，」山姆指示，「下面有一些金幣。」

「我知道！我要下去了。」莎蒂說，「小艾幾乎都在對我生氣，我不懂我為什麼不能去太空營。這是我第一次參加要過夜的營隊，也是第一次自己搭飛機。本來要去兩星期的。」莎蒂快玩到關卡結尾了。「抓到旗杆最上面的祕訣是什麼？」她問。

「一直按住跑步鍵，然後在快要掉下去那瞬間先下蹲再跳。」男孩說。

莎蒂／瑪利歐抓住了旗杆頂端。「嘿，成功了耶。對了，我叫莎蒂。」

「山姆。」

「換你玩。」她把控制器交回他手上。「你身體怎麼了？」她問。

「我出車禍了。」山姆說，「我的腳有二十七個地方都碎了。」

「也太多了吧。」莎蒂說，「你是亂講的嗎，真的是那個數字嗎？」

「真的。我對數字很有概念。」

「我也是。」

「可是這個數字有時候還會增加，因為他們必須把其他地方也打碎，才能整個重新長回來。」山姆說，「最後也可能必須把腳切掉。我完全沒辦法用這隻腳站。已經開過三次刀了，但是這根本不算是腳，只是一塊肉，裡面包著骨頭碎片。」

「聽起來很好吃。」莎蒂說，「對不起，有點噁心。只是你的形容讓我想到洋芋片。因為我姊生病，我們常常沒正常吃飯，所以我一直都很餓。我今天只吃了一個布丁。」

「你好怪，莎蒂。」山姆用感興趣的語氣說。

「我知道。」莎蒂說，「我很希望你的腳不用被截肢，山姆。對了，我姊得的是癌症。」

「不是痢疾嗎？」

「呃，癌症的療程讓她得了痢疾。痢疾算是我們自己愛開的玩笑。你知道《奧勒岡小徑》這個電腦遊戲嗎？」

「大概吧。」山姆不想直接承認自己無知。

「你去學校的計算機中心應該會有。可以說是我最喜歡的遊戲，雖然其實有點無聊。這個遊戲是在講十九世紀的人想從東岸去西岸，他們坐著載貨的馬車，帶著幾隻野牛。遊戲目標就是讓所有同伴都活到最後，要餵他們足夠的食物，不能走太快，要買對補給品之類的。不過有時候你或是某個同伴還是會死掉，可能是被響尾蛇咬到，或是餓死，或是……」

「痢疾。」

「對！沒錯。我和小艾每次看到都會笑。」

「到底什麼是痢疾？」山姆問。

「就是拉肚子。」莎蒂小聲補充，「我們一開始也不知道。」

山姆笑了，但馬上突然停住。「我還想笑。」他說，「可是我一笑就會痛。」

「那我保證不會再講好笑的事。」莎蒂刻意用呆板的語氣說。

「不要這樣！這樣我會更想笑。你是在學什麼？」

「機器人。」

「機器人說話是這樣。」山姆模仿機器人的聲音，讓他們兩個又忍不住爆笑。

「你不可以笑啦！」莎蒂說。

「你不可以讓我想笑。真的有人會因為痢疾死掉嗎？」山姆問。

「古時候應該有。」

「你覺得墓碑上會寫嗎？」

「我覺得墓碑上不會特別寫死因吧，山姆。」

「迪士尼樂園的幽靈公館裡就會寫。我有點希望現在就因為痢疾死掉。我們要不要改玩《打鴨子》（*Duck Hunt*）？」山姆問。

莎蒂點頭。

「必須先把槍裝好，槍在那裡。」莎蒂拿到槍，把線接上主機。她讓山姆先玩。

「你真的很厲害耶。」她說，「你家有任天堂嗎？」

「沒有。」山姆說，「可是我爺爺的餐廳裡有《咚奇剛》機台。他讓我免費玩，想玩多久都可以。遊戲這種東西，如果你把一種玩得很好，其他的也都難不倒你。我覺得啦。都是靠手眼協調和觀察出規律。」

「我同意。可是你說你爺爺有《咚奇剛》機台？太酷了！我好喜歡以前的遊戲機。是什麼樣的餐廳？」

「是披薩店。」山姆說。

「什麼？我超愛披薩，是全世界我最愛的食物。那你也可以免費吃披薩嗎？」

山姆點頭，一邊老練地射中兩隻鴨子。

「這好像我的夢，你就活在我的美夢裡。你一定要帶我去，山姆。餐廳名字叫什麼？我搞不好有去過。」

「東丰紐約風格披薩屋（Dong and Bong's New York Style House of Pizza）。東丰是我爺爺奶奶的名字，在韓國沒什麼特別的，就像叫傑克和吉兒一樣普通。」山姆說，「餐廳在K城威爾夏那附近。」

「什麼是K城？」莎蒂問。

「小姐，你真的是洛杉磯人嗎？K城就是韓國城啊。你怎麼會不知道？」山姆說，「大家都知道K城。」

「我知道韓國城，只是不知道大家會叫K城。」

「那你住在哪裡？」山姆問。

「平地區。」

「什麼平地區？」山姆問。

「就是比佛利山的平地地區。」莎蒂說，「離K城很近。看吧，你也不知道平地區在哪！洛杉磯人都只認識自己住的那一區。」

「好像是這樣沒錯。」

山姆和莎蒂愉快閒聊了一整個下午，一邊持續射擊虛擬鴨子。「這些鴨子到底哪裡得罪我們了？」莎蒂突然說。

「可能我們是為了得到虛擬食物。不射牠們，遊戲裡的我們就要餓肚子。」

「我還是覺得鴨子很可憐。」莎蒂說。

「你也覺得栗寶寶很可憐。你覺得大家都很可憐。」山姆說。

「對啊，」莎蒂說，「我也覺得《奧勒岡小徑》的野牛很可憐。」

「為什麼？」山姆問。

莎蒂的母親把頭探進遊戲室，表示艾莉絲有話想跟莎蒂說，這是一種暗號，暗示莎蒂已經得到原諒。「我下次告訴你。」莎蒂對山姆說。不過她也不知道究竟有沒有下次。

「再見囉。」山姆說。

「你的新朋友是誰？」雪琳在她們離開時問。

「一個男生。」莎蒂說著，回頭看山姆，看見他已經把注意力轉回遊戲。「他人還不錯。」

前往艾莉絲病房途中，莎蒂向讓她去用遊戲室的護理師說謝謝。護理師對莎蒂的母親微笑，畢竟最近的小孩很少這麼有禮貌。「是不是跟我說的一樣沒有人？」

「不是，有個小孩在裡面，山姆……」她不知道山姆姓什麼。

「你遇到山姆？」護理師突然提起興趣。莎蒂不知道她是不是違反了什麼醫院的祕密規定，在病童想玩遊戲的時候霸佔遊戲室。從艾莉絲得癌症之後，就冒出好多這種規定。

「對。」莎蒂試圖解釋，「我們聊天，還一起玩任天堂。他好像不介意我待在那裡。」

「頭髮捲捲，戴眼鏡的那個山姆嗎？」

莎蒂點頭。

護理師說必須和雪琳單獨談談，雪琳叫莎蒂直接去找艾莉絲。

莎蒂打開艾莉絲病房的門，心裡很不安。「我好像做錯事了。」她說。

「你做錯什麼事？」艾莉絲說。莎蒂闡述她認為自己犯了什麼罪。「是他們叫你去的，」艾莉絲分析，「所以你沒做錯事。」

莎蒂坐在艾莉絲床上，艾莉絲開始幫她編辮子。

「我覺得護理師根本不是要跟媽媽討論這件事。」艾莉絲繼續說，「可能是要討論我。是哪個護理師？」

「不知道。」

「不用怕，小妹。如果你真的做錯事，就大聲哭說你姊得了癌症。」

「帽子的事很對不起。」莎蒂說。

「什麼帽子？喔，對。是我的錯，我也不知道我有什麼毛病。」

「白血病吧。」莎蒂說。

「是痢疾。」艾莉絲糾正她。

開車回家的路上，雪琳仍然沒有提起遊戲室，讓莎蒂放下心來，認為她已經忘了這件事。她們聽著公共廣播電台有關自由女神像一百週年的報導，莎蒂心想，如果自由女神像是真正的女人，感覺一定很糟糕。有人在你身體裡走動，感覺一定很怪，那些人像入侵者，像疾病，像染上蝨子或癌症。這個想法讓她不舒服，所以母親關掉廣播時，莎蒂鬆了一口氣。「你記得你今天遇到的那個男孩子嗎？」

來了，莎蒂心想。「記得。」她小聲回答，注意到車子正開過K城，努力想找出東丰紐約風格披薩屋。「我沒有做錯事吧？」

「沒有，你哪有做錯什麼事？」

因為最近，莎蒂似乎總是做錯事。她十一歲，有個生病的姊姊，還必須做到言行挑不出毛病，根本不可能。她總是說錯話，不然就是太吵，或要求太多（時間、愛、食物），但她所要求的明明就比以前不必開口就得到的還要少。

「護理師告訴我他出了很嚴重的車禍。」雪琳繼續說，「他受傷之後，已經有六個星期沒對任何人說超過兩個字。他受了很多苦，而且恐怕要進出醫院很長一段時間。他願意跟你講話是件大事。」

「真的嗎？山姆看起來很正常啊。」

「他們已經試過各種方法，希望讓他敞開心胸。請治療師、找朋友、找親人都沒用。你們兩個聊了什麼？」

「不知道，沒聊什麼。」她說，試圖回想他們的對話。「遊戲吧，好像是？」

「好，這件事你可以自己決定，」雪琳說，「護理師想問你明天能不能再回去陪山姆說說話。」在莎蒂做出反應之前，雪琳迅速補上一句：「我知道你明年猶太成年禮之前要做完社區服務，這個應該可以算。」

同意和另一個人一起玩，風險可不低，因為這代表你願意敞開自己，放下防禦，承擔受傷的可能性。人類這樣做就像狗露出肚皮一樣，表示「我知道就算你有能力傷害我，也不會這麼做」。也像狗用嘴叼住你的手，但絕不會咬下去。一起玩需要信任和愛。許多年後，山姆接受小宅遊戲網（Kotaku）訪問時，曾語出驚人：「沒有比玩更親密的行為，就連性行為也比不上。」

網友的反應是：有過美好性經驗的人才不會說這種話，山姆這個人絕對大有問題。

莎蒂隔天去了醫院，然後是再隔天、再再隔天……每次山姆身體狀況好到可以玩遊戲，但糟到必須待在醫院時，她都會去。他們成為很好的玩伴，有時彼此競爭，但也樂於一起操作同一個單人遊戲的角色，把鍵盤或手把傳來傳去，討論如何讓這個虛擬人物在充滿危險的遊戲世界中生存下去。遊戲時，他們會一邊對彼此訴說自己短短人生中經歷的各種故事。最後，莎蒂得知山姆的一切，山姆也對莎蒂瞭若指掌，至少兩人都以為如此。她教他學校學到的程式語言（BASIC、一點點 Pascal），他則教她畫畫，讓她不再只會拆分圓圈與方塊（交叉線打陰影、透視、明暗對照）。他才十二歲，畫工就已經很厲害了。

車禍之後，山姆開始創作像艾雪（M. C. Escher）那種視覺風格的精細迷宮。臨床心理師鼓勵他，相信迷宮能幫助山姆應對強烈的身心痛苦。她認為迷宮是很有希望的徵兆，代表山姆想找到出路，脫離目前的處境。不過，心理師想錯了。山姆做迷宮全是為了給莎蒂，總在她離開前塞進她口袋。「我做了這個給你，」他會說，「不是什麼厲害的東西，你下次再帶來，我看你怎麼解的。」

後來，山姆會告訴眾人，這些迷宮是他開始設計遊戲的起點。「迷宮，」他說，「是電玩遊戲去蕪存菁到極致的形式。」也許確實如此，但這麼說其實是後見之明，也有點刻意抬高自己。迷宮是做給莎蒂的。設計遊戲的過程，就是在想像那個最終遊玩的人。

每次要說再見時，莎蒂會偷偷拿一張時數登記表給護理師簽名。大部分友誼無法量化，但這張表格具體呈現了莎蒂和山姆交朋友的確切時數。

山姆和莎蒂建立交情幾個月後，莎蒂的奶奶芙烈達率先問起莎蒂這究竟算不算社區服務。芙烈達・葛林（Freda Green）常常接送莎蒂去醫院見山姆，她開一輛美產紅色敞篷車，如果天氣允許（在洛杉磯多半沒問題），她頭上又戴著印花絲巾，就會把頂篷降下來。她身高不到一百五十公分，只比十一歲的莎蒂高兩三公分，但隨時都打扮得無懈可擊，身穿每年去巴黎一趟採買的訂製服：線條俐落的白色上衣、柔軟的灰色羊毛長褲、圈圈紗或羊絨毛衣。她有幾樣武器從不離身：真皮手提包、正紅色唇膏、精緻的黃金腕錶、晚香玉香水，還有珍珠。莎蒂覺得她是全世界最時髦的女人。除了身為莎蒂的奶奶，芙烈達也是洛杉磯房地產大亨，在商業談判是有名的雷厲風行、說一不二。

「莎蒂寶貝，」她們由西向東行駛時她說，「你知道我非常樂意載你去醫院吧。」

「謝謝奶奶，我很感激你。」

「不過，根據你的描述，我覺得那男生應該算是你的朋友。」

有點受潮的社區服務表格從莎蒂的數學課本裡跑了出來，她把它塞回去。「是媽媽說可以這樣的。」莎蒂替自己解釋，「護理師和醫生說我有幫到忙。上星期他外公還抱了我一下，給我一片蘑菇披薩。我不覺得有哪裡不好。」

「對，但是那個孩子不知道這件事，對不對？」

「不知道，」莎蒂說，「沒有聊到過。」

「你覺得自己是不是故意不提這件事？」

「我和山姆很忙。」莎蒂勉強辯解。

「親愛的，這件事以後如果被發現，可能會傷了你朋友的心，讓他認為他只是你做慈善的對象，而不是真正的朋友。」

「不能兩個都是嗎？」莎蒂說。

「朋友是朋友，慈善是慈善。」芙烈達說，「你知道我小時候住在德國，那些故事你都聽過，我就不再重複了。我可以告訴你的是，好心幫助你的人不會成為你的朋友。人不可能接受來自朋友的施捨。」

「我沒有覺得是施捨。」莎蒂說。

芙烈達揉揉莎蒂的手，「莎蒂寶貝，人生有很多道德上不得不妥協的時刻，但我們能避免輕易妥協就要避免。」

莎蒂知道芙烈達說得沒錯。不過，她還是繼續拿時數表給護理師簽名。她喜歡這種儀式感，也喜歡受到稱讚，護理師會誇她，有時醫生也會，她父母和猶太會堂的人也會。就連填滿表格也帶給她小小的愉悅，對她來說是種遊戲，她不覺得和山姆有什麼關聯。本質上這不是欺騙，她沒有特意對山姆隱瞞社區服務的事，但拖得越久，就覺得越難開口。她知道時數表會讓自己顯得別有用心，但對她來說真相很單純：莎蒂．葛林喜歡得到誇獎，而山姆．梅蘇爾是她交過最好的朋友。

莎蒂的社區服務持續了十四個月，並一如預期，結束在山姆發現這件事的那一天。他們的友誼維繫了六百零九個小時，再加第一天沒有留下紀錄的四小時。貝斯埃爾會堂（Temple Beth El）的成年禮只要求二十小時的社區服務，而哈達薩組織（Hadassah）裡親切的女人給了莎蒂一個獎，表彰她超乎期待的優異表現。

3

進階遊戲專題每週上一次課，星期四下午兩點到四點。只開放十個名額，學生必須提出申請。專題課由二十八歲的多弗．米茲拉（Dov Mizrah）主持，他在課程資訊頁面上以姓氏出現，但遊戲圈都只叫他的名字。約翰．卡馬克（John Carmack）和約翰．羅梅洛（John Romero）兩個同名天才美國少年是《指揮官基恩》（*Commander Keen*）與《毀滅戰士》（*Doom*）這兩款遊戲的作者，而據說多弗就像這兩人集於一身。多弗的知名特色包括一頭黑色捲髮、總是穿著緊身皮褲參加電玩會展，當然，還有一款名叫《死海》（*Dead Sea*）的水底殭屍冒險遊戲，最初在PC上推出，為此他開發了一個劃時代的圖像引擎「尤里西斯」（Ulysses），用來渲染出逼真的水底光影效果。莎蒂和其他大約五十萬個遊戲宅在剛過完的暑假裡全都玩了《死海》。讓她在上課前就深受作品吸引的教授，多弗是第一位，其他教授的作品都是上過課之後才喜歡上。包括她在內，許多玩家都殷殷期盼《死海》推出續作，她在課程資訊上看見他的名字，不禁好奇像他這樣的人為什麼願意中斷設計遊戲的美好前程，選擇執起教鞭。

「聽好，」第一堂課上多弗說，「我不是來教你們怎麼寫程式。這門課是麻省理工學院的進階遊戲專題，你們都已經知道怎麼寫程式。不知道的話……」他手比向門口。

上課形式和創意寫作課不無相似之處。每週有兩個學生要各帶一個遊戲來，可以是簡單的小遊戲，或更大型遊戲的一部分，只要能在時限內完成都行。其他同學會玩過遊戲，再發表自己的評論。整學期下來，每位學生總共會完成兩個遊戲。

漢娜・萊文（Hannah Levin）是班上除了莎蒂以外唯一的女同學（不過這種男女比在麻省理工很尋常），她問多弗對他們使用的程式語言是否有要求。

「我要求這幹嘛？每一種都一樣啊，只配吸我的屌。我是說真的，不管你用哪一種程式語言，都要讓它吸你的屌，讓它為你服務。」多弗看向漢娜，「不過你沒有屌，舔妹妹也可以，隨便。總之選一種能讓你高潮的程式語言。」

漢娜尷尬陪笑，避開多弗的視線，「所以 Java 可以囉？」她小聲問，「我知道有些人不太看得起 Java，可是……」

「看得起 Java？拜託，別他媽理會說這種話的人。不管怎麼樣，選一種能讓我興奮的程式語言。」多弗總結。

「好，但是老師你有特別的偏好嗎？」

「欸，你叫什麼名字？」

「漢娜・萊文。」

「嗯，漢娜・萊文。你要放鬆一點。我沒興趣教你們怎麼做遊戲，想一次用三種程式語言我也不管。我就是這樣。我如果寫一寫遇到問題，有時候就會換一種語言寫一段。編譯器就是這時候用的。其他人還有沒有問題？」

莎蒂發現多弗粗俗、惹人厭，但有點性感。

「目標是讓其他同學震撼。」多弗說，「我不想看到你們模仿我的遊戲或其他我玩過的遊戲。我不想看到完全沒有明確構想的漂亮圖片。我不想看到程式編得很完美，但是世界非常無聊。我最最最討厭無聊。要讓我嚇一跳。讓我受到衝擊。想辦法激怒我，雖然我不可能被激怒。」

下課後，莎蒂去找漢娜。「嗨，漢娜，我叫莎蒂。剛剛有點尷尬對不對？」

「還好啊。」漢娜說。

「你玩過《死海》了嗎？超棒。」

「什麼《死海》？」

「他做的遊戲啊。就是……我會來上這門課都是因為那個。主角是一個小女孩，獨自生存在……」

漢娜打斷她，「我會去玩玩看。」

「一定要。你都玩什麼類型的遊戲？」莎蒂問。

漢娜皺眉，「呃，不好意思，我趕時間。很高興認識你！」

莎蒂不知道自己為何多此一舉。人可能以為在女性人數稀少的群體裡，女人們會想湊在一起，但實際上從來不是如此。身為女性彷彿是什麼讓人避之唯恐不及的傳染病。只要不和其他女人混在一起，就可以向群體裡的多數，也就是向男性示意：我和她們不一樣。莎蒂原本就習慣獨來獨往，但是就連她都覺得以女性之身進入麻省理工後頗受孤立。她入學那一屆的女學生比例只比三分之一稍多，感覺上還比這更少。莎蒂有時好像連續幾週都沒見過半個女生。這可能是因為男性，都認為女性比較笨，至少大部分男性如此。可能也不算笨，只是不像他們那麼聰明。會有這種想法，是因為他們認為女性想申請麻省理工比較簡單，數據上來說確實如此，女性申請者的錄取率比男性多出百分之十。但之所以出現這項數據，有很多原因，最可能的一項原因就是自我設限：嘗試申請麻省理工的女性，自我要求可能比男性申請者更高。不應該任意斷定進入麻省理工的女人比較沒有才能、比較不配得這一席之位。但實際上，這似乎已成定見。

不知幸或不幸，那個學期，莎蒂排在第七個發表遊戲。她不知道該做什麼。她希望透過作品宣示自己想成為什麼樣的遊戲設計師。她不想給出視覺或趣味性上太老套、太像某種類型、太簡化的遊戲。不過，看過班上同學被多弗當場批評得體無完膚之後，她知道不管拿出什麼都沒什麼差別。多弗討厭一切。他討厭《龍與地下城》的變體，討厭回合制角色扮演遊戲，討厭除了《超級瑪利歐》以外所有平台遊戲，但又對遊戲主機毫無好感。他討厭體育，討厭可愛動物，討厭知名故事改編成的遊戲。他討厭有這麼多遊戲都建構在追逐或被追逐這件事上。尤其嚴重的是，他痛恨射擊遊戲，也就包含了大部分專業人士或學生做的遊戲，而且其中還不乏許多成功的作品。「各位，」多弗說，「你們都知道我待過軍隊吧？你們美國人他媽的太美化槍枝了，因為你們不知道身在戰場遭受攻擊是什麼感覺。真的很可悲。」

這節課大家評論弗洛里恩（Florian）的遊戲，他是個身材瘦弱的工程系學生，他開口說，「多弗，我根本不是美國人。」弗洛里恩的遊戲也不是射擊遊戲，而是射箭遊戲，靈感來自他過去在波蘭當少年射箭選手的經歷。

「對，但是你吸收了這種價值觀。」

「但你的《死海》裡也有射擊啊。」

多弗堅持《死海》裡沒有射擊元素。

「你在說什麼？」弗洛里恩說，「那個小女孩用木柴擊倒敵人耶。」

「那不叫射擊。」多弗說，「那是暴力。一個小女孩用木柴打倒一個暴力的侵略者，屬於徒手搏鬥，正正當當。一個男人只現出一隻手，握槍射倒一堆不知名的小嘍囉，是不正當的。我討厭的不是暴力，是這些遊戲懶到讓玩家以為人生中唯一能做的事就是開槍亂射。這是怠惰，弗洛里恩。而你這個遊戲的問題不在於它是射擊遊戲，而在玩起來毫無樂趣。我問你：你自己玩了嗎？」

「玩了啊，我當然玩了。」

「你覺得好玩嗎？」

「我不覺得射箭好玩。」弗洛里恩說。

「好，他媽的，誰管好不好玩？你覺得這遊戲像真的射箭嗎？」

弗洛里恩聳聳肩。

「因為我不覺得像射箭。」

「我不懂這是什麼意思。」

「我來解釋。你的射擊機制有延遲，我看不出我的視野在瞄準哪裡。而且遊戲完全沒有模擬拉弓的動作，我知道你很清楚。沒有緊張感，抬頭顯示器沒有輔助，反而擋住視線。這個遊戲只有幾張弓的圖片和一面箭靶，可以是任何主題，任何人都做得出來。而且你也沒有創造出任何故事。遊戲的問題不在於它是射擊遊戲，而在於這是很爛的射擊遊戲，而且沒有個性。」

「這都是屁話，多弗。」弗洛里恩說。他膚色蒼白，但又透出朦朧的粉紅色。

「好了好了。」多弗親熱地拍拍弗洛里恩肩膀，然後把他拉過來用力抱住。「下一次，我們要失敗得更好。」

莎蒂開始做第一個遊戲時，完全摸不透多弗的喜好，開始覺得也許這就是關鍵：反正不可能討好老師，乾脆做至少讓自己開心的作品吧。剩餘時間太少，走投無路之下，莎蒂做了一個以艾蜜莉・狄金生的詩為主題的遊戲，取名叫《艾蜜莉射手》（*EmilyBlaster*）。螢幕上方會不斷掉下詩句片段，玩家要操作一支在螢幕下方左右滑動的羽毛筆，發射墨水把文字擊落，組合出艾蜜莉・狄金生的詩作。成功拼出幾段詩句並通過關卡之後，就能獲得點數，用來裝飾艾蜜莉在安默斯特故居裡的房間。

因為
射擊
我無法
射擊
停下來等待

射擊
死亡

全班都討厭這遊戲。漢娜．萊文率先開口評論：「那個……我覺得有些圖像設計得還不錯，問題是遊戲本身滿爛的，暴力得很奇怪，典雅風格也很詭異。而且多弗不是說不要做射擊遊戲嗎？會射出墨水的筆也算是槍吧？」其他人給的意見內容也都差不多。

弗洛里恩的評價比較正面：「我喜歡射中的時候文字會變成一灘墨水，也喜歡墨水噴濺在畫面上時你加的那種爆開的音效。」

漢娜．萊文反駁：「我以為那個聲音……這樣講有點失禮……我以為那是放屁的聲音。」

她用手摀著嘴，一副自己剛放了臭屁的樣子。

一個名叫奈吉爾（Nigel）的英國男同學接話：「我覺得比較像女生那邊擠出來的屁聲。」

全班爆出大笑。

「什麼？」漢娜說，「哪邊的屁聲？」

大家笑得更瘋狂，就連莎蒂自己也笑了。

「我是想再修一下音效，可是時間不夠。」莎蒂辯解，但沒人在聽。

「好了，安靜。我也討厭這遊戲，」多弗說，「但老實說，沒有其他幾個遊戲那麼討厭。」

多弗盯著莎蒂，彷彿第一次見到她。（當時是上課第四週。）他掃一眼點名表，莎蒂知道是為了確認她的名字，心裡升起一股驕傲，雖然都已經第四週了。「這根本是抄《太空侵略者》（*Space Invaders*），只是把槍換成筆。不過至少，我的確還沒玩過這種風格的模仿，莎蒂・葛林。」

多弗又玩了一回合《艾蜜莉射手》，莎蒂知道這也是種誇獎。「有趣。」他淡淡說，音量足夠讓全班都聽見。

做第二個遊戲時，莎蒂覺得可以更有野心，也應該更大膽。這次她馬上就想好了概念。莎蒂的遊戲場景在一個單調的黑白工廠裡，這裡生產一些用途不明的小東西。玩家每次組裝完成一個產品，都會獲得分數。莎蒂設計的遊戲機制類似《俄羅斯方塊》（*Tetris*），多弗經常表達對這個遊戲的讚賞。（他喜愛《俄羅斯方塊》，是因為這個遊戲本質上很有創意，玩家必須堆疊方塊，並動腦思考如何讓方塊組合在一起。）隨著遊戲關卡推進，需要組裝的產品零件會越來越多，也越來越複雜，完成組裝的時間則越來越少。遊戲裡還會不時跳出文字泡泡，問玩家想不想用分數兌換資訊，好了解工廠和自己正在製造的產品，同時也提醒，如果換取和工廠有關的資訊，就會讓目前累積的高分稍微打折扣。玩家每次遇見文字泡泡都可以選擇要不要跳過。

遊戲做好後，莎蒂在報告前一週的課堂上把灌了遊戲的三點二五吋磁片發給同學，這樣大家就能在聽她報告之前先玩過。介紹遊戲時她說，「呃，我的遊戲叫做《解決方案》，靈感來自我奶奶。你們可以先玩，玩過一定會想告訴我心得。」

星期日晚上，莎蒂收到漢娜．萊文寄來的電子郵件：親愛的莎蒂，我玩了你所謂的「遊戲」，實在無話可說。太噁心太過分了，你這個人根本是變態。這封信我也寄了副本給多弗老師。我不知道這星期能不能去上課，因為我覺得很不舒服，我覺得教室已經不是安全的空間。漢娜。

莎蒂讀信時忍不住微笑，也花時間寫了回信：親愛的漢娜，你覺得不舒服我不能說深感抱歉，因為這個遊戲就是有意要讓人不舒服。我上星期上課時也說過，靈感是來自我奶奶。

漢娜回覆：去你的，莎蒂。

多弗在幾小時後單獨回信給莎蒂：莎蒂，我還沒玩，但很期待。多弗。

隔天多弗打給莎蒂，「嘿，你也覺得漢娜．萊文是個沒救的白痴吧？」

多弗打來之前，已經花了一個小時跟漢娜通電話，因為漢娜希望多弗向麻省理工學院的紀律委員會檢舉莎蒂。漢娜認為《解決方案》違反了學生行為守則裡禁止宣揚仇恨言論的條款。

「我應該已經勸退她了。」多弗說，「她實在很沒意思，誰有時間應付這種人啊？不過恭喜你，莎蒂．葛林，你的遊戲把她徹底惹毛了。」

「太誇張了。」莎蒂說。

「我猜她不喜歡被說是納粹。」多弗說。

「你玩了嗎？」

「當然，」多弗說，「我必須玩啊。」

「你贏了嗎？」莎蒂問。

「大家都贏了。」多弗說，「這就是天才之處，對不對？」

「大家都輸了。」莎蒂說，「這遊戲就是在體驗成為共犯。」天才，多弗說遊戲很天才。《解決方案》的構想是，如果玩家提出了問題，並且沒有埋頭猛組零件，累積的分數就會被扣掉，但也會得知自己正在替納粹德國生產機器零件。知道這項事實之後，玩家可能會減少產出，勉強達到最低產量交差，以免被高層發現不對勁，或者乾脆徹底放棄不做。而完全不問問題的玩家呢，這些善良的德國人問心無愧拿到最高分後，終究還是會知道工廠生產的究竟是什麼。玩到最後，畫面上會亮出仿德文尖角體的文字：恭喜，納粹同胞！你已經幫助第三帝國取得勝利！你是真正的效率大師。接著奏響電子音樂風格的華格納樂曲。《解決方案》的構想是，如果你在遊戲中高分取勝，也就輸掉了道德意識。

「告訴你，我喜歡這個遊戲，我覺得很幽默。」

「幽默？」莎蒂的本意是想造成心靈衝擊，讓人心神不寧。

「我的幽默感比較黑暗。」多弗說，「不重要。想不想出去喝杯咖啡？」

他們去了哈佛廣場的咖啡廳，在多弗住的公寓附近。莎蒂不知道這次見面是不是為了討論漢娜的投訴，但最後他們並沒有聊到她。莎蒂告訴多弗她有多愛《死海》，還趁機問了他怎麼用尤里西斯引擎渲染光線這種技術問題。多弗回答她的問題，也告訴她當初構思《死海》的經過，說靈感來自他自己對溺水的恐懼。莎蒂說起她的奶奶、在洛杉磯長大的經歷、她姊姊的病。他們討論各自兒時和現在最愛的遊戲。多弗對她說話的態度就像他們是同事，這讓莎蒂很興奮。她不在意自己會不會因為《解決方案》被紀律委員會找去，能和多弗這樣的人共度眼下這一刻，一切都值了。

多弗伸手越過桌子，抹掉她唇邊的咖啡泡沫。

「我覺得我麻煩大了。」多弗說。

「因為漢娜嗎？」莎蒂問。

「誰是漢娜？」多弗說，「喔，她啊。我覺得我麻煩大了，是因為我想要你跟我一起回我家，但我知道不應該這樣。」

「為什麼不應該？」莎蒂說，「我想看看你住的地方。」

這是莎蒂擁有的第一段成人關係，雖然他也同時是她的老師。不過身為愛人的他，比單純身為老師時更像好老師。她從他那裡學到很多，感覺好像隨時都在上專題課。他鼓勵她改進《解決方案》，示範給她看開發遊戲引擎的技巧。「如果可以的話，不要用其他人做的引擎。」多弗警告，「這樣會把太多權力交到他們手中。」她很愛跟他一起玩遊戲，跟他上床，跟他分享自己的靈感。她愛他。

她到大約四個月後才發現他結婚了，那時大二都快結束了。他說在兩人的關係變得更認真之前，他有事必須告訴她。他們本來計畫莎蒂暑假要住在他的公寓。

他說他妻子回以色列了，他們已經分開，所以他才會來麻省理工。他們都想遠離婚姻喘口氣。

「所以她知道我嗎？」莎蒂問。

「不算太清楚，但她知道可能有像你這樣的對象存在。」多弗說，「不用擔心，沒有什麼見不得人的。」

但莎蒂還是覺得不太對勁。她不完全相信多弗，也感覺自己是被騙，做出不倫的行為，無意間和已婚男人發展成婚外情關係。即使一開始並不知情，現在她已經知道了。如果要誠實承認，也許她更早就發現了。也許她就像《解決方案》的玩家一樣，可能沒有問對問題，或問得不夠多，因為不想知道答案。

不過她還是跟多弗共度了那個夏天。她愛他，而且到這時候已經有點太習慣和他在一起。她在波士頓的地窖之門遊戲公司（Cellar Door Games）實習，從未告訴公司裡的任何人她男朋友是誰。在遊戲設計師圈內，多弗是個名人，她不希望消息傳回多弗的妻子耳中。她忙著掩蓋

（和進行）這段與多弗的婚外情，因此自覺沒讓地窖之門留下什麼深刻印象。她不覺得自己有貢獻創意，而且也總是最早下班。

可想而知，莎蒂沒向地窖之門的同事說出真相，不只是為了保護多弗，也是為了保護自己。在遊戲業界任職的女性比麻省理工的女學生更為稀少，莎蒂不想在還沒正式踏入職場之前就絆住自己。這件事很不公平：有魅力的年輕女性如果傳出和有權勢男性有染，職涯往往會受阻。這些女性和男性分開之後，常發現自己很難得到別人認真看待。她不希望自己在遊戲界的非公開履歷劈頭就是「多弗．米茲拉的幼齒情婦」。她雖然很喜歡和多弗在一起，但也已經開始想像沒有他的未來。

大三那年秋天，她選修了人工智能課，而漢娜．萊文和她分到同一個複習小組，這是自從多弗的專題課結束後她第一次遇到她。「希望你沒有不高興了。」沙蒂在下課時說，「我並不是故意要冒犯你。」

「拜託，你把遊戲設計成那樣就是要冒犯人。」漢娜回答，「我沒有追究是因為你男朋友說服我放棄，而我不希望之後被報復。」漢娜說。

「修課那時候他還不是我男朋友。」莎蒂說，但漢娜已經走出教室。

莎蒂和多弗在一起之後，就再也沒做過自己的遊戲，倒是偶爾會幫他做他的。某種程度而言，和多弗合作、當他的助手，都比做自己的作品更輕鬆。和多弗在做的事比較起來，她負責的部分更基礎也更無聊。實際上她的工作就是基礎又無聊。她才剛滿二十歲，所有給二十歲的人做的工作都基礎又無聊，但是在多弗身邊，讓她更受不了自己二十歲的大腦，以及腦中想法的品質。

在車站巧遇山姆時，她已經和多弗在一起十個月。早在他注意到她之前，她就看見他了：他的大外套罩住少年體型，腳步蹣跚但堅定，雙眼直視前方，她很肯定他不可能回頭注意到她，也很慶幸如此。他都沒有變，還很純粹，沒有做過她做的那些事。和他一比，她覺得自己蒼老憔悴，認為如果兩人面對面說話，他就會注意到她的腐敗。不過，不知道為什麼，他回頭了，他喊出她名字時，她繼續向前走。

但接著，他又再喊一次：「莎蒂・米蘭達・葛林！『你因為痢疾而死！』」

她可以不理山姆，但無法聽而不聞那句孩子氣的引述。那是一起玩的邀請。

她轉過身。

回以色列過寒假之前，多弗預先警告莎蒂，他不會太常跟她聯絡。「因為家裡有事，」他說，「你也知道什麼狀況。」莎蒂說沒關係，雖然就連說出口的瞬間，她都不太確定自己是不是真的沒關係。她知道自己別無選擇，只能保持冷靜。冷靜的女孩絕不會問戀人寒假是否打算跟理應已經疏遠的妻子見面。如果她不冷靜，多弗可能會結束這段關係，莎蒂承受不了。她變得很依賴多弗。回頭一想才發現，遇見多弗之前，她在麻省理工這一年半非常孤單，沒有交到任何真正的朋友。從沒有朋友到擁有多弗作為朋友，帶給她強烈的衝擊。他像一道耀眼溫暖的光，照亮她生活中的一切。她被點亮，被激發。沒有其他更適合聊遊戲的對象，沒有其他更適合討論靈感的對象。沒錯，她愛他，同時也喜歡有他作伴，喜歡和他在一起時的自己。

最近，她懷疑他已經對她失去興趣，所以想讓自己變得更有趣。她嘗試更認真穿搭，剪了新髮型，買了帶蕾絲的內衣，讀了一本講紅酒的書，在晚餐時才能顯得博學多聞，像她想像中年長戀人應有的樣子。有一次他隨口說美國猶太人對以色列這麼不了解，真是不可思議，她就讀了有關以色列建國的書，讓自己熟悉這些事。但這些似乎沒什麼用。

有時她覺得他刻意挑她毛病。如果莎蒂這天都在看小說，他會說，「我在你這個年紀的時候，整天都在寫程式。」或者如果莎蒂動作太慢，沒做完多弗交付的任務，他會說，「你雖然聰明，但很懶惰。」除了做多弗的遊戲，莎蒂還有自己的課業要應付，如果對多弗提起，他會說：「千萬千萬不准抱怨。」或者，「這就是為什麼我不和學生合作。」如果她說很喜歡某款他覺得不怎麼樣的遊戲，他就會對她分析那個遊戲糟糕的原因。還不只是遊戲——電影、書、藝術作品也是。弄到最後她已經沒辦法坦白說出自己對任何事物的看法。她訓練自己以此開啟對話：「你有什麼看法，多弗？」

所以她會保持冷靜，因為情婦就是這樣。情婦，莎蒂想，在心裡笑了一下，想著原來身在別人的遊戲裡就是這種感覺：彷彿有得選，實際上沒有選擇。

「我們的小天才為什麼在苦笑？」多弗問。

「沒為什麼。你回來再打給我。」她說。

莎蒂回加州過年時全程都悶悶不樂，覺得自己好像感冒了，一直調不回時差，筋疲力竭，大部分時間都躺在從小睡到大的床上睡覺，蓋著玫瑰印花洗到褪色的被子，讀小時候買的那些邊角翻捲的平裝書。「你是怎麼了？」艾莉絲問，「大家都很擔心。」艾莉絲現在在洛杉磯加州大學念醫學院一年級。

「我沒事。」莎蒂說，「可能在飛機上被傳染了。」

「那你不要傳染給我。」艾莉絲說，「我現在沒空生病。」艾莉絲覺得她這輩子不能再浪費任何一天生病了。

莎蒂沒辦法告訴家人多弗的事，就連對艾莉絲也開不了口，也許對艾莉絲尤其不行。艾莉絲和奶奶一樣，強烈厭惡人生中無可避免的灰色地帶。

艾莉絲觀察莎蒂，把手放上她額頭，直盯著她的眼睛：「你沒有發燒，但好像真的不太對勁。」艾莉絲說。

莎蒂換話題，「你一定猜不到我在哈佛廣場遇見誰。」

當初到了最後，是艾莉絲告訴山姆莎蒂社區服務的事。艾莉絲總堅持她的動機不是出於嫉妒，莎蒂也相信了。但艾莉絲本來就不喜歡莎蒂在醫院做社區服務，這件事不是祕密，而且會堂頒給莎蒂社區服務獎時，艾莉絲也覺得很反感。

大約在莎蒂成年禮舉行的三個月前，艾莉絲在醫院裡巧遇山姆。艾莉絲去做定期追蹤血檢，她當時已進入緩解期大約一年；山姆是去做又一次的腳部修復手術。他們彼此不太認識，就艾莉絲知道的部分而言，她不太喜歡山姆。她覺得莎蒂和山姆的關係很奇怪。這有一部分是莎蒂的錯，艾莉絲表示想認識她的新朋友時，莎蒂宣稱山姆不是她真的朋友。她強調這段關係裡志願服務的成分，形容山姆「很可憐」。莎蒂不太想讓艾莉絲認識山姆，不希望艾莉絲任意評論山姆，像她評論莎蒂的其他朋友和同學那樣。艾莉絲很聰明，但她那種聰明有點不近人情，在診斷出白血病之後這幾年，又更變本加厲。莎蒂不希望山姆被她姊姊既尖銳又往往不留情面的眼光審視。

因此，艾莉絲在醫院看見山姆時，第一時間還想裝作沒看到。

「你是莎蒂的姊姊對不對？」山姆說，「我是山姆。」

「我知道你是誰。」艾莉絲說。

山姆看的眾多醫生中，有一位小兒骨科醫生此時看見這兩個小孩站在一起，把艾莉絲誤認為總是待在醫院的莎蒂，於是打招呼：「嗨，山姆！嗨，莎蒂！」

「提博特醫生（Dr. Tybalt），」山姆說，「她不是莎蒂，是她姊姊艾莉絲。」

「對耶！」醫生說，「你們兩個長得很像。」

「對，」艾莉絲說，「不過我比她大兩歲，而且頭髮比較直。不過最明顯的分辨方法是我手上沒有時數表。」

對話結束在護理師叫艾莉絲的名字，輪到她抽血了。

「再見，山姆。」艾莉絲說。

那天晚上，山姆在家打給莎蒂，「我今天在醫院遇到你姊。」他報告。

「對啊，艾莉絲有去醫院。」莎蒂說，「對不起，我本來也想去，可是要上成年禮的課。你猜我現在在看什麼？」

「什麼？」

「《國王密使IV》（*King's Quest IV*）。我叫奶奶帶我去巴貝奇（Babbage's）電玩店，結果他們竟然提早一整個月上架，我一看到就忍不住大叫。山姆，畫質比上一代好太多了，可能還比《薩爾達》（*Zelda*）好。」

「你說會等我一起玩耶。」

「我還沒玩啊，只是先安裝而已。聽我說，音樂也變得更棒了。」

莎蒂把電話拿近電腦，讓他聽見電子音。

「我聽不太清楚。」山姆說，「莎蒂，艾莉絲說了很奇怪的話……」

「不要理她，艾莉絲就是這樣。她最沒禮貌了。」莎蒂大吼這句話，故意讓艾莉絲聽見。

「等你的腳沒那麼痛，可以出院之後，可不可以請東賢（Dong Hyun）星期日開車載你來我家，我們一起玩《國王密使IV》？如果東賢載你來，我應該可以叫我爸載你回家。」

「不知道，我這次應該至少還要待一星期，可能更久。」

「沒關係，我也可以把遊戲帶去，安裝在——」

「莎蒂，她說你有一張時數表之類的東西。」

莎蒂頓住。雖然早就知道這一天會來，她還是沒想好這時候該說什麼。

「莎蒂？」

「不是什麼重要的東西。」莎蒂說，「只是我待在醫院時要填一張表。我以為大家都要。」

「喔。」山姆說，「了解……可是我爺爺奶奶就不用填。」

「喔，怎麼會？可能他們也有填，只是你沒注意到？不然就是……小孩要探視醫院裡其他小孩的時候才要填。」

「有可能。」

「為了安全吧。」莎蒂編造，「雪琳叫我去吃晚餐了。我可以晚點再打給你嗎？」莎蒂沒有再打給他。八點五十五分，他可以打電話到她家的最晚時間，他又打來了。有一瞬間她想過要不要叫爸爸告訴山姆她不在家。

「可是莎蒂，艾莉絲說的是一張時數表。」山姆說。

「對，是有登記時數，要寫我待在醫院裡幾個小時。你幹嘛一直問這件事？你問過東賢週末能不能來了嗎？」

「為什麼要知道時數？」

「我……」莎蒂說，「就是留個紀錄吧，我猜。」

一陣沉默。「你是那種醫院志工嗎？」

「如果我是志工，就必須穿志工的衣服。我沒有穿過那種衣服吧。」

「有其他證據嗎？」

「山姆森，你今天怎麼這麼煩。我們不能聊別的嗎？」

「我是什麼社區服務的對象嗎？」山姆問。

「不是，山姆。」

「我們是朋友嗎？還是你只是同情我？我只是你的作業嗎，還是什麼？莎蒂？是什麼？我要知道。」

「是朋友。你怎麼能這樣亂想？你是我最好的朋友。」莎蒂快哭了。

「我不相信你。」山姆說，「你根本不是我的朋友，你是比佛利山來的討人厭的有錢志工，我是心理有病的可憐小孩，一隻腿還殘廢。沒關係，我不需要你的好心了。」

「山姆，我很難解釋，可是這件事真的跟你沒關係。那個表格算是我的遊戲……我只是喜歡看到時數越來越多。」她突然想到能讓山姆有反應的說法，「我就是喜歡追求高分，我現在有六百零九小時了，實際上應該——」

「你這個騙子、壞蛋……」這些詞似乎都不夠強烈，「你……你這個……」他在心裡搜尋他聽過最惡毒的字眼，「婊子。」他小聲說。他從來沒用過這個詞，感覺有點陌生，像在說外語。

「什麼？」莎蒂說。

山姆知道「婊子」說出去就收不回來了。他有一次聽到媽媽安娜的男朋友在吵架時這樣罵她，安娜立刻從人類女性變身為巨神兵。那晚過後，他再也沒見過這個男朋友，因此他知道這個詞具有深奧神奇的力量。「婊子」能讓一個人徹底從你的人生中徹底消失，而他認定這就是他想要的：忘掉他曾經遇見莎蒂．葛林，忘掉他曾經這麼可悲又愚蠢，竟然以為她是他的朋友。「你這個婊子。」他重複，「我不想再見到你了。」山姆掛斷電話。

莎蒂坐在玫瑰印花的被子上，舉著電話貼住燒燙的臉頰。「婊子」不是山姆平常會用的詞，他說的時候，細細的聲音聽在莎蒂耳裡很滑稽，讓她有股想笑的衝動。她在學校不受歡迎，但是個性堅強冷靜，對大部分辱罵都沒感覺。醜、討厭、書呆子、賤人、傲慢，都沒影響。山姆的話卻影響到她了。電話開始持續發出提示音，但她沒辦法讓自己動起來去掛斷電話。她甚至不太確定婊子是什麼意思，只知道她傷害了山姆，所以可能是個婊子。

隔天，莎蒂的爸爸開車載她去醫院，到了櫃檯前，護理師去找山姆，但山姆拒絕見她。「不好意思，莎蒂，」護理師說，「他心情不好。」莎蒂坐在等待區，一直等到媽媽兩個小時後來接她。她寫了紙條給山姆，內容是幾行 BASIC 語言，一種她和山姆都在學的基礎程式語言：

```
10 READY
20 FOR X ＝ 1 to 100
30 PRINT「對不起，山姆．阿基里斯．梅蘇爾」
40 NEXT X
50 PRINT「拜託拜託拜託原諒我。愛你的朋友莎蒂．米蘭達．葛林」
60 NEXT X
70 PRINT「你願意原諒我嗎？」
80 NEXT X
90 PRINT「請輸入Y（是）或N（否）」
100 NEXT X
110 LET A ＝ GET CHAR ()
120 IF A ＝ “Y” OR A = “N” THEN GO TO 130
```

```
130 IF A = "N" THEN 20
140 IF A = "Y" THEN 150
150 END PROGRAM
```

她把紙條對摺，在外面寫了「讀我」。如果他把這段語言輸入電腦，畫面上會寫滿對山姆道歉的字句。如果他接受道歉，整個程序就結束了；但如果他不接受，程序就會不斷反覆，直到他選擇接受。

護理師把紙條帶進山姆的房間，幾分鐘後又回來：山姆拒收紙條。那天晚上，莎蒂把程式輸入自己的電腦，才意識到自己語法上也犯下嚴重錯誤。

一星期後，輪到芙烈達載莎蒂去醫院。莎蒂不想向奶奶坦承發生什麼事，不想承認芙烈達說對了。她任由芙烈達一路把她載到兒童醫院，但到達時，莎蒂沒有下車。

「怎麼了，莎蒂寶貝？」芙烈達問。

「我搞砸了。」莎蒂悲慘承認，「我是個爛人。」她擔心芙烈達會對她大吼，會說我早就告訴過你，會逼她進醫院去向山姆道歉，莎蒂知道道歉沒有用。成年人總以為他們能幫小孩解決問題。

但芙烈達只是點點頭，伸手把莎蒂攬過來，「喔，我的寶貝。你一定覺得非常失落。」她拿起巨大的行動電話，取消下午所有安排，把莎蒂帶去她最愛的餐廳吃午餐。那是比佛利山一間破舊的義式餐館，那裡所有侍者都會和芙烈達眉來眼去。她們點了雞肉焗烤千層，莎蒂的最愛，還有冰淇淋聖代。芙烈達只在付帳時說起這件事，「世界上有像你和我一樣的人，我們遇到壞事能撐過去。我們很堅強。但是也有像你朋友一樣的人，你必須加倍溫柔，否則他們會崩潰。」

「我撐過什麼壞事了，奶奶？」莎蒂問。

「你姊姊的癌症。你一直都表現得很堅強，雖然你爸和你媽都沒有好好稱讚你，但是我注意到了，我很以你為榮。」

莎蒂覺得很不好意思。「跟你經歷過的事比起來不算什麼。」

「當妹妹不是容易的事，這點我很清楚。我也很高興看到你和那個男孩做朋友。雖然結果不理想，但是你為他、為你自己做了一件好事。那孩子沒有朋友，受了傷，孤孤單單。你不是完美的朋友，但是你確實是他的朋友，他需要朋友。」

「你明明就警告過我。」

「哈。」芙烈達說，「只是奶奶的直覺，一個老太婆的猜測。」

「可是我真的會很想他。」莎蒂忍住眼淚。

「也許你會再見到他。」

「我覺得不會。他現在很恨我，奶奶。」

「你要記住，莎蒂寶貝：只要還活著，人生是很長的。」莎蒂知道這是一句廢話，但也知道確實如此。

∵

多弗返回劍橋時沒有打給她。他預定回來的那一天來了又過了，時間已經進入一月中，學校要開學了。她不想打給他，又覺得貿然跑去他家很沒禮貌，於是決定寄電子郵件給他，寄之前仔細斟酌過每一個字。最後，這番努力並沒有換來特別突出的成果：嗨！多弗，我開始玩《超時空之鑰》（*Chrono Trigger*）了，有些地方滿有趣的。

他隔了整整一天才回：我已經玩過了。我們應該好好談一下，你想今天晚上過來嗎？

莎蒂知道即將迎來自己的喪禮，所以穿了全身黑：洋裝、緊身褲、馬汀大夫鞋。她希望自己看起來性感，希望他因為錯過了她覺得遺憾，但又不想做得太明顯。她搭地鐵到哈佛廣場，到站時，發現那幅魔術眼廣告還在，不過上面多了塗鴉，邊角也開始翹起。整個世界在聖誕節後似乎就對此失去了興趣。她決定晚點抵達多弗家，再嘗試看一次。走近一點，再慢慢後退，讓雙眼放鬆。

她去了那個全新的世界，感覺內心變得清明。她告訴自己，無論多弗說了什麼，都不要辯解、哭泣或怨嘆。

抵達多弗住的公寓時，她手上有鑰匙，但沒有自己進門，而是按響了門鈴。他下樓來帶她上去，親吻她的臉頰，開始幫她脫外套。但是她不想脫外套，想繼續穿著這件羊絨羊毛混紡盔甲，這是大一那年秋天芙烈達在菲林地下倉庫（Filene's Basement）過季服飾店買給她的。她當時還擔心這件外套太笨重，但芙烈達說，「冬天會比你想像的還要冷，莎蒂寶貝，我跟你保證。」

「我穿著就好。」莎蒂說，直視他的眼睛，雙臂交叉盤在胸前。我很勇敢，她在心裡想。

「巴緹雅（Batia）和我想再試試看。」多弗說，「我很抱歉。」他要請長假離開麻省理工，正在打包行李——她突然意識到房裡堆滿紙箱。公寓也要轉租出去，所以他得討回鑰匙。他打算回以色列，著手做《死海II》。

莎蒂不哭，「你沒有聯絡我，我就猜到大概是這樣。」她用鍛鍊過的輕鬆語氣說。要冷靜，她想著，腦袋瘋狂回想此刻保持冷靜的各種理由。如果她要上研究所，可能需要拜託他寫推薦信。她可能跟他進入同一間公司，可能和他一起開發一款遊戲，可能在座談會上相遇。他可能會成為某個遊戲獎的評審。莎蒂和山姆一樣，擅長想像自己未來的樣子。她看見未來自己不會成為多弗的愛人，但還是可能成為他的同事、員工、朋友。如果她保持冷靜，這段時間就沒有白費。只要還活著，人生是很長的，她想。

「你的態度太好了，」多弗說，「讓我感覺很糟糕。我寧願你大吼大叫。」

莎蒂聳肩，「我本來就知道你已婚。」是嗎？對，她早就知道，但仍然對自己和對多弗裝作毫不知情。早在修那門課之前，她就在某個陽春的遊戲網站上看過他的簡介。升大二前的暑假，玩過《死海》之後她就在網路上搜尋過他。搜尋結果提到有個妻子，還有個兒子。沒有名字，所以對她來說沒有明確的形象，但不代表不存在。他從未主動向她提起他們，所以她也就把和他發生關係合理化：在他告訴我之前，這都不是我該在乎的事。「是我的錯。」她說。

「過來。」他說。

莎蒂搖搖頭，她不想讓他碰。「夠了，多弗。」

現在，多弗知道莎蒂不打算鬧得很難看，於是她看見他的眼神放軟，滿懷愛意與悔意。莎蒂想記住多弗這樣的臉。她開始往門口移動。

「莎蒂，你不用走。我可以點一些泰國菜一起吃。有個同事寄給我小島秀夫新遊戲的拷貝片。那遊戲至少要再等一年才會在這裡推出，可能更久。」

「《燃燒坦克III》（*Metal Gear III*）？」

「名字不會叫《燃燒坦克III》，他們打算叫《潛龍諜影》（*Metal Gear Solid*）。小島對前幾個遊戲在美國的銷量很失望，所以不想再繼續推出續作。」

「可是之前的遊戲很棒啊。」莎蒂說。

「如果他認為這個遊戲可以暢銷，這樣做其實很聰明。」多弗說，「不只要會寫程式和會設計，莎蒂，會行銷、會表演也很重要。你以後就會懂。」

莎蒂並沒有心情上課，但還是脫下了外套。

「我喜歡這件洋裝。」多弗說。

她都忘了自己穿著洋裝，現在想起一個小時前打算用一件洋裝物化自己的那個莎蒂，只覺得可憐。她在多弗的書桌前坐下，他載入遊戲，接著把控制器交給她。

《潛龍諜影》是潛行遊戲，因此比起直接和對方交戰，盡量避免自己被發現更具戰略優勢。玩這種遊戲的大部分時間都會很無聊，只能躲藏和等待。莎蒂發現《潛龍諜影》相對無聊的遊戲過程有種療癒作用，她讓角色蹲下，躲在紙箱或牆壁或門廊後，此時她意識到，潛行對此刻的她而言是很好的策略。她可以在這裡，在這個房間裡和多弗待在一起，但是除非必要，她不會去刺激他或主動與他交流。

莎蒂玩到一個段落，是玩家操作的角色在監視某個非玩家女性角色穿著內衣運動。那個NPC的名字是梅莉兒・西爾巴柏格（Meryl Silverburgh），莎蒂覺得很荒謬。

「拜託」莎蒂說，「這什麼梅莉兒・西爾巴柏格為什麼只穿內衣？」

「可能小島喜歡猶太女人？」

莎蒂很好奇是否大部分玩家看了都會興奮。她常常必須把自己放進男性視角，才能理解一款遊戲。如同多弗的老生常談，「你玩的時候不能再把自己當成單純的玩家。你是世界的建構者，如果要建構世界，比起你自己的感受，你的玩家的感受更重要。你必須時時想像這群人的存在。遊戲設計師是最能感同身受的藝術家。」玩家莎蒂覺得這個場景很性別歧視也很突兀。但與此同時，世界建構者莎蒂接受了這款遊戲是出自遊戲圈最具創意的創作者之手。不只遊戲，在那個年代，像莎蒂一樣的女孩調整自己，忽視普遍的性別歧視，因為如果指出這些問題，就會顯得不夠冷靜。如果想和男生一起玩，就要讓他們在你身邊也能暢所欲言。如果有人說你遊戲裡的音效聽起來像陰道擠出的屁聲，你就應該跟著笑。不過這一晚，莎蒂沒有心情笑。

「我不想玩這種只是某人展示自己性癖的遊戲。」莎蒂說。

「拜託，莎蒂，你這句話打趴了百分之九十九的遊戲。胸部是有點誇張，這我同意。她怎麼不會頭重腳輕？」多弗說，「不過小島確實很厲害。」

「對。」莎蒂說著，操作角色進入通風管道。

泰式料理送來了，多弗繼續說話，彷彿這只是尋常的一夜，不是他們最後的晚餐。她沒什麼食慾，喝了一點他倒給她的葡萄酒（她實在不怎麼喜歡喝酒），覺得頭暈目眩，微微反胃，但沒有醉。因為頭暈，她沒辦法按照學過的知識給出對酒的評價。

「你看起來好美。」多弗說，俯身越過桌子親吻她，她太疲倦，無法堅定說出如果他打算分手，那麼至少放過她，不要打分手炮。因為她很冷靜。但她不太確定自己能不能那麼冷靜。

莎蒂發現很難不帶憤怒或悲傷的情緒開口說話，但她已經努力忍耐了這麼久。

「多弗。」她說，心裡想要拒絕，但嘴裡說不出話。最後她想，有什麼差別？她早就跟他做過那麼多次，而且她也一向喜歡和多弗上床。

他脫掉她的緊身褲和洋裝和內衣褲，上下撫摸她的身體，像農民在評估一塊即將賣出的土地。「我一定會想你。」他說，「我會想念這個。」她想像自己不在這身體裡，而是回到《潛龍諜影》的世界。在《潛龍諜影》裡，玩家操控的角色代號叫固蛇（Solid Snake），他的死對頭則叫液蛇（Liquid Snake），兩人都是用相同的基因材料製造出來的。這項設定的意圖此時突然擊中莎蒂：是啊，人最大的敵人不就是自己嗎？比起怪罪多弗，這一切不是更應該怪她自己嗎？他已經說過，如果她跑來他的公寓會有麻煩，但她還是來了。如果有人告訴你會有麻煩，最好相信對方。

計程車抵達時，他陪她走到馬路上。

「還是朋友？」他說。

「當然。」莎蒂說，不等他開口討就把鑰匙交給他。

他抱抱她，送她上車，關上車門。

計程車駛上麻塞諸塞大道，她裹著保暖的大衣，覺得很熱，彷彿不能呼吸，於是問司機能不能降下車窗。透過車窗，她看見新英格蘭糖果糕點（New England Confectionary Company）

工廠的水塔，最近才剛重新漆成那間公司推出的薄片糖果捲包裝顏色，這種像粉筆的薄片幾乎沒有味道，顏色粉嫩，像宗教儀式使用的小圓薄餅。隨著車駛近工廠，空氣裡糖的甜香越來越濃郁，令莎蒂心生傷感，懷念起她從來沒吃過的某種糖果。

4

聖誕節隔天，山姆寄了一封電子郵件給莎蒂：好久不見，我玩了你的遊戲兩次，很想跟你聊一下！等你放假回來我們再約。幫我向我們熟悉的加州問好。S. A. M.。註：很高興能跟你巧遇。

她沒有馬上回信，但山姆不以為意。在那個時代，如果離開學校，可能就沒辦法即時收信。到了一月中，她還沒回覆，山姆開始擔心他的信沒有寄到，決定再寄一次。

等待回信期間，他又玩了一次《解決方案》，已經一個人把這個遊戲從頭到尾玩了三遍。第一遍他沒有詢問任何資訊，一心拿分，最後獲得了偉大納粹協助者這個等級。第二遍他設法收集所有資訊，同時還是盡可能累積分數，最後的等級是協調者。最後一遍時，他收集所有資訊，並盡可能放慢完成關卡的速度，只勉強達到升級門檻，最後等級落在有良心的反抗者。山姆認為有良心的反抗者是玩家在《解決方案》裡能達到的最好等級，但他還沒去研究程式碼確認這一點。

山姆一邊玩，一邊開始做筆記。他覺得這遊戲很聰明，但也覺得有些小地方可以改進。不過還有些小地方設計得非常棒，讓他很希望她能知道，他這位她曾經的摯友看見了她的努力。他把瑣碎的回饋意見整理成一個試算表檔案，分成音效、延遲、機制、文字、圖像、節奏、抬頭顯示器、操控、其他想法等等分頁。但他還沒決定要不要把檔案寄給她。

他最想和她討論的是遊戲整體層面。他寫的筆記裡最重要的一點，是遊戲應該更複雜。他認為《解決方案》是很不錯的課堂作業，但如果要讓遊戲更好，可以在選擇了重視道德的路之後，進入另一個階段。目前遊戲進行一段時間後，如果玩家繼續用分數換取資訊，而謎團已經幾乎都解開，作業感就會有點重。如果讓玩得好而且道德感也強的玩家能夠想辦法把工廠的產品送往別處，不是更棒嗎？山姆覺得遊戲的模擬不夠完整，所以成就感不足。模擬不夠完整是因為沒有可以採取的行動。玩完莎蒂的遊戲，玩家只能感受到虛無。山姆完全理解她的用意，但也清楚如果想讓遊戲受到大家熱愛，而不只是獲得好印象，就必須做得更多。

他想出要告訴莎蒂的感想時，心情很興奮，在研究「以排除選擇公理的另一途徑……」時就沒有這種感覺。安德斯・拉森說的話又浮現在他心頭：「擅長做某件事和熱愛是不太一樣的。」玩過《解決方案》之後，他知道了自己熱愛什麼，也認為自己會擅長：他熱愛和莎蒂・葛林一起製作遊戲。只要她回信，他就能說服她，這是他們兩人該做的事。

又一個星期過去，她還是沒有回信。哈佛的溫書假結束，山姆已經考完所有考試，新學期即將開始。通常來說，山姆此時該接受暗示，忘掉曾在地鐵站遇見莎蒂．葛林，但《解決方案》不讓他放棄。他認為她給他這個遊戲是有原因的，他必須和她談談，就算是最後一次也好。讀我檔案裡有她的電子信箱，但也有實際的住址（沒有電話號碼），是一棟位在哥倫比亞路上的公寓，介於肯德爾廣場和中央廣場之間。意思是說，沒有哪個地鐵站能快速抵達莎蒂的公寓。山姆如果要去，必須從車站步行大約四百公尺，這對他不容易，因為他必須在嚴寒的冬日裡，用他那勉強拼合起來的左腳，走過劍橋市滿佈冰霜的曲折街道。他考慮搭計程車，但付不起車資。天氣很冷但晴朗，他也沒有要務在身，於是決定挑戰走路。他很少用手杖，雖然就健康角度而言應該要用，但他總覺得手杖看起來很做作，像大富翁遊戲盒上那個老頭的年輕版本。不過這次他要帶著手杖，他覺得這一趟是公務行程。

他抵達莎蒂住的公寓，按響門鈴。按下去前一秒，他突然擔心莎蒂讀我檔案裡給的是舊地址，他大老遠跑這一趟全是徒勞。

等了大約五分鐘，有個室友來應門。山姆說他想找莎蒂，室友用懷疑的目光打量山姆後，很快判定他沒有危險。「莎蒂！」室友大喊，「有個小孩來找你。」

莎蒂從她房間現身，此時是下午兩點，山姆看得出來她剛剛還在睡。

「山姆，」她昏昏沉沉，「嗨。」

她看起來沒洗澡，麻省理工大學運動衫上有紅紅白白的污漬。雖然衣服很寬大，他還是看得出衣服下的身體瘦得不太尋常。她的頭髮糾結骯髒，像在荒野裡生活了好一段時間的動物。不得不提的是，她身上散發臭味，山姆推測這不只是睡了一整天的結果。

「你還好嗎？」山姆問。六週前，她看起來還好好的。

「當然。」莎蒂說，「你怎麼在這裡？」

「我……」眼前的莎蒂讓他心神不寧，一時忘了自己的來意。「我有寄電子郵件給你。我想跟你討論《解決方案》。你記得嗎？你給我一張磁片……」

莎蒂重重嘆了一口氣打斷他，「聽我說，山姆，現在不方便。」

他本來打算離開，又改變主意。「我可不可以……？我從中央廣場走過來的，讓我坐下來休息一下就好。」

莎蒂看看他的手杖和腳，說：「進來吧。」語氣疲憊。

山姆跟著莎蒂走進她房間。所有窗簾都放下了，到處散落著衣服和其他雜物。這不像他認識的莎蒂。

「莎蒂，發生什麼事了嗎？」山姆問。

「你幹嘛管？我們不是真正的朋友，你忘了嗎？」莎蒂迎上他的視線，「而且不打電話就突然跑來別人家很沒禮貌。」

「對不起。我沒有你的電話號碼，你也沒回我的信。」山姆說。

「恐怕我回信的速度比較慢，山姆。」莎蒂躺回床上，用被子把頭蓋住。「我需要睡一下。」她的聲音悶在被子裡，「你自己回去吧。」

山姆移開書桌前椅子上的幾件衣服，然後坐下來。

莎蒂仍然蓋著被子說，「那件外套太誇張了。」幾秒後，山姆聽見她即將陷入睡眠的規律呼吸聲。

山姆環顧莎蒂的房間。床上方有一張杜安・漢森（Duane Hanson）雕塑作品《觀光客》（*Tourists*）的海報，梳妝台上有一幅葛飾北齋畫的海浪。他看見書桌上方有一小幅裱框的畫，是一個迷宮，描繪出洛杉磯市景。畫框上有精巧的竹子雕刻，微微向左歪。他把畫框扶正，注意到書桌上有張磁片，上面有莎蒂的手寫字：《艾蜜莉射手》。山姆把磁片放進外套口袋，就離開了。

邀請函在九月寄到，大約是在山姆發現莎蒂的社區服務並叫她婊子一個月後。山姆森・A・梅蘇爾先生，信封上用草寫體這麼寫著。雪琳・費德曼葛林與史蒂文・葛林邀請您參加女兒莎蒂・米蘭達的成年禮……於早上十點舉行，隨後共進午餐……請回覆出席意願……

邀請函很樸素，不是一看就很奢華的那種。厚磅奶油白卡紙，凸版印刷文字，裝在內襯牛皮紙的信封裡。但山姆已經長得夠大，知道表面上簡約的東西往往更昂貴。他把邀請卡貼近鼻子，充分感受高級紙的香氣，他不覺得這聞起來像錢，因為錢很髒。紙的味道乾淨高級，像書店裡的精裝書，像莎蒂本人。

山姆把邀請卡豎起來擺在書桌遠端，開始研究信封。這張紙代表一種難以拒絕的誘惑。他把水龍頭開到熱水，用蒸汽稍微融化封膠，把信封攤平成一整張紙，拿出最愛的施德樓藍桿素描鉛筆，在他解放的這張紙上畫迷宮。山姆畫迷宮時，未必一下筆就知道自己在畫什麼，但這次他發現自己畫了一系列圓圈和弧線，那些圓圈組成了洛杉磯。迷宮從東邊的回聲公園區起頭，這是山姆住的地方，一路延伸到西邊的比佛利山平地區，莎蒂住的地方，路徑蜿蜒穿過西好萊塢，爬上好萊塢山，來到影城區，又下山進入東好萊塢、洛斯費利茲、銀湖區，最後在韓國城和中城區繞了一圈。他全心投入在畫這個迷宮，完全沒注意到東賢進了房間。時間很晚了，東賢身上一如往常有披薩味。

「這張畫得好。」東賢說，手伸向書桌上的邀請卡，「我可以看嗎？」和山姆的外婆丰子（Bong Cha）不同，東賢碰山姆的東西之前，總會徵求他同意。

山姆嘆氣，「要看就看吧。」

「受人邀請是好事。」東賢邊讀邀請函邊說。他和山姆的外婆都擔心山姆不再和莎蒂見面後心情如何。山姆不告訴他們發生什麼事，只說她不是他以為的那種人。

山姆放下鉛筆，看向東賢，「我真的不想去，莎蒂的朋友我都不認識。」

「你就是莎蒂的朋友。」東賢說。

山姆搖頭，不，「她不是，她只是好心。」

幾週後，莎蒂打電話給山姆。他們已經兩個月沒有說話，她的音調很高，聽起來很奇怪，「我爸想知道你會不會來。你沒有寄回函來。」

「我不確定，」山姆說，「我那天可能有事。」

「喔，你確定之後可以告訴我嗎？我們必須統計用餐人數之類的。」莎蒂說。

「好。」

「山姆，你不能一輩子生我的氣。」

山姆掛斷電話。

丰子用廚房裡的分機偷聽山姆講電話，隔天，她把確認參加的回函寄出。她替山姆買了新的卡其長褲、藍色牛津襯衫、點綴著花朵的棉質領帶，以及巴斯牌樂福鞋。她的另一個孫子亞伯特（Albert）告訴她，十四歲的男孩去高級派對都這樣穿。派對當天早上，她把新衣服拿給山姆，告訴他說他該準備去參加成年禮。

「你幹嘛要這樣！」山姆大吼，「我才不要去！」

「可是你看，山姆，我準備了禮物給莎蒂。」丰子打開禮物袋，山姆畫的那張從他們家走到莎蒂家的迷宮，現在已經裱褙裝框。

山姆用手拍打牆面，「你沒有權利做這種事！這是我的隱私！而且莎蒂才不會想要這種垃圾！」

「可是你就是要畫給她的，不是嗎？這張圖畫得很好，山姆。」丰子說，「莎蒂一定會很喜歡。」

山姆拿起畫框，高舉到空中，本來想重重摔到地上，卻在最後一刻改變想法，只是把畫放到桌上。

山姆拖著腳步上樓進房間，他沒辦法跑著上樓梯。他重重摔上門。

過了一下子，東賢來敲門，「奶奶只是想幫你，」他說，「她很關心你。」

「我不想去。」山姆說，「拜託不要逼我去。」他覺得自己快哭出來了，下定決心要忍住。

「為什麼？」東賢問。

「不知道。」山姆不敢告訴東賢，他唯一的朋友從頭到尾都不是朋友。

「我不認為你外婆的做法是對的，」東賢說，「但是做了都做了，而且如果你不去，莎蒂可能會難過。」

「我才不管莎蒂會不會難過，而且她才不會。那個派對很大，她的有錢朋友都會去，還有她爸媽的有錢朋友。她根本不會注意到我有沒有去。」山姆說。

「我認為她會注意到。」東賢說。

山姆搖頭，東賢哪懂這種事？「我的腳在痛。」他從來沒抱怨過自己承受的疼痛，所以知道只要說出來，東賢就不會逼他去做任何事。「一直都在痛，我真的沒辦法去。」

東賢點點頭，「如果你同意，我幫你把禮物送去現場。我覺得她會喜歡你和你外婆準備的這份禮物。」

「她爸媽什麼都能買給她，怎麼會想要我畫在信封背面的這種垃圾？」山姆說。

「我認為正是因為她爸媽什麼都能買給她。」東賢說。

那份愛

射擊

就是全部

射擊

是我們所知之

山姆正要射擊「愛」字，馬克斯走進他房間，問他要不要吃晚餐。「這什麼？」馬克斯問。

「我朋友做的另外一個遊戲。沒有《解決方案》好玩，但還不錯。」山姆回答。

馬克斯在山姆身旁坐下，山姆把鍵盤給他，讓他玩一回合。

墨漬在畫面上燒起來，表示射錯詞彙的馬克斯少了一條命。「這是我玩過最暴力的詩詞遊戲。」馬克斯說。

因為
射擊
我無法
射擊
停下來等待
射擊
善意

「你還玩過其他詩詞遊戲？」

「呃，嚴格來說沒有。」馬克斯說，「你朋友很有才華。也很怪。」

渡邊馬克斯（Marx Watanabe）和山姆都是一九七四年生，所以比一九九三學年這一屆大部分學生都大一歲。馬克斯上大學前休息了一年，去他父親的投資公司工作；山姆則當然是因為花在醫院裡的那些日子而晚讀一年。乍看之下，他們兩個沒什麼共通點，大一時之所以會被分配為室友，極有可能只是因為出生年相同。

威格沃斯宿舍雙人房的室內配置可以隔成兩間單人房，但進入其中一間必須途經另一間，或弄成一間大房加上一片公共空間。馬克斯性格外向，還沒見到山姆本人，就想說服他弄成有公共空間的那種配置，這樣比較適合邀朋友來。

山姆比馬克斯更早到宿舍，所以馬克斯在見到山姆本人之前，先見到了他的行李：一台老舊的桌上型電腦，一冊貼著《超時空奇俠》（*Doctor Who*）的貼紙，另一側貼著《龍與地下城》；一個使用痕跡明顯的美國旅行者（American Tourister）天藍色硬殼大行李箱（裡面塞滿派不上用場的輕薄衣物）；一根黑色手杖；一根小小的竹子，種在大象形狀的花盆裡。馬克斯對這些東西的印象是「單身」。

山姆終於回到房間時，馬克斯忍不住微笑。討喜的圓臉、淺色眼珠、同時帶有白人和亞洲人特徵的長相，讓山姆看起來像個卡通人物：原子小金剛，或日本漫畫裡常見的那種聰明小弟弟角色。至於個人風格呢，山姆看起來像《孤雛淚》（*Oliver Twist*）裡跟著小扒手道奇（Artful Dodger）混的奧利佛・推斯特，只是這個奧利佛可能不是扒手，而是會在南加州賣劣質大麻。山姆有一頭中分的黑色捲髮，髮尾剪齊，長度剛到肩上。他戴著便宜的金屬細框眼鏡，約翰・藍儂（John Lennon）戴的那種，穿著墨西哥會賣的粗麻條紋連帽大衣，藍色牛仔褲上都是破洞，洗得泛白，腳上是 Teva 涼鞋和厚厚的白色運動襪。「我是山姆，」他說，聲音有點細，彷彿呼吸困難，「你是馬克斯對不對？你知道哪裡可以買到便宜的床單和毛巾嗎？」

「這你不用煩惱，」馬克斯說著，對眼前這個卡通男孩微笑，「我都有多帶。」

「真的嗎？可以嗎？」山姆說，「我不想佔你便宜。」

「我們是室友啊，我的東西就是你的。」馬克斯說。

所以，就像這樣，馬克斯看似什麼都沒做，其實在各方面幫了山姆很多。所以才會有件外套奇蹟般出現在塑膠袋裡，就等山姆去問可不可以跟他借。所以山姆沒辦法回家過節時，桌上才總會留下餐廳禮券。所以，發現了山姆爬樓梯到宿舍房間很吃力，而宿舍電梯又時好時壞之後，馬克斯表示想搬到校外住。哈佛幾乎沒有大學部學生住在校外，因此馬克斯說如果山姆不想跟他一起搬出去，他可以理解。所以，附電梯的新住處租金明顯比宿舍貴很多，馬克斯就說他要睡比較大間的臥室（順帶一提，其實並沒有大多少），山姆可以付跟住宿舍一樣的錢就好。（小間臥室的窗戶可以看到查爾斯河。）所以，山姆太少打電話回家時，也是馬克斯特地打給洛杉磯的李家。「爺爺奶奶好，」他用韓語打招呼，「我們這位小弟過得不錯。」（馬克斯的父親是日本人，母親則是韓裔美國人。）

面對這個大部分人都覺得有點不討喜的奇怪男孩，馬克斯為什麼要付出這麼多？他很喜歡山姆。整個童年，他身邊都圍繞著有錢且理應有趣的人，因此他知道，不平凡的心靈很罕見。他認為既然哈佛安排他們成為室友，山姆就是他的責任。所以他保護山姆，讓山姆能活得更輕鬆，做這些事幾乎不花他什麼代價。馬克斯的人生一直非常富足，所以他成了那種自然而然會去照顧周遭親友的人。在山姆身上，馬克斯得到的回報是有山姆陪伴所帶來的快樂。

山姆太習慣有馬克斯幫忙，甚至有點太習以為常，而他非常少主動向馬克斯要東西，尤其是要他的意見，可說是史無前例。

「你每次都知道該怎麼做。」山姆一邊看著馬克斯毀掉艾蜜莉・狄金生的詩一邊說，「我是說人際關係方面。」

「你意思是遇到其他事我就不知道該怎麼做了嗎？」馬克斯開玩笑。

山姆描述他在莎蒂的公寓看到的景象。

馬克斯的判斷山姆早就知道了：「聽起來你朋友很憂鬱。」

「那如果是你會怎麼辦？」

馬克斯把遊戲暫停，用嚴肅又想笑的表情盯著他的朋友。有時候，山姆感覺比二十一歲小很多。「你可以打給她爸媽，或是告訴她大學的朋友。」

山姆把鍵盤從馬克斯手中拿過來，按下繼續遊戲，把準心瞄準希望，「我不確定有沒有那麼嚴重，而且我覺得這樣會侵犯她的隱私。」

馬克斯思考這個說法，「她是你很好的朋友對不對？」

「以前是我最好的朋友，可是我們吵架了。」

「那我建議你繼續去她公寓找她。」馬克斯說，「如果是我的朋友，我就會這樣做。」

「我覺得她不希望我去。」山姆停頓了一下，「我沒辦法待在不歡迎我的地方。」

「那不重要，」馬克斯說，「這樣做不是為了你。你就每天出現一下，確認她的狀況。」

「如果她不跟我講話怎麼辦？」

「讓她知道你在就可以了。你也可以帶餅乾、帶書、帶電影去看。」馬克斯說，「培養友情有點像是在養電子雞。」電子雞是一種可以掛在鑰匙圈上的電子寵物機，當時非常流行。馬克斯最近才養死一隻，是某位女友在過節時送他的。那位女友認為這件事反映出馬克斯深藏的人格缺陷。「叫她去沖個澡，聊聊天，散散步。如果可以的話把窗戶打開換氣。如果沒有改善，看看能不能帶她去接受專業協助。如果還是不行，那你就必須打給她爸媽了。」

馬克斯提議的每一件事都讓山姆坐立不安，但隔天下課之後，他再度長途跋涉到莎蒂家，走到時腳已經開始隱隱作痛。他爬上樓梯，敲門。「莎蒂，又是那個小孩。」室友喊。

莎蒂喊回來：「跟他說我不在。」

這位室友也很擔心莎蒂，因此把門大開，放山姆進來。山姆又走進莎蒂房間。她看起來跟昨天一樣，只不過換了件運動衫。莎蒂抬頭掃他一眼，「山姆，走開啦，真的。」她說，「我不會怎麼樣，多睡覺就好了。」她把頭埋到被子下。

山姆在莎蒂的書桌椅上坐下，拿出基礎歷史課講義，他正在修這門主講美國亞裔族群歷史的課。

幾小時後，他把講義讀完，這篇文章介紹十九世紀與二十世紀中國人移民到美國的歷史，當時中國移民只能做某些特定工作，例如餐飲或清潔，因此才會衍生出這麼多中餐館和中式洗衣店，這就是制度性的種族歧視。他想起自己來自韓國的外公外婆，想起韓國城，想起他們得知他進了哈佛時有多光榮。他們在家裡各處擺了哈佛的周邊商品：家裡兩輛老車都貼了保險桿貼紙；手子親手縫了「祝賀我們的孫子山姆森考上哈佛，一九九三學年」的橫幅，在披薩屋裡掛了一整個夏天；東賢老是穿著哈佛T恤工作，穿到都破洞了，結果是馬克斯寄了一件新的給他。山姆很愧疚自己都沒打電話聯絡他們，也很愧疚進入哈佛之後，在數學系並不突出，也沒有其他好表現。

「你還在嗎？」莎蒂問。

「在。」山姆說。

他從背包裡拿出一顆用紙袋裝著的貝果，放在她書桌上，就在迷宮正下方，然後離開。如果要他誠實面對自己，他會承認是那個迷宮讓他再回來。她留著那幅畫這麼多年，還帶著它跨越大半個國家，又帶著從宿舍搬進分租公寓。下次他打電話回家，會告訴外公外婆，對，你們說得沒錯，莎蒂喜歡那個禮物。

第三天，他帶了理察・鮑爾斯（Richard Powers）的小說《加拉蒂亞二點二》（*Galatea 2.2*），從圖書館借的，他最近很愛讀。

第四天，他帶了第一代《咚奇剛》掌機給她，是馬克斯有一年給他的新年禮物。

「你為什麼一直跑來？」她問。

「沒為什麼。」點擊這個詞，他想，你就會連結到這一切背後的意義。因為你是我認識最久的朋友。因為以前我最慘的時候，是你救了我。因為沒有你我可能已經死了，或是待在兒童精神病院。因為我欠你的。因為我有私心，我看見未來我們會一起做出很棒的遊戲，只要你先從床上爬起來。「沒為什麼。」他回答。

第五天，她不在。山姆問室友她去哪裡了。「她去看醫生。」室友回答，給了山姆一個擁抱。「不過她看起來好一點了。」

接下來一週，除了要在拉蒙圖書館值班的那天，他每天下午都去看她，按照馬克斯的建議，每次都帶個小東西給她，然後在她那裡待一下，再回自己家。

第十二天，她問他：「你是不是偷拿了《艾蜜莉射手》？」

「我是借走。」山姆說。

「可以送你。」她說，「我這邊還有。」

第十三天，他坐在她書桌前。他已經好多年沒有畫過迷宮，但決定要畫一個新的給她。這幾年他的繪圖技巧進步很多，想給她一幅最近的作品。新迷宮畫出從山姆住的公寓到莎蒂住的公寓的路線，從查爾斯河畔到糖果工廠旁邊。

莎蒂從床上起身，從山姆肩後看著他畫。「你來這裡要很久對不對？」

「普通而已。」他說。

「我明天可能會出門。」她說，「如果我這週開始去上課和交作業，系主任說我這學期還有救。」

山姆站起來，小心把迷宮和繪圖鉛筆滑進書包：「你意思是希望我不要再來看你了嗎？」

莎蒂笑出來。山姆已經好久沒聽到莎蒂發自內心的笑聲，她變了很多，但他很高興發現她的招牌笑聲沒變，只是音高難免隨著年紀有點不同。他覺得她擁有世界上最棒的笑聲，不會讓對方覺得自己被嘲笑的笑聲，那種笑聲像一個邀請：我誠摯邀請你共享這件我覺得有趣的事。

「不是，你白痴喔，我是想跟你約見面時間，免得你跑來之後發現我不在。」

「答應我，我們不要再這樣了。」莎蒂說，「你答應我，不管發生什麼事，不管做了什麼得罪對方的蠢事，都不要再像這樣六年不講話。答應我你一定會原諒我，我也發誓我一定會原諒你。」當然，這就是那種年輕人覺得可以輕易立下的誓言，因為他們還不知道人生對他們有何安排。

莎蒂伸出手要和山姆握手，莎蒂聲音堅定，但山姆覺得她的眼睛脆弱疲憊。他握住她的手，那隻手冰涼卻流著汗。不管她生的是什麼病，山姆知道她還沒完全康復。

「我畫的迷宮你還留著。」他說。

「我留著。好，現在你來講你對《解決方案》的感想。」莎蒂說，起身打開房間的窗戶，灌進來的新鮮空氣爽快清涼，簡直像嗑藥一般舒暢。「嘴下留情，湯姆，你應該也注意到我最近有點低潮。」

第二章　影響

1

《一五》（*Ichigo*）在這時還沒定名叫《一五》，原本該是個單純的遊戲，是山姆和莎蒂在大三升大四這年暑假能夠做完的遊戲。

自從在十二月玩了《解決方案》之後，兩個人一起製作遊戲的念頭就出現在山姆心裡，但是一直等到三月，他才提起這件事。山姆平常不會這麼克制，不過直覺告訴他，這件事必須慢慢來。莎蒂的生活被學校作業佔滿，因為在那黑暗的一個月後，她進度落後其他同學。山姆仍然不知道原因，莎蒂簡短解釋過自己的憂鬱是因為「分手分得很糟糕」，山姆覺得還有其他隱情，不過基於尊重，並沒有逼她解釋清楚。他們之間的友誼非常少見，允許雙方保有大量的隱私，原因之一是最初兩人成為好友，就是因為她沒有逼他提起傷心事，只為了滿足自己的好奇心。他至少能做到同樣以禮相待。

另一個讓他不願開口問的原因，是他很享受再度擁有莎蒂的陪伴。兩人迅速找回相處的節奏，一週見好幾次面，看電影、吃飯、打遊戲。有她在時，他覺得自己變強了，論述力和觀察力都變得敏銳，也比較少注意到新英格蘭折磨人的冬季酷寒，在沒有莎蒂的前兩個冬天，他都為此痛苦不堪，還有那隨時都隱隱作痛的腳，也比較少成為他的關注焦點。和她走在一起時，他連絆到小石頭的次數都減少了。山姆通常不覺得自己行動不便，但是小石頭、結冰路面、緩慢的移動速度，一再反駁他的看法。如果下了雪，根據上課教室位置所在，山姆有時必須提早四十五分鐘出門，用退休教授般的速度蹣跚穿過校園。因為不覺得自己行動不便，這位加州男孩決定要去上東北部的學校時，完全沒考慮到這些因素。

回想當初，他發現決定和莎蒂斷絕來往時，他嚴重誤判情勢，錯以為這世界上多得是莎蒂．葛林，多得是像她一樣的人。實際上沒有，他上的高中當然沒有。他原本還希望哈佛會有，但大學在這方面特別令他失望。是有聰明人沒錯，至少能夠維持二十分鐘像樣的對話，但如果要找的是能夠持續聊六百零九個小時的人，就很難遇到了。就連馬克斯，願意付出、有創造力、性格開朗的馬克斯，但也不是莎蒂。

山姆決定三月是他說服莎蒂一起做遊戲的最後期限。企圖心強烈的哈佛和麻省理工學生通常三月就會做完暑假規劃，甚至更早。個人層面上，山姆也覺得那個暑假是關鍵。再過一年，不管願不願意，他就必須開始繳學貸了，哈佛錄取人不考慮經濟能力（這也正是他報考的原因），儘管他得到的助學金十分豐厚，還是無法支應所有開銷。雖然欠的錢不多，但他無法想像開口請東賢和丰子幫他付貸款，而他來上哈佛也不是為了變窮。山姆漸漸接受了安德斯．拉森告訴過他的真相：他不愛高等數學，他的未來和菲爾茲獎無緣，而欠下更多債務再念一個數學研究所，對山姆來說也沒有意義。更可能的出路是找一份科技業、金融業或相關顧問公司的工作，他大部分同學都選這條路。如他對馬克斯所說：「這個夏天是我幹大事的最後機會。」

作為創作者、作為商人，山姆有個強項，他很清楚表演的重要性，知道該如何安排場景。他想在特殊的地點開口問她願不願意一起工作，他們這個未來創意組合結成的瞬間，必須令人印象深刻。早在那時候他就想好，如果他們做出一個遊戲，而這個遊戲變得像他預計一樣受歡迎，那他希望山姆・梅蘇爾和莎蒂・葛林決定合作的這一天，有個好故事可講。他已經開始想像山姆和莎蒂的傳說，但甚至連遊戲的具體概念都還沒想到。這就是典型的山姆，他學會活在未來，藉此忍受有時充滿痛苦的現在。

他打算像求婚一樣對莎蒂提議，他會單膝跪下說，「你願意和我共事嗎？你願意給我你的時間，相信我的直覺，相信這段時間不會白費嗎？你願意相信我們能夠一起創造不凡嗎？」儘管他天生自命不凡，卻也不敢認定她會答應。

是馬克斯建議去看玻璃花。山姆問馬克斯哈佛最好玩的地方在哪裡。馬克斯在做哈佛園的導覽工作，即使沒有這份工作，他也是那種到處走透透的地頭蛇，熟知城裡最棒的角落。

威爾家族收藏的巴拉斯卡玻璃植物模型（The Ware Collection of Blaschka Glass Models of Plants）全系列有大約四千件，全是精心燒製、手工彩繪的玻璃標本，由大學委託一對德國父子在十九與二十世紀之交製作完成。這些工藝品回答了一個問題：如何保存不可能保存的東西？換句話說，如何阻止時間與死亡來臨？如果想創立一家日後會命名為不公平遊戲（Unfair Games）的公司，還有比這更適合的地方嗎？畢竟，電玩遊戲所在意的不正是消除生命之有限嗎？

莎蒂在二〇一一年接受「勒芙蕾絲的後裔」（Descendants of Lovelace）部落格訪問時，是這樣描述的：

莎蒂：梅瑟知道我在麻省理工做過幾個遊戲，都是很小的遊戲，有一個叫《解決方案》的引起他的注意。

後裔：是集中營那個對不對？讓你差點被退學那個。

莎蒂：（翻白眼。）那是山姆愛講的版本。他就是喜歡誇大，但其實只有一個人抱怨過，沒有鬧得那麼大……可是山姆——抱歉，我知道我應該叫他梅瑟，但是每次都忘記。梅瑟很喜歡《解決方案》，覺得是我的一大突破。老實說，做完《解決方案》之後我不太確定還會不會再做遊戲，感覺我已經靈感枯竭。可是大三快結束時，山姆說，「你想去看玻璃花嗎？」老實說，一點都不想！聽起來完全不有趣，而且我住麻省理工附近，要去哈佛自然史博物館也很不方便。不過我還是去了，因為山姆……我是說梅瑟！梅瑟想做某件事的時候會有點固執。你也知道，梅瑟隨時都有想做的事。（笑。）

所以我們走了一大段路去看展覽，結果沒開。那天是博物館的盤點日，或是清潔日之類的。外面有一張玻璃花的海報，應該不是只有我有這種想法：用照片來呈現玻璃花沒什麼意義，因為那些模型做得太好了，看起來像真花的照片。

我那時有點不爽，因為已經大老遠跑到這裡來，還看不到我根本也不想看的玻璃花。我覺得山姆很煩，幹嘛不先打給博物館確認。山姆在長椅上坐下，他走路走得有點喘，問我說，「你今年暑假要做什麼？」

我就說，「你現在在講什麼？」

他說，「你留在這裡，花三個月跟我做一款遊戲。卡馬克和羅梅洛做出《德軍總部3D》（*Wolfenstein 3D*）和《指揮官基恩》的時候跟我們一樣大。我們可以免費借用馬克斯〔渡邊，《一五》製作人〕的公寓，我已經問過了。」

我們從小就一起打遊戲，可是在他說這段話之前，我完全不知道他想做遊戲。山姆做事一直都很謹慎。不過呢，我自己也剛好走到設計師生涯的十字路口，山姆很優秀，又是我認識最久的朋友，所以我就想，有何不可？成功了當然好。如果沒成功，至少我這個暑假可以和朋友一起過。而且馬克斯的公寓超棒，有整面落地窗，可以看到查爾斯河，就在哈佛廣場西邊的甘迺迪路上。

所以我跟他說我考慮一下，不過我覺得他知道我會答應。

我們走回市區，他很嚴肅地看我，說，「莎蒂，如果你要講這個故事，就說我是在看玻璃花展的時候問你的，不要說展覽沒開。」這種傳奇感、故事性，反正就是這種感覺，山姆一直都非常重視。所以我今天講了這個故事，就已經算是背叛他了。

三十幾歲時，覺得自己已經活過好幾輩子的莎蒂終於看到了玻璃花展，意外發現展覽非常動人。花當然非常精緻，但是讓她更受震撼的是巴拉斯卡父子製作的腐爛水果，捕捉到那些撞傷和變色，永遠保留下來。這世界真奇妙，莎蒂想，竟然有人會做表現出腐壞的玻璃雕塑，現在還被放在博物館裡展出。人類好奇怪、好美，又好脆弱。那個早上，展區裡除了她，只有另一位年紀較大的優雅女人，她讓她想起當時已過世兩年的芙烈達。那個女人（喀什米爾羊毛衣，佛雷卡斯（Fracas）香水，是最具辨識度的晚香玉香味）自始至終都稍稍落後莎蒂，跟在她後面。看完所有展品後，女人問莎蒂，「這些是很漂亮，可是玻璃做的花在哪裡？」模型做得太逼真，她以為全部都是真的植物。

2

莎蒂第一反應就是想告訴山姆，但那時候他們彼此不交流了。

一五第一次登場，是在《一五：海之子》（*Ichigo: A Child of the Sea*）的開頭動畫裡，莎蒂和山姆設定的一五是個沒有性別的孩子，只會說幾個字，不會閱讀。一五坐在海邊，一旁是父母的海濱小屋，周遭看起來像個荒涼的漁村。一五頭髮黑亮，剪成西瓜頭，是任何性別的亞洲小孩都可能剪的髮型，身上只穿著最愛的運動衫（背號十五號），衣服下襬蓋到膝蓋，看起來像洋裝，腳上穿著木屐。一五拿著小桶子和鏟子在玩沙，此時海嘯來襲。

一五被捲入海中，遊戲就此開始。這個小孩必須靠著有限的詞彙量，以及手上僅有的桶子和鏟子，想辦法找到回家的路。

關於創作流程，有種陳腔濫調是創作者的第一個點子往往是最好的點子。《一五》不是山姆和莎蒂的第一個點子，要算的話，也許是第一千個吧。

接下來，難題就來了。山姆和莎蒂都知道自己喜歡什麼樣的遊戲，也能輕易辨認出遊戲好壞。對莎蒂來說，這種知識未必有幫助，經過和多弗在一起的日子，以及鑽研遊戲的這麼多年，她對所有遊戲都抱持批判態度，可以明確說出問題出在哪，但自己卻未必知道如何做出好遊戲。所有初出茅廬的創作者，都會經歷這種眼高手低、品味優於能力的階段。克服這段時期唯一的方法就是動手做。而如果沒有山姆（或像他這類人）推著她跨過這段時期，莎蒂很可能不會成為後來的遊戲設計師，甚至根本就不會成為設計師。

莎蒂知道她不想做射擊遊戲，不過，當時這就是流行的遊戲類型。（她永遠不會想做射擊遊戲，骨子裡她是徹頭徹尾的多弗學派，覺得射擊遊戲噁心、不道德，是不成熟社會產生的毒瘤；至於山姆呢，則很享受射擊遊戲。）況且，只有一個暑假，只有兩個人，她覺得能完成的東西有限。他們不想做主機遊戲，擁有的資源也不足以做出任天堂64版《薩爾達》或《瑪利歐》這類全 3D 動作遊戲，所以決定做 PC 遊戲，採用 2D，如果辦得到，就做成2.5 D。有好長一段時間，她對他們的遊戲只知道這些。

整學年最後幾週，莎蒂和山姆在山姆從科學中心偷來的白板上列出一長串的靈感。就算一隻腳不方便，山姆還是很熟練的小偷，喜歡偶爾順手牽羊。當時他去科學中心最後一次和拉森會面，離開時，看見走廊有一面無人看管的白板，就直接把白板推出建築外，一路推過哈佛園，跟一群資優生的參觀隊伍揮手打招呼，推過哈佛廣場，推上甘迺迪路，推進他們那棟大樓的電梯。山姆一向認為，好小偷的祕訣就是光明正大。同一週裡，他又從哈佛紀念品店偷了一套多色白板筆。他把整盒筆滑進馬克斯給他那件超大外套的超大口袋裡，然後直接走出店門外。

有好一段時間，他們在白板上寫的東西感覺都沒有正中紅心。他們沒有製作遊戲的經驗，也只能把山姆那有錢人室友的公寓當成辦公室，但他們還年輕，有足夠的自信，相信不管自己做出什麼，都會成為經典。就像山姆常常對莎蒂說的：「如果你自己都不相信能做出好作品，幹嘛要做？」

值得注意的是，對山姆和莎蒂來說，「好」的意義並不相同。非常簡化來說，山姆認為好就是受歡迎。莎蒂認為的好是有藝術性。

到了五月，山姆偷來的白板筆已經快寫乾，會發出尖銳的摩擦聲，莎蒂擔心如果再不做出決斷，最後就會耗盡能做遊戲的時間。依她來看，他們已經把接下來的時程壓縮得很緊，幾乎不可能準時完成。

他們站在白板前，上面寫了五顏六色的構想。「一定有可以用的，我知道。」山姆說。

「如果沒有呢？」莎蒂說。

「那我們就再想別的。」山姆說著，對莎蒂笑一下。

「你沒有權利這麼開心。」莎蒂說。

莎蒂覺得這種懸而不決的階段很有壓力，山姆則完全不這麼認為。他想，現在這一刻最棒的就是一切都還有可能。但是後來，他就開始感受到了。山姆是個認真的創作者，接下來也會成為夠格的程式設計師與關卡設計師，不過別忘了，此時他還沒製作過任何遊戲。只有莎蒂知道做遊戲必須付出多少，就算是爛遊戲也不輕鬆。而在程式設計、製作遊戲引擎等等方面，也都是莎蒂擔起大部分的重責。

山姆不是喜歡肢體接觸的人，他在醫院那幾年已經有過太多肢體接觸。不過他兩手握住莎蒂的肩膀，看著比他高出兩三公分的莎蒂，說，「莎蒂，你知道為什麼我想做遊戲嗎？」

「當然知道，因為你以為這樣就能出名賺大錢。」

「不是，原因很單純，我想做出會讓大家快樂的東西。」

「聽起來很老套。」莎蒂評論。

「我不覺得。你記得我們小時候整個下午沉浸在遊戲裡有多快樂嗎？」

「記得。」莎蒂說。

「有時候我真的很痛，唯一讓我不會想死的事，就是離開我自己的身體，暫時進入一個運作正常的身體，甚至比正常還完美，可以去解決那些不是發生在我身上的問題。」

「你沒辦法抓到旗桿最頂端，但是瑪利歐可以。」

「沒錯。就算我連床都下不了，卻可以去救公主。所以，我的確想要錢和名氣，你也知道，我的野心和需求是一個無底洞。但我也想做出美好的東西，讓跟我們一樣的小孩會想玩，能夠暫時忘記自己的煩惱。」

莎蒂點頭，對山姆的話很感動。認識他這麼多年，他鮮少提起自己的痛苦。「好。」她說，「知道了。」

「很好。」山姆說，彷彿對話已有結論。「我們該去劇場了。」

他們放自己一個晚上的假，去看馬克斯在學生製作的《第十二夜》（*Twelfth Night*）裡演出，演出地點是美國劇目劇團（American Repertory Theater）的主舞台，能夠在這個主舞台上登台演出是一件大事，既然馬克斯要把公寓借給他們一整個暑假，山姆覺得他們兩個最好都去捧場。

不知道為什麼，山姆一直盡可能避免讓莎蒂和馬克斯有所交集。這和他們兩人無關，是山姆重視隱私的程度近乎偏執，也喜歡掌控資訊的流動。他害怕這兩人會比對說法，或甚至聯合起來和他對立。還有另一個祕密是，他怕他們會喜歡彼此更勝於他。就山姆看來，所有人都愛莎蒂和馬克斯，而沒有人真正愛他，除了那些有義務愛他的人：他母親（去世之前）、他外公外婆、莎蒂（他們爭論過的醫院志工服務）、馬克斯（被指定擔任他的室友）。但是現在，馬克斯借公寓給他們，就不得不讓莎蒂和馬克斯認識了。馬克斯在《第十二夜》飾演主要角色奧西諾（Orsino），他提議山姆帶莎蒂來看戲，結束後他們可以去查爾斯飯店，和也來看戲的馬克斯爸爸一起吃晚餐。「她下週就要搬進去了，」馬克斯說，「我想在離開之前跟她吃頓飯。」馬克斯整個暑假大部分時間都要待在倫敦一間投資銀行實習。

雖然大學四年中有三年都參與了學生戲劇公演，但馬克斯並不想成為演員。他有演員的外貌：身高超過一百八十公分、寬肩細腰窄臀，能把衣服穿得很優雅，下巴線條堅毅，聲音有力，儀態和皮膚都很好，一頭豐厚黑髮梳成閃亮的龐畢度髮型。若要說他對大學的劇場生涯有什麼怨言，那就是每次都被選去演木訥的壯漢或傲慢的公爵，在《第十二夜》裡也是。現實生活中的馬克斯既不木訥也不傲慢。他很常笑，親切而有活力，幾乎有點傻氣，所以他覺得很奇怪，怎麼總是接到這種角色，大家怎麼會這樣看待他。他很好奇自己的特質，有一次在《哈姆雷特》（*Hamlet*）的慶功宴上，抽了幾根大麻菸之後，他問一個導演朋友：「我怎麼了？為什麼我是雷爾提（Laertes），不是哈姆雷特？」

那個朋友聽見馬克斯提出的問題，似乎有點不自在，「因為你的特質。」他說。

「我的什麼特質？」馬克斯逼問。

「就是你的氣場之類的。」

「我的什麼氣場？」

朋友咯咯笑，「老兄，現在不要問我這個，我好茫。」

「我認真的，」馬克斯說，「我想知道。」

朋友伸出兩手食指，抵住眼角往兩邊拉，做出亞洲人的眼型。他只維持這姿勢一秒就放開手，又咯咯笑起來，語帶歉意：「原諒我，馬克斯，我現在嗨爆了，我不知道我在做什麼。」

「嘿，」馬克斯說，「這不好笑。」

「你真是好看得要命。」那導演說著，親了馬克斯的嘴。

某種程度上，馬克斯很感謝那個朋友做了那個種族歧視的動作，讓他恍然大悟。所有他高深莫測、遙不可及、神祕、奇異的特質，都是因為——想也知道——他的亞洲血統，這種印象無法改變，就連在大學劇場裡，能給亞裔演員演出的角色也就只有那些。

馬克斯的母親是在美國出生的韓僑，父親是日本人。在母親堅持下，他上過東京的國際學校，和來自世界各地的孩子一起上課。在那裡他避開了絕大部分來自美國的種族歧視，不過還是隱約感覺得到日本人對外國人的偏見，尤其是對韓國人。舉例來說，他的韓裔美國母親在東京大學教授織品設計，但他們居住在東京這麼多年，母親交到的朋友卻很少，他無法肯定原因是周遭人的仇外心理、母親本身含蓄的個性，或她那不完美的日語。不過，成長過程多半待在亞洲，讓他完全避開了亞洲人在美國遭受到的種族歧視。直到進了哈佛，他才意識到，不只大學劇場，在整個美國，亞洲人能扮演的角色就只有那些。

慶功宴結束後隔週，馬克斯把主修從英語（在哈佛最接近戲劇主修的學科）換成經濟學。

但馬克斯熱愛劇場的程度，和山姆不愛數學的程度相當。他愛的不是登台，而是製作過程。他喜歡身在關係緊密的小群體裡，這群人短暫相聚全只為了創作藝術，簡直就像奇蹟。每演完一齣戲他都備感失落，有新的戲選上他時又歡欣鼓舞。大學短短數年時光，可以用他演過的一齣又一齣戲來界定。大一：《馬克白》（*Macbeth*）、《貝蒂與布的婚姻》（*The Marriage of Bette and Boo*）；大二：《天皇》（*The Mikado*）、《哈姆雷特》；大三：《李爾王》（*King Lear*）、《第十二夜》。

《第十二夜》由一場船難揭開序幕，劇本上這個事件並未實際在舞台上發生，但這部戲請來一位專業導演，她決定把舞台打造成一艘沈船，盡情使用學校為了誘使她來和學生合作，提供給她的充足預算。由程式操控的雷射光束和煙霧此起彼落，搭配波濤拍擊、打雷、下雨的音效，甚至是薄薄的水霧，讓觀眾驚訝之餘像興奮的孩子一樣開心鼓掌。演員都冷嘲熱諷，說朱爾斯只關心那艘破船，她可能更想導《暴風雨》（*The Tempest*），而非《第十二夜》。

莎蒂對這些風言風語一無所知，她對沈船佈景深深著迷，在山姆耳邊輕聲說，「我們的遊戲應該用船難開場，不然就用暴風雨。」說這話時她自己心知，「船難」和表現一場船難所需的各種元素，都會讓遊戲無法在九月完成。

「對，」山姆小聲回話，「在海上漂流的小孩。」

莎蒂點頭又小聲說，「小女孩，可能兩三歲，在海上迷失方向，必須想辦法和家人團聚，可是她連自己姓什麼和電話號碼幾號都不知道，認識的字不多，數字只能數到十。」

「為什麼是小女孩？」山姆問，「小男孩不行嗎？」

「我也不知道。因為《第十二夜》裡是小女孩吧？」莎蒂說。

旁邊有個觀眾對他們發出噓聲。

「那我們設計一個沒有性別的角色，」山姆用更輕的聲音說，「反正那個年紀性別不太重要，而且這樣每個玩家都能代入自己。」

莎蒂點頭說，「酷耶，我覺得可以。」

馬克斯演的奧西諾登台，說出整齣戲的開場詞：「如果音樂是愛的食糧，那就繼續演奏下去吧。」不過這時候，莎蒂沒在專心看他們的贊助人馬克斯，也不關心台上的戲，滿腦子都在想像她要製作的暴風雨。

演出結束後，他們去馬克斯父親下榻的飯店和他共進晚餐。「山姆你認識，這邊這位是山姆的夥伴，莎蒂．葛林。」馬克斯介紹兩人，「我擔任製作人的遊戲就是由他們來做。」

山姆從來沒對莎蒂提過馬克斯要當遊戲製作人，畢竟那時遊戲連名字都還沒決定，也一行代碼都還沒寫。莎蒂一想就知道山姆的邏輯：馬克斯把公寓借給他們，可以算是某種入股投資。不過，她還是對山姆沒事先跟她討論很生氣，導致接下來幾分鐘都沒辦法專注在對話上。

渡邊隆（Ryu Watanabe）對這個八字都還沒一撇的遊戲，比對他兒子參與的演出更感興趣。馬克斯出生那段時間，普林斯頓出身的經濟學家渡邊先生為了追求財富離開學界。他成功了，履歷包含一個連鎖便利商店品牌、一間中型行動電話公司，其他還有不少跨國投資項目。他告訴他們，他很後悔錯過在一九七〇年代及早投資任天堂的機會，「那時候他們只是賣卡牌的公司，」渡邊先生自嘲地笑笑，「花牌，婆婆媽媽和小朋友在玩的，你們知道嗎？」在推出《咚奇剛》之前，任天堂最成功的產品確實就是花牌牌組。

「什麼是花牌？」山姆問。

「一種塑膠卡牌，很厚很小張，上面畫了花和自然風景。」渡邊先生說明。

「喔！」山姆說，「這我知道！我以前和外婆玩過，但是我們不叫花牌，我們那時候玩的好像叫 Go-stop ？」

「對，」渡邊先生說，「在日本，大部分人用花牌玩的遊戲叫こいこい，意思是……」

「來、來。」馬克斯插話。

「很好，」渡邊先生說，「你日語還沒完全忘光嘛。」

「好妙，」山姆說，「我一直以為這是韓國的遊戲。」他轉向莎蒂，「你記得手子帶去醫院那些畫了小花的牌嗎？」

「嗯。」她回答，仍然心不在焉地想著馬克斯和製作人頭銜，根本不知道自己在回應什麼。她決定換個話題，轉頭面對馬克斯的父親，「渡邊先生，你覺得剛剛那齣戲怎麼樣？」

渡邊先生說，「暴風雨很厲害。」

「比公爵厲害很多。」馬克斯說。

「我也很喜歡。」莎蒂說。

「讓我想起我小時候。」渡邊先生說，「我不像馬克斯，不是在都市長大。我生在日本西邊一個小鎮，每年我們都會等待迎接夏天的暴雨。我父親有很多艘漁船，我還很小的時候，最害怕的就是我或是我父親會被捲進海裡。」

莎蒂點頭，和山姆互看一眼。

「你們有什麼陰謀？」渡邊先生微笑。

「喔，」山姆說，「其實我們的遊戲就是用這個當開場。」

「一個小孩被捲進海裡。」莎蒂說。她說出口時，就知道必須這麼做。「整個遊戲就是這個小孩回家的過程。」

「嗯，」渡邊先生點頭，「這種故事很經典。」

山姆描述馬克斯和他父親的相處時，說他們關係緊繃，說渡邊先生要求很高，甚至會貶低馬克斯。莎蒂看不出有這種跡象。她覺得馬克斯的父親開朗、風趣、互動積極。

別人的父母往往比較討喜。

隔天，山姆幫莎蒂打包。為了省錢，莎蒂會住在馬克斯的房間，把自己的公寓轉租出去。「你要把畫寄放在倉庫嗎？」山姆問。每次在莎蒂的房間，他都覺得那些藝術收藏很療癒，像她本人的延伸：葛飾北齋的海浪、杜安・漢森的《觀光客》、山姆・梅蘇爾的迷宮。

莎蒂停下打包的動作，站到北齋的海浪前，雙手撐在臀部上。過去這三小時裡，山姆發現雖然莎蒂很優秀，但實在不擅長打包。她每個決定都要考慮良久：帶哪些衣服？帶哪些連接線？帶哪些電腦設備？光是整理她那個不大的書櫃就花了九十分鐘：山姆覺不覺得這個暑假她終於能把《混沌》（*Chaos*）讀完？山姆想不想讀？喔，他已經讀過了。那好吧，最好還是帶去，不過如果他那裡也有，那她就讀他那本，把自己這本放進倉庫。然後她又拿起《時間簡史》（*A Brief History of Time*），輕拍封面。這個暑假也許可以重讀一次？接著又是《黑客列傳》（*Hackers*）。你讀過這本嗎，山姆？很好看。有一整個章節都在介紹威廉斯（Williams）夫婦，你知道吧？雪樂山（Sierra）遊戲公司啊？《國王密使》、《便裝男賴瑞》（*Leisure Suit Larry*），我們以前好愛玩。山姆開始覺得她把所有東西都帶走還比較乾脆。

「莎蒂，」山姆語氣溫和，「畫可以帶去，你知道吧？馬克斯不會介意你把畫掛起來。」

莎蒂繼續盯著葛飾北齋的海浪。

「莎蒂。」山姆再叫她一次。

「山姆，你看這個。」她輕輕推他，讓他站到跟她一樣的觀看角度。「我們的遊戲就應該長這樣。」

莎蒂牆上這幅北齋作品是大都會藝術博物館的展覽海報，博物館給的作品名稱叫《神奈川巨浪》（*The Great Wave at Kanagawa*）（日文名稱則更具威脅性，叫《神奈川沖浪裏》。）《巨浪》或許可說是全世界最知名的日本藝術品，在一九九〇年代，絕對是麻省理工學生的常見室內擺設，只比山姆毫無興趣的魔術眼海報少見一點點。《巨浪》描繪的浪濤佔滿整個版面，讓畫中其他元素——三艘漁船和一座山顯得渺小。考量到需要刻在櫻桃木塊上，反覆印製成版畫，整幅畫以線條乾淨的平面風格繪成。

莎蒂知道如果製作資源有限，能把限制轉變成風格就是關鍵。（所以她才把《解決方案》做成黑白遊戲。）在一八三〇年代，這幅版畫為了能重複生產，也採取同樣的作法（用色不多，表面上看來形式也很單純），因此莎蒂知道她可以用電腦圖像重現這種視覺風格。

山姆仔細觀察海浪，向後退，擦擦眼鏡，再仔細看了看。「我懂了。」他說。這是那種和人合作時罕有的瞬間，彼此心意相通，馬上就能全面達成共識。「小孩跟馬克斯他爸一樣是日本人嗎？」

「不要，」莎蒂說，「不要那麼明確。這樣說也不對，應該說不要那麼明顯。不要像是我們想強調這件事。不過，說起來小孩的出身也不重要，畢竟這個角色不太會說話對吧？說得不多，也不會認字，使用的語言是一種外語。所以玩家也不會知道。」

不過，決定參考北齋的海浪打造遊戲世界，還是讓他們往日系風格靠攏。開始設計「小孩」時，他們發現自己開始一再參考日本作品：奈良美智畫的天真小孩；宮崎駿動畫，例如《魔女宅急便》和《魔法公主》；還有給大人看的動畫，像《阿基拉》與《攻殼機動隊》山姆都很喜歡；當然也少不了北齋的「冨嶽三十六景」系列，其中第一幅就是《巨浪》。

當時是一九九六年，「文化挪用」的概念他們都還沒聽過。之所以參考這些作品，是因為這些是他們的最愛，也帶給他們靈感。他們並不想偷走另一個文化的成果，不過實際作為也許的確如此。

梅瑟在二〇一七年接受小宅遊戲網訪問，慶祝原版《一五》移植到任天堂 Switch 上，推出二十週年紀念版，他說：

小宅：有人說原版《一五》是畫面最美的低成本遊戲之一，不過批評者指出這遊戲有文化挪用的問題。你對此有什麼回應？

梅瑟：我沒有回應。

小宅：好……不過如果換成是現在，你還會做出同樣的遊戲嗎？

梅瑟：不會，因為現在的我和那時候不一樣了。

小宅：我是指還會不會有這麼明顯的日本元素。一五看起來像奈良美智筆下的角色，遊戲世界像北齋的浮世繪，除了不死族的關卡更接近村上隆。配樂則很有黛敏郎的風格……

梅瑟：我不會為莎蒂和我一起做的遊戲道歉。〔停頓好一陣子。〕我們參考了很多東西：狄更斯（Dickens）、莎士比亞（Shakespeare）、荷馬（Homer）、聖經、菲利普・葛拉斯（Philip Glass）、查克・克洛斯（Chuck Close）、艾雪。〔又一段停頓。〕你知道文化挪用的相反是什麼嗎？

小宅：我不知道。

梅瑟：文化挪用的相反是創作者只從自己的文化裡取得靈感。

小宅：這種說法太簡化問題了。

梅瑟：文化挪用的相反是歐洲白人只做和歐洲白人有關的創作，也只參考歐洲白人的作品。把歐洲代換成非洲、亞洲、拉丁美洲或任何其他文化也一樣。大家都對任何不屬於自己的文化或經驗視而不見、聽而不聞。我討厭那種世界，你呢？我害怕那種世界，不想活在那種世界，身為混血兒，我在那種世界裡根本不存在。我不太認識我爸，但他是猶太人。我媽是在美國出生的韓裔。我是住在洛杉磯韓國城的韓國移民外公外婆養大的。任何一位混血兒都可以告訴你，在兩個圈子各佔一半，等於無法擁有任何完整的圈子。喔，對了，我並不會因為身為猶太裔或韓裔，就對這兩個文化有特別豐富的理解，但是如果《一五》做成韓式風格，你就不會問我這種該死的問題了，對不對？

山姆和他母親李安娜（Anna Lee）在一九八四年七月抵達洛杉磯。那是奧運之夏，夏季奧運睽違五十年首度在美國舉辦，到處洋溢著充滿希望的狂熱氣氛。洛杉磯不是個美麗的城市，遠觀尤其不怎麼樣，但如果只需要維持兩週，倒是可以設法呈現出最美麗的一面。畢竟，美麗取決於角度與決心。都市更新計畫完工的速度瘋狂，簡直像縮時攝影。建好體育館，重新裝潢飯店，爆破拆除老舊建築，移除比較不吸引人的原生植物，種下新植物，鋪路，增加公車路線，印製制服，招募樂手，雇用舞者，贊助商砸錢買下任何能放企業商標的平面，用新漆覆蓋塗鴉，謹慎安置無家者，把土狼安樂死，悄悄行賄，暫時擱置種族與階級之間難解的分裂，因為人潮就要來了！洛杉磯改頭換面，變成一片光明的未來都市，知道怎麼辦好盛大派對。身為自我中心的兒童，山姆總覺得這些「改善」都是為了他和安娜而做，每當想起住在洛杉磯的前幾個月時光，以及這座城市如何大張旗鼓歡迎他到來，他心裡就會泛起一股暖意。

他們和安娜的父母李東賢與李丰子一起住在外牆漆成黃色的工匠式平房，房子位在寂靜的回聲公園區，該區距離變成文青潮人集散地還有二十年。東賢和丰子幾乎整天都待在附近韓國城裡那間以兩人名字命名的披薩屋，那年暑假，山姆也幾乎都在那裡度過。安娜對山姆描述過韓國城，但他對這個地方究竟有多大沒有概念。他以為大概就像紐約的唐人街，兩三條街上聚集了藥妝店、禮品店、餐廳，或是像曼哈頓三十三街，整條街上開滿韓國餐廳，他和媽媽看完演出有時會去吃韓式烤牛肉配小菜。但洛杉磯的韓國城幅員廣闊，舉目所見全是韓國人事物，就在城市的正中心。看板上都是韓國面孔，是山姆不認識的韓國名人，他也從來沒想過原來韓國人可以成為名人。店面都寫著圓圓的韓文字，比英文還常見。如果不懂韓文字，身在韓國城裡就猶如文盲。這裡有韓文書店、韓式婚紗店，還有規模跟白人超市一樣大的韓國超市，賣單顆包裝的大水梨、家庭號大罐韓式泡菜、幾千種保證讓你擁有無瑕肌膚的韓國美容產品，以及滿是鮮亮粉嫩色彩的厚厚平裝漫畫書。這裡的韓式燒肉店數量多到每天去一間都能吃一年不重複，丰子的電視天線甚至收得到兩個韓國頻道。當然，還有人。山姆以前從來沒見過這麼多亞洲人群聚在一個地方，看見這些人，讓他不禁懷疑自己是不是完全弄錯了這世界應有的樣子。也許整個世界上都是亞洲人？

對山姆來說最驚奇的是世界竟然能夠變化得這麼快，他和莎蒂一起做的遊戲裡，這也成為重要的主題。人對自我的認知取決於自己身處的位置，莎蒂在接受《連線》（*Wired*）雜誌訪問時說過，「遊戲角色就像我們的自我，會隨情境變化。」在韓國城，沒有人認為山姆是韓國人；在曼哈頓，沒有人認為他是白人。在洛杉磯，他是那個「白人小表弟」；在紐約，他是那個「中國小孩」。但是身在K城，卻是他覺得自己最像韓國人的時候。更精確來說，他在這裡更意識到自己的韓裔身分，也知道了這個身分未必負面，甚至不必只是不好不壞的特質。這種認知讓他思考起來：也許長相奇怪的混血小孩也能活在世界的中心，不一定只能在邊緣求生存。

在洛杉磯，山姆突然有了外公外婆、阿姨、舅舅、表兄弟姊妹，全都非常關心他和安娜的生活大小事。安娜和山姆住在哪裡？去上哪個教堂？山姆要去上韓國學校嗎？安娜會在電視節目裡出現嗎？她為什麼要離開紐約？這些問題帶給這家人愉快的負擔。她母親受到名人一般的待遇，她是那個打進白人圈子的韓國女孩，曾經演出《歌舞線上》（*A Chorus Line*）。那可是百老匯！外婆手子溺愛他，他們會一起玩花牌，她做餃子給他吃，又苦勸他母親帶他上教堂。「否則沒有神看顧他長大。安娜，他會迷失。」手子說。

「山姆很有靈性，」安娜說，「我常常跟他聊宇宙。」

「唉，安娜。」手子說。

那個夏天，山姆最強烈的靈性體驗就是在他外公的披薩屋裡玩了《咚奇剛》。那個機台是東賢看見一九八〇年代初的遊戲機熱潮後，想到的行銷靈感。機器運來後，他發送宣傳小卡：

東丰有《咚奇剛》了！歡迎全家盡情吃、開心玩！點一個我們最有名的紐約風格披薩，免費送一次遊戲！小卡上有未經任天堂授權的插圖，畫著咚奇剛把披薩麵餅拋到空中，是丰子的手筆。一九七二年，東賢在幫餐廳想名字時，知道只要把他和妻子平凡的韓國名字各去掉一個字，剩下的就是對白人來說發音很逗趣的東和丰。他希望《咚奇剛》的宣傳能進一步加強這種卡通效果，甚至吸引到韓國城外的顧客，也就是那些好的白人。有一段時間的確成功了。

山姆來到洛杉磯時，遊戲機台的熱潮已過，幾乎沒有人和他競爭東賢那台機器的高分紀錄。東賢會解除機器鎖定，讓山姆可以無限次遊玩。山姆在外祖父母的披薩店裡玩《咚奇剛》的時候，有一種平靜的感受。操控那個來自日本的小小義大利水管工準時起跳，以正確的速度爬上階梯時，他感覺宇宙好像能維持某種秩序，感覺能掌握某種完美的時機，感覺與一切同步。感覺和寒冷的冬夜裡，一個女人從阿姆斯特丹大道一棟建築上跳下來，正好落在他和他母親腳邊時完全相反。那個女人的臉孔、她脖子像傘柄一樣扭成的可怕角度、鮮血和母親的晚香玉香水混合成帶有泥土和金屬的氣味，每晚都在他夢中出現。他不知道她被救護車載走之後怎麼了，也從來沒和安娜提起她。他知道，那個女人就是他們離開紐約的原因。「到了加州，」他母親擔保，「我們不會再遇到任何壞事。」

山姆十歲生日那天，瑪莉・盧・雷頓（Mary Lou Retton）獲得女子體操全能金牌。在外祖父母幫他辦的生日派對上，電視一直開著，但調成靜音，這樣大家就能一邊幫山姆慶生，一邊看瑪莉・盧。山姆並不介意大家的眼睛都盯著電視，他自己也很想知道她會不會贏。他吹熄十根蠟燭，而遠方的瑪莉・盧・雷頓在自由體操拿下十分滿分。他幾乎覺得是他在準確的時機吹熄了那十根蠟燭，才讓她得到完美的十分。他想像宇宙是一部魯布・戈德堡（Rube Goldberg）製作的機器，如果他只吹熄九根蠟燭，也許就會變成羅馬尼亞選手勝出。

隔天，山姆和安娜出去吃飯。對山姆來說，母子兩人單獨相處好像是好多年前的事了，才剛滿十歲的他萌生一股強烈的懷舊之情，想念破敗的曼哈頓谷那間鐵路公寓，中式餐館外帶，以及他們所拋下的生活。隔壁那桌有兩個穿著西裝的男人，用宏亮的聲音聊著體操決賽。

「如果俄羅斯沒抵制奧運，她根本不可能贏。」男人堅持，「最優秀的選手沒參加，就不算真的贏。」

山姆問媽媽覺得那個大嗓門男人說得對不對。

「嗯……」安娜吸了一口冰茶，然後把下巴靠在兩手上，山姆認出這是她的思考姿勢。安娜很會聊天，小山姆人生中最極致的快樂，就是和母親討論這世界一切玄妙，沒有誰比她更認真看待他和他的問題。「就算他說的有理，我還是覺得這算真的贏。」她說，「因為她就是在這一天贏了參賽的這些人。我們沒辦法猜測如果還有其他參賽者，結果會變成怎麼樣。俄羅斯選手來了可能會贏，但是也可能時差調不過來，表現失常。」安娜聳聳肩，「所有比賽都是這樣，只能依照當下的狀況發生。當演員也是這樣。我們終究只能在唯一已知的世界裡，知道發生過的比賽結果如何。」

山姆盯著薯條，「還有其他世界嗎？」

「我認為可能有喔，」安娜說，「不過我沒有證據。」

「在其他世界裡，瑪莉．盧可能沒有拿到金牌，可能什麼獎牌都沒有？」

「有可能。」

「我喜歡瑪莉．盧。」山姆說，「她看起來很認真。」

「嗯，不過所有參賽選手應該都很認真，沒有贏的也一樣。」

「你知道她身高只有一百四十五公分嗎？只比我高五公分。」

「山姆，你愛上瑪莉．盧．雷頓了嗎？」

「沒有，」山姆說，「我只是陳述事實。」

「她也只比你大六歲。」

「媽，你這樣很噁。」

「你現在會覺得年紀落差很大，但是過幾年就不會了。」

這時，其中一個西裝男走向他們這桌，「安娜？」是嗓門很大的那個。

安娜轉身。「喔，哈囉。」她說。

「我就在想是不是你。」大嗓門男人說，「你看起來很不錯。」

「喬治（George），你好嗎？」安娜說。

大嗓門男人轉向山姆，「哈囉，山姆。」

山姆知道這個男人面熟，但是一時想不起來是在哪裡見過。從上一次見到他後已經過了三年，對十歲小孩來說像過了一輩子。然後，他想起來喬治是誰了。「嗨，喬治。」山姆說。喬治用專業人士的方式和山姆鬆鬆握了個手。

「我不知道你在洛杉磯。」喬治說。

「我們剛來不久。」安娜說，「我本來想安頓好之後再打給你。」

「所以你們打算留下來嗎？」喬治說。

「對，應該吧。」安娜說，「我經紀人一直想叫我去拍影集的試播集，講了好多年。」

「試播集都是在春天拍。」喬治說。

「對，」安娜說，「我當然知道。可是我想等到山姆的一學年結束。所以我們現在才來，我會為明年做準備。」

喬治點頭，「嗯，很高興見到你，安娜。」他離開到一半又轉身走回來，「山姆，」喬治說，「如果你有時間，我很想跟你吃個午餐。你看哪一天方便，我的助理艾略特小姐會安排。」

山姆和他父親喬治・梅蘇爾（George Masur）會面的地方是斯卡拉義式餐館，是那種陳舊但討喜的洛杉磯老店，名字比實際看起來時髦。此前他只見過喬治五六次，多半都是因為喬治到紐約市洽公。這種時候，他們會一起做那些紐約觀光客或離婚爸爸會帶兒子去做的事：逛FAO施瓦茨玩具店、在廣場飯店喝下午茶、去布朗克斯動物園、去曼哈頓兒童博物館、看火箭女郎舞蹈秀……這些活動沒有讓他們變親，山姆也不覺得自己和喬治之間有什麼特別的關係。舉例來說，他不會叫他爸爸，只叫他喬治。他想起喬治時，只覺得他是曾經和他母親發生性行為的人，雖然十歲的山姆也並不清楚性行為要怎麼做。

山姆知道喬治是威廉・莫里斯經紀公司（William Morris Agency）的經紀人，也知道威廉・莫里斯經紀公司不是他母親合作的公司。他知道喬治曾經在《花鼓歌》（*Flower Drum Song*）重演時跑到後台找他母親，對她說她表演的〈我享受當女生〉（I Enjoy Being A Girl）是全劇最亮眼的一段。他知道喬治和他母親曾經在一起大約六週，最後是他母親用含糊的理由結束這段關係。他知道再過六週，她就確定自己懷孕了。他知道她考慮過墮胎，也知道墮胎是什麼意思。他知道她沒想過要和喬治結婚。他知道她告知喬治自己懷孕時，喬治給了她一張一萬美元的支票，但她並沒有向他要錢。他知道那筆錢存成信託基金，準備作為山姆的大學學費，而喬治自此之後再也沒有任何表示。山姆知道這些事，多半是從安娜的表演課朋友蓋瑞（Gary）那裡聽來的。如果安娜必須工作，他有時會幫忙帶山姆，而他這個人就是話太多。

喬治穿著布料細緻的夏季薄羊毛西裝，山姆印象中的他永遠都穿著西裝。他伸出手給山姆握。「哈囉，山姆，謝謝你撥出時間來和我見面。」喬治說。

「不客氣。」山姆說。

「很高興我們能這樣約出來。」

山姆問喬治該點什麼，喬治建議點「有名的碎切沙拉」，結果山姆覺得沙拉溼答答的。他們聊了奧運、韓國城的家人、在紐約和洛杉磯的生活差異。

「你知道吧，」喬治說，「我是猶太人，所以你也算半個猶太人。」

「是嗎？」山姆說。

「我知道感覺不太像，可是你有我的一半血統。」

山姆點點頭。

「我們兩個這麼少見面不是我願意的，你知道吧。」

山姆再點點頭。

「我不是在怪安娜，不過你媽媽有時會把事情弄得更複雜。你知道她懷孕那時，我問過她要不要搬來這裡住嗎？她拒絕了。她說她沒辦法想像在洛杉磯養孩子，結果現在她還是在這裡。」喬治聳聳肩，「人就是這麼好笑，對不對？」他用期盼的眼神看著山姆。

「人嘛。」山姆用六十歲老人的語氣說。這似乎正是喬治期待的回答。

「人就是這樣。我在馬里布有房子，」喬治說，「你想不想哪天來玩？」

「好。」山姆禮貌答應，但其實對馬里布並不特別感興趣。「可是開車去……要很久。」

「沒那麼久，也許可以讓你見見我女朋友？她長得很漂亮喔。我不是想炫耀，只是讓你有概念。讓人有明確的印象很重要。如果能做到這一點，你就可以勝過別人了，小朋友。不過是真的，我的女朋友非常有魅力。你知道○○七電影嗎？她在最近這部電影演龐德的第二祕書。有些人說演龐德的祕書不算是龐德女郎，但我覺得可以算是。」他看著山姆，「你覺得呢？」

「呃，」山姆說，「我好像沒什麼意見。」

喬治比了個打勾的手勢，服務生就送來帳單。他付帳，再一次跟山姆握手，遞給山姆一張名片：喬治・梅蘇爾，電影人才經紀，威廉・莫里斯經紀公司。

「有什麼需要就打這支電話。艾略特小姐會負責接，她一定找得到我，如果沒找到我，也會把留言記下來給我。」

他們走出室外，距離丰子約好來接山姆的時間還有幾分鐘。

喬治看看錶。

「你不用留下來等。」山姆說。

「不，沒關係。」

「我平常都自己一個人。」山姆意識到這話可能隱含怪罪他母親的意義。「也不是一直都這樣啦。」

下午一點整，丰子那輛深綠色名爵（MG）停在路邊，巧妙塞進比車身寬不到十五公分的空位裡。丰子開車技術高超兇猛，和東賢剛來到洛杉磯時，她曾經幫這裡一間搬家公司開車，全家族都知道她平行停車的技巧一流。山姆說她開起車來像在玩《俄羅斯方塊》。

山姆向喬治揮手，坐進車裡。「再見，喬治。」

「再見，山姆。」

山姆關上車門。丰子戴著頭巾和專業的駕駛手套，那是她丈夫給的禮物。車內一如往常乾淨無瑕，駕駛座鋪著木頭串珠坐墊，好像有按摩效果或可以促進血液循環之類的；身材圓潤的招財貓坐鎮後車窗緩慢招手；聖母瑪利亞造型的空氣芳香劑掛在後視鏡上，味道早就沒了，但上面的標籤寫著松木香味。山姆常說：「只要坐上我奶奶的車，就能馬上了解她的一切。」

「你媽叫我不要講，但我不喜歡他。」丰子說。

「他說我可以去馬里布找他。」

「馬里布。」丰子的語氣反感，「你媽又漂亮又優秀，但是她很不會看男人。」

山姆說，「可是喬治說我有一半是他，如果我有一半是他……」

丰子立刻發現自己失言，「你百分之百是完美的韓國小孩，我的寶貝。」

停紅燈時，丰子輕拍山姆的頭，先親他的額頭，再親親他像佛像一樣圓潤可愛的雙頰，於是山姆默默接受了她的謊言。

3

七月第一週，馬克斯寄電子郵件給山姆，說他會提早結束實習：致地下城主梅蘇爾，我這週六就從倫敦回來。實習大失敗，回去再解釋。如果你和葛林小姐可以接受，我想先睡在沙發。我也可以幫你們跑腿辦任何事，努力扛起「製作人」的責任，哈哈。我爸對你們兩個印象很好。我很期待看你們遊戲做得怎麼樣了，名字取好了嗎？九級聖騎士馬克斯。

山姆向莎蒂報告馬克斯星期六就會回來，莎蒂不太高興。「你不能叫他不要來嗎？」莎蒂說。

「不能，」山姆說，「這裡是他的公寓。」

「我知道，」莎蒂說，「所以他才掛名製作人。如果他跟我們住，是不是表示我們不用讓他掛名？」

「不是。」山姆說。

「我們好不容易進入很不錯的工作節奏。」莎蒂說。

「馬克斯人很好，」山姆說，「他在這裡也可以幫忙。」

「幫什麼忙？」莎蒂說。就莎蒂所知，馬克斯是長得好看的富家子弟，興趣廣泛，但沒什麼專長。在她上的十字路（Crossroads）高中裡，班上有一半男同學都是馬克斯這種人。

「幫忙做我們沒做的事。你以後就知道。」山姆說，「他很有能力，只要我們能好好運用。」

這件事決定之後，莎蒂又回去工作。

雖然這孩子還沒有名字，但設計上已經有了很大的進展。山姆設計出孩子的衣著：父親的大號運動衫，穿起來像洋裝；腳上穿著木屐。他們也決定髮型要用西瓜頭，兼具美感和實用：配上致敬北齋的繁複背景時，這種像頭盔的髮型能產生最俐落的視覺效果。

小孩的外型設計大致底定，莎蒂開始精修動作，想讓小孩走路腳步輕快，稍微有點不受控制，像小鴨寶寶跟在媽媽屁股後面走。她和山姆共同編輯的設計文檔裡寫著：「小孩用還沒感受過疼痛，甚至不知道痛是什麼感覺的方式移動身體。」啊，設計文檔總是充滿雄心壯志！

莎蒂花了幾天解決小孩的走路姿勢問題。她把步幅弄得很短，腳步卻跨得很快，在身後留下很快淡去的足跡。這樣好多了，不過最後的神來一筆是讓小孩不完全走在直線上，就算玩家操控角色直直向前走，小孩還是會時不時就快步往旁邊歪出去幾步。

她把成果給山姆看。「很棒。」山姆說，操控小孩在畫面上移動，「不過這就是我嘛，」他說，「是我走路的姿勢。」

「不是，才不是。」莎蒂說。

「我速度慢很多，但是我想往前走的時候也會歪一邊。」山姆說，「高中時還有個混蛋說這叫山姆滑步。」

「小鬼都很討厭。」莎蒂說，「我絕對不要生。」莎蒂從山姆手中拿回鍵盤，繼續讓他們的小孩在畫面上移動。「好吧，是有一點像你。」她勉強承認，「但是我做的時候真的沒有想到你。」

突然，莎蒂意識到有爆炸的聲音。「什麼聲音？」她壓低身體，而山姆走近窗戶。他們聽見遠方傳來煙火炸開的聲音，兩人都忘了這天是七月四日獨立日。

馬克斯回來時，他們給他看第一關的試玩版。「還沒全部做完，」莎蒂說，「沒加光影和音效，只是讓你感覺一下我們想做的風格，還有基本遊戲方式。暴風雨我也還沒開始做。」

山姆把控制器交給馬克斯。螢幕上，小孩浮在水中，身邊漂著各種殘骸。馬克斯是很有經驗的玩家，但也花了一點時間才上手，小孩在他手下死了好幾次。「天啊，這好難。」馬克斯說。《一五》第一關的目標是不要淹死，抓著桶子和鏟子想辦法回到岸上。有點節奏遊戲的感覺，因為玩家要摸索出能讓小孩游泳的操控節奏，但又有動作冒險元素。環境很有沉浸感，幾乎沒有線索，完全沒有文字提示。最後，馬克斯成功游上沙灘。他看見這小孩走路時，開心驚呼：「是小小山姆！」

「拜託不要這樣稱呼。」莎蒂懇求。

「我就說吧。」山姆對莎蒂說。

馬克斯操控角色在海灘上遊走。

「現在還沒有第二關。」莎蒂提醒。

「不是，我只是想看小小山姆背後長什麼樣子。」

「拜託，真的不要這樣叫。」莎蒂說。

「小小山姆背上那個十四是什麼意思？」馬克斯說。

「沒有意思，」山姆說，「是爸爸最喜歡的體育明星之類的。我們還沒想好。」

「じゅうよん。」馬克斯說。

「じゅうよん是什麼？」山姆問。

「是日文的十四。」馬克斯說。「你說這個小男孩還沒取名對不對？搞不好別人會因為背上的數字叫他じゅうよん。」

「滿有趣的。」山姆說。

「不是小男孩，這小孩沒有性別。而且我不喜歡前面那個音節。」莎蒂說，「美國玩家很可能會覺得發音很奇怪。」

「那いちよん呢？意思是一、四。可能小孩子還沒辦法數到十以上，所以還不會說十四。」馬克斯說。

莎蒂點頭，「這比較能接受，但是好像還不夠響亮。」

「你們知道比一四更好的是什麼數字嗎？一五怎麼樣？いちご，讓小孩的名字叫一五。」馬克斯說，「遊戲也可以叫這個名字，いちご在日文也有草莓的意思。」

「一五。」山姆試著唸出這個字。「ご還滿有力的。GO，GO，いちご，GO。」

「你這樣念讓我聯想到《馬赫 GoGoGo》（*Speed Racer*）。」莎蒂不以為然。

「對啊，這是好事。」山姆說。

「最終還是由你們決定，」馬克斯說，「畢竟我不是設計師。」

莎蒂考慮了一下。她本來就討厭馬克斯，現在馬克斯幫他們的遊戲取名字更讓她不爽。

「一五。」她慢慢說，心想：可惡，念起來很不錯。「我可以接受。」

莎蒂多年後才願意對山姆承認，那個夏天馬克斯的確發揮了大作用。他不是遊戲設計師，不像莎蒂一樣擅長寫程式，也不像山姆一樣會畫畫。但是除此之外的一切都由他包辦，從無趣卻必要的瑣事，到輔助創作的關鍵要事都是。馬克斯規劃工作流程，讓莎蒂和山姆更能掌握對方正在做什麼，接下來該做什麼。他列了長長的購物清單，買來他們需要的東西，慷慨貢獻出自己的信用卡，因為他們需要的記憶卡和儲存空間越來越多，也老是燒壞顯示卡。整個暑假他大概跑了五十趟中央廣場那間大型電腦商行。他開了個銀行帳戶，創立一間名叫「一五快跑」的有限公司，讓他們繳稅（這樣短期內更省錢，因為公司開銷可以免稅），如果未來到了某個階段需要雇員工，他也會幫他們安排好，他知道總有一天會需要。他盯著大家吃飯、喝水、睡覺（一下下也好），維持工作空間乾淨整潔。他是經驗老道的玩家，因此非常適合負責試玩關卡和抓錯。除了以上這些，馬克斯還對故事很有品味與概念，是他建議在《一五》裡加進後來最出名的「地底世界」段落（「必須讓一五跌到谷底」，他說。），也是他讓他們對村上隆和藤田嗣治產生興趣。馬克斯熱愛前衛工業音樂，在莎蒂和山姆工作時會用CD音響播放布萊恩．伊諾（Brian Eno）、約翰．凱吉（John Cage）、特里．賴利（Terry Riley）、邁爾士．戴維斯（Miles Davis）、菲利普．葛拉斯的音樂。馬克斯建議他們重讀《奧德賽》（*The Odyssey*）、《野性的呼喚》（*The Call of the Wild*）和《海上小勇士》（*Call It Courage*），還有分析敘事結構的書《英雄的旅程》（*Hero's Journey*），以及一本介紹兒童語言發展階段的書《語言本能》（*The Language Instinct*）。他希望年紀在口語前階段的一五足夠逼真，具備真實的細節。馬克斯認為《一五》是個歸鄉故事，但同時也是以語言為主題的故事，探討在沒有語言的世界裡應該如何溝通。馬克斯之所以對此執著，部分源於他母親從未真正學會說日語，而他認為這是母親成年後的歲月多半孤單、時而憂鬱的原因。最先開始從銷售角度看待這個遊戲的也是馬克斯。做出好遊戲是一回事，能夠向其他人清楚傳達這個遊戲為什麼好，又是另外一回事，而他們遲早需要面對。

八月中，莎蒂和山姆已經做好《一五》總計十五關裡六個關卡的初版，絕大部分要歸功於馬克斯的條理。馬克斯發現，當莎蒂和山姆的製作人，可說和當山姆的室友差異不大。他沒引起太多關注，悄悄讓他們的工作變輕鬆。他緊急救火，事先察覺需求與阻礙。這就是製作人做的事，這麼看來，馬克斯是個很不錯的製作人。

不過，他為兩人所做最棒的一件事，就是相信他們。他愛《一五》，他愛山姆，也漸漸越來越愛莎蒂。

「所以你和莎蒂是什麼情況？」八月初一個悶熱的晚上，馬克斯問山姆。公寓裡冷氣壞掉，原本因為各種電腦設備運作而偏高的室溫變本加厲。為了保持涼爽，馬克斯和山姆都只穿了四角內褲，把冰啤酒貼在額頭上。沒有三人到齊的時刻很少見，但那晚莎蒂去見來到附近的高中朋友，可能也想藉機躲開電腦製造的酷熱。

「她是我最好的朋友。」山姆說。

「是啦，」馬克斯說，「這我知道。可是，那個……我這樣問希望不會很怪……你對她有意思嗎？以前有過嗎？」

「沒有。」山姆說，「我們從來沒有……我們的感情不只是戀愛，比戀愛更好。是友情。」山姆笑了，「而且誰想談戀愛啊？」

「有些人想啊，」馬克斯說，「我會問你就是因為……呃，你會介意我去約她嗎？」

山姆又笑了，「去約莎蒂・葛林？去啊。我不相信她會答應。」

「為什麼？」馬克斯問。

「因為……」她討厭你，山姆想說出來，因為她覺得你很笨，根本不希望你在這裡。「因為她知道你有很多對象。」山姆說。

「怎麼會？」

「這個嘛，這又不是什麼國家機密。你身邊一直都有人，但每個都交往不到兩星期。仔細想想，我覺得你還是不要去約莎蒂好了。不是因為我對她有那種意思，是因為我們都是同事，不是嗎？我不希望有任何狀況影響到《一五》。」

「嗯，你說得對，」馬克斯說，「忘掉這件事吧。」

山姆說的「兩星期」有點誇大，馬克斯通常能和交往對象持續六星期，他很擅長沉浸在戀愛中，至少一小段時間，而且沒有一個人和馬克斯結束關係時，是帶著傷痛離開。他有種天賦，讓對方認為是自己想要結束關係，也因此，他和大部分的前任後來都變成朋友。要到好幾週、好幾個月，甚至好幾年過後，馬克斯的前任才會想通：「嗯，我覺得是馬克斯想和我分手。」所以說，馬克斯一走進哈佛廣場，必定會碰到某個前任，而對方通常很高興見到他。

如果二十二歲的馬克斯有煩惱，那就是吸引他的事物和人實在太多了。馬克斯最愛的形容詞是「有趣」，這個詞可以涵蓋讀起來有趣的書、看起來有趣的舞台劇或電影、玩起來有趣的遊戲、嚐起來風味有趣的食物，以及有趣到能上床的人，有時甚至有趣到讓他愛上。對他而言，傻子才不懂得多多去愛各種人事物。剛認識馬克斯那幾個月，莎蒂就曾對山姆譏諷他是「半吊子情聖」。

不過，對馬克斯來說，世界就像亞洲國家五星級飯店提供的早餐：應有盡有，簡直消受不起。誰不想同時品嚐鳳梨冰沙、叉燒包、煎蛋捲、泡菜、壽司、綠茶口味的可頌？這些都任君大快朵頤，而且各有各的美味。

馬克斯上哈佛之後交往過那麼多人，這些人有個說法，有點挖苦的意思，說馬克斯只和山姆建立了真正的人際關係。馬克斯的確愛山姆，但並不想和他上床，山姆就像他的小弟，他會用自己的性命保護他。

不過，莎蒂……馬克斯覺得她又是另外一回事。莎蒂很像山姆，但卻不是山姆，這一點深深吸引馬克斯。對他來說，莎蒂比他往常的交往對象更複雜、更有趣、面貌更豐富。他並不笨，很清楚她不太喜歡他，而這件事也很稀奇，因為大家都愛馬克斯！但他還是很想知道如果她喜歡他會怎麼樣。他希望她用對山姆說話的態度對他說話。馬克斯讀了很多書，他覺得莎蒂可能是那種能讀很多次、每次都會有新發現的書。不過，吸引馬克斯的人很多，因此山姆告誡他不要追她時，他並不覺得受挫。

4

莎蒂直到八月中才開始製作暴風雨。她知道暴風雨會是玩家對《一五》最初的體驗，一定要做得很壯觀，所以備感壓力；也知道秋天開學將近，山姆和她即將回到各自的學校上課前，這很可能是她能完成的最後一件事。

山姆和莎蒂還沒彼此討論過，但心裡都覺得恐怕不可能在九月把遊戲完成。他們知道目前的成果很好，甚至比好更好。要在暑假完成遊戲，其實也只是山姆當初隨便訂的期限，但他們似乎覺得一旦說出來不及完成的事實，就會打破兩人目前合作的理想狀態。身為盡責的製作人，馬克斯嘗試小心向他們提起這個話題，建議他們擬個一學年的工作排程，不過兩人都不想討論這件事。山姆和莎蒂打算無視各自面臨的現實，盡可能拖到最後一刻。

和其他二十歲的人一樣，莎蒂從來沒自己製作過圖像和物理引擎，她為《一五》製作引擎時遭遇的困難也就可以想見。山姆和莎蒂希望圖像有透明水彩的質地，但莎蒂怎麼樣都做不出那種輕盈感。舉例來說，一五奔跑時，她希望畫面不要太僵硬，要有種液態流動感。在她和山姆的設計文檔裡，描述一五的跑步姿勢（和走路姿勢形成對比）要「有水動起來的速度、美感、危險性。小孩跑的時候非常像波浪，跳起來就變成颱風。」最初嘗試時，一五只是變得一團模糊，一點也不像「水動起來」。每當做出想要的效果時，遊戲卻又常常突然當掉。但這個引擎真正的弱點，直到她不得不著手做暴風雨時才顯現出來。

什麼是暴風雨？莎蒂思考。是水，還有光，還有風。是這三個元素交互作用在暴風雨籠罩的地表。這有什麼難的？

莎蒂把試做的第一版暴風雨過場動畫秀給山姆看，他看了兩次才開口。

「莎蒂，我不想讓你難過，但是這個還不夠好。」

莎蒂知道還不夠好，但聽了還是很生氣：「有那裡不夠好？」她逼問。

「感覺不夠真實。」

「我們的世界看起來像木刻版畫，是要怎麼真實？」

「說『真實』可能不太正確。我看的時候沒有任何感覺，不覺得害怕，不覺得……」山姆再次播放動畫，「是光線的問題。」山姆說，「我覺得光線不對，還有紋理，水……水的感覺不……不濕。」

「說得這麼簡單，你自己來做做看該死的暴風雨啊！」莎蒂走進房間摔上門，只剩下她一個人時，她自己的眼睛輕鬆製造出暴風雨。

莎蒂已經筋疲力竭，感覺自己對不起《一五》。設計文檔裡的構想很美，山姆創作出的作品很美，而她該負責把這作品轉化為遊戲的形式。莎蒂痛恨那種封面美術非常壯觀，但實際玩起來卻跟概念圖一點都不像的遊戲。

問題不在山姆不喜歡她的暴風雨，不在他的評論似乎隱約顯示遊戲整體圖像存在更嚴重的問題，而在於她已經三個月幾乎沒睡覺和洗澡，這個遊戲卻還做不完！他們已經做了這麼多，想出所有關卡地圖，寫出完整的故事，設計出背景和角色，可是……還是有那麼多事有待完成。

她感覺得到自己開始恐慌，於是去掏馬克斯的床頭櫃，她知道他留了一批仔細捲好的大麻菸在裡面，她抽了一根。

山姆敲門，「我可以進去嗎？」

「可以。」莎蒂說，開始感覺到愉悅的興奮。

山姆在床上坐下，就在她旁邊，她把菸遞給他，他拒絕了。他很討厭莎蒂或馬克斯抽菸，於是起身開窗。二十二歲的山姆完全不沾酒精，除了不喝酒，甚至不喜歡吃阿斯匹靈。他唯一會吃的藥，是醫院給他的各種止痛藥，而且他不喜歡藥物遮蔽他思考能力的感覺。山姆身上一直運作良好的部分是大腦，他不想犧牲這個部分。因為這種堅持，山姆常常硬忍過可以也應該透過某些方式減輕的痛楚。

「是引擎的問題。」莎蒂不帶情緒的說，「我的光影和紋理引擎不好。」

「問題出在哪裡？」山姆問。

「出在……」莎蒂說，「出在我……我還不夠厲害，做不出來。」

「你什麼都能做。」山姆說，「我完全相信你。」

山姆的信任重重壓在她身上。她爬上床，把被單拉過頭頂。「我要睡一下。」

莎蒂休息時，山姆開始研究遊戲引擎，他知道可以向其他公司借用遊戲引擎，如果效果符合需求，直接使用其他設計師做好的遊戲引擎能省下一大堆力氣，長遠來看，也更省經費。他和莎蒂討論過這件事，知道她反對使用其他設計師的引擎，從一開始就堅持所有程式都必須自己寫。因為如果不這樣做，他們的遊戲就會不夠原創，也必須讓出權力（往往還有收益）給引擎的製造者。當然，她這番話就像鸚鵡學舌，只是在重申多弗的教誨。

不過，那天下午剩下的時間，山姆還是把他、莎蒂、馬克斯擁有的遊戲都瀏覽過一遍。作為大部分都是自學的程式設計師，山姆透過拆解遊戲來學習。逆向工程在科技業是常見的操作手法，但山姆其實是向外公學到這個技巧。如果餐廳裡有東西壞了，像是收銀機、戶外照明燈、披薩烤箱、公共電話、洗碗機……東賢都會耐心拆開壞掉的東西，一絲不苟地把所有零件在一張舊桌布上依序排開。大部分情況他都能把東西修好，他會舉起一個磨壞的墊圈，得意地說：「啊哈！逮到了！去五金行只要花九十九美分就能買個新的！」然後他會把壞零件換掉，再把一切重新組回去。山姆的外公有兩條基本信念：一、任何人都有能力弄清楚所有事物；二、只要願意花時間，任何東西都修得好。山姆也這樣相信。

山姆決定研究其他遊戲，看看能不能找到光影和紋理效果符合需求的目標。如果可以，他會拆解那個遊戲，看看能夠學習／偷師哪些部分，然後向莎蒂報告他的發現。

在莎蒂那疊遊戲帶最底下，山姆找到一片《死海》。他聽說過《死海》，但還沒花時間玩過。

莎蒂起床時，馬克斯和山姆正湊在山姆的電腦前。「你看這個，」山姆說，「這和我們要的暴風雨有點像，對不對？」

莎蒂從來沒跟山姆提過多弗，也從來沒問他有沒有玩過《死海》。她側身擠進螢幕前，看著前男友做的遊戲，假裝這不是她第一百次看這個畫面。「我以為我們要的風格沒有這麼憂鬱。」

「當然，」山姆說，「我意思不是說完全做成這樣。但是他這種光影的質感，你有看到在水裡的折射效果嗎？那種空氣感？那種氛圍？」

「有。」莎蒂在山姆身邊坐下，「你要把那根木柴撿起來。」她對正在玩遊戲的馬克斯說，「必須用木柴打殭屍的腦袋。」

「謝了。」馬克斯說。

「對了，他的引擎叫尤里西斯，他自己設計的。」莎蒂說。

「誰？」山姆問。

「這個遊戲跟引擎的設計師。他叫多弗．米茲拉。我以前跟他有點熟。」

「怎麼認識的？」山姆說。

「他是我的教授。」莎蒂說。

「喔，那你要不要聯絡他？」山姆說，「我是說，如果你做引擎還是卡關……」

「嗯，」莎蒂說，「可能要吧！」

「他可能會有什麼訣竅？」山姆繼續說，「或是我們可以直接用他的圖像引擎？」

「我不確定，山姆。」

「我希望你能輕鬆一點。我們已經為這個遊戲做了這麼多，我不覺得每一個小細節都必須徹底原創。你有你對純粹的堅持，但說實在的，沒有人會在意。藝術創作不需要純粹。達到成果的過程並不重要。這個遊戲還是會是完全的原創，因為全都是我們做的。如果能拿到有用的工具，沒必要刻意不去用。我們的遊戲不可能會像《死海》，所以這樣堅持有什麼差別？」

一早，莎蒂寫電子郵件給多弗，原來他已經又回到劍橋，秋天會開遊戲專題課，並且把《死海II》做完。他邀她去他的工作室，所以她就去了。

她到了多弗的工作室，伸出手要和他相握，他把她拉過來抱了一下。「我好高興你寫信給我，莎蒂．葛林！我本來也打算寄信給你，但是實在太忙了。我已經快把《死海II》做完，我再也不要做續集了。你好嗎？」他問。

她告訴他《一五》的事。

「名字取得好。這就是你該做的事。」他用稍微帶點優越的態度說，「你就是應該做出自己的遊戲。」

莎蒂的郵差包裡放了一些山姆畫的概念圖，此時拿出來給他看。「哇！很魔幻。」多弗說。然後她拿出筆電，讓他玩第一關。「這他媽做得太好了！」多弗說。他從來不會說出言不由衷的恭維，莎蒂聽了有點想哭。他的肯定對她來說仍然那麼重要，坦白說很令她羞愧。「這我喜歡。」多弗看著莎蒂，他把概念圖放回桌上，看進她的眼睛，點點頭：「你是為了尤里西斯來的，對不對？」

一開始莎蒂想否認，想說她只是想問自己打造引擎的訣竅，但她說，「對，我想要尤里西斯。」

「你也知道我一直強調要自己做引擎。」

她點頭。

「但是我看得出來尤里西斯非常適合幫你和你同事……他叫什麼名字？」

「山姆．梅蘇爾。」

「幫你和梅蘇爾先生做出想要的成果。我的莎蒂有求於我，我怎麼能拒絕？」

就這麼簡單。多弗把引擎給她，而作為交換，他也成為《一五》的製作人和合夥人，和她的職業生涯永遠綑綁在一起。

多弗來到公寓幫莎蒂安裝尤里西斯，馬克斯一見到他就討厭：皮褲、緊身黑T恤、沉重的銀飾品、標準的山羊鬍、八字眉、綁著丸子頭。馬克斯低聲吐出惡毒評語，「廉價版克里斯．康奈爾（Chris Cornell）。」說的是油漬搖滾樂團聲音花園（Soundgarden）的主唱。

「克里斯．康奈爾？」山姆接話，「他看起來比較像羊男。」

不過馬克斯最痛恨的是多弗的古龍水味，不是廉價古龍水，但只要他一走進房間，到處就都瀰漫著那味道。他離開之後，他們把公寓所有窗戶都打開，馬克斯還是能聞到那股味道。整個房間都是濃濃的麝香味，帶有松木、廣藿香、雪松的香調。馬克斯覺得這種雄性香味充滿侵略性，簡直是古龍水中的迷姦藥。

馬克斯也覺得多弗和莎蒂的距離太親密。多弗在莎蒂的工作桌前，手一直動來動去觸碰她，侵入她的領域。那隻手擱在她肩膀上，滑過她大腿，放在她鍵盤上，握住她的滑鼠。莎蒂發出尖銳怪異的笑聲。多弗撥開掉進她眼睛的髮絲。馬克斯發現這是前任之間會有的親密舉動。

馬克斯把山姆拉進臥室。「你沒說莎蒂是多弗的前女友。」他對山姆說。

山姆聳肩。「我也不知道。」

「你怎麼會不知道？」

「我們不會聊這種事。」山姆說。

「可是他也是她的老師，對不對？這是濫用權力。如果他也要當我們的製作人，你不認為應該弄清楚嗎？」

「我是不認為。」山姆說，「莎蒂是成年人了。」

「才剛成年。」

馬克斯把頭探出房間，繼續監視莎蒂和多弗。

大部分都是多弗在講話。「如果是我，我下個學期就會辦休學。」

莎蒂邊聽邊點頭。

「你和你的團隊真的有兩下子。」多弗說，「這是真心話。」

「可是學校……」莎蒂的聲音幾不可聞，「我爸媽……」

「那些事情誰在乎？沒有人在乎你是不是乖小孩了，莎蒂。我想賦予你力量，讓你永遠擺脫那些傳統觀念。你受教育的目的就是為了做現在正在做的事。你要趁著思路順暢，一口氣把絕大部分程式寫出來。然後春天和夏天可以一邊完成學業，一邊處理音效和抓錯。」

她繼續聽，繼續點頭。

「你需要我這個以前的老師來帶你嗎？」

「可能需要。」她說。

「我會幫你。」多弗說。

「謝謝你，多弗。」

「我隨傳隨到，小天才。」

他用多毛的手臂抱住她，把她的臉深深按進自己胸口。馬克斯很想知道她怎麼能忍受那股薰人的味道。

兩週後，在做完暴風雨那一天，莎蒂告訴馬克斯和山姆她要休學一學期，把遊戲完成。使用尤里西斯引擎讓她必須重做大量已經完成的部分，而她不想中斷工作的氣勢。「你們不必休學，但是我會。」

「我本來就在期待你提出來。」山姆說，「因為我也想休學。馬克斯呢？」

「山姆，你確定嗎？」

山姆點頭。「我確定。但是最大的問題是：我們可以繼續用這間公寓嗎？」

「當然，你的房間可以還給你。」莎蒂對馬克斯說，「我會找其他地方住，但是如果能讓我們繼續在這裡工作就太好了。」

「你要住哪裡？」山姆問。

「多弗那裡。」她說，聲音沒什麼起伏。「他現在也是製作人了，他那邊有多一間房間，我可以住。」大家都知道這是謊話。

那年秋天，只有馬克斯回到學校。因為還有製作人責任在身，這也是他唯一沒接演任何劇目的一年。事實上，比起上課，劇場一向佔用他更多時間。

5

山姆與莎蒂在地鐵站巧遇後將近一年，《一五》完成了，比山姆最初的規劃多耗費了三個半月。

在多弗的尤里西斯引擎大力輔助之下，莎蒂和山姆不停編寫《一五》的程式，打字打到手指流血。山姆的手指是真的流血了，因為指尖太乾，還長了水泡，他不得不纏上ＯＫ繃，免得血流到鍵盤上。但ＯＫ繃讓他打字速度變慢，於是又被拆掉。更嚴重的不舒服他也早就習以為常。

不過負傷狀況還不只如此。萬聖節前後，莎蒂盯電腦螢幕盯得太久，右眼有條血管爆開。她連醫生都沒去看，只拜託馬克斯去藥局買眼藥水和口服消炎藥，然後就繼續熬下去。感恩節前一週，山姆走去哈佛商店，想再買一手能量飲料，卻昏倒在路上。採買通常是馬克斯負責，但當時馬克斯在上課，而山姆等不及了。他就這樣昏倒在馬路上，倒在食材行門口。因為那件大外套，大家大概以為他是遊民，所以幾乎沒人理他。他甦醒時，看見前指導教授安德斯・拉森站在他身旁，像是穿著The North Face的金髮耶穌。安德斯會發現他很合理。瑞典出生的這位安德斯，正是那種正派又實在的人，不會對受苦的無家者視而不見。「山姆森・梅蘇爾，你還好嗎？」

「噢，呃，安德斯，你怎麼在這裡？」

「你怎麼倒在這裡？」安德斯說。

不顧山姆反對，安德斯陪他走到大學保健中心，他們判斷山姆營養不良，讓他吊點滴。

「所以你最近在做什麼？」安德斯問。他堅持陪著山姆吊點滴。

「我在做遊戲！」山姆滔滔不絕說起《一五》和莎蒂，而不玩遊戲的安德斯用茫然但親切的神情看著他，「這麼看來，你找到你熱愛的事了？」

「安德斯，你是我遇過最常提到愛的數學家。」

十一月，馬克斯雇用了一位作曲家：柔伊．卡朵根（Zoe Cadogan），馬克斯眾多優秀的前任之一，請她以他們整個暑假聽的那些前衛音樂為方向，譜寫遊戲配樂。馬克斯為柔伊背書，說她是個天才。山姆經常開他玩笑：「馬克斯只要一遇到天才就想跟對方上床。」十年後，柔伊會寫出全用女聲演唱的《安蒂岡妮》（*Antigone*）改編歌劇，獲得普立茲獎。不過《一五》是她第一份靠音樂獲得收入的工作，也始終都列在她的履歷上。

他們剛錄完配樂，馬克斯回到柔伊在亞當斯宿舍的房間找她，兩人一起去食堂吃飯，然後上床。馬克斯一向很享受和前任做愛，這一晚也不例外。觀察自己的身體和對方的身體在上一次親密之後，發生了哪些改變，是很有趣的經驗。他感覺到一股愉悅的遺憾，像是回到以前上的學校，發現課桌椅比記憶中小了很多時萌生的傷感。

「我們為什麼要分手？」柔伊問他。

「分手是你提的，記得嗎？」馬克斯說。

「是嗎？我那時候一定有理由，只是現在想不起來了。」柔伊親吻馬克斯的胸口，「我喜歡你那個遊戲。目前看到和聽說的部分都喜歡。」

這是第一次有人說《一五》是馬克斯的遊戲。「其實不是我的遊戲。」馬克斯解釋，「是莎蒂和山姆做的。」

「最後那一幕很感人。一五長大了很多，她爸媽都不認得她了。」她停了一下，「抱歉，一五是男生還是女生？」

「山姆和莎蒂說沒有性別。」

「酷！反正爸媽認不出一五了。這一幕完全就是《奧德賽》。」

《一五》設計時最艱難的挑戰，在於莎蒂和山姆決定讓一五隨著故事發展慢慢長大。遊戲角色通常都會停留在同一個年紀，在整部作品裡維持相同的基礎設計，甚至在多個系列作中都保持不變，例如瑪利歐，還有《古墓奇兵》（*Tomb Raider*）的蘿拉・卡芙特（Lara Croft）。這麼做的原因很簡單：維持品牌特色，同時也省事得多。不過，莎蒂和山姆希望一五經歷的旅程能反映在角色身上。隨著故事與時間推進，一五年紀會改變，身上也會承受傷害。到了結局，在外遊蕩七年後，一五終於回到家，但家人已經認不出這孩子了。此時的一五是個筋疲力盡的十歲小孩，走過大海、城市、凍原、地底世界，總算站在家門口，伸出一隻顫抖的手，卻不敢敲門。最後，媽媽讓一五進屋，但不是因為認出了這孩子是誰，只是認為這個飢餓的孩子需要人疼愛，因此曾失去自己孩子的她，主動把一五請進門。「你叫什麼名字？」她問。

「一五。」一五說。

「好奇怪的名字。」她說。

就在這時，一五的爸爸走進房間。「十五號，松本麥斯（Max Matsumoto），我最喜歡的足球選手。我本來也有一件一樣的運動服，不過很久以前就不見了。」

加上配樂之後，柔伊的一位聲音設計師朋友也出了力，改善聽覺的空間感，甘迺迪街三人組覺得遊戲整個升級了。莎蒂對馬克斯說：「我覺得好像真的會成功。」

「我知道一定會。」馬克斯以一種傳福音的熱情態度說。

莎蒂用浮誇的歐洲人風格親吻馬克斯雙頰。他真是忠實的粉絲。每段合作關係都該有一個這樣的人。

終於寫完遊戲的程式之後，除錯階段就開始了。錯誤還真不少，他們只要發現錯誤，就會記在偷來的白板上，和其他想要改進的項目列在一起。完成一項工作，就把那一條擦掉。寒假前一週（他們還很年輕，都用學期來理解時間），白板上已經空無一字，只留下擦掉筆跡後淡淡的顏色，隱然顯示他們努力的痕跡。

「完成了嗎？」莎蒂問山姆。她拉開窗簾，此時是清晨五點，外面在下小雪。

「應該是。」山姆說。

「我好累。」莎蒂打哈欠。「現在是覺得做完了，如果明天再看，還是這樣覺得，才是真的完成。我要回多弗家了。」

「我陪你走去。」山姆說。

「你確定嗎？外面地會很滑。」她擔心他的腳，知道最近他又深受腳痛困擾。

「這段路不遠。」他說，「我走一走也好。」

街上沒有任何人，安靜到聽得見雪落在地面的聲音。去多弗家最快的路是穿越哈佛園，所以他們走這條捷徑，學期已經將近結束，旁邊宿舍裡的大一生都在睡夢中。清晨的微光加上落雪，產生一種魔幻感，像置身在雪花球裡，在一個只屬於他們的封閉世界。莎蒂用手臂勾住山姆的手臂，山姆微微靠著她。兩人都很累，但這是一種爽快的疲憊，知道自己已經做完一切該做的事。當然，他們還會再一起完成其他遊戲，那些遊戲的工作團隊和辦公室會大得超乎想像。但山姆和莎蒂都將一直記得這天早上。

「山姆，」她說，「告訴我一件事，要老實說。」

她的語氣讓他有點緊張，「沒問題。」

「你去年十二月真的有看到魔術眼的圖嗎？」

「莎蒂，你好大膽！」他假裝發火，大喊。

「哼，如果你有看到，說說看是什麼圖案啊。」

「不要，」山姆說，「我不屑回答。」

莎蒂點點頭。他們已經抵達多弗住的公寓樓下大門。她把鑰匙插進鎖孔，然後轉身。

「不管怎麼樣，謝謝你讓我完成這件事。我愛你，山姆。你不用說你也愛我。我知道這種事會讓你非常尷尬。」

「非常尷尬，」山姆說，「非常。」他咧嘴笑，笑得太開了，露出一口自己也知道歪七扭八的牙齒，然後突然鞠了個躬。他還沒能開口說出他也愛她，她就走進去了。不過沒說出口也沒什麼好沮喪，因為他知道莎蒂知道他愛她。莎蒂很清楚山姆愛她，就像她很清楚山姆看不出魔術眼的圖案。

太陽出來，雪也幾乎停了，山姆走回家，儘管天氣寒冷，他卻覺得溫暖，很感激自己活在世上，也感激莎蒂・葛林在那一天走進遊戲室。他覺得宇宙是正直的，如果稱不上正直，至少是公平的，可能會奪走你的母親，但也會給你另一個人作為補償。他拐進甘迺迪街，開始喃喃念誦一首聽過的詩，忘了在哪裡聽過。「那份愛就是全部，是我們所知之愛，如此足矣，貨物份量應與承載的軌道相稱。」什麼「貨物」？他好奇，什麼又是「承載的軌道」？思考這首詩難解的意義很有樂趣，而且詩唸起來輕快活潑（他心想，好像火車轟隆駛過軌道的聲音），讓他難得感覺輕盈快樂，甚至開始小跳步走路。山姆・梅蘇爾！竟然在蹦蹦跳跳！他輕率跨出一步，踏出人行道邊緣，腳下打滑。

山姆非常習慣疼痛，幾乎沒什麼特別的感覺。這個冬天第二次，他昏過去了。「我們不應該再這樣相遇了。」他自言自語。

他躺在街上，瘀青的臉頰枕著冰冷的鵝卵石，恍惚中看見媽媽站在冰雪裡俯視他，身穿寬大的白色連帽大衣，一路罩到腳踝。安娜像哥吉拉一樣巨大，在她大衣的籠罩下，山姆知道自己很安全。他的韓裔美國母親用日語說，「還好嗎，小山姆？」

山姆的母親是在一九八四年冬天決定前往西岸。當時山姆九歲，安娜三十五歲。安娜考慮離開紐約已經考慮了十二年，也就是說，住在這裡時一直都想離開。但在山姆出生之後，這股渴望才逐年增強。她困在中產階級的幻想裡，想像住在一個遙遠的無名城市，生活環境更便宜、更乾淨、更健康、更快樂。她想像能給山姆一個後院，一隻從收容所領養的黃毛狗，獨立更衣間，在自己家裡不用投幣就能洗衣服，而且沒有人住在他們樓上或樓下。她想像棕櫚樹、溫暖的氣候、雞蛋花的香氣，想像把不合身的笨重外套隨手塞進垃圾袋，捐給救世軍。但是恐懼與渴望同樣強烈，她害怕紐約生活已經是所有可能性中最好的一種，一旦離開紐約，所有的門就會降下鎖起，而她又太軟弱、目光太短淺，無法再回頭。要不是因為另一位李安娜從天墜落，她可能會永遠陷在這種瞻前顧後的思考循環裡。

遇見另一位李安娜的晚上，安娜與山姆從劇場出來，走回樸素的曼哈頓谷區那間鐵路公寓。安娜有個表演課的朋友，多年前和她有過一段隨興快樂的性關係，這次在奇塔・里維拉（Chita

Rivera）和麗莎・明內利（Liza Minelli）主演的四輪溜冰音樂劇《溜冰場》（*The Rink*）裡擔任合唱演員，給了他們兩張預演場的招待票。那個朋友說，「我很肯定這齣戲八成會失敗，不過很適合稍微有點藝術氣息的九歲小孩來看。」安娜聽見這句話就笑了，得知其他人如何看待自己的孩子很有趣，有時也很嚇人。不過那朋友說得對，山姆超愛那齣音樂劇，讓安娜感覺自己是個好媽媽，能夠提供山姆唯有紐約這座城市具備的豐富文化體驗。像中了魔法一樣，她又再度愛上紐約，篤定自己永遠也不會離開。在遐想中，她和山姆走到阿姆斯特丹大道特別昏暗的一段。山姆拉拉安娜的外套袖子。「媽媽？那上面是什麼？」

在街燈照耀下，安娜看得見一個模糊的生物輪廓，蹲伏在大約六樓高度的陽台金屬欄杆上。

「可能是一隻大鳥？」她說，「還是……滴水嘴獸？雕像？」

雕像縱身往地面跳下，卻是臉朝上落地，發出響亮的啪搭一聲，紅色鮮血爆開，場面更像傑克遜・波洛克（Jackson Pollock）正在作畫，而不像自殺。女人的手腳扭曲成超自然的插腰姿勢。母親和兒子同聲尖叫，但這裡是紐約市，因此沒有人注意到，也無人關心。

雕像墜落下來之後，就看得出是個女人，女人有著亞裔外貌，或許甚至和安娜一樣是韓裔。女人會在那一晚死去，不過當下她還一息尚存。山姆笑出來，不是因為他生性殘忍，而是因為女人讓他聯想到自己的母親，而且在不到十步的近距離面對如此駭人的離奇場面，他不知道該做什麼反應。在此之前，他從未親眼見過任何生物死掉，所以也不確定她是不是快死了。不過，他內心深處突然頓悟，並自動延伸思考：這就是死亡，他也會死，他母親也會死，所有他見過的、愛過的人通通都會死，可能是在自己或那個人年老時發生，也可能不是。這項認知令人難以承受，對一個九歲小兒來說，是太過龐大的真相。安娜用力捶他的手臂，想讓他不要再笑了。

「對不起，」山姆嗚咽，「我真的不知道為什麼要笑。」

「沒關係。」安娜說，指向街對面的小雜貨店。「你去叫他們打九一一。」

山姆遲疑，「我不想去。」他說，「我不能動，我的腳卡住了，被冰黏住。」

「你的腳沒有卡住，山姆。這裡沒有冰，你的腳沒事。去！快去！」安娜把他往店的方向推，山姆開始跑。

安娜在女人身旁跪下。「不要怕，馬上就有人來救你。」安娜說，「對了，我叫安娜，我會留在這裡，陪你等救護車。」安娜握住女人的手。

「我也叫安娜。」女人說。

「我全名是李安娜。」安娜說。

「我也叫李安娜。」女人說。女人發出粗糙的吸氣聲，用一種吃力又古怪的方式咳嗽。安娜很確定女人的脖子斷了。大量鮮血從她身上的傷口湧出，也許傷口不只一個，但安娜看不出來該從哪裡止血。安娜平時非常注意保持潔淨的白色網球鞋上染了血，而另一位李安娜身上到處都是血，安娜注意到她烏黑頭髮上戴著的粉紅蝴蝶結，瑪丹娜風格、大又蓬鬆的蝴蝶結，也沾滿了血。

「喔，那很正常。」安娜輕聲說，「跟我們同名同姓的人有很多。李不是全世界最常見的亞洲姓氏嗎？我加入工會時，還必須把名字登記成安娜・Q・李，因為不能有兩個會員的名字一樣。我是權益會（Equity）裡第七個李安娜。」

「什麼是權益會？」

「是舞台劇演員的工會。」

「你是演員嗎？」女人說，「我有沒有在哪齣戲裡看過你？」

「噢，」安娜說，「幾乎所有能演的亞裔角色我都演過，戲份最多的應該是《歌舞線上》的王康妮（Connie Wong）。」

「首演那年我看過。」女人說，「你很棒。」

「我在百老匯是第三個演王康妮的，全國巡迴是第二個。所以你看過的不是我。有可能是巴約克・李（Baayork Lee），她也姓李，」安娜笑了，「真的很多吧。」

「你名字的Q代表什麼？」

「沒有意思。」安娜說，「只是為了登記。你現在可能不想知道這個吧。」安娜看進另一位李安娜的眼睛，和她自己一樣，帶金色的棕色眼珠。「你為什麼要……我可以問嗎？如果很沒禮貌我道歉。」

「我不知道還有什麼方法離開。」另一位李安娜說。她想聳肩，身體卻開始抽搐，經過漫長的九十秒，她就死了。安娜站起身，低頭看另一位李安娜的遺體，一陣頭暈目眩，彷彿脫離了自己的身體，彷彿看見死在人行道上的是她自己。她知道自己應該待在另一位安娜的遺體旁邊等救護車來，但天氣非常冷，而且她害怕如果再跟另一位安娜待在一起，就會激發某種無可挽回的生存危機。這一刻她非常想和山姆在一起。

她走進雜貨店找兒子，快速巡視每條走道，但到處都看不見他。

「我兒子有沒有來這裡？」安娜問，努力忽視心裡逐漸成形的恐慌想像：會不會另一個李安娜的死亡全是聲東擊西，好讓某個邪惡組織綁架山姆？

「你是他媽媽啊。」老闆說，「這什麼世界，竟然讓小孩子看見這種事。」

「他沒有走掉吧？」

「沒有，但是他很不安，所以我給他幾個硬幣，去玩後面那台遊戲機。小朋友都愛玩遊戲，不過現在這台機器不像以前那麼賺錢囉。」

「真是太謝謝你了。」安娜說，「我該給你多少錢？」

男人擺擺手，「不用啦。就算沒看見人跳樓，小孩活在這種世界上也已經夠辛苦了。那個女人怎麼樣？」

安娜搖搖頭。

「這什麼世界喔。」老闆說，也跟著搖搖頭。

她走到店面後方，山姆的身形被體積龐大、色彩鮮豔的《小精靈小姐》（*Ms. Pac-Man*）機台外殼遮擋住。就安娜看來，《小精靈小姐》和《小精靈》沒什麼兩樣，只不過多了個蝴蝶結，被稱為小姐（Ms.），在一九八四年，這個稱呼通常帶有女性主義的意味。

「嗨。」安娜說。

「嗨。」山姆說，沒有看她，「你想看可以看，我想把這條命玩完。」

「不錯的想法。」安娜說。她設法專注在遊戲畫面，忽略外面的鳴笛聲，救護車要來載另一位李安娜的遺體了。

「如果吃到水果，」山姆說，「就可以把鬼魂殺掉，但是只能維持一下下。要是時機沒抓好，反而會被鬼殺掉。」

「這樣啊。」安娜說。她決定在李安娜的遺體從人行道上移走之前，他們不要離開這間店。

「有時候還會吃到多的命。可是想吃多的命也可能害死自己，所以不一定值得冒險。」

「你好會玩這個。」安娜說。等到離開雜貨店，她要立刻花錢搭計程車，就算這裡離家只剩一小段路也要搭。

「不算很會。」山姆說，「如果我有更多時間練習，會更厲害。可惡！」小精靈小姐死掉的降半音哀傷音效響起。「我沒命了。」山姆小心翼翼看著安娜，「她怎麼樣了？」

「救護車現在在外面，會把她送去醫院。」

「她不會有事吧？」山姆說。

「應該不會。」安娜說。這不能算是謊話，她的確不會有事。死掉也就沒事了。

山姆點點頭，但他看過很多安娜演的戲，很清楚她什麼時候是在說謊，也足夠了解她，知道她為什麼說謊。他自己也會因為同樣的理由說謊：為了保護她，讓她不用面對無法承受的事。

「她為什麼要那樣子？」山姆問。

「我覺得……」安娜說，「我覺得她可能很憂鬱，可能生活遇到什麼問題。」

「你也會憂鬱嗎？」

「會，每個人都會憂鬱。不過我覺得我不可能那麼低落，因為我有你啊。」

山姆點點頭。「如果她掉在我們頭上，你覺得我們有辦法救她嗎？」

「我不知道。」

「你覺得我們會被壓死嗎？」

「我不知道。」

「如果我們剛剛再走快一點，如果沒有停下來買香蕉，可能就會走到她的正下方，可能就死掉了。」

「我不覺得我們會死掉。」安娜說。

「可是如果從帝國大廈上面丟一個硬幣下來，打中地面上的人，不是會死掉嗎？」

「那個應該只是都市傳說。」安娜說，「而且她跳下來的那棟建築只有六層樓高。」

「可是人的身體比硬幣重很多。」

「你要不要再玩一次？」安娜探進皮包，挖出一枚硬幣投進機台。她心想，對小精靈小姐來說，生命很便宜，而且有很多次重來的機會。

山姆玩，安娜在旁邊看，思索下一步。

最顯而易見的去處是洛杉磯，她出生的城市。她一直抗拒回去，因為回故鄉感覺像是投降。況且工作方面，洛杉磯沒有厲害的劇場，也就是說，安娜在洛杉磯能找到的工作，或許甚至比在紐約更少（而在紐約充其量也只能做到工作時有時無）。如果夠幸運，最後或許能在警匪影集和電影裡飾演亞洲流鶯。她必須再練練幾種「亞洲式」口音，因為沒有機會再飾演「美國人」了。也許能多少接一點廣告、配音，或做做模特兒工作，不過她可能也已經太老了。不然她乾脆不要再演戲，去學寫電腦程式、賣房地產、做美髮、設計室內裝潢、教有氧體操、寫劇本，或是找個有錢老公，只要是演員在洛杉磯能轉換的跑道，都可以試試看。不過，能再見到父母很不錯，能讓山姆認識外公外婆也很好。其實山姆的爸爸也住在那裡，那個人完全靠不住，但如果山姆能和他建立情誼也是好事。住在一個不會有李安娜從天墜落的城市很好，除了零星幾區之外，洛杉磯幾乎沒有什麼超過兩層樓的建築吧？這一位李安娜，安娜・Q・李，權益會的第七位李安娜，絕不會讓自己落到和另一位李安娜同樣的下場。這一位李安娜知道該怎麼離開。

「你現在越來越會吃鬼魂了。」安娜說。

「還可以啦。」山姆說，轉身看她，「嘿，媽媽，你想玩玩看嗎？」

6

在一九九六年，人失聯的速度可以快得嚇人。

莎蒂在早上剛過十點時來到馬克斯家，發現公寓空空蕩蕩，除了硬碟偶爾發出嗡嗚聲以外，一片寂靜。也許山姆和馬克斯一起去吃早餐了？兩人都不在，所以她並不擔心，畢竟馬克斯總會照顧好山姆。一點左右，馬克斯回到家，說自己一整天都沒看到山姆，她這才擔心起來。「我以為他跟你一起。」馬克斯說，「他一直都跟你在一起啊。」

山姆沒有手機，那個年代大家都沒有。（莎蒂認識的人裡，只有多弗和她奶奶有。）他們只能確認他最後一次登入哈佛電子信箱的時間和地點：這天早上三點零三分，從這間公寓的ＩＰ連線。

莎蒂和馬克斯坐在客廳，冷靜設想山姆可能去的地方。也許他在圖書館睡著了？也許是去買他們之前說需要的新硬碟？也許又踏上去看玻璃花的遠征？也許去和安德斯吃午餐？也許他順手牽羊這次終於被抓到了？

他們這樣猜了一陣子，馬克斯突然注意到白板。「上面什麼都沒寫。」他指出。

「我們完成了。」莎蒂說，「我們覺得做完了。」

「恭喜。」馬克斯停頓了一下，又說，「我應該現在玩嗎？目前也沒辦法找山姆。他已經是成年人了，現在又還失蹤得不夠久。」

莎蒂思索，「好，你應該玩。反正沒差，我會去找他。」

「還是你要我陪你去？」

「不要，你留在這裡，免得他打電話來沒人接。」

她去了他們平常在哈佛廣場出入的所有地方：電影院、圖書館、商店、墨西哥餐館、車庫裡的影片出租店、書店、另一間書店、又一間書店、貝果烘焙坊。在這些地方都找不到他，於是她又去了中央廣場：漫畫店、電腦店、她以前住的公寓、印度餐廳。接著再回到哈佛廣場，走遠一點到雷德克里夫四角樓、大學警察局，一無所獲的最後，去了大學保健中心。她手邊一張能出示的山姆照片都沒有，只好一直描述他的外貌。穿著寬大的外套，剪得凌亂的捲髮，戴眼鏡，跛腳。一連串描述的都是瑕疵與缺陷。她很慶幸山姆沒聽到她說這些話。不過也沒有人見過符合這些形容的人。她往回走，穿過哈佛園，大聲呼喊他的名字，直到聲音沙啞。一個女人攔住她問：「你的狗長什麼樣子？我會幫你注意。」她重新走上前一天早上剛和山姆走過的路，當時世界彷彿套了柔焦濾鏡，充滿無限可能，但現在這條路看起來卻陰暗又危險。她想著，世界竟然變得這麼快，真奇怪。她放任陰暗的想法冒頭：如果山姆被綁架或被打怎麼辦？他這麼瘦小，速度也慢，很容易被壓制。如果山姆死了呢？她並不是真的認為他死了，但萬一呢？她沒辦法明確闡述山姆對她的意義。山姆不是艾莉絲，或芙烈達，或多弗。這些人都有簡單的稱呼：姐姐、奶奶、男友。山姆是她的朋友，但「朋友」的範圍非常廣，不是嗎？「朋友」這個詞被用得太頻繁，失去了意義。

她在午夜時分回到公寓。馬克斯第一次正式玩《一五：海之子》的進度剛過一半。

「有找到嗎？」馬克斯問，視線繼續盯著螢幕。

「沒有。」莎蒂悶聲回答，倒在沙發上。「我覺得他遇到很糟糕的事。」

馬克斯起身，伸出手臂環抱她。「他會回來啦。還沒過很久。」

「可是這樣消失很不像他。他有哪裡可以去？他們說必須再等一天才能申報失蹤，但感覺就是不對。這六個月我們幾乎每個小時都待在一起，說話的間隔大概不超過十分鐘。為什麼他會在我們做完遊戲這一天突然消失？」

馬克斯搖頭。「我真的不知道。不過我已經跟山姆一起住三年半了，我知道他很重視隱私，也堅強得不得了。一起住兩年之後我才知道他發生過車禍。本來一直不知道他是遇到什麼事，畢竟什麼都有可能嘛。我會暗示我想知道，如果注意到他很辛苦也會盡量幫忙，但他從來不開口求助。我很好奇，所以想辦法製造機會讓他講。一般人應該都會有某種……想對室友解釋的慾望，但是山姆沒有。山姆喜歡保有祕密。我的意思是，我也擔心他，但沒有那麼擔心。」

「他後來怎麼願意告訴你車禍的事？」莎蒂說。

「他沒講，是手子講的。」

莎蒂笑了，「他曾經六年都不跟我講話。」她說。

「你做了什麼事？」馬克斯說。

「呃，糟糕的事，但基本上算是誤會。整件事實在太無聊又太蠢了，我沒辦法跟你解釋。而且那時候我才十二歲！」

「他就是會自己懷恨在心。」

莎蒂搖搖頭，「我不應該讓他陪我走去多弗家。」

「莎蒂，聽我說，山姆不會有事。一定有什麼原因，到時候我們一定會覺得很好笑，我保證。」馬克斯站起身，「這個刺激的遊戲我才玩到一半，如果你不介意，我現在想繼續玩完。」

莎蒂點頭。她走進山姆房間，躺上山姆的床，打給多弗說她這天晚上不回去。

「為什麼？」多弗說，「你又沒有消息，什麼事都做不了。擔心也沒用，回來吧。」

「我要在這裡等，他可能會打來。」她說。

多弗笑了，「我都忘記你這麼年輕了。你這個年紀還會把朋友和同事當成家人。」

「對，多弗。」她說，試圖掩飾惱怒。

「等你有了小孩，就沒辦法再花這麼多力氣擔心朋友了。」多弗說。

「我很累，」莎蒂說，「我要掛了。」

莎蒂掛斷電話，把山姆的被子拉上來蓋住頭，然後陷入沉睡。

等莎蒂醒來，已經是第二天晚上八點，她睡得太久，馬克斯都把《一五》徹底破關了。她走到客廳，想問山姆有沒有打來，卻看見馬克斯盯著全黑的螢幕，自己在那裡微笑，彷彿掌握了一個重大祕密。

「馬克斯？」

他一看見莎蒂，就跑向她，把她抱著舉起來，在房間裡轉圈圈。

「馬克斯！」莎蒂抗議。

「我喜歡。」馬克斯說，「沒有其他感想。」然後換成演員的響亮聲調，「我愛你這個女人也愛這個遊戲！山姆到底在哪？」

彷彿直接回應馬克斯對宇宙的呼求，電話響起。莎蒂和馬克斯跳起來接，莎蒂更近，率先拿起電話。

「是他。」莎蒂對馬克斯報告。「你到底跑到哪裡去了？」

山姆摔斷了腳踝，是他已經傷痕累累的那隻腳。因為整隻腳狀況太糟糕，緊急動了手術。他現在在波士頓的麻省總醫院，還必須再住院一晚，他問明天早上他們能不能過去接他？

「你為什麼都不打電話？」莎蒂問。

「我不想讓你們擔心。」山姆說。

「就是因為你沒聯絡我們才擔心。」一直緊繃的情緒放鬆下來，莎蒂開始哭，「我以為你死掉了，山姆。死掉了。我以為我們把遊戲做完，然後你……我不知道。」

「莎蒂，莎蒂，沒事啦。」山姆說，「我好好的，你看了就知道。」

「如果你再這樣，我一定要殺了你。」莎蒂說。

「知道了，我應該要打電話。莎蒂？在嗎？」

莎蒂在擤鼻涕，所以馬克斯接過電話。

「我先聲明，我知道你不會有事。遊戲我玩完了，」馬克斯說，「你們兩個都是天才，我太愛你們了，就這樣。」

莎蒂從馬克斯手中拿回電話。

「第一位玩家破關了。」山姆說，「這樣算完成了嗎？」

「應該是。」莎蒂說，「大致上。但我有些東西想調整。」

「我也有一些。」

「我想見你。」莎蒂說。

「探病時間只到九點。」山姆說，這時已經八點十五分。「你恐怕來不及準備好一張社區服務時數表再趕來這裡。」

「很好笑。」莎蒂說。

「真的啦，你到這裡應該來不及。」

「好啦，山姆，」她說，「我愛你。」

「非常尷尬。」他說。

「我們明天一早就去找你。」莎蒂掛斷電話。

再度躺在醫院病床上（但這是頭一次能從窗戶看見查爾斯河），山姆覺得非常寂寞，也覺得自己有點可憐。他有點反胃，因為麻醉還沒退，也因為過去兩天都沒好好進食。儘管醫院給了充足的劑量，他還是能感覺腳隱隱作痛，知道等藥效退去，絕對會痛得可怕。他擔心這次新災情所費不貲（他的存款都快歸零了），也很怕處理相關的保險問題。醫生說他的腳情況很糟，所以也會影響到腳踝。「人的腳能夠重新拼合回去的次數有限，再下去就必須考慮其他選項了。」所謂其他選項都是老派的辦法。最起碼，他知道自己接下來得拄幾個月拐杖，害怕剩下的冬天會很難熬，還必須依賴馬克斯和莎蒂，他原本已經夠依賴他們了。在醫院醒過來時，他沒有立刻打給他們，是因為覺得很丟臉。他本來希望摔這一跤沒那麼嚴重。本來希望只要簡單包紮，就能帶著一罐索價太高的阿斯匹靈回家，不必把他們兩個牽扯進來。他不想讓他們覺得他很脆弱，但他其實感覺自己很脆弱。脆弱、易受傷、孤獨、筋疲力盡。他已經受夠自己的身體，受夠這隻沒用的腳，連稍稍讓他表現快樂都做不到。他受夠必須小心移動，必須時時注意。他真的很希望能跳，真的。他想成為一五。想衝浪、滑雪、玩拖曳傘、飛行、爬上高山和高樓。他想和一五一樣能死掉一百萬次，不管此刻身體承受了什麼樣的傷害，等到再度醒來，又是全新的自己。他想要一五的人生，擁有無限個完好無損的明天，沒有錯誤和生活留下的痕跡。就算不能成為一五，他也想回到公寓，和莎蒂與馬克斯一起把《一五》做出來。

山姆正沉浸在悲慘的思緒中，突然從門上的小窗看見莎蒂和馬克斯。簡直就像海市蜃樓，畫面實在太美好了。

雖然剩下的時間只夠見面十五分鐘，莎蒂和馬克斯還是搭上計程車趕來醫院。「為人生第一個遊戲乾杯的機會很難得吧？」馬克斯說。他們半路停在一間酒行，買了香檳和塑膠香檳杯。見到他們，山姆既高興又不好意思。他知道自己看起來很糟糕：腳和腳踝都打了厚重的石膏，大概是他人生第一百次打石膏。臉頰和額頭上也有青青紫紫的瘀青。他的朋友漂亮、強壯，有常跑戶外的紅潤臉頰，穿著羊毛大衣，頭髮光澤閃亮。如果有誰看見他們站在一起，必定會認為他屬於另一個更弱小的品種。但他提醒自己：他們不只是我朋友，也是同事。把他們轉化成同事的想法，對山姆是種奇異的安慰。《一五》是他們和他之間一輩子的聯繫。

馬克斯倒了一小杯香檳給山姆。「希望這不會影響到醫院給的藥。」

「所以到底發生什麼事？」莎蒂問。

山姆試圖把事情交代得有趣一點。他說了小跳步和詩的事，還有完成遊戲帶給他的快樂和幸福，沒提他看見母親的幻覺。「你們知道這首詩嗎？『那份愛就是全部』什麼的。」

「是披頭四（The Beatles）的歌詞吧。」馬克斯說，「『你需要的就是愛、愛……』」

「不是，後面還有提到什麼貨物跟軌道的？」

「是艾蜜莉・狄金生。」莎蒂說，「『貨物份量應與承載的軌道相稱。』我在《艾蜜莉射手》裡用過這首。」

山姆大笑，「《艾蜜莉射手》！原來！」

「嗯，我就是在想這幾句詩寫得有夠奇怪，應該就是那時候踩空。」

「所以你是被艾蜜莉放倒的嗎？」馬克斯說。

「你知道我班上的同學全都很討厭那個遊戲吧。」莎蒂說。

「馬克斯，你之前玩《艾蜜莉射手》的時候怎麼說？」山姆說。

「我說這是我玩過最暴力的詩詞遊戲，做出這種遊戲的人一定很怪。」馬克斯說。

「我接受你的讚美。」莎蒂說。

「那現在《一五》做完了，下一步是什麼？」馬克斯問。

「我們讓多弗看看，聽聽他的意見。」山姆說。

值班護理師是一位快退休的六十幾歲女性，允許他們待到午夜。她喜歡聽到他們的笑聲、鬥嘴、互相吐槽。打發時間時，她自己常玩一種遊戲，就是猜測患者與訪客之間的關係。她喜歡幫人取名字，想像他們的人生和彼此的關聯。受傷的那個男孩她取名叫小提姆（Tiny Tim）。那個亞裔男孩看起來像時尚模特兒或肥皂劇裡的萬人迷，取名叫基努（Keanu）。嬌小漂亮的棕髮女孩眉毛濃密，有奇特的彎鼻粱，名字叫奧黛莉（Audrey）。小提姆看起來比另外兩人稍微年輕一點。奧黛莉和基努看起來不像情侶，不過基努或許不會介意和奧黛莉交往。古怪的是，小提姆看起來簡直像他們的兒子，不過年紀對不上。也許小提姆是其中一個人的弟弟？也許奧黛莉和小提姆是情侶？或者兩個男孩是情侶？小提姆要水的時候，基努表現得非常溫柔。但是奧黛莉和小提姆之間明顯有種放鬆的氛圍。基努坐在椅子上，而奧黛莉躺在病床上，靠著小提姆，指尖隨意碰在一起，是兩個對彼此非常自在的人的肢體接觸。她簡直像他身體的延伸，反過來也是。這就是愛吧，她想。最終，雖然有點遺憾，但她判定這三個人之間沒有戀愛關係。

儘管山姆受傷，那個月剩下的時間，他和莎蒂還是繼續打磨遊戲，一月底時，他們準備好把遊戲給多弗看。製作過程他已經看過很多，也給了非常多建議，但他還沒從頭到尾體驗過，不知道每個部分結合在一起會是什麼樣子。莎蒂把裝著遊戲成品的硬碟帶去他家。他開始玩第一次時，她一直在旁邊打轉，熱心提供每一個瞬間的訣竅和解說。她很緊張，不知道多弗會有什麼反應，但同時也對自己的作品深感驕傲，不希望他漏掉一絲一毫他們的勞動成果。

「莎蒂，退後，你一直擠過來我沒辦法專心。我想認真玩。」多弗說。

「好啦。」莎蒂說，「我會安靜。」

多弗玩到第七關，冰雪世界，一五在這裡首度遇見垃圾桶，一種會抓走迷路小孩的鬼怪。

「我感覺得到你盯著我看，還聽得到你呼吸。」他牽起她的手，把她送進他房間。

「你乖。」他說。

「可是……」

「你不聽我的話嗎？」

「不是，多弗。」

「我想也是。」他看著她，「把衣服脫掉。」

「我不想。」她說，「多弗，這裡很冷。」

「把，衣，服，脫，掉。你知道不聽話的下場吧。」

莎蒂把衣服脫了。

他們最初在一起時，他從未表現出對ＳＭ的興趣，直到在秋天復合後，ＳＭ才出現。莎蒂至少在一開始很興奮，後來又覺得心煩意亂，不知道他們這是在玩什麼遊戲，又為什麼要玩。多弗沒有暴力傾向，他每次都會徵詢同意。但他喜歡手銬和其他更複雜的道具，也喜歡對她發號施令。他喜歡叫她脫衣，把她綁起來，有時讓她戴上口塞。他喜歡打她耳光，打她屁股，扯她的頭髮。他喜歡把她的陰毛剃掉，手法像藝術家一樣小心仔細。他有一次尿在她身上，但是她叫他不要，他就停了，自此也沒有再這麼做。他傷害她時，從不會傷得太重，事後也總是溫柔又愧疚。

多弗也喜歡被打，而她完全不覺得這有什麼樂趣。他三十歲生日那一晚，要求她甩他巴掌。

「再用力。」他說。

她照做。

「再用力。」

她照做。

她的力道夠重之後，他的眼睛會盈滿淚水，頂著紅腫的臉打電話給在以色列的兒子。她聽得見他溫聲對那個男孩說話，希伯來語充滿抑揚頓挫，令她聯想到鳥鳴。莎蒂的希伯來語僅止於準備成年禮和至聖節期學的那些，她聽得懂的字詞甚至不是希伯來語，而是他兒子的名字：泰勒馬科斯（Telemachus），多弗通常都叫他泰利（Telly）。泰利這年三歲。

他提出要復合當晚，倒了一杯葡萄酒給她，說他的妻子終於同意離婚。

「那很好。」她小心接話，「如果你過得不快樂。」

「我是不快樂。」多弗說，「這件事很麻煩，也要花很多錢，但是最後一定值得。」

他們同時開口說話。

「我覺得我們不應該復合。」莎蒂說，「我想保持工作上的來往就好。」

「我想再跟你在一起。」多弗說。

「你去年不在。」莎蒂說，「我沒辦法承受再跟你分手一次。」

「你不需要承受。」多弗說，「我保證。」

不過，先回到多弗第一次玩《一五》這天晚上。

他們做完莎蒂認為快速、享受、沒有道具的性愛之後，多弗打開床頭櫃抽屜，拿出手銬，一頭銬住她手腕，一頭銬在床架。速度太快，她根本還來不及抗議。

「在我玩完《一五》之前，我不希望你離開這張床。」他說。

「可是多弗，」莎蒂說，「你大概還有十三個小時的份量要玩。」

多弗不理他，關上房間的門。

雖然手被銬在床頭，莎蒂還是搆得到放在床頭櫃的電話。她打給山姆。

「他玩完了嗎？」山姆急著問。

「玩到垃圾桶那裡。」莎蒂說。

多弗的反應至關重要，他在業界有人脈和影響力，如果他喜歡，可以把遊戲引薦給他的發行商或其他發行商。他能讓《一五》迅速受到關注，莎蒂、山姆、馬克斯只憑自己做不到這一點。

「你要不要回來這邊？」山姆說，「我們可以去看電影。馬克斯說今天索尼新池戲院有《星戰毀滅者》（*Mars Attacks!*）」

「你可以出門了嗎？」

「我需要出去走走，莎蒂。我們可以搭計程車，然後走慢一點。」

「不會再蹦蹦跳跳？」

「不會再蹦蹦跳跳，不會再念什麼詩，我保證。」

莎蒂看著自己被銬住的手腕。「我還是留在這裡吧。」她又補上一句，「搞不好他會找我。」

她沒有書可以看，不久前才上過小號，但現在已經開始口渴。她把被單拉上來罩住自己，盡可能蓋住全身，設法睡一下。但她並不累，一手高舉過頭也很難睡。

他們的確是需要尤里西斯，但莎蒂還是很介意必須用這個引擎。多弗是《一五》的製作人之一，而且名氣很大，她擔心大家會認為她的成果是他的功勞。他們不可能弄得清楚從哪部分開始都是她自己完成的。

在這一點上，莎蒂擔心的不算錯，畢竟多弗因為《死海II》發行接受「遊戲倉庫」（Gamedepot）部落格訪問時，曾經說過這些話：

遊戲倉庫：今年另外一個引發話題的遊戲是《一五》，用你開發的尤里西斯引擎創造出非常好的效果。請和我們分享你怎麼會參與《一五》的製作。

多弗．米茲拉：喔，莎蒂（葛林，《一五》程式設計師）以前是我的學生。她很優秀，從以前就很優秀。我……不是以賣引擎討生活的。我沒興趣把自己做的工具賣給其他所謂的設計師。我個人認為引擎共享對所有遊戲的創意都有不良的影響。這是一種怠惰。遊戲看起來都長得一樣，有同樣的機制，同樣的物理規則等等。不過，我看到她和山姆（梅蘇爾，《一五》程式設計師）想做的東西，覺得非常特別，是我會想要參與的企劃。我覺得尤里西斯可以幫他們一把。請你們注意，尤里西斯不應該掩蓋莎蒂和山姆的貢獻，這兩個年輕人的工作量非常驚人。我在課堂上常常拿他們跟學生舉例，只要兩個年輕人和幾台電腦，可以做出非常多成果。現在遊戲公司規模太大，太沒有個人特色了。可能有十個人在做紋理圖層，十個人在做模組，十個人在做背景，還有人在寫故事，有人在寫對話，而且沒有人在彼此溝通。他們就像殭屍一樣，只會在自己的座位埋頭工作。完全就是他媽的惡夢。

遊戲倉庫：不過你的確對他們有影響吧，例如開頭的暴風雨動畫。

多弗：嗯。可能有，也可能沒有。如果知道怎麼找，就看得出來。

多弗終於玩完《一五》、再度回到房間時，眼裡閃著淚光。「他媽的太棒了，莎蒂。」

「很好嗎？」她問，希望聽見他說出口。

「很好？」他說，「你是超狂的小天才，我很震撼，也很驚嘆，你這麼一個小小的人，竟然能做出這種東西。」多弗任淚水滑下臉頰，完全不打算擦。看見多弗哭，莎蒂也哭了，她的感受和聽見馬克斯的感想時不同，馬克斯是粉絲，而多弗讓她徹底卸下重負，感覺到從去年三月山姆邀她一起做遊戲開始，這十個月來她身體裡一股繃緊的力量突然消失。她不知道這個遊戲接下來會如何，也許會以免費試玩的形式默默發布，也許能簽下規模更大的發行合約。她不太在乎了。她已經做出讓多弗．米茲拉欣賞的作品，現在這樣就夠了。

她想走向多弗，但手還銬在他床上。她跪坐起來，仍然裸著身體，把自由的那隻手伸向他，他捏捏那隻手。「我愛你。」他說。

「我愛你。」她說。

「而且我愛《一五》。明天我第一件事就去找山姆和馬克斯談。我們要賺大錢了。」他開始滔滔不絕說起對《一五》的安排，語速像拍賣師一樣快，在房間來回踱步，單腳蹦跳，做出激動的手勢。她從來沒見過他對什麼事這麼興奮。

「多弗。」她說，「你可不可以……？」她晃晃手銬。

第三章

不公平遊戲

1

沒人能確定是誰想到「不公平遊戲」這個名字，不過他們三個在不同的場合都曾說過是自己。馬克斯認為他是取用《暴風雨》裡一句他喜歡的台詞：「會的，只為二十個王國你就會爭論不休，而我仍會說這是公平競爭。」莎蒂覺得這根本沒道理，「公平」和「不公平」不一樣，「競爭」和「遊戲」也不一樣。她很肯定「不公平遊戲」這名稱來自她小時候最常掛在嘴邊的話：「這不公平。」她實在太常講，母親甚至恐嚇她說，每次聽到這句話就要扣她零用錢。至於山姆，他確信是自己取了「不公平遊戲」這個名字：他摔斷腳踝，在醫院裡醒過來時，曾想過遊戲最棒的一點就是比現實人生更公平。像《一五》這樣的好遊戲雖然困難，但是很公平，所謂「不公平遊戲」指的是人生。他發誓自己曾在床邊的一張紙上寫下這幾個字，但沒人找到過那張紙。只要事關功勞歸屬，山姆的故事常常是杜撰，或者至少經過事後潤飾。

2

多弗去和不公平團隊聊販售《一五》的大計畫時，提出一個問題：「所以一五是男生吧，對不對？」

「我們的設計沒有性別。」山姆說。

「沒有性別？」多弗說。

「山姆認為性別在那個年紀並不重要，我也同意，所以我們不去定義一五的性別。」莎蒂解釋。

「真聰明，」多弗說，「但是絕對行不通。你們想在沃爾瑪百貨（Walmart）賣遊戲吧？想把遊戲賣到中西部去。馬克斯，你比較實際，你認為呢？」

「我完全同意莎蒂和山姆的決定。」馬克斯謹慎表示忠誠，「而且完全不影響遊玩啊。我是男的，所以我會覺得一五是男生。」

「沒錯！」多弗說，「就是這樣。這就是我要說的。一五應該要是男生。各位，我很欣賞你們的創意，但是何必為了一些根本沒人在乎的狗屁哈佛學術論點，讓自己吃虧呢？」

「多弗，為什麼一五一定是男生？為什麼不能是女生？」莎蒂說。

「你非常清楚女性當主角的遊戲都賣不好。」多弗說。

「可是《死海》的主角就是女生。」莎蒂抗議，「賣了多少？一百萬片吧？」

「那是全球銷量，可能還更高一點，可是在美國只賣了七十五萬左右。」

「已經非常暢銷了。」莎蒂說。

「如果我不是把幻影（Wraith）設定成女生，銷量還可以翻倍。但當時沒有我可以給我建議。」

莎蒂把一張筆記紙撕成一堆碎片山，多弗把手按在她的手上阻止她。

「聽我說，各位，這不是我的遊戲，所以你們決定。我只是提供建議。如果沒有性別這件事很重要，就保留。如果希望一五是女生，也可以。你們現在的優勢是，這個遊戲非常棒，而你們還有選擇空間。如果你們想，也可以把這個問題放到發行商參與進來時再討論。」

《一五》目前收到兩個最有利的提案，一個來自地窖之門，也就是莎蒂實習過但沒做出名堂的公司，另一個則來自歐普互動（Opus Interactive），是德州奧斯汀的歐普電腦（Opus Computers）公司的遊戲部門。

地窖之門不認為一五的性別有什麼問題。這間公司很年輕，由剛從麻省理工畢業的年輕人經營，他們認為沒有性別的一五「很前衛也很酷」。他們開出還算合理的預付款，慷慨的利潤分成協議，還有另一筆預付款，給他們的下一個遊戲，而且不必一定要做《一五》的續作。「我們不只想跟《一五》合作，」地窖之門二十九歲的執行長喬納斯・李普曼（Jonas Lippman）說，

「我們想跟，呃，你們合作。抱歉，這樣說怪怪的。我還不知道貴公司的名字。」

歐普電腦提供的預付款高出很多，是前者的五倍。他們要推出一款新的電玩筆電「歐普巫師法寶」（Opus Wizardware），並打算在一九九七年聖誕檔期販售的每一台歐姆巫師法寶電腦裡都預先裝好《一五》。他們認為《一五》的圖像風格與角色設計乾淨又風格鮮明，故事動人，全家都能玩，最適合用來把電玩筆電推銷給認為必須買主機才能玩到好遊戲的人。他們希望《一五》能有續作，並且要在一九九八年的聖誕檔期推出，為此，他們願意付雙倍。當然，對這個全是男人的德州採購團隊來說，一五絕對是男生，問都不用問。

莎蒂想和地窖之門合作，比較喜歡他們寬鬆的合約內容，而且老實說，她不喜歡歐普那群人。歐普邀他們四人飛去德州，和遊戲部門的主管見面。亞倫·歐普（Aaron Opus）現年五十歲，留著捲尾八字鬍，穿戴牛仔帽、靴子、滑扣領繩、銀製牛角形腰帶扣、丹寧布套裝，是公司的頭頭，在會議上一亮相就讓所有人大吃一驚。後來回到飯店時，莎蒂對多弗評論亞倫·歐普，說他一定是在奧斯汀機場附近那些跟穀倉一樣大的西部衣飾店買了那一身行頭。不過多弗覺得亞倫·歐普很討喜。「我喜歡那種很美式的風格。」他說。

「那是他塑造的形象。」莎蒂反駁，「歐普是康乃狄克州出身，上的是耶魯大學。」

「我就喜歡這傢伙！回去之前我要去逛逛那種店。」多弗說，「真男人身上至少要有三種不同的動物屍體。」

「噁心。」莎蒂說。

開會時，亞倫．歐普主動為自己形容憔悴表示歉意，為了玩《一五》，他已經連續熬夜兩天。「大家都認識你，米茲拉先生，」他對多弗說，接著轉向山姆自我介紹，「你就是程式設計師嗎？」

「程式設計師之一，」山姆說，「但這個遊戲的程式設計師是莎蒂。」

「我們一起設計的。」莎蒂說。

亞倫．歐普點頭，仔細研究山姆的臉，再仔細研究莎蒂的臉，又把注意力轉回山姆身上。

「那個小孩，一五，看起來跟你很像。」亞倫．歐普說，繼續不斷點頭，彷彿心裡決定了什麼事。「嗯嗯，我看你就是這個遊戲的形象代表。」

他們回到劍橋後，徹底全面分析這兩個提案。莎蒂說她喜歡地窖之門，因為對方並不要求他們做續作，也因為她覺得和地窖之門比較合拍。山姆說他不知道幹嘛要考慮地窖之門，畢竟歐普給的錢多那麼多。多弗說兩邊給的條件都很不錯，但是是兩條不同的路，所以取決於他們想走什麼方向。他還補充，因為地窖之門給的分潤更好，所以長遠來看，也許和地窖之門合作甚至能賺得更多。馬克斯說他也喜歡地窖之門給的創作自由，但他認為歐普的合約有機會讓《一五》更上一層樓。歐普承諾在宣傳歐普巫師法寶耗資數百萬的廣告中，會把《一五》當成宣傳重點，如果遊戲真能如他們預期受歡迎，歐普為《一五》安排了動畫、梅西百貨的感恩節氣球，還有各式各樣的周邊商品。地窖之門沒有手段也沒有錢做到這些，至少短期內沒辦法。

當晚最後，馬克斯、多弗、山姆都選歐普，只有莎蒂堅持要地窖之門。

「這是能改變人生的錢耶，」山姆說，「講真的。」

「可是我不想把改變之後的一整年人生花在做下一代《一五》。」莎蒂說。

「我懂，」馬克斯說，「如果莎蒂想這樣做，我也支持。你們是這個遊戲的頭腦，所以應該由你們兩個做決定。」

山姆要莎蒂跟他到陽台去私下談談。他還打著石膏，行動不太方便，否則他更想和莎蒂去散散步，他覺得自己動起來的時候思路更清晰，也更有說服力。

莎蒂先開口：「地窖之門給的預付款算是很不錯，而且他們完全理解我們想做的事。」她據理力爭，「我們下一年還可以做新東西，更好的東西。而且你怎麼能這麼快就出賣我們對一五性別的堅持？我以為你也覺得這很重要。」

「是很重要，可是那真的是很大一筆錢。」山姆說。

「你為什麼突然這麼在乎錢？」莎蒂問，「你才二十二歲，會需要多少錢？如果想賺錢，一開始你就不該來做遊戲。你可以去參加哈佛的徵才，去貝爾斯登之類的投資銀行拿六位數薪水，你其他同學都是這樣。」

「你從來沒有窮過，」山姆說，「所以你不懂。」山姆停了一下，他很討厭承認自己的弱小，即便面對的是莎蒂，「我有學貸，也因為去急診、還有腳踝和腳的手術欠了一大堆錢，如果我不趕快開始還，帳單就會寄到我外公外婆那裡。現在我的銀行帳戶餘額是負數。房租是馬克斯在付，我的信用卡也快要沒有額度了。如果接受地窖之門的提案，在做下一個遊戲的期間我完全沒辦法生活。我需要這筆錢，莎蒂，而且坦白說，我也覺得他們的提案更好，更能讓《一五》一炮而紅。我知道你一定看得出來。我覺得你不喜歡他們的真正原因，是因為他們把我當成遊戲的設計師。」

莎蒂在陽台坐下。她厭惡歐普那夥人，一想到要為他們製作下一代《一五》，她就覺得自己像被銬住、蒙住眼睛、戴上口塞、裝進麻袋裡，然後投到大海最深處。

山姆掙扎著放低身體坐在她身旁。莎蒂伸手給他，但是就算有她扶著，他還是只能重重坐下。他把頭靠在她肩窩。貨物與承載的軌道相稱。

「你怎麼決定我都會照做。」他說。

「好，山姆。」她說，「就是歐普了。」

一五成了小男孩之後，他的形象和山姆的形象就越來越密不可分。不只亞倫·歐普，就連其他人也開始說山姆長得像一五，確實有點像。他們消費山姆既豐富又悲慘的人生經歷：兒時就受傷，靠打電玩來讓自己變得堅強，還有韓裔外祖父的披薩屋，和店裡那台《咚奇剛》機台。他們試圖找到山姆和一五的經歷有何共通之處：兩人都在年幼時和父母分開，山姆是亞裔，一五也是亞裔——在一九九七年，沒有人會去區別日本人和混血韓國人，只要知道山姆是亞裔就足夠了。評論家、玩家、歐普的行銷部門這些人更容易在遊戲裡看見山姆，因此《一五》就成了山姆的創作，而不是莎蒂的，也因此讓他成為這遊戲的主要創作者。（至於他和莎蒂的關係，既不是手足，也沒有結婚或離婚過，不是情侶，甚至從來沒有交往過，對大家來說實在太難理解，就顯得沒有深究的必要。）

作為宣傳的一部分，歐普送山姆去參加大大小小的電玩集會，這些活動的規模在當時比現今小得多。莎蒂原本可以和他一起去，但她認為把時間花在不公平遊戲的新辦公室裡更有意義（螢光燈、工業風地毯，至少終於不在馬克斯的客廳裡了）。她一邊監督《一五》續集的製作，還得一邊完成麻省理工的學業，拿到理學士學位。此外，山姆也比她更喜歡受到關注，她完全不羨慕：他喜歡接受訪問，喜歡在一群人面前侃侃而談，喜歡被拍照。總有人該做這些事，而莎蒂覺得談自己的作品很不自在，她天真地認為，該讓作品自己發聲。《一五》發行時她二十二歲，還沒辦法找到自己在公眾面前的定位。（連私底下的定位她都弄不太清楚了。）當時知名的女性遊戲設計師太少，也沒有什麼教戰守則能告訴她女性遊戲設計師該如何呈現自己。不過事實上，歐普也沒有任何人鼓勵莎蒂讓自己被看見。歐普這群男人希望山姆成為《一五》的形象代表，所以他就是了。遊戲產業與其他許多產業一樣，喜歡天才男孩的故事。

不過，如果只對自己，莎蒂願意承認：山姆不只喜歡宣傳工作，也確實做得比她好很多。在遊戲發行前，兩人曾經共同出席博卡拉頓一場銷售會，那次分享所面對的群眾是他們所遇過最多的，大約有五百人，山姆很緊張，但莎蒂一點都不緊張。直到登台前一刻，他都還一直在臨時搭建的休息室裡來回踱步。

「我覺得我要吐了。」山姆那時說。

「你不會啦。」莎蒂捏捏他的手，倒一杯水給他。「只是飯店的一間房間裡坐滿了幾百個阿宅而已。」

「我不喜歡這麼多眼睛盯著我。」山姆那時說，手指插進在佛羅里達的溼氣裡變得更捲的頭髮耙梳。

不過等到一站上講台，山姆的緊張就消失了，搖身一變，成了全世界說話最風趣的嘉賓。如果莎蒂接到提問，例如「你們兩個怎麼認識的？」這種，她會給一個明確的答案，通常不超過兩句話。「喔，我們都是加州人，而且都喜歡遊戲。」

如果是山姆被問問題，他能當場講成一篇小說，讓故事持續十五分鐘，還順道詳述自己的童年，而且在場沒有人會感到一絲無聊。「我遇見莎蒂那一天，已經六個星期沒有跟任何人講話，真的，六個星期。不過那是另外一個故事，如果我們變成更好的朋友我再告訴你。重點是，當時莎蒂沒辦法讓瑪利歐跳到旗竿最上面。那時候沒有網路，不能直接找攻略作弊，必須認識已經知道方法的人……」觀眾在他說話時傾身向前，對他的笑話大笑，不由自主熱烈鼓掌。他們愛他。在群眾面前，他看起來更帥，跛腳更不明顯，聲音溫暖而值得信賴。彷彿這麼多年來，山姆都在等待觀眾。莎蒂為他徹頭徹尾的改變驚嘆。她那個內向的夥伴跑到哪裡去了？這個侃侃而談的人是誰？這個小丑是誰？

在他身邊，莎蒂感覺自己縮小了。

3

《一五II：一五快跑》（*Ichigo II: Go, Ichigo, Go*）在一九九八年十一月推出，大約是《一五：海之子》發行一年後。在第二代遊戲中，又來了一次暴風雨，讓一五的妹妹花實（Hanami）失蹤，而十一歲的一五必須找到她。第二代遊戲的銷量比第一代稍好，但最主要是靠著第一代叫好又叫座打下的基礎。大部分評論家，包括莎蒂和山姆在內，都認為這個遊戲在創意方面退步了，倒不算爛遊戲，不過感覺和上一代沒什麼差別。《一五II》沒有把一五這個角色帶往新的方向，圖像上、技術上、故事上都沒有向前推進。

莎蒂告訴馬克斯和山姆她不想再做第三部《一五》那天晚上，他們剛回來，結束為期一個月的《一五II》巡迴宣傳。從一切開始的那年夏天之後，這是三人分離最久的一次。「我覺得這個系列已經走到盡頭了。」她說，「沒剩下什麼能夠發揮創意的空間。」這時他們身在甘迺迪街的公寓，山姆和馬克斯仍然住在這裡。

「那你接下來想做什麼？」馬克斯問。

「我有幾個想法。」莎蒂說，「不過這件事要另外討論。」

「我們隨時可以把那塊白板再拿出來。」馬克斯說。

「先等一下。」山姆開口，在此之前他一直安靜聆聽。「我們不能就這樣拋棄一五，莎蒂。歐普規定的時間讓我們沒辦法好好做《一五II》，你不想把第三代做得更好嗎？」

「以後再說吧。」莎蒂說。

「我意思是，他就像我們的孩子，」山姆說，「你不能就這樣把孩子丟在爛續作裡不管。」

「山姆森，」莎蒂用警告的語氣說，「我可以。」

山姆站起身，抖了一下。

「你還好嗎？」馬克斯問。

「只是很累。」山姆說，「莎蒂，你不能自己決定我們接下來要做什麼。我覺得我們應該做《一五III》，如果不做，你必須提出你想做的點子。」

「山姆，你的腳在流血，襪子都濕了。」馬克斯說。

「對，最近有時候會這樣。」山姆並不在意。

「你應該去讓醫生看看。」馬克斯說。

「馬克斯，不要管我的腳可以嗎？我自己會處理。」山姆討厭讓自己的殘疾成為話題中心。

「不要兇馬克斯，他只是不希望你又昏倒在路上。」莎蒂說。

「沒事，」馬克斯說，「真的。」

「你應該道歉。」莎蒂堅持。

「對不起，馬克斯。」山姆語氣敷衍，接著立刻又轉向莎蒂。「講真的，你都不打算跟我這個合作夥伴討論一下嗎？」

莎蒂開始把盤子疊起來。「大家都吃完了吧，我要收囉。」

「你不必這樣。」馬克斯說。

「我是客人。」莎蒂說，「這樣比較禮貌。」

馬克斯開始和她一起收拾。

她走進廚房，山姆跛著腳緊跟在後。「你不打算跟我這個合作夥伴討論一下嗎？」他重複。

「我會。」莎蒂壓抑住情緒回答，把盤子放進水槽。「你之前又不在。」

「你可以一起來。」山姆說，「我問過你好幾次要不要一起。」

「我們不能全部一起休兩年假。」

「莎蒂，這是工作。」山姆說。

「我做的也是工作。」她說，「我做了那個很爛的第二代。」

「沒錯，你是做了。」山姆說。

「山姆，請你滾開。」莎蒂說。

「各位朋友，各位鄉親，」馬克斯說，「請冷靜。」

莎蒂走出門，直接回到她和多弗同住的公寓。多弗人在以色列，去找他兒子和老婆，兩年過去，他還是沒能離婚。

莎蒂到家時，電話正在響，但她沒接。打來的人也沒留言。她知道不是山姆就是多弗，而她現在不想跟這兩個人說話。

倒也不是沒有其他選擇。如果山姆執意要做《一五III》，她可以離開不公平。不公平已經交出答應歐普的成品，而她並沒有和公司簽雇傭合約，他們都沒有。她不需要山姆或馬克斯。她可以獨立出來，自己做新遊戲。電話響起，轉進語音信箱：「莎蒂，我是多弗，接電話。」

她接起來，他們聊了家常瑣事，然後莎蒂說：「如果我想自己做遊戲，不跟山姆一起，會是錯誤決定嗎？」

「怎麼了？」多弗問。

「沒事，」莎蒂說，「我們吵架了。」

「莎蒂，這非常正常。最好的團隊吵得最凶。這只是過程。如果你們不吵架，表示有一方不夠在乎工作。就道個歉，然後繼續前進。」

莎蒂不想向多弗解釋她不覺得自己有錯，也不想指出他根本沒回答她的問題。「好，」她說，「謝了，多弗。」

十一點半，莎蒂已經換上睡衣、刷完牙、用了牙線，準備上床睡覺。她好奇其他二十三歲的人星期五晚上是否就是這樣度過。到了四十歲，她會不會後悔此時沒有多找人上床，多去派對狂歡？不過她本來就不喜歡人多的地方，每次去到派對現場都很想離開。她討厭喝醉，不過倒是喜歡偶爾抽點大麻。她喜歡玩遊戲、看外國電影、好好吃頓飯，喜歡早睡早起，喜歡工作，喜歡做擅長的工作，因為拿到的報酬豐厚，所以也很有成就感。她在秩序中找到愉悅：一段完全發揮作用的程式碼、一個每樣東西都適得其所的衣櫃。她喜歡獨處，沉浸在自己有趣又充滿創意的想法中。她喜歡過得舒服，喜歡飯店房間、厚毛巾、喀什米爾毛衣、絲質洋裝、牛津鞋、早午餐、精緻的文具、貴得不合理的護髮乳、非洲菊花束、帽子、郵票、藝術專書、竹芋觀葉植物、美國公共電視台的紀錄片、猶太辮子麵包、大豆蠟燭、瑜伽。她喜歡慈善捐款時收到的帆布托特包。她熱愛閱讀，虛構和非虛構作品都看，但報紙只看藝文版，心裡也對此有愧。多弗常說她很布爾喬亞（bourgeois），把這當成罵人的話，但她自己知道她也許就是這樣。她父母很布爾喬亞，而她憧憬他們，所以自己當然也變得布爾喬亞。她希望能養一隻狗，但多弗的房東不允許。

不過她之所以布爾喬亞，是因為如此一來，她就能做出不像布爾喬亞的作品。如果她小心保持生活平穩，在創作作品時就不必遷就。

電鈴響起。

她不管。

她可以聽見山姆尖細的嗓音，從街上呼喚她，「莎蒂．米蘭達．葛林，我看到你的燈亮著。」

她不管。

「莎蒂，外面很冷，又開始下雪了。拜託放你認識最久的好朋友上樓。」

莎蒂繼續無視他。如果山姆凍僵，是他自己的問題。

莎蒂從窗簾縫隙偷看街上，山姆拄著手杖，他最近越來越常用手杖，她已經想不起來上次看見他沒帶手杖是什麼時候。她按下開門鈕。

「你想幹嘛？」她說。

「我想知道你的構想，」山姆說，「真的想知道。我喜歡聽你的構想，這是全世界我最喜歡的事。

「而且我不想逼你做你不想做的續集。你是我的夥伴，我沒有忘記你為了我答應和歐普合作。可是我愛一五，我愛我們做出的成果，還有很多人也都愛一五。我覺得總有一天，我們應該給他一個盛大的結局。但是我也可以理解你現在不想再看到他了。」

「《一五Ⅲ：莎喲娜啦，一五先生》。」莎蒂說。

山姆笑了，「沒那麼糟糕吧。」

山姆把重心壓在好的那隻腳上，他的站姿一天比一天歪斜，莎蒂覺得心裡對他滿懷愛與擔憂。這兩者有什麼差別？擔心自己不愛的人不值得。而如果不是因為愛，人就不會擔心。「你好歹有搭計程車來吧？」

「是的，長官，我現在負擔得起了。」

「馬克斯放你在這種天氣出門？」

「馬克斯又不是我的主人。」

「但是他比較有判斷力。」

「哎，不要怪馬克斯。他不知道我跑出來了，他去柔伊家。」山姆說。

「他們還在一起嗎？這次撐滿久的耶。」莎蒂說。

「我覺得他們愛上彼此了。」山姆哼了一聲，彷彿戀愛這個想法非常荒唐。

「這是不贊成的意思嗎？」

「馬克斯老是愛上別人。他就是個感性的花心鬼。要是能夠愛上這麼多人和東西，愛到底有什麼意義？」

「馬克斯很棒，」莎蒂說，「我覺得他很幸運。」

「沒什麼幸不幸運。」山姆說。

「當然有。《龍與地下城》用的那個超大多面骰就是運氣啊。」

「真幽默。」山姆說，「話說多弗呢？」

「他去放假了。」她說。

山姆仔細打量莎蒂，他是研究她情緒和狀態的專家。「你還愛他嗎？」

「我愛過嗎？」莎蒂說。

「這麼無情。」

「我欣賞他。我想殺掉他。這很正常。很複雜啦。」莎蒂說，「我不想聊多弗。」她邊打呵欠邊在沙發上移動位置，好留出空間給山姆。「既然你都來了，可以住下來。如果我讓你在這種天氣回去，馬克斯會殺了我。」

山姆在莎蒂身邊坐下。她打開電視，兩人一起看了一下賴特曼（Letterman）的節目。愚蠢的寵物才藝單元出現時，莎蒂按下靜音，山姆轉向她，等著她開口說話。她仔細看著山姆這張她無比熟悉的圓臉，感覺簡直像看到自己，不過是透過一種神奇的鏡子，能同時照見自己整個人生。她看著他時，看見山姆，也看見一五和艾莉絲和芙烈達和馬克斯和多弗，還有她犯過的一切錯誤，一切隱密的羞愧和恐懼，以及她做過的一切好事。有時她根本不喜歡他，但事實是，如果一個想法沒有經過山姆的大腦判斷，她就不知道值不值得去做。只有在山姆對她重述她自己的想法時，她才會覺得這個經過稍微調整、改良、合成、重新編排的版本很不錯。她心知只要對他說出自己的新構想，這馬上也會成為他的構想。他們會再度走上那條老路，欣然踩上一面新玻璃，不在意後果如何。她深呼吸，說，「我想做的遊戲叫《兩界》（*Both Sides*）。」

4

莎蒂是在山姆失蹤的那天晚上想到《兩界》的靈感，自此之後就在腦中不斷琢磨。當時內容還不多，只是一個構想碎片的片段念頭的驚鴻一瞥。她回想起在那個覺得前途無量的清晨，和他走的那段路，總會驚嘆同一條路線竟然能給人這麼不一樣的感受。這一瞬間，山姆在身邊，遊戲完成了，世界充滿可能性；十二小時後，山姆不見了，她已經顧不得遊戲，世界無情又充滿致命危險。世界還是同一個，她想，是我不一樣了；又或許世界不一樣了，是我沒有變？她忽然產生一種脫離自己身體和現實的恐慌，必須先坐下來感受身下的地面，才能再繼續尋找山姆。

她過去也曾有過這種感覺。高三時，一位她以前很親近的朋友死於進食障礙。早在莎蒂知道什麼是進食障礙之前，她和那個朋友就偶爾玩所謂的吃東西遊戲。朋友會宣布某天是「萵苣日」或「燕麥棒日」或「罐頭濃湯日」或「無酵餅日」，然後她和朋友一整天就只吃那樣東西，維持二十四小時。十四歲的莎蒂以為這只是在玩，她天性注重秩序又偏執，深受只吃一種東西的規則吸引。她沒發現這遊戲隱含的其他意義，最終會置朋友於死地。後來是艾莉絲對她說，「太亂來了，莎蒂，你不能一整天只吃萵苣。」遊戲在那不久後就結束了，至少莎蒂不再參與，而她和那位朋友也漸行漸遠。

朋友的喪禮上，棺材蓋是掀開的。莎蒂往棺材裡看時，幾乎以為看見了自己。她覺得如果自己死了，如果自己是註定要早死的那一個，那她和朋友的位置也許會對調。她鎮定不下來，只能跑出會場，中途還向頹喪不已的朋友父母道歉。

山姆失蹤那天，莎蒂想到，人生沒有哪件事如同想像中牢靠。小孩鬧著玩的遊戲可能致命。朋友可能消失。即使人想盡辦法捍衛自己，另一種結果發生的可能性一直都存在。她想，*我們最多只能經歷一半的人生*。你活過的人生，由你做出的選擇組成。而另外一半人生，則由那些你沒有選擇的事物構成。有時感覺好像走在布雷托街上，就會突然闖進另一半人生，像愛麗絲掉進通往仙境的兔子洞。你會成為另一個不同版本的自己，在另一座城市生活。但不像仙境那麼奇怪，完全不奇怪，因為你早就已經對這一切有所預期。你會鬆一口氣，因為你一直好奇另一種人生是什麼樣子，而如今答案揭曉。

不過莎蒂沒對山姆說這些。

「你知不知道《巨洞冒險》（*Colossal Cave Adventure*）？」莎蒂以此開場。

「知道，但沒玩過，是很老的遊戲吧。」

「老得不得了。」她說，「只有文字，沒有圖像。」

「你該不會要說你想做這種遊戲吧？」

「不是，」莎蒂說，「當然不是。不過這個遊戲有個設計我一直忘不掉。你知道在遊戲裡要走過很多山洞吧？」

「嗯，應該吧。」山姆說。

「這部分很討厭，因為有時必須回到一開始的小屋才能拿到物資。為了解決往返山洞與小屋的麻煩，程式設計師發明了一種特殊指令：XYZZY。」

「什麼X什麼Y？」山姆說。

「XYZZY。如果輸入這個指令，就可以瞬間在兩個地點之間切換。」

「聽起來像作弊。」山姆討厭把物理過程變得太簡單的遊戲。

「不會，」莎蒂說，「這種想法很天才，可以說是遊戲最棒的部分。因為這項設計讓你知道你不是身處在真實世界，既然不是真實世界，就不必按照真實世界的規則來移動。我希望我們的遊戲也像這樣，像XYZZY一樣，不過《巨洞》裡是在兩個地點之間切換，而我們的遊戲是兩個世界。例如在其中一個世界裡，你是平凡人，過著平凡生活，但在另一個世界，你是英雄。遊戲裡兩邊都可以玩。我還沒全部想好，才剛開始想。」

山姆拿下眼鏡放在咖啡桌上，「我懂了，」他說，「所以兩個世界的視覺風格要不一樣，遊戲機制也不同。」

「對，」莎蒂說，「沒錯，就像奧茲國（Oz）和堪薩斯州，假設桃樂絲（Dorothy）可以在這兩個世界之間來回切換。」

「一邊像新的《薩爾達》一樣，使用3D圖像，第一人稱，高畫質，那種會很佔硬碟空間的風格。另一邊盡量單純，不是八〇年代機台遊戲的那種單純，是那種雪樂山《國王密使IV》的風格，或是看你想弄成怎樣，第三人稱，簡單到可以在線上玩。」

「沒錯。」莎蒂說。

「那故事呢？」

「主角可能是個小女孩，她在家裡過得不好，在學校也被霸凌，可是在另一個世界，她是……」

「等一下，」山姆說，「我寫下來。」

隔天下午，山姆搭計程車回甘迺迪街。他和莎蒂熬了一整夜，現在覺得疲憊但心滿意足。他一直在外面宣傳兩代《一五》，忙到沒發現自己有多懷念兩人合作的感覺。莎蒂可能覺得山姆是去度假，但替遊戲做宣傳真的是工作。某些部分確實好玩：接受觀點銳利的電玩記者採訪；看見歐普為一五做的吉祥物展示在遊戲開發者大會上；遇到打扮成一五和垃圾桶的小孩；

見到迫不及待想更了解山姆．梅蘇爾的粉絲，都說創作者和他創造的角色簡直一模一樣！但絕大部分的宣傳過程都單調辛苦：一再重複同樣的故事，還得假裝是第一次分享；聽愚蠢的人對他們的心肝寶貝《一五》發表愚蠢感想，還得假裝對方的想法令人愉悅、切中要點、充滿創意；為了取悅遊戲消費者，一再把自己的個人創傷攤出來講；舉辦場面混亂的銷售會；在露天購物中心的破舊電玩店裡替粉絲簽名；為了拍照不斷努力保持笑容，笑到頭痛；長時間搭飛機和租車移動；感覺自己的腳在這一年中越來越痛，但努力不管它。山姆訓練有素，擅長漠視疼痛，但兩星期前，他的腳開始流血，鮮血就沒那麼容易忽略。當時他出席紐約市史瓦茲玩具店的一場宣傳活動，一個小孩拉拉他的袖子，「一五先生，你在流血。」山姆低頭看。的確，他的白色網球鞋正中間浮現一大片血漬。

「應該是顏料啦。」山姆覺得很丟臉。

回到飯店房間後，他用繃帶包紮，免得把血沾到飯店的地毯上，然後把鞋丟進垃圾桶。重點是，總有人要負責宣傳遊戲，而莎蒂表明得很清楚，她不想當那個人。

山姆最愛的是和莎蒂單獨在一起，用遠大構想慢慢填滿空白，他喜歡和她一起創造世界。他們約好傍晚再一起討論，他迫不及待想開始工作。

他沖了澡，踏出淋浴間時卻發現腳血流不止。替他組成這隻腳結構的七根金屬棒裡有一根又移位了，還偏偏刺破他的皮肉。痛感強烈，但還能忍受。這件事的麻煩更讓他介意。他坐在浴室地板上想把血止住，卻發現腳上還有第二個傷口，他把手指戳進第二個洞，可以感覺到另一根金屬棒的末端。有一瞬間，他放任自己陷入恐懼。而馬克斯就在此時從柔伊家回來。

馬克斯發現山姆坐在浴室地板上，露出傷腳，他已經好多年沒看到山姆的腳，因為山姆會強忍疼痛把腳藏起來。看見這隻腳，馬克斯簡直不知道山姆到底怎麼正常走動的。他的腳看起來沒救了，瘀青、流血、扭曲、血肉模糊。山姆快速丟一條毛巾蓋住腳。「天啊，山姆，你必須馬上去看醫生。」馬克斯說。

「不行。我再幾個小時就要和莎蒂碰面。」山姆冷靜說道，「我們在做新遊戲了。反正我今天不會失血過多死掉。真的，馬克斯，我處理這種事很有經驗。你可以幫我拿棉花和紗布來嗎？」

馬克斯去了醫藥櫃，拿來山姆要的東西。

「幾天就會痊癒了，每次都這樣，」山姆語氣自信，心裡卻沒那麼有把握，「莎蒂和我的新遊戲要動起來了。」

經過昨晚的爭執後，馬克斯很高興聽到他們有進展，也好奇新遊戲是什麼。「好吧。」馬克斯說，「但是我要幫你預約明天看醫生。」

山姆的骨科醫生把預約排在下週。看診當天早上，那隻腳沒變好也沒變壞，不過山姆幾乎無法靠它走路，過去這幾天來，他也不斷發燒。馬克斯陪山姆去看醫生，一方面是為了確認他有去，另一方面看完也能陪他回家。

在診所裡，馬克斯在診間外等待，讀瓊・蒂蒂安（*Joan Didion*）的《白色專輯》（*The White Album*）殺時間，這本書讀起來並不愉快。柔伊考慮要搬去加州，她已經開始找替電影、電視節目、廣告配樂的工作，認為如果搬去洛杉磯住一段時間，應該能找到更多相關工作。這個主意很吸引馬克斯，不只因為柔伊，也因為他一直很想住在加州。他愛西岸，原本想去念史丹佛，但沒申請上。他喜歡洛杉磯那瘦高的棕櫚樹、曝曬到褪色的西班牙式民宅、時不時出現的成群鸚鵡，以及總是面帶微笑、想和你打好關係的人。他喜歡登山和跑步，也樂意住在一年到頭待在戶外的地方。工作方面，西岸有非常多做遊戲的人，尤其是洛杉磯，時髦又現代的工作空間租金比在劍橋市更便宜。前一年去那裡出差後，馬克斯就對莎蒂和山姆提議過把辦公室設在加州。但他們兩個都是洛杉磯人，也都不想回鄉。回到出生的城市工作，總覺得像是撤退。

在診間待了半小時之後，山姆走出來，拄著拐杖，腳被厚厚的繃帶纏起來，帶著一張抗生素療程的處方。

「她說什麼？」馬克斯問。

山姆聳肩，「沒什麼新狀況。」

「所以你沒事嗎？」馬克斯追問，山姆那隻腳的慘狀在他腦海裡揮之不去。

「就和以前一樣。」山姆說，「我想回去工作了。」

馬克斯和山姆走出去，到停車場等計程車。馬克斯假裝這才發現自己把《白色專輯》留在候診區。「我馬上回來。」他說。

回到診所，他迅速拿了書，然後走到櫃檯前，問山姆的醫生有沒有時間和他說兩句話。他說，他是山姆的哥哥，想問問山姆的情況。因為馬克斯是馬克斯，帥氣、有魅力、有禮貌，所以護理師答應幫他問問看。

馬克斯走進診間，醫生說很高興能和他談談，因為她一直不太確定山姆有沒有把她的話聽進去。她已經把傷口清理、縫合，盡可能把腳調整到正確位置。他腳上最大的傷口感染了，所以必須吃抗生素。但壞消息是，醫生認為截肢恐怕無可避免。

「他說痛他可以忍受，我不知道他怎麼忍的。但現在的問題不在疼痛。他的腳撐不住了，金屬棒一直在磨損剩下的骨頭，皮膚也變得很容易感染，不容易癒合。要讓傷害不再加重，唯一辦法就是坐輪椅，不要再給腳施加任何壓力，但我不會對活躍的二十四歲年輕人提出這種建議。除非真正採取行動，否則他還會一直再回來這裡。越快處理越好，不要等到得了敗血症，必須緊急做截肢，風險會更高。他很年輕，健康狀況也很好，如果是我弟，我會告訴他時候到了。」

馬克斯回到路邊時，計程車已經到了。

「你去好久。」山姆指出。

「對啊。」

「嗯，」山姆說，「看你的表情，和你不交代狀況的可疑行為，一定發生了什麼事。是什麼事？」

「我在大廳遇見你的醫生。她以為我是你哥。她很……」馬克斯搜索對的字眼，「擔心。」

山姆把枴杖握得更緊。「她沒有權利跟你講話，我的健康狀況是我的隱私。」

馬克斯知道這時候訴諸友誼和交情對山姆沒有用。「山姆，這可以說是我該管的事。我們是工作夥伴，如果你要動大手術，莎蒂和我必須提前規劃。」

「他們都說我要趕快處理這隻腳，說了好多年了。我知道，我知道時間可能快到了，但是我必須先和莎蒂把新遊戲做出來。」

「山姆！做出來要花多久？你們根本還沒開始。我是製作人，我還什麼都不知道。一週之前，你們兩個還在爭要不要繼續做《一五III》。」

「問題已經解決了。」

「你瘋了嗎？如果你是害怕，我完全可以理解，因為……」

「我不是害怕，我只是沒辦法一邊做遊戲，一邊經歷截肢後的恢復期。」山姆語氣強硬，「我沒空動手術、做物理治療，還有找適合的義肢。麻州的冬天要到了，馬克斯，對我來說已經夠辛苦了。」

接下來一整路，馬克斯和山姆都沒有說話。

「如果你不把這件事告訴莎蒂，我會很感謝你。」計程車駛進甘迺迪街時山姆說。

馬克斯點頭，率先跨出去，好幫助山姆下車。

那一晚，馬克斯去柔伊的公寓，說了他和山姆這天的遭遇。柔伊在客廳裡，盤腿坐在一個大號伊卡織抱枕上吹奏排簫，她最近正在學。她橙紅色的頭髮垂到胸口下方，身上只穿內衣。柔伊隨時都把公寓暖氣開著，這樣就能盡量少穿衣服。她說她喜歡感受樂器的震動，感受身下地面和周遭空氣的震動。她說，有種樂音只在她和宇宙之間毫無阻隔的時候才能聽見。（所謂的「阻隔」就是「衣服」。）柔伊曾開玩笑——也可能不是玩笑——說她第一次性經驗的對象是大提琴。在成為作曲家之前，她是大提琴神童，最喜歡做的事就是跑到戶外，脫光衣服，獨自拉琴。她母親有一次發現柔伊在自家屋後這樣做，就把她帶去心理諮商。（諮商師篤定表示，在他見過的青春期少女裡，柔伊擁有最健康的身體意象。）關係發展至今，馬克斯已經很習慣柔伊的裸體，甚至不覺得裸體有什麼性意涵。他們還是常常輕鬆愉快地做愛，但柔伊裸著身體並不是一種性愛邀約。

「解決方法很簡單。」柔伊說，「你必須說服山姆和莎蒂跟我們去加州。在加州冬天就不成問題了，而且那裡人人都開車，山姆不用走太多路，恢復起來會更輕鬆。」

「我自己都還沒決定要不要去加州。」馬克斯說。

「喔，你決定了。」柔伊說，「我知道。馬克斯，你看你，你天生就應該去加州。不公平現在還沒開始做新遊戲，山姆也需要休息，正是把辦公室搬到加州的好時機，你說想做這件事已經說了好多年。山姆會有充分的時間動手術和復健，你和莎蒂可以趁機把辦公室弄好，開始招聘新人。」柔伊兩手一拍，「解決。」

「莎蒂可能不會想去。」馬克斯說，「多弗人在這裡。」

柔伊翻了個白眼，「馬克斯，莎蒂恨不得有藉口可以離開多弗。」

「她愛多弗。」馬克斯說。

「她恨多弗。他永遠不會離婚，我們都很清楚。」柔伊說。

馬克斯覺得柔伊說得這麼篤定很好笑。他已經認識莎蒂三年了，是他認識山姆的一半時間，仍然覺得看不透她。「那我要怎麼說服山姆？」馬克斯問。

「馬克斯，親愛的，你好單純。不用你去說服誰。你就告訴莎蒂山姆必須去加州，因為他的腳要爛了，需要動手術，如果留在麻州他不會去處理。然後你告訴山姆莎蒂必須去，因為她要找個理由跟多弗分手。他們兩個關係那麼好，一定什麼都願意為對方做。」

馬克斯親吻柔伊的嘴唇，有肉桂茶和橘子的味道，他想和她做愛，但看得出來她工作到一半。「你這樣很像馬克白夫人。幫我想這些方法是因為你想要我和你一起去加州嗎？」

「對，一部分是。但這些也是完全正確的做法。」柔伊說。

事情的進展幾乎完全被柔伊料中。他先去找莎蒂，不顧山姆的禁令，把山姆那隻腳令人擔心的情況都說了。莎蒂說她沒想過要去加州，但立刻就同意這樣做對山姆和公司都好。她和其他山姆身邊的人一樣，很清楚必須為山姆的健康想點辦法，如果去了加州，對他調養身體會容易很多。「老實告訴你，」莎蒂說，「我自己都有點受不了這裡的冬天。」

馬克斯去找山姆時，就沒按照柔伊的建議。他從在洛杉磯能夠打造最先進的辦公室說起，又談到洛杉磯活躍的電玩圈，完全沒提莎蒂。山姆告訴過馬克斯《兩界》的構想，馬克斯很喜歡，但其實沒人真正在乎馬克斯對公司下一步的意見。不過，《兩界》充滿企圖心的規劃，正好吻合馬克斯的論述。他們會需要更大的辦公室，才裝得下為了做這個遊戲必須雇用的員工。山姆還是沒被說服，他提出反論：「搬家、找到適合的員工、設立辦公室都很花時間。」

「我和莎蒂可以負責。」馬克斯說，「這樣你就有時間動手術了，不是嗎？」

山姆搖頭，「莎蒂願意嗎？她願意離開多弗？」

「她願意。」馬克斯說，「我覺得她甚至很想去，雖然自己不知道原因。能給她一個離開的理由也很好。」

「我答應。」他說，「為了莎蒂。」

不是只有柔伊察覺莎蒂和多弗之間不太對勁。

除了離婚始終沒成真之外，莎蒂有時出現在辦公室時，臉上和手腳都有輕微瘀傷、繩子的勒痕、細微抓痕，有一次手腕還扭傷了。這些小傷口都不嚴重，甚至不容易注意到，但已經足夠促使馬克斯找合適的機會開口問她。

當時馬克斯和莎蒂兩人去奧斯汀見歐普的團隊。奧斯汀的天氣熱死人，所以一回飯店，兩人就換上泳裝去了游泳池。馬克斯很難不注意到莎蒂的手臂和腿上有許多瘀傷，當晚後來兩人坐在飯店酒吧，他就小心問起瘀青。他們點了很大人的酒精飲料，馬克斯喝古典雞尾酒，莎蒂喝威士忌酸酒，有點像開玩笑，像在假扮出差的失意中年人。馬克斯輕碰一下她手腕上的勒痕，問：「你還好嗎？」

莎蒂發出尷尬時會出現的、充滿氣音的低沉笑聲，用另一隻手蓋住手腕。馬克斯以為她什麼都不打算說，但她隨即開口。

「是我們喜歡玩的遊戲。」她說。

「遊戲？」馬克斯說。

「就是綁縛之類的。」她說，「他不會做過頭，每次都會得到我同意。」

「你喜歡嗎？」他問。

莎蒂思索著這個問題，又喝了一大口酒。「有時候吧。」她歪嘴一笑，眼裡帶著愧疚，彷佛知道承認自己僅僅有時候樂於和多弗做愛，就是背叛了他。「但他很好，我是說，他一直對我很好。」她說，「對我們都很好。」

5

二十三歲時，要把自己的生活打包帶走相對容易，多弗放假回來時，莎蒂已經大致打包完畢。

「這是在幹嘛？」他說。

「我……呃，我要去加州。」她說。

不公平動起來的速度很快，她解釋。山姆已經轉診給新的一群醫生團隊，他在聖誕節前離開，好按照既定日程接受手術。他說如果要做這件事，越快做完越好。新年第一天，馬克斯和柔伊飛到洛杉磯，尋覓公司的辦公空間，以及他們兩個要住的公寓。兩者都在威尼斯區找到，馬克斯深信所有科技業最酷的人都聚集在那裡。山姆和莎蒂還不需要找公寓。山姆手術後的恢復期會先去和外公外婆住，莎蒂則會和父母同住，再一邊看房子。

多弗靜靜聽她說完，沉默一下才開口：「像小偷一樣半夜偷偷摸摸。你原本打算什麼時候才告訴我？」

「事情發生得很快，」她說，「不是針對你。」

「在你決定之後我們一定早就講過幾十次話了。」

「對，但是你在以色列的時候很難跟你談。你跟泰利在一起就不會認真聽。」

多弗坐在床上，看著莎蒂把櫥櫃清空，瞇起眼，彷彿視力出了問題。他把頭埋進手裡。

「你希望我開口要你跟我結婚嗎？這是你想要的嗎？」

「不是。」莎蒂說，「反正你也做不到。」

「你想要我現在就離婚嗎？我可以。」他伸手拿起電話，「我現在就打給巴緹雅。」

「不用。」莎蒂說，「我不相信你。你要是真的打算要做，早就做到了。」

「我們要分手了嗎？」多弗說。

「我不知道。」莎蒂說，「對，是吧。」

他把她推倒在床上，舌頭塞進她嘴裡，她躺在那裡動也不動。他說，「你覺得自己現在可以當冷漠的賤人了是吧？」

她看進多弗的眼睛，「不是，我只是想去洛杉磯，幫我的朋友，做我的遊戲。」

「山姆不是你的朋友，莎蒂，少騙自己。」

「我的合作夥伴都希望這樣做，我也打算這樣做。」

「合作夥伴。要不是有我，你們連公司都沒有。」多弗說，「我把尤里西斯給了你們，幫你們跟發行商和業界人士牽線。他媽這一切都是我給的。」

「謝謝你，」她說，「做了這他媽的一切。」

「把衣服脫掉。」他說。

「不要。」

「你現在很跩是不是？」她知道會發生什麼事。他把她推到床頭，伸手到床頭櫃抽屜裡拿出手銬，把她的手腕銬在床頭柱上，像以前許多次一樣。有時這令她興奮，有時令她煩躁，有時令她害怕。這一次，莎蒂什麼感覺都沒有。她沒有反抗他，就這樣讓事情發生。他把手伸進她裙底兩腿中間，把她的內褲扯下來，丟到房間另一頭。他不會不經她同意就跟她發生性行為，但會任意讓她不舒服又難堪。他摔上臥室的門，她聽得見他在其他房間奮力拍打什麼的聲音，牆壁嗎？沙發嗎？她用沒被束縛的手拿起電話，打給山姆，他外婆接了電話。

「莎蒂・葛林！你什麼時候到？」丰子問。

「後天。」莎蒂說。

「你們兩個小孩還是朋友真好，而且你們都要回家了。你爸媽一定很期待。」丰子說，聽得出她很高興山姆回家。

「他們很期待。」莎蒂說。

「到處都看得到《一五》。你知道在日落大道那邊有廣告牌嗎？山姆有沒有給你看我們拍的照片？」

「有，」莎蒂說，「謝謝你們。」

「喔，這算什麼。東賢非常以你們兩個為榮，他告訴大家說山姆和他從小的朋友自己做了這麼大的遊戲。他說他早就知道你們兩個會有成就。他在披薩店裡貼了一張很大的《一五》海報。你馬上就會看到了。」

「一定去看。山姆在嗎？」莎蒂想舒展肩膀，但手臂高舉過頭的姿勢下很困難。

「喔，我馬上找山姆森來！你等等。」

「加州怎麼樣？」山姆一拿起電話莎蒂就問。

「乾，熱，塞車。」山姆說，「到處都是郊狼。不過馬克斯租的辦公室很棒。」

「至少有個優點。」莎蒂說。

「多弗反應如何？」山姆問。

莎蒂聽得見多弗在另一個房間用大音量玩《俠盜獵車手》（*Grand Theft Auto*），「跟我預期的一樣。」她說，感覺自己彷彿已身在加州。

「你想討論一下遊戲嗎？」莎蒂問。

「想。」山姆說。

大約半小時過後，莎蒂還在電話上和山姆討論《兩界》，多弗走進臥室，解開手銬，「你在和誰講電話？」他小聲問。

「山姆。」她說。

「幫我跟他打招呼。」多弗用正常、專業的語調說，「還有祝他一切順利。」

隔天她整天都在做最後收拾，時不時和多弗吵架，一再重複同樣的對話。他說她什麼也不是，她沒有回話。他道歉，她繼續打包。他辱罵她，她打包。他又道歉，她打包。她打包的最後一樣東西是手銬，把手銬滑進圓筒大行李袋附拉鍊的口袋裡，這一袋是托運行李。她不希望多弗再把這東西用在其他女生身上，但不確定這股衝動是出自女性情誼或臨別感傷。

莎蒂說她可以叫車，但多弗堅持開車送她去機場。就算心情好，多弗也是那種惹人厭又愛挑釁的駕駛：他激動揮舞雙手、咒罵、狂按喇叭、任意超車、違規右轉、很少打方向燈，莎蒂盡可能不坐他的車。這天早上，多弗的駕駛風格收斂不少，但卻決定趁這趟車程大談莎蒂離開波士頓的決定有多愚蠢。他提出一連串誇張的詰問，對洛杉磯的種種缺點提出質疑，但全都是莎蒂這個洛杉磯人早就知道的事：她知道有地震嗎？野火？洪水？乾旱？霧霾？遊民問題？郊狼？大家普遍覺得末日將近？她知道藥妝店十點就打烊了嗎？如果她十點以後想買咳嗽糖漿或電池或筆記本怎麼辦？她知道那裡沒有營業到半夜的餐廳或雜貨店或外帶餐館嗎？她要去哪裡吃飯？去哪裡買能吃的貝果或披薩？她知道洛杉磯人都只吃酪梨和球芽甘藍嗎？她能靠蔬果汁過日子嗎？她知道喝自來水會致癌嗎？莎蒂！不管怎麼樣，絕對不要喝自來水！她知道那裡空氣有多乾嗎？有心理準備一直過敏了嗎？她知道那裡手機收訊很爛嗎？她知道洛杉磯沒人在讀書或看戲或關心時事嗎？知道那些人的大腦就是一坨爛泥，人人都在娛樂產業工作，有空就去做醫美或上健身房嗎？她知道那裡沒有人步行，連走到下一個路口都不願意嗎？知道他們從家裡前門出去信箱拿信都要開車嗎？她還記得怎麼開車嗎？說到交通，天主啊，她知道那裡的交通狀況嗎？準備好花大把時間通勤了嗎？不會懷念四季分明的氣候嗎？她知道那裡從來不下雨，一旦下了就會發生土石流嗎？她不會懷念雨天嗎？

到了機場接送區，他說，「我覺得我他媽把一切都搞砸了。我他媽是個天才，真不知道為什麼每次都失敗，但就是會這樣。我想阻止自己，但是不知道怎麼做。」他把她的行李箱一個個拿出車外，抬上人行道邊緣。他把她拉過來抱緊，讓她的頭撞進他結實的胸口。「我是個禽獸，但是我他媽真的愛你。」多弗說，「不管怎麼樣，這句話就送你了。」

飛往加州的這趟航程，馬克斯替她訂了商務艙，莎蒂覺得很高級。雖然她父母很富有，他們全家出遊還是都坐經濟艙。她父親是電影明星的事業經紀人，見過太多客戶破產，這些人總把錢浪費在奢華旅程、離婚、餐廳投資、從來不會去住的第二個家等等華而不實的東西上。

莎蒂坐進座位，接下加熱過的擦手巾、用玻璃香檳杯盛裝的柳橙汁、一小碗烤得溫溫的堅果。她拉起遮陽板，現在是早上七點，太陽升起，在灰色天空中是纖弱蒼白的一團。飛機起飛，她最後看了一眼覆著一層冰的波士頓港，知道自己不會太快回來。

莎蒂抵達洛杉磯時才早上十點，馬克斯和柔伊來機場接她。柔伊把一束各色非洲菊組成的花束塞進她懷裡，說：「歡迎回家。」

柔伊穿著蓋到腳踝的白色長洋裝，馬克斯穿著白T恤和牛仔褲，看起來就像史蒂薇・尼克絲（Stevie Nicks）和詹姆斯・狄恩（James Dean）站在一起。兩人都戴著墨鏡。「你們完全是加州人了。」莎蒂說，「我在這裡出生，但是比你們還不像加州人。」

馬克斯和柔伊直接把莎蒂載到辦公室，柔伊開車，莎蒂坐前座，馬克斯坐後座。莎蒂旅途勞累，所以大部分都是柔伊在說話，柔伊完全是多弗的相反，迫不及待告訴莎蒂她在加州的各種發現：莎蒂去過格里斐斯天文台（Griffith Observatory）嗎？有沒有去過好萊塢永恆公墓（Hollywood Forever Cemetery）的電影之夜？圓頂劇院（The Cinerama Dome）？希臘劇場（The Greek）？好萊塢露天劇場（The Hollywood Bowl）？蓋蒂展覽館（The Getty pavilions）？洛杉磯郡美術館（LACMA）？植物園劇院（The Teatricum Botanicum）？鮑勃貝克木偶劇院（The Bob Baker Marionette Theater）？華茲塔（The Watts Towers）？侏儸紀科技博物館（The Museum of Jurassic Technology）？莎蒂有沒有變魔術的朋友，有沒有去過魔術城堡（Magic Castle）？她有沒有喝過綠拿鐵？有沒有去過那間外型就是個超大甜甜圈的甜甜圈店？粉紅熱狗（Pink's）很噁心，但她去過嗎？有沒有參加過那種搭雙層巴士參觀名人住處的導覽行程？有沒有去過那間圍繞一棵樹建造的餐廳？她最喜歡去哪個音樂展演空間？舞動威士忌（The

Whisky A Go Go）？帕拉迪恩（The Palladium）？吟遊詩人（The Troubadour）？她最喜歡哪一區？要健行的話最推薦哪個峽谷？這裡天天出太陽，從來不下雨，是不是很棒？

「大家都說這裡沒有文化，但我發現這裡有很多事可以做。」柔伊說。

「她愛這裡。」馬克斯很高興他的伴侶興致高昂。

柔伊說的都是觀光客去的地方，不過莎蒂很喜歡她。柔伊很聰明，而這種聰明不會阻礙她的熱情。

「你住比佛利山對不對？」柔伊問。

「平地區。」莎蒂說。

「你住的地方叫山，可是有平地？」柔伊說。

「沒有平地就沒有山啊。」莎蒂回答。

「對，」柔伊說，「這倒是真的。」柔伊轉頭看向莎蒂，「對了，我已經決定我們會變成好朋友，不用花力氣反抗，我會黏著你直到你屈服。」

莎蒂大笑。

威尼斯區的辦公室位在阿伯特金尼（Abbot Kinney）大道上，一九九九年，這裡還沒有任何一間提升這條街水準（或因這條街提升水準，端看你的觀點）的連鎖精品店。在工業風的辦公空間裡，除了四個角落的廁所和五六間辦公室外，都空空如也。建築上最顯著的特色就是巨大的鋼框豎鉸鏈窗與水泥地板，馬克斯已有裝潢構想，打算用木製家具、小地毯、植物讓整個空間溫暖一點。和他們剛離開的逼仄小地方相較，阿伯特金尼辦公室簡直大得不得了，寬闊到讓莎蒂萌生一股近似空曠恐懼症的焦慮。她開口時，聲音在空間裡迴盪：「我們付得起租金嗎？」

「付得起。」馬克斯說。威尼斯區仍是相對便宜的地段，是聖塔莫尼卡的寒酸親戚，而不公平遊戲擁有充沛的現金。「仲介說伊姆斯夫婦（Charles and Ray Eames）的辦公室就在附近。」山姆從其中一間辦公室冒出來。「哈囉，同事們！」他轉向莎蒂：「你覺得怎麼樣？」

「我覺得《兩界》最好給我大成功。」莎蒂說。

「如果上去屋頂，」馬克斯說，「可以看到美麗的一小條海面。」他的電話響起，是搬家公司，載著他們從劍橋市辦公室打包的箱子。「我必須去找他們，你們先去。」

莎蒂和山姆到了樓梯平台，發現上屋頂唯一的路是一條陡峭的螺旋樓梯。山姆爬這種樓梯會有困難，莎蒂很訝異馬克斯竟然沒提醒他們。「也沒必要上去。」莎蒂說。

山姆衡量樓梯，點點頭，「不會，我上得去，我想親眼看看那沒什麼了不起的景色。」

他們小心往上爬，山姆稍微倚在莎蒂身上借力。他一路都在說話，這樣她就不會注意到他不舒服。「有個遊戲的名字我一直想不起來。應該是你開始把筆電帶到醫院那時候玩的，裡面有一個小鬼想要救他女友。」

「很常見。」

「還有個科學家被……好像是被……有知覺的隕石洗腦？還有一個角色有綠色的吸盤。」

「《瘋狂大樓》（*Maniac Mansion*）。」莎蒂說。

「對，沒錯，就是《瘋狂大樓》。天啊，我們超愛那個遊戲。我以前還想，以後應該做一個發生在這種大房子裡的遊戲。」

「每個房間都有穿越時空的傳送門。」

「可能不同時期住過那棟房子的所有人都在房子裡。」

「大家都對房子這麼擠很不爽。」莎蒂說。

這時，他們爬到了樓梯最上面。

「謝謝。」他說。

「謝什麼？」

「把手臂借我扶著。」

在屋頂上，如果她踮起腳尖並伸長脖子，的確可以看到太平洋，不是什麼壯觀的景色，但確實就在那裡。而且無論如何，她都能感受到自己離海很近：聞得到、聽得到、空氣裡感覺得到。她深吸了一口氣。

馬克斯選的空間非常乾淨整潔。莎蒂喜歡乾淨明亮的事物，她覺得充滿希望。他們的確該來加州，加州適合起步。他們會做出《兩界》，這個遊戲會比《一五》更棒，因為他們已經比製作《一五》時聰明太多。山姆會接受治療，她也不會再對他生氣，大家把《一五》當成他的作品，並不是他的錯。莎蒂會成為全新的自己。

那天晚上，莎蒂借了她爸的車，開進韓國城，把車停在東手紐約風格披薩屋的後巷。兩代《一五》的裱框海報掛在店裡牆上最明顯的地方。牆上唯一的其他裝飾是一張韓國啤酒品牌「咕嘟咕嘟」的廣告。那是一張八〇年代的海報，褪色嚴重，海報上是個微笑的韓國女人，以及廣告詞「全韓國城喝酒最漂亮的女人是誰？」

山姆在店後方的一個卡座等著她。

東賢一看見莎蒂，就從櫃檯後走出來擁抱她。「莎蒂・葛林！大名人！」他打招呼，「還是吃一樣的嗎？一半蘑菇，一半義大利辣腸？」

「我現在不吃肉了。」莎蒂說，「蘑菇就好，如果有洋蔥就加洋蔥。」

東賢皮帶上掛著鑰匙串，他從很多根鑰匙裡挑出一根，解鎖《咚奇剛》機台。「你們兩個隨便玩。」

「要玩嗎？」山姆說。

他們走近機台時，畫面正好跳到排行榜：S.A.M. 留下的紀錄只剩下一個，是最高分。「你的紀錄還在耶。」莎蒂說，「你覺得現在可以破紀錄嗎？」

「不行。」山姆說，「我太久沒練了。」

他們等披薩時，玩了幾回合《咚奇剛》。山姆和莎蒂都已經不熟練了。

「你知道《咚奇剛》裡最棒的是什麼嗎？」莎蒂問。

「用壞蛋當遊戲名字的創舉？用木桶當武器的創意？」

「是領帶。」她說，「超厲害的設計。沒有領帶的話，他雞雞的問題就會一直『懸在那裡』。」

「真的。」山姆說。

他們都因為這個幼稚的笑話咯咯笑，感覺像又回到十二歲。

東賢把披薩送來，莎蒂和山姆坐進卡座。山姆沒吃，現在已經過了晚上七點，他隔天一早就要動手術。「你真的要這樣看我吃？」莎蒂說。

「我不介意。」山姆說，「我覺得你比我還愛吃披薩。」

「那是小時候。」莎蒂做了個鬼臉。「你真的不介意嗎？」

「我是有點介意，但是以後吃披薩的機會還很多，莎蒂。」

「誰知道呢。」她說，「這搞不好是全世界最後一塊披薩。」

莎蒂從早上搭飛機後就沒吃任何東西，結果她幾乎自己吃完一整個披薩。「我都沒發現我這麼餓。」她說。

大約八點時，莎蒂開車送山姆去醫院。探病時段已過，所以只有直系親屬能陪同患者進入病房，不過護理師對山姆詢問莎蒂的身分時，山姆迅速回答：「我太太。」

他們又回到山姆的醫院病房。山姆還不想睡，所以他們肩並肩坐在床上，看著窗外，窗戶面對的是另一棟一模一樣的建築。

「這是發生在醫院裡的遊戲。」莎蒂說。

「主角是誰？」

「大概是個醫生吧。」莎蒂說，「她想拯救所有人。」

「不對，」山姆說，「醫院裡有殭屍在攻擊人，這個小孩得了癌症，他必須想辦法活著離開醫院，還要盡可能多救幾個小孩。」

「這個更好。」莎蒂說，手伸進包包裡，「我在我家的書桌抽屜找到這個，一直想找個適當的時機拿給你。」她把幾張泡過水發皺的紙交給他，最上面寫著：社區服務紀錄：莎蒂・米蘭達・葛林。成年禮日期：八八年十月十五日。

山姆發現這是什麼之後，很高興地把紙翻到背面。「六百零九小時。」

「是有史以來最多的成年禮社區服務紀錄。不知道有沒有跟你說過，他們還頒了一個獎給我。」莎蒂說。

「你最好把那個獎帶來給我看！」

「你以為我沒想到嗎？」她又伸手探進包包，拿出一個小小的心型水晶紙鎮，上面刻著：

此致莎蒂・米蘭達・葛林，表彰社區服務傑出紀錄，一九八八年年六月，比佛利山貝斯埃爾會堂哈達薩組織。「我累積到五百小時的時候他們就頒這個給我了，艾莉絲很生氣，我覺得她就是因為這樣才告訴你，但是她不承認。」

「這獎很有份量。」山姆說。

「哈達薩的婦女做事可認真了，這應該是施華洛世奇或是瓦特福之類的。艾莉絲超嫉妒！」

「誰不嫉妒？」山姆把紙鎮握進拳心。「這是我的了。」

「當然，」莎蒂說，「所以我才帶來。」

「你今天很感性耶。」山姆說。

「回到洛杉磯，跟你回到醫院，重新開始，沒有多弗，新遊戲，新辦公室。是有點吧。」

「我在想你是不是很擔心我會死。」山姆說。

「不會，你永遠不會死。如果你死了，我就重開一局遊戲。」莎蒂說。

「山姆死了，請再次投幣。」

「回到存檔點。繼續玩，最後一定會贏。」她停頓了一下，「你會怕嗎？」她問。

「主要是鬆了一口氣，我覺得。」他說，「很高興終於要解決了。不過很奇怪，我還是有點懷念這隻沒用的腳。當然也是因為這輩子它一直跟著我，而且我沒辦法徹底否認有這隻腳很幸運。」

「怎麼說？」

「呃，如果我沒有住院，就不會認識你啦。」山姆說，「我們也不可能成為朋友，然後又變成敵人……」

「我沒有把你當成敵人。那是你的想法。」

「你是我的敵人。」山姆說，舉起紙鎮，「這個寶物可以證明！」

「不要讓我後悔送給你。」莎蒂伸手要搶，但山姆把手拉遠。

「我才不還你。不過後來我們又是朋友了。如果沒有這隻爛腳，我們就不會一起做《一五》，也不會在這裡，相隔十二年之後，又在另外一間醫院裡，距離上一間走路不到五分鐘。」

「你怎麼能確定？」莎蒂說，「我們搞不好會在其他地方認識啊。我們兩個的家距離不到十公里，上的大學距離不到三公里。我們可能會在劍橋認識，或是更早，在洛杉磯參加那些資優生活動的時候認識。你那時候每次都用怨恨的眼神看我，不要想否認……」

「你那時候是我的仇人！」

「太誇張了吧。我記得那時候我們只是互動比較冷淡。不過我要講的是，還有很多其他可能，無限的可能，會讓我們相遇。」

「你是說我承受這些痛苦都沒有意義嗎？」他說。

「完全白費。」她說，「抱歉了，山姆。宇宙折磨你只是因為祂可以，祂就想這樣做。天上會有一個超大的多面骰擲出去，停在『折磨山姆・梅蘇爾』那一面。反正不管怎樣，我都會出現在你人生的遊戲裡。」莎蒂打呵欠。她開始覺得累得要命，畢竟已經清醒十八個小時，又吃了一大堆披薩。她帶著睏意對山姆笑：「我不是你太太。」

「我工作上的太太。」他說，「別想否認。」

「你工作上的太太是馬克斯。」莎蒂說。

「我這樣講他們才會讓你進來。」山姆說，「在醫院裡要心想事成，就必須用很有說服力的語氣講出對的謊話。」

她又打了個呵欠，「我時差還沒調過來，應該開車回家了。感覺我已經超久沒開過車了，現在一定開得很爛。」她跟他握手，這是他們分別時的習慣，「你手術後醒來我會在這裡，好嗎？我愛你，山姆。」

「非常尷尬。」他說。

莎蒂離開後，山姆還不累，決定用他那隻爛腳最後散散步。此時這隻腳已經幾乎無法承受任何壓力，山姆必須用拐杖。但他還是想記得擁有兩隻腳的感覺。他發現自己往兒童醫院方向走，他曾在那裡度過許多時光，那裡的人耗費許多精力，設法挽救如今再過幾小時就會被徹底切除的東西。

他進了等待室，有個小女孩在裡面，比莎蒂遇見他時的年紀大一點點，正在玩筆電上的遊戲。山姆想，如果這是個完美世界，這個小女孩玩的就會是《一五》。他看向螢幕，是《死海》。

「你喜歡這個遊戲嗎？」山姆問。

「有點老了，不過我喜歡殺殭屍。」女孩說，「我哥說我跟幻影長得很像。」

山姆走回自己的病房時，感覺到莎蒂的水晶紙鎮在他口袋裡異常尖銳，刺著大腿。他把手伸進口袋，把東西拿出來，看著這個小小的紙鎮，在內心笑自己。他以前那麼生莎蒂的氣！那麼理直氣壯地恨她！決定讓她徹底消失在自己人生裡時，他還覺得自己很成熟，但這種反應其實幼稚又誇張，令人害羞。他有一次試圖向馬克斯解釋他們吵架的始末，而馬克斯完全無法理解。山姆說，「不是，你不懂，這是原則問題。她假裝是我朋友，結果只是為了社區服務。」馬克斯一臉茫然，說，「沒有人會花六百個小時只為了做慈善，山姆。」想到這個，看著這小小的紙鎮，山姆內心脹滿對莎蒂的愛。為什麼他這麼難開口說愛她，就算聽見她說都無法回答？他知道自己愛她。感受更輕微的人都能時時把「愛」掛在嘴邊，根本代表不了什麼。也許就是因為這樣。他對莎蒂．葛林的感情超過愛，需要有另一個字來形容。

他想馬上打給她告訴她，但知道因為時差，她應該已經躺在那張薄荷綠的四柱床上，蓋著玫瑰印花的被子入睡，父母則在樓下。這個想像讓他開心。他最好的朋友為了他回到故鄉。他不是傻子，知道馬克斯堅持把辦公室移來這裡時做了什麼。馬克斯讓他認為他們是為了《兩界》、為了莎蒂、為了馬克斯自己、甚至為了柔伊才搬來這裡。但事實上，他們都是為了山姆，因為山姆害怕面對寒冬，因為山姆一直在忍痛，因為山姆害怕動手術，而所有人都看得出來手術不能再拖了。他們擔心他，想讓他活得更輕鬆，所以發明了各種理由，逼真得讓人信服。這麼做不是為了遊戲或公司，是因為他們愛他，他們是他的朋友。他很感激。

他脫下衣服，小心把水晶愛心放在床頭櫃上，換上睡衣，最後看了一眼自己的腳。再會了，老友。然後他爬上床，陷入睡眠，像以往待在醫院時一樣，夢見了他母親。

在洛杉磯的頭幾個月裡，安娜完全沒有工作。她不斷參加電影、肥皂劇、廣告、配音的試鏡，但從沒進入過下一階段。她問經紀人為什麼落選這麼多次，他說不必擔心。「你要讓他們漸漸認識你，安娜。」經紀人堅持她看起來很年輕，建議她修改履歷，表明自己能演從十三歲到四十歲的任何角色。

山姆十歲生日過後沒幾天，她接到再試鏡的邀約，是一部週六晨間卡通，主角是一群會唱歌的藍色小矮人，不過最後，對方表示想找聲音比較沒有種族特殊性的人。那瞬間，安娜很困惑她的聲音有「種族特殊性」是什麼意思：她是土生土長的洛杉磯人。不過，深究回絕的原因沒有意義。他們不喜歡她，可能是她不夠好、不夠有才華、長得不夠高，也可能是因為他們種族歧視、性別歧視，或是暗自抱持其他偏見。總而言之，他們不喜歡她就是不喜歡。她不想去跟他們理論不喜歡的原因，不想教任何人任何事。

等待在西岸大放異彩的日子裡，她上了很多課：表演課（聲音訓練、試鏡練習、動作訓練），舞蹈課，瑜伽課，電腦程式編寫課，回憶錄寫作課。她冥想，接受治療，有需要時在父母的餐廳幫忙。她看著自己的帳戶餘額減少，現在和她父母同住，她和山姆的開銷大幅減少，所以其實已經減少得不算快。不過還是有開銷，生活到處都要花錢。上課要花錢，但她覺得這是必要花費。她還得買一輛二手車，得拍大頭照和買新衣服。儘管父母說不需要，她還是付給他們食宿費。最終她還是要有錢，才能搬出去住，找個好學區，比她父母所在的回聲公園區更好的。她需要工作，因為如果不趕快找到工作，就會失去工會的健保，山姆也會失去保障。她告訴經紀人：什麼工作都可以，我什麼都願意做。

九月，她參加了三場試鏡。第一場是音樂劇《南太平洋》（*South Pacific*）的全國巡迴，她試鏡小角色莉亞特（Liat），也許還有機會擔任某個要角的替補。安娜認為《南太平洋》很種族歧視，而且全國巡迴就代表必須離開山姆一整年。第二個試鏡是《杏林春暖》（*General Hospital*）裡一個「有種族特色」的女傭，會和男主角發生關係。這個角色註記的名字是西梅娜（Ximena），但安娜的經紀人向她保證，製作人接受任何有色人種：西梅娜也可以是拉托亞

（LaToya），或是美美（Meimei），或是安娜（但也許不能取名叫安娜，聽起來太白人了）。向她開啟的第三號門，則是某個新益智節目《按鈕搶答！》的模特兒／主持人。這個節目打算和《價格猜猜猜》競爭，由奇普．威靈漢（Chip Willingham）主持。他很有名，但安娜不太確定為什麼有名，可能也是因為主持節目吧。這節目想換掉其中一位助理主持模特兒。（說是主持，但其實很少說話。）安娜身高一百六十五公分，以模特兒來說太矮，但如果穿上高跟鞋，她的身材曲線、苗條程度、高高的顴骨都足以撐起這個角色。除了是亞裔之外，他們開出的條件包括必須是二十幾歲，而且要「夠有幽默感」，通常這就表示會出現一些無禮的玩笑。反正安娜不想要這份工作，益智節目的主持人不是*真正在演戲*。安娜上過西北大學，甚至在英國皇家戲劇藝術學院演過一段時間。安娜*演過百老匯*。安娜受過訓練。安娜具備專業。

在《按鈕搶答！》試鏡現場，他們給她一雙紅色細高跟鞋，一件黑色緊身短洋裝，要她去換上。製作人是女性，對她說：「我們是有格調的益智節目。」那女人用充滿期望的目光看著安娜。

「哇，」安娜說，「那很……」她想不到該接什麼話。

製作人要安娜做各式各樣的動作：用正確的速度拉開和拉上簾幕、展示一個空盒子、引導一位參賽者走到後台、拿出一張大額支票、優雅地笑和鼓掌。

「笑開一點，安娜。」製作人下令，「牙齒露出來，眼睛要笑！」安娜笑得更開。

「很好！笑也是很重要的。」製作人說，「要讓奇普覺得你認為他很風趣，就算他說話不好笑也一樣。你懂我意思嗎？」

安娜繼續笑。

「非常好。」製作人說，「可以再換一種方式笑嗎？再真誠一點，那種哎喲老爸！你太老土了，但我還是很愛你的笑。」

安娜完全茫然，繼續傻笑。

「對，對！你很棒，很有說服力。」製作人看著安娜，「你有點小隻，但我喜歡你的樣子。」製作人點頭，「好，我現在要帶你去跟奇普見面。先告訴你，奇普非常老派，懂嗎？他不是壞人，只是不喜歡……照他的話說就是婦女解放那些的，他對女人沒意見，只是不想聽這種話題。還有，他是達特茅斯學院畢業的，他希望大家都知道這件事。你的工作是聽到他的笑話要笑，保持漂漂亮亮的，像現在這樣，還有盡可能不要妨礙到他。」

製作人領著安娜來到一間辦公室，門上有顆星星，她敲敲門：「奇普，我帶人來見你，是可能接替安娜的人選。」

「我是安娜啊。」安娜說。

「抱歉。之前做你這個工作的人是叫安（Anne）才對。」

第一眼看見奇普．威靈漢，安娜心想，沒有人能比他長得更像益智節目主持人。他皮膚曬得油亮，像高級手提包；頭髮的顏色和硬度都像黑瑪瑙；牙齒又大又方又白，雖然實際上不帥，但整個人呈現出一種帥氣感，而且猜不出年紀。他轉過頭，越過寬闊的肩膀上下打量安娜。

「進去吧。」製作人告訴安娜，然後在她背後關上門。

「挺矮的。」奇普說。

「我是。」安娜說。

「奶子，」他停了一下，「很小。」又停一下，「像蘋果。有的男人喜歡蘋果，有的不喜歡。」

安娜發出那種面對「土氣老爸」的笑聲，非常希望趕快結束。只要機會給她，她就要接下《南太平洋》的全國巡迴角色，至少薪水很不錯，雖然會想念山姆，但好歹山姆有她父母照顧。

「不過收看我們節目的都是女人。你的蘋果奶正好適合日間節目。」

「我媽也都這樣說我。」安娜說。

「你很幽默。」奇普沒笑，「靠近一點。」

安娜不知道為什麼自己照做了。他盯著她的臉，用食指從上往下滑過她的鼻樑。

「異國風。前一位也是東方風格。」

安娜說：「東方風格是形容地毯和家具，不是形容人。」

「中國式雕花才是形容家具。」奇普說，「轉身。」

又一次，安娜不知道為什麼照做了。

「屁股，」他說，「大顆的蘋果。」他拍一下她臀部，然後用力一抓她的右臀，修剪整齊的指甲刺進股溝，「很緊實。」

安娜又笑，對著「土氣老爸」那種，然後打了奇普一巴掌。

她走進更衣間找自己的衣服，沒有哭出來。

女製作人在她要離開時攔住她，「和奇普談得怎麼樣？」

安娜搖搖頭。

「告訴你，我覺得他很喜歡你。」製作人說，「不然不會跟你聊這麼久。」

「那個安怎麼了？之前做這個工作的女生。」

「安啊，她，唉，很慘。安突然過世了。」

「天啊。」安娜說，「不是奇普殺的吧？」

「你們一定聊得很不錯。」製作人打趣，接著說：「安和一個男朋友開車經過穆荷蘭大道，錯過本來要轉的彎，然後……你也知道洛杉磯嘛。她人很好，才二十四歲，奧克蘭來的。」

「她應該不是姓李吧？」安娜不知道如果是的話她能不能承受。

「不是，她姓秦。」

安娜開始哭。她為另一位李安娜而哭，她讓自己掉下了高樓，也為這位安而哭，她必定也曾經讓奇普・威靈漢把手指伸到不該伸的地方，還為自己而哭：已經走到這個地步了嗎？她質疑自己的每個人生決定，從高一參加學校戲劇表演的試鏡，到因為遇見一個女人決定回來洛杉磯，對方和她毫無關聯，只有名字恰好相同，卻在酷寒的二月深夜從高樓上跳下來。製作人拍拍安娜肩膀：「也沒有那麼糟糕啦，她沒受很多苦。」她遞給安娜一張面紙。

三天後，安娜的經紀人打來：「好消息！」他說，「你選上《按鈕搶答！》了，他們喜歡你夠『潑辣』，他們是這樣說的。」

「那《南太平洋》呢？」

「管他的？」經紀人說，「你討厭《南太平洋》不是嗎？」

「肥皂劇呢？」

「他們決定把那個角色改成那種白人窮鬼。忘了吧，《按鈕搶答！》給的薪水比這兩個更好，要是節目一直做下去，你甚至可以把兒子送進哈佛西湖學校（Harvard-Westlake）或十字路高中。如果有更好的機會，我保證會馬上幫你離開《按鈕搶答！》。這就是個輕鬆賺的工作，安娜。」

《按鈕搶答！》持續做了三年，是一九八〇年代平平無奇的日間益智節目，形式毫無創新，內容包括讓一般人與名人組隊回答益智問題；推出頭髮像火焰的暴力吉祥物，名叫奶油怪物；各種園遊會會玩的遊戲；棚內觀眾在提詞機的提示下同聲大喊「按鈕！搶答！」山姆去看過錄影幾次，發現整個過程非常歡樂，遠比他母親在紐約參與的劇場更有娛樂性。

安娜對節目的貢獻換得每週一千五百美元的薪水，比她在《歌舞線上》賺得更多。這份工作和她受過的專業訓練幾乎無關，但她唯一遇到的難題卻是得躲避奇普．威靈漢的進逼。她越躲，他越要去找她。她拒絕攻勢的態度越兇狠，他進攻的決心越堅定。他似乎享受被回絕，但也老愛提起要取代她有多容易，他會說，「這座城市有一百萬個李安娜。」為了熬過去，她開始想像自己在參加另一個益智節目，贏家的獎勵之一，就是保有這份工作。

儘管外面有「一百萬個李安娜」，這一個李安娜畢竟還是屈指可數登上美國電視聯播網的亞裔面孔，後續發展證明了這件事的價值。出乎意料，她成為韓國城裡的地方名人，發現自己有接不完的邀約，許多人付費請她出席各種活動：K城小姐選拔的名人評審；替韓國雜貨店開張剪綵；韓國美容產品廣告拍攝；各種餐廳的開幕活動。她成為咕嘟咕嘟這個韓國啤酒品牌的代言人，臉蛋出現在威爾夏大道十五公尺寬的廣告看板上，旁邊寫著廣告詞：「韓國城最美的女人都喝什麼？」

安娜和父母帶著山姆開車到威爾夏，去和廣告看板合照。東賢掏出笨重的美能達三十五毫米膠捲相機，他眼眶含淚，拍拍安娜的手臂，喃喃說著什麼美國夢。他並不知道美國夢是什麼，也不知道怎麼樣才算實現，但美國夢也許就是他女兒出現在看板上，賣咕嘟咕嘟啤酒給其他韓國人。誰能說不是呢？「爸，」安娜說，「只是個看板，沒那麼厲害。」安娜對受到這麼多關注很不好意思，也覺得自己的工作很丟臉。但與此同時，她很自豪最近簽下了影視城區一棟聯排透天住宅的租約，這樣山姆就能上比較好的公立學校。她也很自豪能讓爸爸感到自豪。

「韓國城最美的女人。」東賢用敬畏的語氣念出聲。

「那是廣告詞，是為了賣啤酒。」安娜說，「我不是韓國城最美的女人。」

「她不是。」丰子說，「韓國城裡漂亮女人多得是。」

「謝謝你喔，媽。」安娜說。

「我可不希望你大頭症。」丰子說，「這麼多人注意你。」

「讓山姆來決定。」東賢說，「媽媽是不是韓國城最美的女人？」

山姆看著安娜，說：「我覺得她是全世界最美的女人。」這時他十二歲，正要從男孩蛻變成男人。對安娜來說，山姆每一天都變得更難懂，就連他身上原本熟悉的氣味都變得難以辨認，讓她有點傷感。不過，現在的山姆仍然肯定他母親是全世界最美麗的女人。這句話是事實，才會寫在看板上。

安娜和山姆開車回影視城，她在好萊塢起伏的山丘間有點迷失方向。或許她是故意延長這段車程。或許她想要迷路。在加州的六月夜裡，放下頂篷開著車，有兒子坐在身邊，是非常愉快的經驗。她最近才買了這輛有點傻氣的翡翠綠跑車，是她第一件真正的奢侈品。

「你知道我上的是表演藝術高中吧？」安娜說，「離這裡不遠。」

山姆點頭，「知道。」

「你想不想去念那裡？」安納說。

「不要吧，媽。我不是愛表演的人。」

「也是。不過那間學校厲害的是，全洛杉磯的小孩都會跑去念，所以在那裡可以遇到各種人。不知道你有沒有注意到，在洛杉磯有一點像在部落。東區的人只待在東區，西區的人只待在西區。爺爺奶奶家雖然在我們東邊，但那裡算是西區。因為基本上洛杉磯河以西都算西區。」

想到有些人非常介意自己住的地方算是東區還是西區，山姆和安娜忍不住發笑。

「然後啊，我念表藝高中的時候交了一個男朋友。」安娜說。

「只有一個嗎？」山姆開玩笑。

「我講的這個是一間老牌片廠老闆的孫子。富三代，懂嗎？他就住在西邊，在太平洋帕利賽德區，差不多是最西的西邊，但是他每次都開車到爺爺奶奶家去找我。他車開得很快，像閃電一樣快。如果我打給他，他七分鐘後就會出現在我家。你也知道開車其實很花時間吧。所以我就問他：『欸，你怎麼這麼快就到我家了？』他用很誇張的表情看我，說不能告訴我，說『這是祕密。』」安娜是個很好的表演者，為了戲劇效果刻意停頓，確認山姆還在專心聽。

「所以他有告訴過你嗎？」山姆說。

「沒有，他有點混蛋，我們老是在吵架，所以沒過多久就分手了。可是上星期我跟愛莉森（Allison）講這個故事，就是《按鈕》的另外一個模特兒，剛好被奇普聽到，他就說：『他一定是走祕密高速公路。』」

「祕密高速公路？」

「對，我也是這樣問。奇普說洛杉磯剛開始發展的時候，片廠大佬建了很多條祕密高速公路，只有他們自己知道，這樣他們就能很快抵達每個地方。你記得我前男友是片廠老闆的寶貝孫子吧，奇普覺得他可能知道這種高速公路。奇普說有一條是從東通到西，從銀湖區到比佛利山，另外一條從北通到南，從影視城到韓國城。他還說如果我們能找到這種路，就給我一萬塊。他以為我找到神奇的祕密高速公路會告訴他嗎？」

「我們應該找找看。」山姆說，「這樣就可以很快到爺爺奶奶家了。」

「對，要找！」安娜說。

「我們要有策略，」山姆說，「每次回影視城都走不一樣的路線，我來把走過的路畫出來，最後就會找到。一定找得到。」

他們正往穆荷蘭道開，突然，一團毛茸茸的東西衝到車前。安娜猛踩剎車，稍微偏轉車頭。那隻動物傻住。在車頭燈照射下，安娜看見那是一隻中型犬，或者是郊狼，有一身金色毛皮。美國原生種。

那隻動物匆忙跑掉。

「天啊，」安娜說，「你覺得有沒有撞到牠？」

「我覺得沒有。」山姆說，「牠跑的時候看起來沒事，只是嚇到。」

「那是狗還是郊狼？」

「不知道，」山姆說，「要怎麼分？」

安娜笑了，「我也不知道。下次去查查看爺爺的百科全書。」

「是哪一種有差嗎？」山姆說。

「沒有吧。」安娜停了一下，「如果我撞死的是誰的寵物，可能會更愧疚。郊狼就不是寵物，是野生的。這樣想好像也不太對。郊狼也同樣有權利活下來。」

安娜把車子熄火，讓自己冷靜一下。她和山姆坐在黑暗中。安娜對新車還不熟悉，所以一時找不到緊急照明燈，她的手在發抖，她說，「天啊，好黑。」

山姆記得的先是光線。兩道光，像一對眼睛，迅速變寬、變大，在黑夜裡找過來。山姆記得自己浮現不合理的想法：我們不會有事，因為那輛車看不見我們。黑暗會保護我們。

接著是輪胎磨地的尖銳聲音，金屬撞擊擠壓，玻璃爆裂的聲音像一聲尖叫。

後來才知道，那個駕駛當時正在加速，但車禍不是他的錯。那裡的路很窄，幾乎很難讓兩輛車並行。他轉彎轉得太猛，沉重的轎車車身直接撞進安娜那輛輕量跑車的引擎蓋，大部分衝擊都衝著駕駛座和山姆的左腳而來。那個駕駛怎麼可能想到那裡有輛車？怎麼會有車停在要上穆荷蘭道的地方，還什麼燈都沒開？他怎麼會知道有個男孩和他母親坐在那輛車裡？

從副駕駛座看去，山姆看見母親的臉被另一輛車的頭燈照亮。她皮膚上有玻璃碎渣，看起來閃閃發亮。他想伸手去幫媽媽拍掉臉上的玻璃，卻發現左腿被儀錶板壓住。他還感覺不到痛，疼痛稍後才會出現，但沒辦法自由移動身體去碰她的臉，動彈不得讓他恐慌。他聞得到她流血了，混著晚香玉香水的味道，看見她的胸腹都被塌進來的儀表板壓傷。但是玻璃，他母親美麗臉龐上的玻璃是這一瞬間他最在意的事，他再度伸長手試圖拍掉玻璃，在把自己拉近她時，感覺到腳的骨頭詭異的一歪。最後一次嘗試失敗後，他身體的知覺回來了，開始劇烈顫抖，突然不能呼吸。「媽媽，」他對身邊還溫暖的軀體說，「好痛。」他伸長脖子，把頭靠在她的肩窩，閉上眼睛。

另一輛車上的男人在恍惚中走向山姆，拼命呼喚他們。「真的很對不起，我沒有看到你們，真的沒有看到。你們還好嗎？沒事嗎？有人活著嗎？有人嗎？」

山姆睜開眼睛，說，「我在這裡。」他說了這句話後，下一次開口就是在遊戲室裡遇見莎蒂．葛林。

在遊戲裡，次序最為重要。遊戲自有邏輯，但玩家也要在遊玩中摸索出自己的邏輯，才能獲得勝利。任何勝利都有次序。所有遊戲都有最佳解。安娜死後，在閉口不言的幾個月裡，山姆像著魔一般在腦海裡反覆推演這一幕。如果安娜沒有接下《按鈕搶答！》的工作；如果她買不起那輛新車；如果她買了新車，但那天吃完晚餐後直接開車回家；如果另一位李安娜沒有從高樓上跳下來；如果安娜沒有回來洛杉磯；如果她撞到郊狼之後繼續向前開；如果她找得到緊急照明燈；如果她沒和喬治上過床；如果山姆從未出生。他認定，要讓他母親不會死在那一夜，有無限種方法，只有一條路會邁向死亡。

6

山姆動手術這天一早，莎蒂開車到威尼斯區整理她的辦公室。馬克斯已經購入了便宜的桌子和書架，至少在整個空間徹底完工之前他們可以先開始辦公。莎蒂拆開的最後一箱是她的PC遊戲收藏，為了當參考，她一直都帶在身邊。這些遊戲有些是壓克力CD盒，有些是像書一樣的紙盒包裝，她一一排上書架，還有其他三十幾款。在箱底的是《死海》，她還是很愛《死海》，不過現在對其創作者的感覺更加複雜。她把光碟片拿出包裝。多弗在上面簽了名：祝莎蒂二十歲生日快樂，進階遊戲專題最性感最聰明的女生。愛你，多弗．米茲拉。

莎蒂已經忘了多弗做過這件事，也記不起上一次看到這張光碟片是什麼時候。大概好幾年前吧。她記得的最後一次，是馬克斯和山姆玩《死海》那天。山姆在那天說：我們的遊戲就是要像這樣。

莎蒂清楚記得山姆說不知道多弗是她男友和老師。但如果他用這張光碟玩《死海》，必定早已看過這段話。她知道是這張光碟沒錯，不可能沒看到，山姆從來不會錯過這種細節。而如果山姆早就知道多弗是她男友，他相中《死海》會不會不是偶然，而是有意？他給她看這個遊戲，是不是希望莎蒂去找多弗，也知道她一定會去找多弗？這麼一想，他是不是早就猜到那次糟糕的分手也是多弗？難道山姆沒有猶豫過哪怕一秒，想想回頭去找他對她的影響嗎？如果多弗沒有在專業上和私人生活上用權力控制她，過去三年會有什麼不同？

要是他真的知情，絕對算得上是背叛。山姆想獲得想要的結果，而不考慮對莎蒂來說有什麼影響。他想要尤里西斯，就像他想要和歐普做生意，像他其實並不真正在意一五是不是男生，像他讓全世界所有人認為《一五》是他的遊戲，像他一開始決定和她重建友誼，也只不過是為了製作一款遊戲。她讓自己認定山姆是她的朋友，但山姆從來不是任何人的朋友。他倒沒有說謊掩蓋自己的想法：每次她說愛他，他從來不會回答他也愛她。她替他找了很多理由：父親的缺席、母親的死、他的傷、他的貧困，這一切帶來的不安全感。但如果她替山姆設想的這些，都是他並沒有感受到的情緒和心情呢？

莎蒂在辦公室裡的桌旁坐下，把《死海》光碟片放進筆電，跳過陰森的開場動畫：飛機悽慘墜毀，幻影是唯一的倖存者，配樂是《月光》（*Clair de lune*）。她很想殺點什麼東西，所以直接跳到第一關，來到水底世界的入口。這裡看起來像拉斯維加斯的賭場大廳，穿著格紋衫和皮褲的殭屍在大廳中間費力走動，莎蒂控制著幻影撿起木柴，反覆暴打殭屍的頭。多弗把血液噴濺的效果做得很好，幻影甚至可以在剛殺掉的殭屍血跡裡看見自己的倒影。這種小細節背後是驚人的額外作業時間，她心想，《死海》確實是好遊戲。

馬克斯把頭探進辦公室時，莎蒂還在玩《死海》。「他出手術室了。」馬克斯說，「他外公說很順利。」

「那很好。」她內心一片陰暗。幻影丟下木柴，換成一把鎚子。

「我現在要開車過去。」馬克斯說，「那是《死海》嗎？」幻影用槌子重擊一個看起來有身孕的殭屍。鎚子比木頭效率高太多了。

「對。」幻影試著用槌子砸碎一扇窗戶。

突然間，殭屍寶寶從死掉的殭屍媽媽肚子裡爬出來。幻影停頓了短短的一瞬間，立刻砸向寶寶的頭。血液與腦漿在螢幕上爆開。

「我第一次玩《死海》的時候，」馬克斯說，「就是死在這裡。殺掉寶寶的速度不夠快，他就跳到我臉上。」

「很多人都會死在這裡，或是有狗那裡。多弗討厭多愁善感。」

「他真的很黑暗。」馬克斯冷冷評價，「真難想像《一五》和這個遊戲都是同一個引擎做出來的。」

「看水就知道，看光線也是。」莎蒂說，「如果知道要注意哪裡，其實很明顯。」

幻影蹦蹦跳跳，用不自然的步伐跑到雕像後面蹲下，喘著氣等待下一隻殭屍靠近。

「你有把這個遊戲玩到最後嗎？」莎蒂問馬克斯。

「沒有。」

「《死海》的故事有個反轉，就是幻影其實沒有在空難時活下來。她也是殭屍，只是她自己還不知道。所以實際上，她整個遊戲過程都在殘殺自己的同胞。」

「怎麼樣啊，小鬼！」馬克斯開玩笑，「殺殭屍很好玩是吧，你們等一下就知道了。」

「完全是多弗風格。」莎蒂說，「只要有快樂，就伴隨著痛苦。」

「你也要一起去醫院吧？」馬克斯說，「如果要避開尖峰，最好現在就出發。」

「我應該會先留在這裡。」莎蒂說，繼續一直面對著螢幕。幻影把鎚子換成螺絲起子。螺絲起子殺起來沒這麼痛快，但如果不拿，等一下就沒辦法打開進入電梯的面板。如果沒搭上電梯，就會永遠被困在遊戲的第一部分。「我還有一些東西要整理。」

第四章
兩界

1A

山姆租了一棟只有一間房間的平房，在外公外婆家附近，正位在銀湖區東邊緊鄰回聲公園區的交界上，雖然交界的位置也有爭議。一開始他想過要搬到威尼斯區，離不公平的辦公室比較近，但復原的時間比預期還長，最後為了讓事情單純一點，他還是住在東區，離外公外婆很近，也離每週不得不去好幾次、見各種醫生和物理治療師的醫院很近。

山姆的新鄰居之一，是個手臂像大力水手卜派一樣粗壯的女人，她們廊上掛著彩虹旗，家裡輪番出現許多隻她救援的鬥牛犬，每隻都是母的。附近的人把那區稱做「快樂腳傷心腳」（Happy Foot Sad Foot），原因是在他們房子底下的班頓路和日落大道路口，有個不斷自轉的足科診所廣告牌，兩面各畫著一隻擬人化的棕色大腳。「傷心腳」大拇趾上貼著OK繃，眼睛充血，嘴巴痛苦大張，拄著拐杖，有手有腳。「快樂腳」在足科醫療的奇蹟下徹底痊癒，豎起兩手大拇指，臉上掛著狂熱的笑容，這隻腳的腳上穿著乾淨的白色高筒球鞋。廣告牌高高豎立在連鎖旅館 Comfort Inn 的停車場上方，旅館一樓是間泰式蔬食餐廳，以及廣告上的足科診所。廣告牌會緩緩旋轉，大約每十二秒轉一圈。傳說中，第一眼看見廣告牌的哪一面，將會決定那天的運勢，不過區區一面掛在平價旅館的廣告牌，恐怕也算不得什麼傳說。

一年多來，山姆第一眼看見的都是傷心腳。他很努力想看見另一面，嘗試改變走近廣告牌的速度，有時走路，有時開車，從四面八方的不同角度靠近。不管怎麼改變行進方式，每次都看到傷心腳。不必在哈佛主修數學，也能知道這種機率非常小，因此，他不免覺得這是宇宙刻意要嘲諷他。

18

莎蒂在威尼斯區的芭蕾小丑（Clownerina）公寓裡租了一間房，步行到不公平需時六分半。這棟公寓外牆上有一尊超過二十五公尺高的機械雕像，是一個男性小丑穿著女芭蕾舞者的舞裙和舞鞋。這個芭蕾舞者原本能踢腿，但或許是海水鏽蝕了零件，或住戶抗議馬達運轉的聲音太吵，莎蒂居住的那幾年，芭蕾小丑只是靜靜站在那裡，穿紅鞋的右腳優雅延伸，靜待能再次起舞的那天到來。

芭蕾小丑也許俗氣，但莎蒂很喜歡。對她來說，這雕像就是加州精神的象徵，這輩子頭一次，她毫無芥蒂地接納了自己的故鄉。她把冬季大外套捐給二手店，開始戴寬簷帽、穿嬉皮長洋裝。她和柔伊去逛跳蚤市場，一起買古董黑膠、長項鍊、手作陶器。她點薰香，戒掉咖啡因，把頭髮留長過腰，梳成中分髮型。她開始做皮拉提斯，把多弗的手銬丟進海裡。她和人約會：玩獨立樂團的邋遢帥哥樂手、作品主要都是獨立電影的邋遢帥哥演員、把自己的網域賣給更大規模網域的邋遢帥哥工程師。她常自己精心策劃晚宴，自滿於比所有人都更早認識新樂團。她買了一輛二手福斯金龜車，車身是加州天空的顏色。她每星期天都和家人一起吃早午餐，每天早起，睡得很少，規律工作十八小時。如果加州是一件能穿在身上的戲服，莎蒂顯然駕馭得很好，就像芭蕾小丑身穿的蓬蓬裙和圓頂帽。

莎蒂不知道為什麼山姆要選擇住在東區。哪個土生土長的洛杉磯人會自願花五十分鐘通勤？那段時間，除了正在製作的遊戲，他們很少聊任何其他話題，所以她沒問他為什麼。她已經不再耗費任何時間設想搭檔的行事動機。

2A

山姆花了整個冬天、整個春天和一部分夏天慢慢恢復，莎蒂則在這段時間帶領著核心程式設計師打造出了「夢境」（Oneiric），也就是用來支援《兩界》物理機制和圖像的引擎。

夢境後來頗為人知，是因為創新的體積照明技術，這項技術能夠呈現出繚繞的霧氣、難以捉摸的雲朵、以及雲隙射出的陽光。這種圖像上的創新很有必要，因為《兩界》中的奇幻世界

「邁爾埔地」（Myre Landing）到處瀰漫著霧氣，直到遊戲末段霧才會散去。如一位評論家所說，「邁爾埔地的天氣也在遊戲中扮演要角。」莎蒂覺得這個評論很有趣：各種媒體上聰明的評論家都愛說不是角色的事物扮演了某種角色。不過，在最初的設計文檔裡，她其實也充滿雄心壯志地寫了同一句話：「邁爾埔地的天氣是重要角色。」

莎蒂對夢境很自豪，對自己能夠完成三四年前做不到的事感到驕傲。幾個月來，她第一次打給多弗。

「我做到了。」她說。

「感覺超他媽棒，對不對？」多弗說。

「確實。」她承認。

「我就說吧。」多弗說，「你再也不需要尤里西斯了，反正那個引擎現在也太舊了。」

「嘿，我幾個月前又玩了《死海》，我在想，你是怎麼讓血泊出現倒影的？」

「喔，那個啊？那個很可笑。」

「在一九九三年做得到很瘋狂耶。」莎蒂說。

「現在我可能就不會這樣做。」他解釋自己採用的技術，是另外調控出一種讓圖磚自動調整更新的方式。「為了做這個效果，我燒掉一大堆顯卡和處理器。」

「但成果看起來很棒。」莎蒂說。

「我在考慮去洛杉磯待個幾週。有個導演想拉我加入《死海》的電影改編計畫。你都在嗎？」

「是誰？」

「我很忙。」她說，「而且，呃……我現在有男友。」

「他在玩樂團。」莎蒂有點不好意思。

「我會知道這個樂團嗎？」

「他們團名叫溝通失敗。」

「溝通失敗。」多弗重複，「他聽起來滿糟糕的。」

「他很好。」莎蒂說。

「我不是要去住你那裡，只是想看你的進度。」多弗說，「你是我最有成就的學生，我常常拿你來炫耀。」

「來我辦公室吧，」莎蒂說，「我隨時都在。」

開發引擎的過程山姆幾乎完全沒有參與，她把夢境給他看時，他看起來也興趣缺缺，不覺得多厲害。「酷喔，」他說，「做出來效果一定很好。」莎蒂幾乎是用生命在做夢境，因此對他這種平淡的反應很不爽。

山姆一開始說自己會在三月復工，但最後直到五月才恢復全天工作，而且即便人回來了，莎蒂覺得他還是心不在焉。山姆會在早上七點進辦公室，好避開交通尖峰，通常下午四點離開，避開另一個尖峰。莎蒂則一直超時工作，從早上九點到凌晨一點，甚至更晚。有些日子，山姆根本沒進辦公室，總是遲到、總是還在車上、總是還在路上。

莎蒂跟馬克斯討論過山姆的出席率問題，馬克斯推測山姆恐怕還沒完全康復，但他也不太確定。山姆對他們兩個都隻字不提。

「問題是，」莎蒂說，「我沒辦法老是等他來做決定。他一直不在辦公室，把進度拖得太慢了。」

馬克斯建議把負責的工作分開，山姆負責帶領建造遊戲裡「真實世界」楓葉鎮（Mapletown）的團隊，這部分比較單純，而莎蒂則負責「奇幻世界」邁爾埔地。如此一來，莎蒂就不會總因為等著和山姆討論而耽誤進度。邁爾埔地的場景各方面都更複雜，莎蒂滿懷怨氣，因為她又一次做了比較繁重的工作，功勞卻只和其他人同等。不過為了遊戲，也為了山姆，這是比較合理的做法，所以她同意了。

28

五月時，山姆突然認為主角該是一個生病的孩子，而非莎蒂原始構想裡被霸凌的小女孩，但就開發進程而言，此時做出這麼大的更動實在有點遲。

「我不要再做小男孩當主角的遊戲。」莎蒂說。

「不是，我不是這個意思，我意思是可以讓她得癌症，」山姆提議，「行動不便而且身體上很痛苦。這樣一來，她在另一個世界變得無敵時，震撼效果就更強。」

莎蒂思考這個提議，「你說像我姊艾莉絲嗎？」

「對，」山姆說，「像艾莉絲。」

「這想法滿有趣。」莎蒂說，「可是霸凌不是更容易讓大家有共鳴嗎？太現實的病痛不會讓玩家掃興嗎？」

「霸凌是心理上的痛苦。」山姆提出反論，「但肉體上的疾病會讓角色在現實世界面臨更多阻礙，和她在奇幻世界的分身形成更強烈的對比。如果不做出對比，何必做兩個世界？」

他們把主角命名為馬艾莉絲（Alice Ma），生活在風景如畫的美國郊區城鎮楓葉鎮。遊戲進行到玩家得知馬艾莉絲罹癌時，就輪到奇幻世界登場。邁爾埔地是中世紀風貌的北歐小村莊，正面臨疫病肆虐，無法好好呼吸，天空被灰綠色的霧掩蓋，一天比一天暗；陰森的海水裡有一團團黃色黏液，不斷被浪打上沙灘。萬物奄奄一息，上了年紀的先撐不住，再來是年輕的，動物、大自然都是如此。馬艾莉絲在另一個世界裡的身分「強悍玫瑰」（Rose the Mighty）必須設法弄清是什麼人或東西造成這場災難，又該如何挽救邁爾埔地。如果強悍玫瑰能拯救村莊，那麼馬艾莉絲也許就能拯救自己倖免於肺癌。兩個故事彼此連結、分頭推進，玩家必須讓一邊向前進，另一邊也才能跟著前進。遊戲玩法錯綜複雜，因此最後莎蒂告訴山姆，要把遊戲做出來，最有效率的方法就是兩個世界分頭製作。

確定要分頭進行之後，山姆興沖沖投入看似比較沒有挑戰性的楓葉鎮製作工作。楓葉鎮綜合醫院取材自每一個他實際待過的醫院，而楓葉鎮這邊各種支線任務與關卡多半都由艾莉絲的病程與療程構成，這部分細節唯有曾長期身體抱恙、清楚醫院生活有多麼消磨尊嚴的人描繪得出來。舉例來說，在第四關，艾莉絲剛動完一場大手術，靈魂和身體分離，必須跑遍整個醫院追逐自己的身體，像小飛俠彼得潘追逐自己的影子。這種解離現象山姆經歷過很多次，感覺好像那充滿痛苦的皮囊已經不再屬於自己。

在楓葉鎮裡，山姆創造了兩個區別明顯的世界：醫院和醫院以外的整個楓葉鎮。山姆要團隊讓楓葉鎮反映出時間和季節的變化，如果你在晚上玩遊戲，鎮上就一片黑暗，在早上就有光；秋天有落葉，冬天有雪，春天有櫻花盛開。他生病時，世界一向美麗得讓人痛苦。唯有獨自一人，無法參與生活事務時，才會體會到活著的美好。他朋友透過病房門上的玻璃窗探頭看他。十二歲的可愛莎蒂把玩完的迷宮遞給他。他看著健康的、四肢健全的人離開這個只是短暫造訪的世界，而他自己卻是這裡的永久居民，不禁心生哀愁。

莎蒂還在忙著替邁爾埔地收尾，因此馬克斯成為第一位試玩楓葉鎮開頭幾個關卡的人。

楓葉鎮第一關從醫院外開始。艾莉絲是跨欄選手，正在參加一場高中田徑賽事，有個文字框介紹她是全國數一數二的高手，很可能拿下冠軍。群眾大聲歡呼，艾莉絲的男友和兩個爸爸都在看台上。

馬克斯開始比賽，每到要跨欄時就按跳躍鍵。他輸了一次，然後又輸了一次，接著再輸了第三次。他轉向山姆：「我是不是哪裡做錯？」

不管玩家操作技巧有多高明，艾莉絲每次都會輸，肺裡逐漸長大的腫瘤拖慢她的速度，但她此時還不知情。每次艾莉絲輸了，玩家就會面臨要不要重新開始遊戲的抉擇，但第一關永遠無法「勝利」，勝利就是接受有的比賽贏不了。

山姆這輩子一直很討厭被說「要努力」，彷彿生病是某種品格缺陷。疾病沒辦法被擊敗，無論多努力奮鬥都一樣，而痛苦只要掌控了你，就能將你改頭換面。對山姆而言，楓葉鎮述說的是他的痛苦，包括現在與過去的痛。這是他所做過最貼近本人的遊戲，不過當然，他做的只是遊戲的一半，而他的夥伴莎蒂則用姐姐的經驗去理解這部分。

「山姆，」馬克斯終於弄懂機制之後開口說，「我超愛你這裡的設計，有夠聰明。莎蒂看過了嗎？」

「還沒。」山姆說，「她知道基本設計，但是她一直在弄邁爾埔地，我不想打擾她。」

馬克斯仔細打量他的朋友：山姆比他記憶中瘦得多，眼睛微微充血，嘴唇上下都長出了鬍子，頭髮似乎也好幾個月沒剪了。他看起來很累，筋疲力竭。山姆從什麼時候開始不敢「打擾」

莎蒂？「你都還好嗎？」馬克斯問。

「當然。」山姆回答，他對馬克斯露出一個笑，馬克斯注意到他右邊的犬齒有個缺口。

3A

山姆並不想高調度過二十五歲生日。自從手術過後，他就想盡辦法避開任何和工作或看醫生無關的安排。但在馬克斯堅持下，山姆答應和莎蒂、馬克斯以及兩人各自的對象一起吃晚餐。他剛回到自家門口，正轉動鑰匙，突然感受到讓人眼前一黑的強烈劇痛，他跪倒在地，迅速扯掉義肢，義肢撞擊牆壁的力道太強，牆上的灰泥都剝落了。

他想打電話給餐廳，但手指沒辦法操作手機。

他躺倒在地，閉上眼睛，努力保持不動，因為一動就痛，但他沒辦法這樣睡著。

大約九點半時，敲門聲響起。「山姆，」馬克斯喊，「是我。」

山姆家大門沒鎖，所以馬克斯發現無人回應後就直接走進來。馬克斯對眼前景象沒有表現出驚訝：義肢被丟到房間另一頭，山姆倒在地上。「拜託你離開。」山姆勉強開口。馬克斯幫他脫掉被大汗浸濕的衣服，躺上床，他的床是一張床墊直接鋪在地上。

「有什麼我可以做的嗎？」馬克斯說，「我想幫忙。」

山姆搖搖頭。

「我們現在沒有住在一起了，我要幫你沒那麼容易，所以你必須告訴我你需要什麼。」

山姆又搖搖頭。

「好吧，好朋友。」馬克斯在山姆床邊的地上坐下，打開電視，發現沒什麼能看，便轉而研究山姆的ＤＶＤ，挑了一片一九八一年賽門與葛芬柯（Simon and Garfunkel）在中央公園的演唱會錄影。

看了半小時左右，山姆開口說：「我不知道這張ＤＶＤ哪裡來的。」

「這是我的，」馬克斯笑了，「應該說是我媽的。」

片子放完時，山姆的疼痛已經減輕，說話也更順暢了。他轉向馬克斯：「這叫幻肢痛。我會感覺我的腳還在，如果穿著義肢，有時候會以為腳被擠爛。我可以感覺到骨頭碎裂、肉被壓成爛泥。他們說這都只是大腦的作用。」

馬克斯仔細一想，「可是所有痛覺不都是嗎？」

山姆在床上坐起來，「拜託不要告訴莎蒂。」

「為什麼？」

「我不希望在遊戲快完成時讓她分心。而且這種痛的確不是真的，所以沒那麼嚴重。」

在手術後，山姆一開始痊癒得很快，這次傷口比往常面積更大，卻不再那麼難以處理，他也不覺得殘肢會痛。他提早幾天獲得出院許可，回到外公外婆家休養，以為自己能很快復工。

在從小居住的臥室裡，他開始用網路搜尋不動產公司的清單，尋找威尼斯和聖塔莫尼卡的公寓，也就是位在西區、離不公平比較近的區域。他打給莎蒂，兩人繼續精修《兩界》複雜的關卡設計，他主動說自己大概最晚三月就會回辦公室。

住在外公外婆家的第二晚，疼痛開始了。他在半夜大叫著醒來，身體浸在汗液與尿液裡，瘋狂踢著已經沒了的那隻腳。山姆覺得既害怕又丟臉，感覺好像沒辦法控制自己的身體，他不知道造成疼痛的原因，因此也不知該怎麼緩解。他一直想用手摸到那隻腳，疼痛太劇烈，在驚恐的外公外婆跑進房間問他發生什麼事時，他痛到沒辦法開口解釋。他想下床去廁所吐，卻忘記自己已經少了一隻腳，因此重重摔在地板上，把其中一顆犬齒撞出缺口，嗑破嘴唇。他用膝蓋撐起身體嘔吐，覺得自己又變得像小孩一樣無助，而且野蠻得不像人類。外婆用雙臂抱住山姆輕輕搖晃，直到他斷斷續續陷入睡眠。

隔天他去看醫生，醫生診斷出這是幻肢痛。「你的狀況特別嚴重，」她說，「但這在截肢者身上並不少見。」

有一瞬間，山姆沒有聽懂醫生在說誰。以前沒有人說過他是截肢者，在山姆心中，截肢者應該是那種戰爭英雄或癌症倖存者。

「手術前應該有人警告過你會有這種狀況吧。」醫生繼續說。

山姆點頭。就算有，當時他也幾乎沒在聽。他原本以為只要截肢，腿的問題就解決了。

醫生給他一張影印的講義，上面有幾個對抗這種疼痛的練習。舉例來說，上面教他看著自己在鏡子裡的殘肢，讓大腦能重新調整，接受他現在已經沒有腳的事實。山姆痛恨做這個練習。早在截肢前，他就已經盡量避免去看自己的腳，一向覺得如果不去看，也許就沒有那麼嚴重。醫生也開了抗憂鬱藥給他，但他沒去領藥。

接下來好幾個星期，疼痛都沒再復發，山姆抱持希望，希望不會再發生了。

第一次穿上義肢時，疼痛再度出現，這次甚至更猛烈。他知道這不只是殘肢抵住義肢造成的痛，但物理治療師一直鼓勵他，堅稱就只是那種痛。感覺好像他原本的腿被義肢擠爛，他頭暈目眩，有好幾秒看不見也聽不見，感覺嘴裡泛苦。

「我覺得不太舒服。」他虛弱地開口。山姆原本一向擁有掩飾和忽略疼痛的超能力。

「你沒事，山姆。」物理治療師想鼓勵他，「你很好。我扶著你，踏出一步試試看。」

山姆走了一步，勉強笑笑，接著就跪到地上開始嘔吐。

山姆被送去找治療師、催眠師、針灸師、按摩師，雖然都或多或少有幫助，但都無法在疼痛來臨時真正遏止。山姆聽說要找出規律以及觸發疼痛的原因，但疼痛總是在他想睡覺或想嘗試走路時發作，而人的生活很難完全排除睡覺或走路。義肢經過反覆調整，接觸面包上襪子，又把襪子去掉。但絕大部分時候，只要穿著義肢，就會陷入強烈到無法思考的痛苦。而思考對山姆而言是必要的，疼痛讓他覺得自己變笨，對他來說完全是新現象。

山姆的醫生對他說：「好消息是：這種痛只發生在你的腦袋裡。」

可是我的一切都在腦袋裡，山姆想。

山姆知道那隻腳沒了，他看得見腳沒了。他知道自己面臨的狀況宛如程式編碼中出現基本錯誤，真希望能夠把大腦打開，直接刪除不對勁的程式碼。遺憾的是，人腦和蘋果電腦一樣，是極度封閉的系統。

最初幾個月他一吃就吐，因此吃得非常少，掉了將近十公斤，嚇壞外婆。最後，疼痛終於減輕了，也或許是他忍受疼痛的能力有所增長，於是他回去上班。讓他不安的是，人生中第一次，遊戲既不能讓他轉移注意力，也不能撫慰他。疼痛一直佔據他心緒的一角，那個角落在此之前一向是專供想像力耕耘的淨土。

3B

「你朋友連自己的慶生晚餐都沒來，是不是滿怪的？」莎蒂的男友阿部問。他們站在銀湖餐廳外，馬克斯會訂這間餐廳是因為離山姆家比較近。餐廳裡有棵樹長在正中間，是東區這裡知名的分手餐廳。

「不會。」莎蒂說，「我以前浪費一堆時間擔心他，但他就是這種會搞失蹤的人。」

「大家都有這種朋友。」阿部說，「你想去我那裡嗎？難得你來我住的這一區，不來看看就太可惜了。」

阿部・火箭（Abe Rocket）是溝通失敗的主唱兼第二吉他手，在一九九九年前後，有成百上千個這種樂團棲身在面積不到八平方公里的銀湖區裡。山姆生日這一晚，莎蒂已經和阿部約會一個月，但還沒有去過他家。開車過去太花時間了，他們的關係還沒那麼正式，對莎蒂來說，似乎不太值得特地為阿部開車到城市另一頭。她認識他還不夠久，不知道他有什麼故事，也不知道阿部・火箭是藝名還是本名。她在柔伊帶她去的一場演唱會上認識他，之所以喜歡他，是因為阿部是個溫柔有禮的戀人（「莎蒂，我可以把手放到你胸部上嗎？」），也因為他不玩遊戲，電玩或人際遊戲都不玩，還有，因為他不介意開車去威尼斯區找她。

阿部的家很整潔，有股檀香味，他收藏了大概有一千片黑膠唱片，整齊排列在白色漆面Ikea架上。阿部也收集其他類型的黑膠，但專攻四十五轉的七吋黑膠。他愛B面單曲，也喜歡A面與B面的唱片發展史，莎蒂對此一無所知。阿部解釋：一開始唱片公司都把「熱門曲」放在A面，比較不受歡迎的放在B面，但到了某個時間點，唱片公司開始把四十五轉黑膠稱為雙A面，這樣樂團比較不會起爭執。根據阿部的說法，披頭四的約翰・藍儂和保羅・麥卡尼（Paul McCartney）就會為了爭誰的歌要放在A面互掐脖子。例如麥卡尼的〈哈囉，再見〉（Hello Goodbye）就放在A面，藍儂的〈我是海象〉（I Am the Walrus）則收錄在B面。

「但其實沒有什麼雙A面。A面就是A面，」阿部說，「不管邪惡的唱片公司想怎麼掩飾都沒用。」

阿部和莎蒂抽了點大麻，他播放自己最愛的四十五轉黑膠單曲：海灘男孩（the Beach Boys）的〈只有天知道〉（God Only Knows），是〈那不是很好嗎〉（Wouldn't It Be Nice）的B面曲。阿部特別喜歡這種B面曲變得比A面曲更經典的例子。

「你可以想像嗎？」阿部說，「到底有誰會覺得〈那不是很好嗎〉比〈只有天知道〉更棒啊？」

「但我可以理解。至少〈那不是很好嗎〉聽起來比較振奮。」莎蒂說，「聽〈只有天知道〉的時候會有點想自殺。」

「這就是我最喜歡的音樂類型。」阿部說，「我都說這種叫下午音樂，不能太早聽，不然那一天就廢了。」阿部用手臂環抱莎蒂，「你就是下午的女人，性感的莎蒂。人生中不能太早遇見你，不然就沒辦法愛上別人了。」

「這句話你一定對別人用過。」莎蒂說。

幾個月後，阿部要出發去巡迴，這段關係就這麼結束了。她不後悔和阿部約會，但也不後悔結束關係。某種程度上，她覺得自己終於理解馬克斯了（但馬克斯本人此時正和柔伊穩定交往中）。長期關係也許比較豐富，但是和有趣的對象短暫而不複雜的相遇，也可以很美好。不是每個認識的人都需要耽誤你寶貴的時間，就算是你愛的人也一樣。

她在辦公室對馬克斯說了一點這種想法，他卻笑她。「恐怕我給了你錯誤的印象，莎蒂。」他說，「我很喜歡被耽誤。」

莎蒂久久盯著馬克斯。他們已經一起工作快五年，但有時候，她還是覺得自己完全誤會了他。「你現在是被柔伊耽誤嗎？」莎蒂喜歡柔伊，還在劍橋區時，她們沒有成為朋友，但在洛杉磯，她們一拍即合，迅速成為摯友，人在二十幾歲時就是這樣。

「我折磨她，也被她折磨。」馬克斯說。

「經歷多弗之後，我已經受夠這種互相折磨的關係了。」莎蒂說。

「我懂你為什麼這樣說，但是倒不覺得你應該徹底放棄。」馬克斯對她發出模擬野獸的低吼，作勢要咬她，親了一下她的臉頰。

4A

蘿拉．馬多納度（Lola Maldonado）在披薩屋留下她的電話號碼給山姆。「李先生，不知道你還記不記得我。」她對東賢說，「我和山姆是高中同學。聽說他回來了，請你告訴他，如果他想聯絡可以打給我。」

東賢把訊息轉告山姆。「你應該打給她。」東賢說，「很漂亮的小姐，很有禮貌。」

「我現在工作忙瘋了。」山姆說。

「這樣你奶奶會很開心。」東賢說，「她很擔心你只會工作。」

「我是啊。」山姆說。

「我也會很開心。」東賢說，「你不想讓老人家開心嗎？」

「好啦，老人家，我會再打給她。」

山姆在大約一個月後打給蘿拉。當時他們正要開始替楓葉鎮除錯，所以時程上有短暫的空檔。

「嘿，梅蘇爾！」蘿拉打招呼，「你也隔太久才聯絡。今天晚上我們怎麼約？」

他們約好去弧光電影院（The ArcLight）看《駭客任務》（*The Matrix*），蘿拉已經三刷，但山姆還沒看過。

蘿拉和山姆整個高中時期都同班，高中最後一年短暫交往過（參加畢業舞會總要有個伴），上了大學就漸行漸遠（蘿拉在加州大學洛杉磯分校念計算機工程）。她聰明、風趣、強悍、積極、有點刻薄，其中聰明是山姆喜歡蘿拉的主因。她不是像莎蒂那種特別的聰明人，但的確是聰明的。

對山姆來說這件事意義沒那麼重大，不過他第一次上床就是和她。在九月一個熱得不得了的日子裡，他們正在念微分方程式，房子突然停電，他爺爺奶奶家變得像棕櫚泉一樣悶熱，於是山姆和蘿拉只好把衣服脫掉。「我們要做嗎，梅蘇爾？」她說。他心想，有什麼不可以？他的腳那陣子沒那麼礙事。他不愛蘿拉，但很喜歡她，跟她在一起很自在。

「你不是第一次，對不對？」他問。那時候，蘿拉會在脖子上戴一個十字架，他知道他們家信天主教。他不認為做這件事意義很重大，因此也不希望她太慎重對待。

「不是。」她說，「這你不用擔心。」

他們互相取悅，做了平淡的愛，用的是他表哥開玩笑塞給他的套子。結束之後，山姆的腳像有火在燒。

「這是你的第一次嗎？」蘿拉問。

「不是。」山姆說謊，不想讓她獲得幫他脫處的主宰權。

包括蘿拉在內，山姆這輩子有過四個不同的性伴侶，但沒有哪一次性愛讓他覺得享受。他和一個男孩、三個女孩睡過，沒人虧待他，但對他來說，性愛帶來的愉悅遠少於自慰。他不喜歡在其他人面前赤身露體，他不喜歡性愛的髒亂：體液、聲音、氣味。他擔心自己的身體撐不住。他沒辦法想像和自己鍾愛的人做愛，比方說莎蒂或馬克斯。交往過的那個男孩認為山姆是因為那隻腳產生自卑感，不過山姆覺得這種說法過於簡化。他不確定如果身體能夠完美運作，他是不是就能享受性愛。不過，那男孩倒是說對了一部分。山姆不相信他的身體能感受疼痛以外的感覺，所以並不渴望其他人嚮往的那種愉悅。山姆在身體毫無感覺時最快樂。在不必想起自己的身體、可以徹底遺忘擁有身體時，他最快樂。

蘿拉和高中時一模一樣，只有髮型換了，現在頂著一顆淺綠色的鮑伯頭。她有大大的棕色眼睛，身材嬌小、豐滿，看起來很強悍。她穿著印有紅白罌粟花圖案的貼身洋裝、厚底瑪莉珍鞋，身上有藥妝店洗髮精的柑橘香味，從他認識她以來，一直都是這個味道。她臉上唯一的妝是亮紅色口紅，感覺像是種警示。紅色在大自然中不都象徵危險嗎？

「你覺得怎麼樣？」電影散場時蘿拉問他。

「很像《攻殼機動隊》。」山姆說，「你知道嗎，那個動畫？有點像仿冒它的。」

「我沒看過。」蘿拉說。

「嗯，如果你喜歡《駭客任務》，就應該看看。」山姆說。

他們決定開車到好萊塢的租片店找《攻殼機動隊》，然後回山姆家去看。他從來沒有讓任何人留宿過，只有他外公外婆，還有上次的馬克斯。

「梅蘇爾，你房間怎麼回事？」

「有什麼問題嗎？」

「沒有，只是看起來很像連續殺人魔住的地方。」蘿拉說，「或者是那種證人保護計畫的保護對象，隨時會離開這裡。你牆上什麼裝飾都沒有，床墊還直接放在地板上。你是事業成功的成年男性耶，竟然打地鋪，而且還有一堆東西都沒拆箱。」

「對啊，」山姆說，「我一直太忙。」

「你應該買個海報啊、盆栽之類的，讓這裡比較有人味，為什麼不要？」山姆把DVD放進機器，蘿拉把鞋脫掉，蜷起身體窩進山姆懷裡，山姆也放任她。無論白天多熱，洛杉磯入夜之後一向很冷。

有蘿拉在身邊很愉快，能感受到她的體溫和他的體溫貼在一起。來洛杉磯之後，他一直非常孤獨，但不想對自己承認。

手術之後，他不想和其他人待在一起，只想和痛苦獨處。但幾個月過去，他覺得好一點了，就開始疑惑莎蒂去了哪裡。一開始他認為莎蒂是尊重他的隱私，但隨著時間過去，他感覺兩人之間不太對勁。她完全沒有去醫院探視他，或拜訪他的新家。他想著也許是截肢讓她不舒服，但莎蒂又不像這種人。

她不會和他聊任何工作以外的話題，而在工作上，他們身處兩個世界，真的是字面上的意思。總共有二十名員工在製作《兩界》，因此他們可能好幾天都沒講到一句話。他想，公司規模成長，這種事也許無法避免，不過有時，他很渴望回到在甘迺迪街公寓裡那種親密無間的狀態。

現在他對莎蒂的想念，比兩人不聯絡的那幾年更甚，因為現在每天都能見到她，她的樣子像莎蒂，說話方式像莎蒂，但不知為何，感覺已經不是莎蒂。有什麼事出問題了。但他決定等完成遊戲再來確認是什麼事。

蘿拉和山姆看完了《攻殼機動隊》。「對，」她承認，「是跟《駭客任務》很像。不過我還是愛《駭客任務》。」蘿拉屈起膝蓋，轉身面對山姆。「希望聽起來不會太像迷妹：我愛《一五》，兩代遊戲都很棒。我還跟所有認識的人炫耀山姆・梅蘇爾是我畢業舞會的舞伴。」

「我很榮幸。」山姆說。

「我不是在恭維你，是說真的。」

「那不是我一個人做的遊戲，」山姆說，「我跟夥伴一起做的。」

「喔，對，那個洛杉磯女生，對不對？」

「對。」

「我記得她高中的樣子。她拿到我們這區的萊比錫家族學者獎，對不對？當時是我跟她競爭，最後她贏了。感覺她根本不需要那五千美元獎金。她很聰明，但老實說一直很難相處。」

「她怎麼惹到你了？」

「沒怎麼。可能看起來有點冷漠吧。已經是好久以前的事了。不要管我說的這些話。」

「莎蒂的確可能有點冷漠。」山姆承認，「她是內向型。」

「不過我記得她頭髮很漂亮。」蘿拉說，「就是西區猶太女孩那種比佛利山風格的閃亮長髮。」

山姆不太確定這句話有沒有歧視猶太人的意思。「我覺得她頭髮一直都那樣。」他說。

「沒有人頭髮會天生長那樣。」蘿拉說，傾身去親他，他也親吻她，接著她把手放到他兩腿之間，用手指包住他的陰莖，他感覺到經由大腦潛意識發出的神經訊息，自己的海綿體脹滿血液，而包覆在外的白膜像一件拘束衣，把血液綁在裡面。他往後抽開身。

「怎麼了，梅蘇爾？」蘿拉說，「我們又不是沒做過。你現在沒有女朋友吧？」

「這種事對我來說比較複雜。」山姆坐起身，「你記得我的腳怎麼了吧？」

蘿拉翻了個白眼，「我們上過床，山姆。」

「幾個月前，我終於把腳截肢了，恢復過程滿慘的，而且老實說，我從以前就不是那種擅長親密行為的人。」

「嗯，」蘿拉說，「我懂。你現在會痛嗎？一到十的話是幾？」

「可能六吧，或七？如果移動的話。」

「那滿糟糕的。」蘿拉點點頭，「沒關係，我們可以下次再上床。」她拉起他的手，「你想抽大麻嗎？我皮包裡有一捲。」

「我不喜歡嗑藥。我喜歡保持腦袋清醒。」

「你一直這麼痛，腦袋能有多清醒？梅蘇爾，相信我，沒有人比你更需要大麻。」

蘿拉點燃大麻菸，他們一邊看第二次《攻殼機動隊》一邊輪流抽那支菸。這是山姆第一次抽，他感覺到自己的意識輕輕飄走，但又想裝作藥對他沒有影響。

「你嗨了。」蘿拉說。

「我沒有。」山姆堅持。

電影演到尾聲時，蘿拉對他說，「你想給我看嗎？」

「我的雞雞嗎？」山姆控制不住笑。

「不是，你截肢的地方。」蘿拉聳聳肩，山姆不禁注意到她不像自己那麼飄飄然，「可能對你有幫助，而且我以前看過別人的，所以可以提供你比較意見。」

不管出於什麼原因（也許是他對大麻缺乏經驗），這個論點對山姆而言似乎很有說服力。他脫掉鞋，再脫掉長褲，然後脫掉義肢，最後是包覆在殘肢上的兩層襪子。

蘿拉仔細打量他的殘肢，再度聳聳肩，「不算很糟糕。之前可能更糟吧。至少現在已經長好了。」她把溫暖的手貼在殘肢上，感覺跟他自己碰觸或醫生碰觸時很不一樣。她用食指沿著疤痕滑過，那道疤是深深淺淺的紅色，看起來像一張緊閉的嘴，一種有點愉悅、有點疼痛的電流瞬間竄過他的脊椎。她彎身親了一下那裡，留下紅唇印。他想叫她不要這樣，但他真的嗑得太嗨，況且那一瞬間也馬上就結束了。她用手捏捏殘肢，重新坐起身，「你不會有問題的，梅蘇爾。我發誓。」

山姆覺得想哭，卻反而笑了起來。

48

《兩界》在莎蒂二十五歲生日前一週完成。馬克斯在辦公室辦了個派對慶祝這兩件事。這遊戲總共耗費二十二個月製作，和《一五》一樣，在佳節檔期推出。

當晚柔伊一開始就給了莎蒂一顆搖頭丸。「今晚很棒。」柔伊說，「我想和最好的朋友一起慶祝。」莎蒂通常除了大麻不碰其他東西，不過她今天心情太好，暫時不用擔心任何責任，所以就吃了。

藥讓莎蒂稍微放下拘束，大方享受完成《兩界》的成就感。她覺得這是她做過最好的遊戲。和《一五》正好相反，《兩界》讓她覺得自己能開疆拓土，在技術層面與敘事層面有所突破。如果不求突破，製作遊戲還有什麼意義？她覺得自己終於達到了野心與能力匹敵的境界。她像以前完成遊戲時一樣筋疲力盡，但這次特別能平靜看待自己的成果。她愛上每個來參加派對的人：愛上馬克斯，他在每個步驟都冷靜且理智；也愛上柔伊，她為遊戲寫了動人又充滿戲劇效果的配樂；她愛上整個程式設計與編碼團隊，愛上加州，原諒多弗，也比較不怨恨山姆了。

山姆做出的成果超乎期待。她構想遊戲時，曾覺得楓葉鎮的故事就像舞台佈景，等著讓真正吸引人的巨星，也就是邁爾埔地登台亮相。但山姆讓她驚豔，他的那部分真正做出了深度，第一次把兩個世界合起來玩時，她甚至玩到眼眶含淚。在遊玩中，她體會到玩家之所以能對邁爾埔地這個奇幻世界產生情感共鳴，正是因為有楓葉鎮存在。最後幾個月製作過程在混亂中渡過，莎蒂沒有機會告訴山姆她有多喜歡他的作品。今晚，她打算把他拉到旁邊告訴他。

雖然她還是對他有怨氣，但製作《兩界》時，他們不像製作兩代《一五》時那麼常吵架。

如果意見不同，他會迅速讓步，而莎蒂由此推斷山姆心不在焉。有些日子他根本不想來辦公室，有些時候他根本懶得爭辯。看見他做的楓葉鎮之後，她才明白他並不只是口頭讓步。不知為何，山姆現在能做到配合她的批評去調整，以前不曾這樣。他們為遊戲中的某一段短暫爭執過，那是楓葉鎮的倒數第二幕，馬艾莉絲仍然抱病，而她發現邁爾埔地從頭到尾都只是一款她在玩的遊戲。山姆一開始認為如果邁爾埔地不是遊戲，而是一本書或馬艾莉絲正在寫的故事會更好。他覺得邁爾埔地是個遊戲的話，太後設、太賣弄小聰明，會讓玩家出現不必要的出戲感。但莎蒂堅持己見，而山姆就讓步了。他重寫倒數第二幕劇情，讓玩家最後看見艾莉絲在筆電上玩邁爾埔地（這是邁爾埔地第一次從螢幕中的小螢幕裡出現），而艾莉絲輸了。她以強悍玫瑰的身分在戰鬥中死去。邁爾埔地裡跳出重新開始遊戲的對話框：準備好迎接新的明天了嗎，聖戰士？艾莉絲回到存檔點玩第二次，這次她又死了。重新開始遊戲的對話框又跳出來：準備好迎接新的明天了嗎，聖戰士？艾莉絲回到存檔點，再試一次，這次她贏了，遊戲跳出最終畫面。是山姆主張艾莉絲應該在這遊戲中的遊戲裡死兩次，再獲得勝利。和楓葉鎮開場那一幕的結局正好相反，當時如果要向前進，就必須放棄。莎蒂認為這個想法很了不起。

幾週之後，她就要出發去宣傳《兩界》。山姆有了新女友，是某個他高中認識的女孩，還養了狗，他說他暫時不想旅行。這次莎蒂會負責所有訪談和活動。她想在出發之前處理好和山姆的關係。

莎蒂還在找山姆，這時柔伊把她和馬克斯叫到屋頂上，欣賞九月末的星空，她強調這種「壯觀的星空能展現真實」。

屋頂上能看到的景色依然遙遠，不過星星倒是看得很清楚。柔伊指向天空，「那是魔羯座，」她說，「那是印第安座，那邊那個是天鵝座。」

「你怎麼看得出來？」莎蒂問，「我都看不出星座名稱的那個形狀。」

「老實說，我也不知道哪個是哪個，只知道九月可以看到哪些星座。」柔伊承認。

「看那邊！」馬克斯高舉右臂，另一手環抱住柔伊的肩膀，「是藍色小精靈座！有一點淡淡的藍色。」

「那邊是甘道夫座，」莎蒂也加入，「那三顆星是他的巫師帽。」

「還有佛羅多座和比爾博．巴金斯座。」馬克斯說。

「史麥戈座看起來像一個戒指。」莎蒂說。

「史麥戈的神奇之戒。」

「你們真的很過分。」柔伊說，但臉上帶著笑。

「不會啊，這樣很好玩。那是柯本座，柯本座的十一顆星星可以連成毛茸茸的老奶奶毛衣。」馬克斯說。

「那是大金剛座。」莎蒂說。

「我們好幸運，今天他的領帶看得很清楚！」馬克斯說，「不過應該是咚奇剛座才對。」

「咚奇剛座。我每次都記錯。」莎蒂說。

「我不是故意挑你毛病。」

「不會，我說錯你就應該糾正我。」莎蒂說。

柔伊突然親了莎蒂的嘴。「可以嗎？」她問，手指撫過莎蒂的頭髮。

莎蒂看著馬克斯，「你覺得可以嗎？」

馬克斯點頭，柔伊說：「我們不信一對一關係那一套。」柔伊再度親吻莎蒂。「你嘴唇好軟，馬克斯你一定要感覺一下。」

馬克斯搖頭：「我用看的就好。」他調皮一笑。

「這顆星球上我最愛的兩個人。」柔伊說，「我現在真的好愛你們兩個。」

柔伊把馬克斯也拉近，兩手分別抱住她兩個好友的頭，然後把他們像洋娃娃一樣湊到一起，讓兩個娃娃接吻。這個吻持續了七秒鐘，但莎蒂感覺過了更久。馬克斯有薄荷、剛喝的水果小麥啤酒和他自己的味道。她以為親馬克斯會很怪，但感覺非常自然，彷彿他們常常接吻。莎蒂先抽開身，馬克斯掛著一貫柔和的笑，用優雅修長的手指蓋住嘴巴。

「感覺很怪嗎？」馬克斯說。

「很怪。」莎蒂說，「但是我們都嗑了藥所以不算。」（馬克斯沒嗑。）「感覺好像在親我哥。」（莎蒂沒有哥哥，只有艾莉絲，而且感覺其實不像在親自己的兄弟。）

「我們明天早上就全忘了。」馬克斯說。（他們還記得。）馬克斯嘆氣，彷彿放棄掙扎。「我愛你，莎蒂。」馬克斯說。

「我愛你。」莎蒂說，又轉向柔伊，「我們都愛你，柔伊。」

「你們兩個，我現在真的好愛你們兩個。」柔伊說，伸手抱住他們，「我一直想知道這是什麼感覺，現在我知道了。」她對自己點頭，眼睛又大又濕潤。接著，柔伊開始哭。

「不要哭，柔伊！」莎蒂說，把她抱進懷裡，「你嗑了搖頭丸不應該哭。」莎蒂說。

「這是開心的眼淚。」柔伊說。

5A

二〇〇〇年時，專業評論並不能徹底決定一款遊戲的生死，但《兩界》獲得的最好評價是褒貶不一，最壞則是純然的負評：

「各位痴痴期待梅瑟和葛林推出新作的朋友，我們面對現實吧：《兩界》不是給《一五》系列粉絲的遊戲。」

「邁爾埔地的部分視覺是我在遊戲裡見過最美的，但遺憾的是，邁爾埔地必須留位置給多愁善感的楓葉鎮。」

「我很享受遊戲的某些部分，但時長能縮短一半就好了。」

「《兩界》顯然有嚴重的身分認同危機。」

「《一五》的粉絲最好不要玩。」

「……遊戲感覺很分裂，像兩個不同的人設計出來的，遊玩過程也不理想。」

「邁爾埔地的天氣扮演整個遊戲裡最棒的角色。」

「遊戲結局的賣弄程度能打個五折就好了。」

「女性當主角的遊戲當然多多益善，但馬艾莉絲和強悍玫瑰兩個主角我都不喜歡。」

「《一五》和《兩界》太不一樣了，簡直不敢相信是同一個團隊做出來的。可能《一五》比較偏向梅瑟的作品，而《兩界》是葛林？梅瑟通常擔任團隊裡面向外界的角色，這次宣傳卻沒出現，顯然由莎蒂．葛林負責主導。也許梅瑟早就知道這次砸了自己招牌？」

「《兩界》自以為能給大家驚喜，結果只是讓大家頭痛。」

「我猜《兩界》的結尾本來應該要很感動，但是我只有一股想把手把摔出去的強烈衝動。」

「《兩界》在技術層面上做對很多事：邁爾埔地絕美的視覺、柔伊．卡朵根令人難忘的配樂、優秀的聲音設計、合理又聰明的概念。那為什麼我這麼討厭這個遊戲？因為它做作、無聊、沒有想像中有趣。加油好嗎，不公平。」

遊戲推出第一週，《兩界》的銷量大約是《一五》首週銷量的五分之一。馬克斯依然保持樂觀，他走進莎蒂的辦公室說，「這個遊戲很棒、很特別，但可能要多花點時間找到懂得欣賞的人？」

「大家都討厭這遊戲。」莎蒂說。

「不是討厭，只是不了解。他們期待的是《一五》那種遊戲，行銷和公關做得不夠好，沒有讓他們知道這次跟《一五》不一樣。」馬克斯說，「我可還沒放棄。我們要買更多廣告，寄更多遊戲片給玩家和評論家。通路還是很期待收到遊戲，也期待你們。我們還沒完蛋呢。」

「他們都討厭這遊戲。」莎蒂把頭放在桌上。「我頭好痛。」

馬克斯彎身，抬起莎蒂的下巴。「莎蒂，我們還沒完蛋，相信我。」

她不相信，「有可能是偏頭痛，我今天還是先回家好了。」

「好，你下午請假吧。我陪你回去，不過我先和男生們吃個午餐。」馬克斯說。男生們指的是暱稱「安東」（Ant）的安東尼歐・魯伊茲（Antonio Ruiz）和賽門・佛里曼（Simon Freeman）這兩個人。莎蒂和山姆做出《兩界》後，馬克斯就開始擴充不公平的製作團隊，最先找來的新成員正是賽門・佛里曼和安東尼歐・魯伊茲，都是加州藝術學院的大三生。馬克斯稱為「男生們」的兩人正在製作一款日式風格的角色扮演遊戲，靈感取自他們最愛的遊戲《女神異聞錄》。他們這個遊戲的故事發生在高中裡，每個角色都能透過某種複雜的蟲洞召喚另一個版本的自己。遊戲名稱暫定為《愛的二重身》（*Love Doppelgängers*），結合戀愛與科幻類型。

「你想一起吃嗎？山姆說他可以的話也會來。」

「不要。」莎蒂從架上抽出《死海》的光碟片。死海是她的療癒遊戲，她打算回家多殺幾個殭屍。

莎蒂離開辦公室，走路回芭蕾小丑，小丑踢不出去的腳看起來也像在嘲諷她。她拉上窗簾，躺上床，衣服和鞋都沒脫，覺得自己既丟臉又愚蠢，失敗彷彿包覆她全身，大家一定都聞得出來也看得出來。失敗像火燒完之後一層細細的灰燼，不只沾黏在她皮膚上，也在鼻腔裡、嘴裡、肺裡、她身上每個分子裡，成為她的一部分，永遠擺脫不掉。

多弗打來，她放任電話轉進語音信箱。「評論家都很低能。」他說，「這遊戲很棒。夢境做出的空氣效果超他媽讚。希望你沒事。聽到再打給我。」莎蒂聽完留言，直接按下刪除。

山姆打來，她讓電話又轉進語音信箱：「莎蒂，接電話，我們討論一下，不是只有你在面對這種事。」

刪除。

莎蒂睡著了，大約十五分鐘後，有人敲響她公寓大門。她隱約聽見山姆的聲音。

「莎蒂，讓我進去，我們聊一下。」山姆說。

莎蒂不回應。

「莎蒂，不要這樣，這樣太蠢了，跟我說話。他們罵的幾乎都是我這邊，不是你那邊。」

莎蒂還是不回應。

「莎蒂，拜託，太誇張了，你要這樣到什麼時候？」

莎蒂下床，拉開公寓大門，山姆走進來。

5B

「你想說什麼就說吧。」莎蒂說。

山姆在莎蒂的沙發上坐下。「我喜歡你住的這棟。我喜歡那個奇怪的小丑。」

「你可不可以不要管我？我跟馬克斯說了明天會回去工作。」

「我們這次想搞大一點，」山姆說，「我們已經盡了全力，可是大家不喜歡。但我不在乎。我喜歡我們的成果。」

「這種話你說得很輕鬆。」莎蒂說，「大家都覺得這是我的遊戲，你只是支持我幹蠢事。他們覺得你的《一五》是好遊戲，我的就徹底失敗。」

「不是這樣。」

「你可能早就知道《兩界》會完蛋，像評論寫的一樣，所以才讓我出去宣傳。如果你覺得遊戲夠好，就會想自己站在台上成為焦點，不是嗎？」

山姆看著莎蒂，「什麼，你說什麼？」

她怒瞪他，「如果你覺得遊戲很好，就會搶走所有功勞。」她停頓，「你一直都這樣。」

山姆對她的成果很自豪，對自己的也是。他之所以待在家，是因為他的腿狀況不穩定，而在旅途中痛起來會很麻煩。山姆開口想為自己辯解，但又改變心意。他走進她的廚房，打開她的冰箱，替自己倒了一杯水。

「你自便。」她用毫不讓步的諷刺語氣說，「我的就是你的，除了那些沒人喜歡的東西。」

「拜託，莎蒂，你也很想去宣傳《兩界》吧。」

「不是想去，是我願意去，因為你不去。而且這又不輕鬆，我不是山姆．梅瑟，陌生人不會自然對我產生好感。」

「是這樣嗎？你去做的話就變成工作，我去就變成是在度假？」

「對，我覺得你做起來比較輕鬆。」

「是比較輕鬆，還是因為我比較擅長？可能我也有比你擅長的事。」山姆說。

「你是想說這個遊戲失敗是因為我不擅長宣傳嗎？」莎蒂問。

「不是，當然不是，我是希望你承認宣傳《一五》也是工作。不要再辯了。而且我話先說清楚，我已經把我的一切都投入到楓葉鎮，以前我從來沒有這麼投入做一個遊戲。」

「山姆，你怎麼可能投入一切，你每次都不在！」

「我工作非常努力。」山姆說，「而且我這一年很不好過，雖然你連問都不打算問。你到底怎麼回事？」

「你什麼意思？」

「拜託，莎蒂，我跟你之間的事只有我跟你能解決。我想知道你怎麼了。從我們搬回加州之後你好像就對我不爽。」

莎蒂什麼都沒說，只搖頭。

「你一直表現得那麼賤都沒有理由嗎？」

「去你的，山姆。」

「說啊，」山姆說，「對我來說不知情感覺更差。」

「我才不管你感覺差不差。」莎蒂說。

「你每次都這樣，」山姆說，「自己在那裡痛苦，不告訴別人發生什麼事。」

「你才是好嗎。」莎蒂說。

山姆用力一拍莎蒂的咖啡桌，「到底怎麼了？莎蒂，這樣不公平，我不知道我做錯什麼，但是你顯然認為我做了什麼壞事。」

「你不知道？」

「不知道。」山姆說。

她從包包裡拿出《死海》的光碟片甩給他。

「這什麼？」山姆問。

「你告訴我啊。」

他看著光碟片，「是多弗做的遊戲，所以呢？」

莎蒂盯著他的眼睛，「你早就知道多弗是我男朋友，所以才叫我去拜託他幫忙，還假裝不知道。」

「我知道又怎樣？尤里西斯就是很適合《一五》啊。莎蒂，你這樣太瘋了。」

「這你已經說過了。」

「就是很瘋啊。」

「不准說我瘋。我以為你是我朋友，可是……」

「莎蒂，我是你朋友。你是我最好的朋友。兩年前你自己擅自決定不把我當成朋友的。」

「我以為你是我朋友，結果你是個騙子，還想操控我。」

「我沒有。」

「沒有嗎？你讓所有人都誤以為《一五》是你自己做出來的。」

「我沒有。可是我沒辦法控制他們怎麼編故事。我跟所有人都說你是我的搭檔，我跟所有人說你非常優秀。」

「你讓我們接受歐普的合約，因為對你比較有利。」

「你很清楚我們為什麼跟歐普合作，我們討論過理由了。」

「我做續集的時候卡關，我困在那裡，你卻風風光光的去巡迴。」

「事情不是這樣。」

「但是你對我做過最差勁的事是叫我去找多弗要尤里西斯。」

「我沒有叫你去。」

「我知道我自己做得出引擎，只要再給我多一點時間就好。如果不是你催我去找多弗，我就不會再跟他維持關係三年。你知道他對我的影響有多大嗎？你知道離開他有多困難嗎？」

「你跟他復合不是我的錯。你不能拿他的行為或你的行為來怪我。你不能什麼都怪我，雖然你好像認為都是我的錯。」

「承認吧，山姆，」莎蒂說，「你想要尤里西斯，所以不在乎我會怎麼樣。」

「你是我最在乎的人。」山姆說，「但是我有沒有後悔希望你去要尤里西斯？我有沒有後悔賺這麼多錢，現在基本上想做什麼就做什麼，就連《兩界》這種構想有問題的做作藝術遊戲都可以做？沒有，如果尤里西斯能夠促成這一切，重來一次我還是會告訴你可以去找多弗要尤里西斯。」

「你覺得《兩界》構想有問題又做作？」

「我覺得很顯然這款遊戲不可能跟《一五》一樣，但這是你想做的，所以我支持你。」

「你說是我的錯？」

「不是，我說這個遊戲可能的確是按照你的想法。」

「《一五》也是我的想法。全部都是我的想法。」

「你想這樣認為也可以，如果把我當成壞人對你有幫助，就這樣吧。可是如果我沒有催你把《一五》做出來，你現在會在哪裡？運氣好的話，你會變成ＥＡ那一百個做《勁爆美式足球》（*Madden Football*）的程式設計師之一。你也知道我們這個圈子沒有多少女生。你可能會去替多弗工作。他可能會用手銬把你銬在你座位上。」

莎蒂睜大眼睛。她從來沒告訴過他手銬的事。「你怎麼會知道？」

「天啊，莎蒂，那麼明顯。你手腕一直有痕跡，持續了多久？有兩年吧。馬克斯和我以前……」

「你真的是混蛋。有時候我真的很恨你。」

山姆意識到自己可能說得太過分了。「莎蒂，我不應該提這件事。拜託，你記得我們在你大學那間公寓裡那一天嗎？你說我們會彼此原諒，不管做了什麼還是說了什麼。」

「我那時候不知道會這樣。」莎蒂說，「我太年輕又太蠢。」

「你從來就不蠢。」

莎蒂轉身背對山姆，「你有沒有好奇過我為什麼憂鬱？」

「我……我想說應該是因為跟男友分手。這是你室友說的。我根本不知道你男友是多弗。」

「還不知道，」她說，「你當時還不知道。沒錯，就是多弗，但是我憂鬱的原因不是那個。」她把頭埋進膝蓋，整張臉被頭髮蓋住。「大家都認為《一五》是你的故事，但其實是我的故事。」

「什麼意思？」

「《一五》是小男孩迷失在海裡的故事，但也是媽媽失去小孩的故事。我沒有小孩，但是可能曾經……」她轉開身。她從來沒跟任何人說過墮胎的事，包括多弗，包括艾莉絲，包括芙烈達，就連現在，她對山姆也說不出口。

有時候，感覺好像那件事從來沒發生過。在一月某個下雪的日子，她搭火車去後灣區的一間診所。他們交代她要找個朋友陪，但她自己去了。整件事花了一個小時，而程序本身，只花了十分鐘。護理師警告她可能會很痛，但她什麼都沒感覺到。（最後流的血甚至比平常的月經還少。）她又搭火車回家。那天晚上，她跟室友出去喝酒，她點了一杯白色俄羅斯，一杯蘭姆酒可樂，一杯雙七，都是女大學生會點的甜味調酒，回到家之後，她一躺上床就失去意識。一開始，室友以為她是宿醉，但莎蒂連續在床上躺了一週，室友終於發難：「你到底怎麼了？」

「我跟多弗分手了。」莎蒂說謊。

「分得好。」

莎蒂賴在床上第十一天時，山姆出現在她房裡，想跟她討論《解決方案》。

「我覺得很丟臉。」莎蒂說，「可能就是因為這樣我才讓他為所欲為。」

「莎蒂，」山姆的聲音充滿對她的愛與柔情，「莎蒂，你之前為什麼不說？」

「因為我們都不會聊這種真實的話題啊。我們一起玩遊戲，聊的也是遊戲，還有怎麼製作遊戲，我們根本就不了解彼此。」

他想跟她說這些都是屁話，沒有兩個人像他們這樣共享彼此的人生，如果她都不了解他，就沒有人了解他了，他可能根本就不存在。但就在這一刻，山姆突然感覺到幻肢痛。他已經好幾個月沒發作了，很不希望此時此刻在莎蒂的公寓裡發作。她這麼討厭他，他不希望在她面前表現得脆弱無助。他已經能輕易察覺發作徵兆：下巴和額頭發緊、突然對所有氣味非常敏感（莎蒂的海洋香味護手霜、外面一個垃圾桶裡爛掉的水果）、喉嚨泛起苦味、電流爬上他的脊椎、抽動、疼痛、不存在的那隻腳抽動。他打開背包，拿出一支大麻菸點燃，深深吸了一口。

莎蒂觀察著他，一臉茫然，彷彿看到一隻動物做出出乎意料的行為，例如大象畫出一幅畫、豬使用計算機。

「你不介意我在這裡抽吧？」山姆說。

「隨便你。」莎蒂說，站起身拉開薄薄的純棉窗簾，打開窗簾後的窗戶。太陽照在芭蕾小丑身上。「你什麼時候開始抽大麻了？」

山姆深吸一口，聳聳肩。

她走回沙發，盡可能把自己安頓在離他最遠的位置。煙霧像觸鬚，越過沙發伸向她，像陰森的手指誘惑她，令人愉悅的薄霧開始瀰漫在房間裡，讓銳利的一切變得柔焦。這種菸的煙氣強烈辛辣，莎蒂不禁放鬆下來。

「這是什麼？」她問。

「某種無籽大麻。」他說，「我不記得名字。」他其實記得，就是那種大麻農愛取的幼稚名字：瘋狂兔寶寶、魔法貓咪、滑輪女孩……彷彿抽大麻就只是為了開這種孩子氣的玩笑。他不想在這時候大聲說出那種名字。

她走近他，伸手討菸，手掌向上。山姆看著她伸出的手，他對這隻手像對自己的手一樣熟悉：手上的紋路線條組成她的掌紋，手指細長，關節處的血管泛紫，她皮膚有種獨特的奶油橄欖色調，纖細的手腕帶點粉紅，有個顏色較深的繭，想必是多弗造成的，腕上戴著白金手鐲，他知道那是芙烈達送她的十二歲生日禮物。她怎麼會真的以為他不知道手銬的事？他花了那麼多小時坐在她身邊，一起玩遊戲，然後一起做遊戲，盯著她的手在鍵盤上飛舞或猛按控制器。還說我不了解你，他心想，還說我不了解你，我明明可以只憑記憶直接畫出這隻手，你的手，包括手心和手背。

「山姆？」她說。

他把菸遞給她。

第五章 戰略轉向

1

大家都知道《愛的二重身》這名字很爛，但又想不到更好的稱呼。他們已經太習慣這個名字，一再複述產生的親切感，讓這名字似乎感覺還不錯。當然，實際上一點也不好，如山姆對馬克斯所說：「如果我們希望只有十二個人來玩這個遊戲，那《愛的二重身》就非常適合。」不公平承受不起這種事，在表現平平的《兩界》之後，《愛的二重身》必須暢銷。

只有賽門．佛里曼沒意識到《愛的二重身》很糟糕，他正是想出這個名字的人。賽門在學校主修德語，對於和卡夫卡相關的一切有種幼稚的迷戀。「我不覺得很糟糕啊，」賽門說，覺得山姆這麼篤定名字不好很失禮，「為什麼一定不行？」

「沒有人知道二重身是什麼意思。」山姆說。

「很多人都知道二重身是什麼意思！」賽門捍衛自己取的名字。

「知道二重身是什麼意思的人可能不夠多。」馬克斯幫山姆修正說法。

莎蒂覺得要是誰再說一次二重身她就要抓狂了。

「去問小孩認識什麼德文單字，一定是二重身（Doppelgänger）。」賽門說。

「你問的是哪裡來的小孩啊？」山姆說，「上過大學進階英語課的嗎？」

「不知道也可以學嘛，」賽門說，「我們可以在封面解釋，加個附註之類的……」

「附註？你開玩笑嗎？你以為會有來玩這個好玩的遊戲喔！的感覺嗎？封面加附註咧。」山姆說。

「你真的很混蛋。」賽門說。

「哇，賽門，冷靜一點。」安東說。

「他是哈佛的耶，可以不要再假裝自己是一般人嗎？」賽門轉身背對山姆，「你只是故意找碴，明明就有一大堆遊戲名字都意義不明。《潛龍諜影》、《幻想水滸傳》（*Suikoden*）、《袋狼大進擊》（*Crash Bandicoot*）、《神通鬼大》（*Grim Fandango*）、《*Final Fantasy*》……聽起來很酷所以就沒問題。」

「可是《愛的二重身》聽起來也不酷啊。」山姆說。

「這個遊戲就是跟二重身有關的戀愛故事，所以應該在名稱裡表現出來。」賽門說，「而且大家都知道二重身是什麼意思。」

「講真的，我不覺得大多數人都知道。」山姆說。

「喔，那反正我們也不想讓不知道的人來玩遊戲。」安東替夥伴說話，但論點完全失敗。

「不行，我們希望大家都會買這款遊戲。」山姆說，「賽門，安東，聽我說，我們很喜歡這款遊戲。這是你們的作品，我們完全相信你們作為創作者的能力。可是我們希望遊戲能賣出一百萬片。你們難道想賭蒙大拿的小孩知道什麼是『二重身』，用這種毫無根據的推測阻礙這遊戲的前途嗎？」

莎蒂覺得山姆的語氣就像多弗告訴他們一五必須是男孩的語氣，她有點同情賽門和安東。男生們轉向她，「莎蒂，」安東說，「你覺得呢？」

莎蒂知道比起山姆，他們更信任自己，她也想跟他們站在同一邊，但她說：「我覺得美國人不愛這種陌生的外來詞。抱歉，兩位。」

賽門和安東互看一眼，「她說得對。」安東說。

「好吧。」賽門說，「那不然要叫什麼名字？」

山姆召開一場會議，發想遊戲的新名字。他把跟他們一路從劍橋來到洛杉磯的老戰友白板推出來，白板現在已經不是白色，擦不掉的淡淡底色，彰顯出不公平創立後的這五年歷史。馬克斯曾對山姆說：「你知道我們買得起新白板吧。」

但山姆不願意把這塊白板丟掉，他認為這塊白板像護身符一樣。「買不到側邊寫著『哈佛科學中心財產』的吧。」

「呃，對啊。」馬克斯說，「那不是更好嗎，這樣就不會留下你道德淪喪的證據。」

「來，」山姆對聚集起來的不公平員工說，「沒想出新名字之前大家都不准走。任何愚蠢的想法都可以說。」他像舞劍一樣揮舞手中的白板筆，刷刷寫下大家的提議。

愛的雙生
愛的陌生人
愛的陌生人：高校故事
高校愛雙生
二重身
愛上我的二重身
雙生高中
雙人高中
蟲洞愛情故事
蟲洞高中
我愛上我的二重身
二重身愛情故事
愛情通道

鹹濕愛情通道
黑暗鹹濕愛情通道
黑暗鹹濕高中愛情通道
性感高中
鹹濕性感高中
鹹濕瘋狂性感高中

還有大約兩百個其他名字，都是同一個名字的變體，或更差勁的版本。

「這些都不行，」會議進行兩小時之後，山姆說，「可以當A片的名字，或什麼戀童癖的德國地下小說，但是拿來當目標是所有客群的遊戲名字太糟糕了。」

那晚，和柔伊做愛時，馬克斯還在反覆思索《愛的二重身》的新名字，也因此想起在東京國際學校度過的高中時光。馬克斯當時是西洋棋隊隊長，棋隊去了市內另一區，和另一支高中棋隊比賽。（馬克斯的學校是東京第二，對方的棋隊則是第一。）他們抵達那間高中時，發現建築物幾乎和他們學校一模一樣，只是方向相反。這兩間學校想必是同個時期建成，採用同樣的建築設計。他們開玩笑說，也許在那些建築物裡，會找到另一組他們的老師和他們自己。另一支棋隊的隊長很正式地向馬克斯介紹自己：「渡邊隊長，我是和你對應的隊長。」他還能回想起那個男孩用日語片假名念出英語外來語「對應（counterpart）」的聲音。

這下馬克斯沒辦法專心做愛了，他不想忘記「對應」這個詞，又不想突然中斷，去把這個詞寫下來。但柔伊感覺得到馬克斯分心，她說：「你恍神到哪去了？」

《對應高校》（*Counterpart High*）在二〇〇一年二月第二週上市，立刻成為不公平的暢銷作品。上市第三週，被粉絲簡稱為《對高》的《對應高校》銷量已經大幅超越《兩界》，而馬克斯立刻安排男生們開始製作第二代。和莎蒂不同，賽門和安東喜歡續作，不覺得做這件事是背叛自己。他們這遊戲原本的構想就是四部曲，每一代都是美國高中四年中的一年。

上市第十週，《對高》成為全美最暢銷的 PC 遊戲，PlayStation 和 Xbox 移植版正在開發中，也正在商討移植到任天堂。

這一年到了年底，《對高》銷量就將超越第一代《一五》。

製作《兩界》的人員都轉進《對高 2》的團隊，暫時還負擔不起再租一個辦公空間那段日子，莎蒂把她的辦公室讓給賽門和安東，自己搬到另一頭，和馬克斯共用辦公室。馬克斯需要一點隱私時，莎蒂就用山姆的辦公室，或乾脆走回芭蕾小丑公寓。莎蒂不介意失去辦公室，她和山姆還沒想好下一個遊戲要做什麼，所以她目前也沒什麼事可做。兩人偶爾會來回丟給對方一些想法，但都沒有讓他們想動起來的點子。山姆有時會興起製作《一五 III》的念頭，但莎蒂覺得這是種退步。五年來第一次，他們停了下來，沒有積極投入製作某個遊戲。

莎蒂個性沒那麼小氣，並不嫉妒《對應高校》的成功。她很興奮馬克斯這位夥伴有能力慧眼識英雄，也很高興即使《兩界》銷售不佳，公司在二〇〇一年還是賺進大量盈餘。她覺得也許自己老了。她二十五歲，但在此之前，她到哪都是整群人裡年紀最小的，也曾因此獲得不少身為年輕人的好處。賽門和安東只比她小個幾歲，感覺卻已經像是和她與山姆完全不同的世代。他們沒有和她一樣的煩惱。他們喜歡續作！也不覺得有必要自己做引擎，不在意誰獲得比較多肯定，好點子又是誰的功勞。他們從還包著尿布時就開始玩遊戲，他們的存在，加上《兩界》的失敗，讓她覺得自己已經老得和世界脫節。

雖然莎蒂不會這麼認為，但《對應高校》事實上也算是她的成就。遊戲有一部分是用她的引擎製作的，而續作《對應高校：高二》（*Counterpart High: Sophomore Year*）則用改良版的夢境引擎製作。莎蒂所創造的技術，比她創造引擎時想做的遊戲更有價值。馬克斯來問她能不能把夢境用在《對應高校》上時，她同意了。她喜歡那個遊戲的提案，也喜歡賽門和安東。怎麼可能不喜歡他們？他們讓她想起山姆和她自己。不過，男生們和她自己的狀況有個差異：賽門和安東是一對戀人。她看著他們工作的樣子，不禁覺得……很難精確形容那種感覺。懷念沒發生過的事？嫉妒他們之間的親密？她很好奇如果山姆是她的戀人會怎麼樣。她並不是沒想過。但山姆從來不放下防備，他是個男生，也是一座無窗無門的塔，她從未找到他的入口。她只親吻過他的臉頰和額頭。十四年來，有意碰觸他的次數屈指可數，每次他都顯得非常不自在。

最後，她決定與其當戀人，她寧可當他的創意夥伴。能夠成為戀人的人選那麼多，但老實說，在創意方面能夠觸動她的人相對少很多。即使如此，看著賽門和安東，她總覺得他們這種關係比她和山姆的更有風險，但或許也更有收穫。

偶爾在一天結束時，她會看到那兩人準備回到位在西好萊塢的公寓，注意到安東幫賽門拿包包，或其他這類貼心的小動作，不禁心想，擁有一個能共享生活與工作的對象，感覺一定很棒。《兩界》推出後這幾個月她都非常寂寞。但她認為賽門和安東的狀況不同，他們都是男的。如果莎蒂和山姆成為戀人，莎蒂很確定她會被視為山姆的助手，而不是另一位獨立的創作者。現在就已經有很多人這麼看她了。

《對應高校》是用莎蒂的引擎做的，因此她也密切參與了製作過程，知道男生們把她當成老師。她也喜歡給他們建議，不過對她來說，如此大方分享是全新的體驗。為別人的作品付出心力感覺很怪。她對多弗產生了新的好感：至少，他一向願意分享自己的知識和時間，一直是一位好老師。《兩界》失敗後，世界變得安靜，多弗是少數幾個打電話給她的人之一，她還沒回電給他。馬克斯正在講電話，所以她走進山姆的辦公室。

「小天才！我看到加州的區碼，就希望是你打來。」

多弗聊了一點自己的近況：他在做新遊戲，也在矽谷一間人工智慧公司擔任顧問。他問她工作如何，她說起擔任賽門和安東的製作人，也說到《對高》有多受歡迎，「都是馬克斯的功勞。」莎蒂說，「還有一小部分是山姆。他們想利用在加州的機會，嘗試幫其他人製作遊戲，可能他們都比我早發現《兩界》會完蛋？我們目前有七個遊戲正在製作或後製階段。」

「很多都用了你的引擎對吧？」

「有幾個。」莎蒂說，「至少還有點用處。」她停了一下，「《一五》開始受歡迎的時候你會覺得嫉妒嗎？」

「不會。」多弗說。

「一點也不會嗎？」

「我把你當成我的延伸，」多弗說，「我是很自大的，你的成就就是我的成就。你可能會覺得這種想法讓我變成壞蛋。」

「你是很垃圾的男朋友……」

「謝囉，這是實話。」

「但也是很棒的老師。我今天就在想這件事。沒有人認真看待我的作品，你是第一個。」

「我只是想跟你打炮。」

「不要講這種話！」

「開玩笑的。你很優秀，小鬼，你自己知道。」

莎蒂沒接話。她看著山姆的架子，架上可說是《一五》發展史與周邊商品博物館，有一五的帽子、書、漫畫、著色畫、T恤、公仔、紙娃娃、填充動物娃娃、碗盤、電飯鍋、餅乾罐、角色服飾、手持遊戲、桌遊、搖頭娃娃、床單、海灘巾、托特包、泡澡球、茶壺、書檔等等，世上沒有任何商品不能印上一五的圖案。「有件事我想問你的建議。」莎蒂說。

「沒問題。」

「你怎麼克服失敗？」

「你是指公開的失敗吧，私底下的失敗經驗人人都有，比方說我跟你交往就失敗了，但是不會有人在網路上評論這件事，除非你本人去爆料。我和我老婆兒子也失敗了，我每天工作都在失敗，但是我努力彌補問題，直到不再失敗為止。不過公開的失敗不一樣，這倒是真的。」

「所以我要怎麼辦？」她問。

「回去工作，好好利用失敗給你的這段安靜時間。提醒自己沒有人把你當一回事，正好可以坐到電腦前面做新遊戲。再試一次，下次會失敗得更漂亮。」

「我不知道我還能不能想出比《兩界》更好的遊戲。」莎蒂說，「我不知道還能不能再那樣毫無保留。」

「你可以，你做得到。我相信你。而且你還沒失敗，莎蒂。你的遊戲失敗了沒錯，但是你剛剛也說了，你的公司越來越成功。這間公司是奠基在你開發的技術、你良好的判斷力、你付出的努力。接受這件事。」

莎蒂拿起一個一五的紓壓球，用力捏擠，讓一五陷進她掌中。

「最近有對象嗎？」多弗輕聲問，「還跟那個名字很做作的搖滾咖在一起？」

「多弗，那是一百萬年前的事了好嗎，」莎蒂說，「我都好幾年沒跟阿部．火箭講話了。」

「阿部．火箭，真噁。那有新的嗎？你不能只做遊戲沒有娛樂吧。」

她最近都在幹什麼？忙著做不是她自己的遊戲，改良夢境，出席開不完的會，討論她不在乎的事。到了週末，她常常抽大量的大麻；玩《俠盜獵車手》、《顫慄時空》（*Half-Life*）、《瑪利歐賽車》（*Mario Kart*）、《*Final Fantasy*》；讀《哈利波特》（*Harry Potter*）或隨便一本歐普拉推薦她媽媽買的書；下午偷溜出辦公室去和奶奶看電影（芙烈達偏好那種「倒楣的非猶太金髮女孩」遇見各種糗事的浪漫喜劇）；思索該養什麼品種的狗，但不採取行動；搜尋以前的競爭對手以及和她同期推出的遊戲；看她遊戲的網路評論（然後堅持自己沒去看）；大部分時候，她都沉迷於舔舐自己的傷口。這種表達方式真妙，她心想，舔傷口只會讓傷口惡化，不是嗎？嘴巴裡有那麼多細菌。不過莎蒂很清楚，自身苦難的滋味容易上癮。「我姊姊要結婚了。」莎蒂說，放手讓一五紓壓球回到本來的形狀。

艾莉絲．葛林醫生目前是最後一年擔任心臟科住院醫師，正準備和另外一位醫生結婚，對方隸屬兒童腫瘤科，這一點不是巧合，而她已經指定莎蒂當她的伴娘。因此，莎蒂和艾莉絲最近又像小時候一樣經常待在一起。莎蒂覺得婚禮籌備的瑣事很無聊，但很高興有機會轉移注意力，和艾莉絲相處。

前一週，姊妹倆去了比佛利山的文具店，看著一綑又一綑像《牛津英語辭典》（*Oxford English Dictionary*）一樣厚的白色邀請卡。

「有好多種不同的白色。」艾莉絲說。

「這張白色的很不錯。」莎蒂說。

「跟其它一大堆白色還真不一樣喔。我到底要怎麼選？」

最後艾莉絲和莎蒂選中一款白色邀請卡。接著，為了犒賞自己，她們去了芙烈達最愛的義大利餐廳。

「喔！忘記跟你講！」艾莉絲說，「我玩了你的遊戲！」

「太厲害了，你怎麼擠得出時間？」

「是我妹做的遊戲耶，當然要找時間玩。」艾莉絲頓了一下，「我知道遊戲內容的時候不確定自己會喜歡，結果遊戲很棒，莎蒂，我很榮幸你的角色用了我的名字。我特別喜歡楓葉鎮的部分。玩了遊戲才知道原來你這麼了解我那時候的感受。我以為你只怨恨不能去太空營，還有爸媽整整兩年都忽略你。」

「老實說，我的確很怨恨。沒參加太空營是我永遠的遺憾。可是艾莉絲，楓葉鎮都是山姆做的，我幾乎沒有參與任何楓葉鎮的工作。」

「不可能。」

「真的，是山姆，他負責楓葉鎮，我負責邁爾埔地。」

「那是誰決定把主角取名叫艾莉絲？」

「老實說我不記得了，應該是山姆。」

「整個遊戲我都喜歡。」艾莉絲說，「真的。」

「謝謝。」

「我以你為榮，」艾莉絲把手伸過桌面抓住莎蒂的手。「不過馬艾莉絲夢見自己的喪禮時，墓地有一塊墓碑上寫著『她死於痢疾』，這一定是你放的吧，這是我們才知道的哏。」

「不是，還是山姆。他故意模仿那個哏來暗示真相。」

「好吧，告訴山姆我覺得很棒。」艾莉絲說著，一邊付了錢。艾莉絲一向堅持付帳，儘管現在是莎蒂賺得更多。「我是不是應該邀他來婚禮？」

不是只有艾莉絲喜歡楓葉鎮勝過邁爾埔地。馬克斯一直密切注意不公平的作品在網路上的討論，他發現有一群玩家會盡可能不玩邁爾埔地的部分，只玩楓葉鎮，他們稱自己是楓葉鎮民。雖然評論家普遍更欣賞邁爾埔地，玩家卻擁護山姆的成果。馬克斯沒有告訴莎蒂這一切，但莎蒂當然早就知道了。

2

馬克斯在訂去東京的機票時，打算和柔伊同行，但出發前兩週，柔伊申請到一筆去義大利學習歌劇的獎學金。她說她是候補上的，所以直到最後一刻才開始準備離開加州。當然，這也讓他們的東京之旅脫離了計畫。

從他們家到機場只要二十分鐘車程，但馬克斯還是提早出發，送她去機場，但車開到一半，就徹底堵死在車陣中。

「你覺得我應該下高速公路嗎？」馬克斯問。

「可能車會比較少，」柔伊說，「反正我們時間還很多。」

「沒錯，」他同意，「我們時間還很多。」

接下來五分鐘，他們就這樣把同一句話說了又說。

「我們時間還很多。」

「我們時間還很多。」

說了這句話十分鐘後，他們才意識到自己一直在重複這句話，於是這就變成一個哏。

「我們時間還很多。」

「超多，有這麼一大段時間我都不知道該做什麼了。」

「有超多時間，你會變成那種跑去機場按摩的人。」

「我會好好欣賞機場的裝置藝術。」

「你可能還有時間去別的航廈逛逛。」

「別的航廈？我會搭那種機場巴士把每一棟都逛一遍。」柔伊突然開始哭。

「你怎麼了？」馬克斯說。

「壓力。」她擺擺手，「我可能是對要離開很緊張。」

馬克斯捏捏她的手。

「我要下高速了。」他說，「我們可以快到機場再上高速。」馬克斯換車道。

「我覺得我們應該留在這裡，」柔伊說，「下面的路可能更塞，而且都快到了，再等也等不了多久。不是聽說再怎麼換車道都差不多嗎？不管有沒有換車道，最後花的時間都差不多。」

「我不是換車道，」他說，「是要換路線開。就算判斷錯誤，時間還是剩很多。」馬克斯再度變換車道，「你馬上就會在第一航廈悠哉地做足部保養了。」

「我會買個灑糖粉的蝴蝶餅吃，然後去排星巴克。」

「你會去買充氣枕和雪花球。」

「我覺得我們應該分手。」她說。

她一說出口，他突然意識到過去這幾個月來他們兩個之間的詭異氣氛，是關係走近尾聲的感覺。在《兩界》推出之後，他們有過很多次無聊的爭吵。她指控他花太多時間待在辦公室，但她以前從來不介意這種事。她指控他比起愛她更愛山姆。（倒是沒提到莎蒂。）她對他大吼，說他太布爾喬亞，太注重丹麥家具和葡萄酒的等級。（他是花了點時間挑適合的餐桌沒錯，但葡萄酒的部分就很委屈，他明明更愛喝啤酒。）她突然變得非常厭惡加州，不斷抱怨過敏、愚蠢的人、糟糕的劇場演出。接著，這些爭執結束得像開始時一樣突然。又過一個月後，她告訴他義大利歌劇獎學金的事。這個機會太好，不容錯過。

「你不愛我。」她說。

「柔伊，我當然愛你。」

「可是你不夠愛我。」她說。

「怎樣才算是夠？」馬克斯問。

「夠就是……這樣講可能有點自私，但是我不希望我付出的愛比得到的更多。我不想跟比起愛我更愛其他人或是東西的人在一起。」

「你在講什麼繞口令？想說什麼就直接說。要是你注意到什麼我不知道的問題，我很願意知道。而且我喜歡我們的生活，柔伊，你為什麼要把一切都毀掉？」

「喜歡……」她說，用袖子擦眼睛，揚起下巴，彷彿下定了決心。「是我的錯。我們不要把事情搞得太難看。」她說，「我們也有快樂的時候，對不對？我去義大利，我們就會自然分開，如果我決定留在那裡，那……」

結果，這趟車程花費時間是平常的四倍，但柔伊還是趕上了飛機。這是馬克斯第一次真正被甩掉。他知道自己應該崩潰，卻覺得鬆了一口氣。在他不注意的時候，這就成了他擁有過最長的一段關係。他不覺得有理由結束，他從不厭倦回到兩個人的家，看見她光著身體在演奏某種新樂器。柔伊各方面都非常棒，何必為了可能找到更深愛的人這種模糊的理由，結束掉明明沒問題的關係？在馬克斯的自我發展過程中，這是奇怪的一刻。他不再是那個想嘗試自助餐裡每種菜色的男孩，而他認為不想和柔伊結束，表示自己變成熟了。不過，他不把過去漂泊無定的經驗當一回事，因此也提不出能把人留下的理由。

如果只是要見見家人，馬克斯可能會乾脆取消日本行，但是這趟也安排了工作會面。他首先問山姆願不願意跟他去日本。山姆說他不想旅行，他們搬來加州之後，這已經變成山姆的標準回答。既然山姆拒絕，他就去問莎蒂。莎蒂原本也打算拒絕，但隨即又想，幹嘛不去呢？她和山姆的新遊戲毫無進展，而且她從沒去過日本。馬克斯認為有創意團隊的人參與會議會有幫助，因為這次會議是要和森上發行商討合作把熱門動畫《大阪鬼校》（*Osaka Ghost School*）改編成遊戲的可能性。森上有意願找個美國夥伴合作，他們喜歡不公平，是認為不公平在《一五》中成功融合了東西方的特色。

抵達東京時，馬克斯和莎蒂都嚴重被時差影響。他們睡了兩三小時，然後不約而同醒來，用工作度過安靜的凌晨時光，所謂工作，對他們來說常常等於打遊戲。

過節時，賽門和安東送了莎蒂一台Game Boy。她一直沒時間用，直到這次東京之旅才帶來。她玩的第一個遊戲是《牧場物語》（*Harvest Moon*）。《牧場物語》是個角色扮演農場經營遊戲，玩家扮演農夫，任務是栽種農作物、找老婆、和地方上的人交朋友。這是最早期的農場經營遊戲之一。莎蒂發現遊戲單純的玩法令她想起自己和艾莉絲對《奧勒岡小徑》的喜愛。這遊戲溫和平靜，和《死海》那種遊戲完全相反，是個安全的小世界，什麼壞事都不會發生。

沿著走道向前走，在飯店同一層的另一個房間裡，馬克斯用筆電玩起《無盡的任務》（*EverQuest*）。《無盡的任務》是大型多人線上角色扮演遊戲，這種遊戲類型用縮寫表示也是一大串：MMORPG。《無盡的任務》奠基於《龍與地下城》，和《龍與地下城》一樣強調角色創造。馬克斯花了簡直不好意思承認的超多時間在自訂自己的角色，一個名叫海拉・貝西摩斯（Hella Behemoth）的半精靈吟遊詩人。這讓他想起和山姆一起玩《龍與地下城》的時光。但懷舊不是馬克斯玩這遊戲的主要原因，他對《無盡的任務》有興趣，是因為這是第一個使用3D圖像引擎的MMORPG遊戲，而他希望下一代《對應高校》也可以加入線上元素。

大約清晨五點（還不能去吃飯店早餐）時，莎蒂敲響馬克斯房間的門。他在四點四十五分左右發了一封有關《對高2》的群組信，所以她知道他醒著。「你玩過《牧場物語》嗎？跟我們的遊戲很不一樣，但我覺得還滿容易上癮的。」

馬克斯和莎蒂交換遊戲裝置。「我就把海拉·貝西摩斯交給你了。」馬克斯說。莎蒂在他身旁坐下，兩人坐在床上快樂打了幾乎一個小時的遊戲，早餐終於開放。此時是早上六點，整個城市還在沉睡，唯一的聲響是兩人肚子偶爾咕嚕叫的聲音。

吃早餐時，他們在盤子上堆滿食物，拿到餐廳裡一個安靜的角落去吃。

他們討論如果森上有意合作，《大阪鬼校》是不是莎蒂和山姆會想做的遊戲。「可能吧？」莎蒂說，「可是讓賽門和安東做不是比較好嗎？高中是他們擅長的領域。」

「呃，」馬克斯輕輕說，「賽門和安東在忙。」

莎蒂苦笑，「山姆還不知道我們不是主力團隊了。」

「沒有這回事。」馬克斯說。

他們聊起柔伊。

「你覺得很崩潰嗎？」莎蒂問。

「沒有你以為的嚴重。」馬克斯說。

「我很崩潰。」莎蒂說，「她是我在洛杉磯最好的朋友。」

他們聊起《兩界》。

「那你覺得很崩潰嗎？」馬克斯說。

「我很想說『沒有你以為的嚴重』，想和你一樣冷靜。」莎蒂頓了一下，「我很崩潰，但更覺得丟臉。我讓你和山姆和大家都跟著我投入這件事，我自己也完全相信，我完全相信會成功。我覺得自己好像造出鐵達尼號的那個人。」

「你不是造船工程師小湯瑪斯・安德魯斯（Thomas Andrews Jr.）。」

「我就是造船工程師小湯瑪斯・安德魯斯。」

莎蒂和馬克斯笑起來。

「《兩界》不是鐵達尼號，」馬克斯說，「玩《兩界》的人可沒死掉。」

「只有我的靈魂死了一點點。」她說，「最慘的可能是我沒辦法相信自己了，不知道自己的直覺到底對不對。」

馬克斯把手伸過桌面，握住她的手。「莎蒂，我跟你保證，你的直覺很好。」

旅程第二晚，他們去了能劇劇場，馬克斯的父親也同行。去看能劇是渡邊先生提出來的，日本人會想招待尊貴的外國客人去這樣的場合。現場給了一本複印的英文劇本，但表演甚至還沒開始，莎蒂就把本子弄丟了，於是徹底陷入迷茫。她不了解能劇的傳統，也聽不懂語言。馬克斯偶爾會小聲對她吐出充滿詩意又難懂的即時評論：「漁夫的鬼魂是在不該捕魚的河裡捕魚才被殺掉的。」或是「鼓聲安靜下來，表示園丁自殺了。」

認命接受自己什麼都看不懂之後，她開始能欣賞馬克斯的耳語和演出本身。劇場裡很溫暖，有上漆的木材和線香的味道，感覺像置身夢境。莎蒂時差還沒調過來，經過一整天的連串會議之後更加疲憊，光是要保持清醒都很費力。她意識到自己的眼皮慢慢闔上，為了不成為沒禮貌的白人觀眾，堅決把自己弄醒。

演出結束後，兩人在附近的天婦羅餐廳和馬克斯的父親一起吃飯。莎蒂上一次見到渡邊先生，還是多年前慶祝馬克斯在《第十二夜》中登台的那頓晚餐。

渡邊先生和莎蒂互贈禮物，她送他一雙一五的木刻筷子，是日本發行商為了慶祝第二代《一五》在日本上市製作的。

他給她的回禮則是一條絲巾，上面印著葛飾應為的畫作《夜櫻美人圖》，畫中前景有一位女子正在詩箋上寫詩，背景則有櫻花盛放，但絕大部分都隱沒在黑暗中。儘管標題有櫻花，但櫻花並不是繪畫主題，這幅畫描繪的是創作的過程：創作的孤獨，以及創作者——尤其是女性創作者——可能的消逝方式。那位女子手中的詩箋一片空白。「我知道北齋是你的靈感來源之一，」渡邊先生說，「這幅畫的繪者是北齋的女兒。她只有幾幅畫作留下來，但我覺得比父親更厲害。」

「謝謝你。」莎蒂說。

要分別時，渡邊先生對莎蒂深深一鞠躬。「謝謝你，莎蒂。沒有你和山姆，馬克斯可能會去當演員。」

「馬克斯是很棒的演員啊。」莎蒂為他說話。

「他現在的工作做得更好。」渡邊先生堅持。

莎蒂和馬克斯搭計程車回飯店。「你會介意你爸說的話嗎？」她問他。

「不會。」馬克斯說，「我喜歡當學生演員。當時我全心全意投入，現在就不會了。我覺得如果變成專業演員，可能就會失去那份熱愛。人生這麼長，可以不必一直做同一件事不值得悲傷，反而值得高興。」

「你意思是我可以不做遊戲了嗎？」

「不是。」馬克斯說，「你已經陷進去了，要一輩子做下去。」

旅程第三天一大早，在所有會議開始之前，馬克斯帶莎蒂去根津神社。根津神社有一列紅色門柱組成的長廊，名為千本鳥居，遊客可以從中走過。莎蒂問穿過這些鳥居有什麼含意，馬克斯說在神道傳統中，通過鳥居表示從俗世進入神明的領域。但馬克斯不是信徒，所以也不太清楚。「我十幾歲的時候如果有問題需要解決，就會跑來這裡。」

「你會有什麼問題？」莎蒂說。

「喔，青春期的焦慮嘛。我不想讓任何人了解我。我不夠像日本人，但是也不是別的。」

「可憐的馬克斯。」

「穿過去的時候不要走得太快。」馬克斯提醒，「我走很慢的時候最有效。」

莎蒂走過鳥居，一道接一道接一道。一開始沒什麼感覺，但是持續前進時，她開始覺得豁然開朗，胸口打開了新的空間。她開始明白門是什麼：是一種象徵，讓你知道自己已經離開一個空間，進入另一個。

她又穿過一道鳥居。

莎蒂突然想到：在《一五》之後，她原本以為自己不會再失敗了。她以為自己已經抵達終點。但人生就是不斷在抵達，永遠都有另一道門要跨越。（當然，直到沒有了為止。）

她又穿過一道鳥居。

說到底，門是什麼？

是一個出入口，她想。傳送口。進入另一個不同世界的可能性。通過門之後重新變成比過去更好的自己的可能性。

抵達鳥居長廊的尾端時，她覺得心思清明。《兩界》是失敗了，但這不是一切的終結，只是門和門之間一連串空間裡的一小段而已。

馬克斯等著她，臉上掛著笑。他站在道路中間，雙臂微微打開。有馬克斯在等她真好。他是最完美的旅伴。

「謝謝你。」她說，向他低頭行禮。

旅程第五晚，他們在馬克斯的母親家一起吃飯。馬克斯的父母沒有離婚，但是分居了。馬克斯的母親是織品設計師兼老師，衣著時尚、形式特殊、圖樣大膽，頭髮理成角度銳利的鮑伯頭。當晚她穿的棉質洋裝印著波卡圓點，和她身後的窗簾精心搭配。

渡邊太太弄錯莎蒂的身分，以為莎蒂是馬克斯交往了很久的那個女友，還以為兩人快結婚了。「不是，媽，這個是莎蒂，不是柔伊。莎蒂是我的事業夥伴。」

馬克斯的母親盯著莎蒂良久，開口說，「你確定嗎？」

馬克斯說：「我太笨了配不上莎蒂，媽。」

「真的，」莎蒂說，「馬克斯長得好看但沒頭腦。」

在桌子下，她捏捏他的手。

但渡邊太太不放棄，「你有男朋友嗎，莎蒂？」

「我沒有。」莎蒂承認，「目前沒有。」

「你應該邀莎蒂出去約會，馬克斯。錯過可能就沒機會了。」

馬克斯說，「在美國，跟自己的同事約會很不妥當，媽。」

「我是美國人，這我清楚。」渡邊太太說，「可是莎蒂是老闆吧？她說沒問題就沒問題。

你們兩個很配。」

「渡邊太太，」莎蒂轉移話題，「馬克斯說你教織品設計。我很想了解一下。」

渡邊太太深愛手繪、絎縫和紡織品的紋路規律，但她擔心這些技藝都即將失傳。「電腦讓一切變得太容易了。」她嘆氣說，「大家都在螢幕上快速設計，然後在遠方某個國家的倉庫裡用工業印刷機印出來，設計師在這整個過程中連一塊布都沒摸過，手也不會被墨水弄髒。電腦拿來做實驗很好，但是對深入思考不好。」

「媽，你知道我和莎蒂都是用電腦工作吧？」

「真正好的紡織品是藝術品，例如威廉・莫里斯（William Morris）的《草莓小偷》（*Strawberry Thief*）就是。但做藝術品要花非常多時間，不只是設計而已，必須了解布料的特性，知道布料能承受哪些製程；必須了解染色過程，知道怎麼染出特定的顏色，怎麼做能讓顏色維持幾百年。如果中間出錯，可能就必須從頭來過。」

「我好像不知道《草莓小偷》是什麼。」莎蒂說。

「等我一下。」渡邊太太說，走進她的臥室，拿著一個小踏腳凳回來，凳子的軟墊上印著《草莓小偷》的複製畫，花紋描繪庭園裡的鳥兒和草莓，儘管莎蒂不認識名字，一看見實物她就知道自己見過。

「這是威廉・莫里斯家的庭園，這是他種的草莓，這是他熟悉的鳥。在他之前，沒有設計師在靛藍拔染技術中使用過紅色或黃色。他一定重試了很多次，才試出正確的顏色。這塊布不僅僅是一塊布，而是一個失敗與堅持的故事，呈現工匠的自我要求，藝術家的生命軌跡。」

莎蒂撫摸厚厚的棉布。

回飯店後隔天一早，馬克斯來敲她的門。「我有個想法。」他說。

她發現自己希望那個想法和性有關，自己嚇了一跳。但實際上是關於工作。

「我夢到《草莓小偷》，算是個惡夢吧。」馬克斯開始說明。在夢裡，他又回到母親所住的公寓，母親要他去拿那張凳子，但他拿到手時，發現上面的《草莓小偷》變成了楓葉鎮的視覺風格。然後他走到客廳，看見母親穿著印有《草莓小偷》的洋裝，同樣是楓葉鎮風格。接著馬克斯注意到整間公寓都被數位化，看起來就像楓葉鎮。他母親變成楓葉鎮裡可愛的小妖精，頭上浮現對話框：問我有關織品的事。他按掉，但又一個對話框出現：你知道威廉・莫里斯試了一百次，才弄清楚他最知名的印花作品《草莓小偷》的染色程序嗎？

「是真的嗎？」莎蒂說，「我不記得你媽媽有這樣說。」

「我也不知道。」馬克斯說，「對話框就是這樣寫。」

他繼續描述夢境，「我走到廚房想透透氣，往廚房窗戶外一看，看到一隻跟人一樣大的鶇鳥偷走一顆草莓。那個畫面很美，我看得很開心。鳥和我有一瞬間對到視線，鳥的頭上冒出對話框：去問莎蒂，要把楓葉鎮變成線上角色扮演遊戲有多難。所以我就來了，我很聽夢裡那隻巨鳥的話。」

莎蒂思索這個提問。馬克斯不必明說，她也知道他的想法。把邁爾埔地這顆腫瘤切除，免費提供楓葉鎮給玩家，然後利用額外收費項目替遊戲維護（伺服器、新任務、新關卡）營利：角色升級、家具裝飾、居住空間、資料片。如果大家喜歡，這款遊戲可以變成金雞母，可以像《無盡的任務》一樣，只是沒有奇幻劇情線。可以像《牧場物語》一樣，只是場景沒那麼鄉下，也不是以農業為主。就是一個討喜的美國小鎮，在山姆所打造動人心弦的美麗場景裡，讓玩家創造自己專屬的角色。莎蒂看得出這個策略的好處，她很清楚大家喜歡山姆的世界勝過她的。看見站在門口的馬克斯，她心知他也很清楚。「不難，只是工作量很大。」莎蒂說。

接下來幾個小時，他們都在思考重製楓葉鎮的辦法。大約早上四點時，兩人打給在加州的山姆。馬克斯對他解釋他們剛剛討論的內容。

漫長的沉默後，山姆回答：「我很喜歡這個想法，但是莎蒂，你可以接受嗎？」

「可以。」她說，「對買了第一代的玩家來說，邁爾埔地還是存在。我覺得這是個機會，讓楓葉鎮可以接觸更多客群。如果失敗，我們只會損失一大堆時間和錢。」

山姆笑了，他說：「那就來做吧。」

他們又跟山姆聊了一下，才掛斷電話。又是還不能下樓吃早餐的尷尬時間。「我餓死了。」

莎蒂說。

他帶她去二十四小時營業的便利商店，離飯店沒幾步路。他買了蛋沙拉三明治、雞肉可樂餅三明治、草莓奶油三明治、豆皮壽司、兩公升裝的皇家奶茶。「我最愛吃這些。」他說。他們把東西帶回馬克斯的飯店房間，在床上鋪一條毛巾，擺出一頓便利商店大餐。

太陽升起，照耀東京。

「這是我吃過最好吃的蛋沙拉三明治。」莎蒂說。

「你很容易滿足耶。」馬克斯說，擦掉她嘴角的蛋沙拉碎屑。

東京行第七晚，馬克斯和兩個高中摯友去居酒屋：有一半日本血統的小綠（Midori），和純日裔但在英國出生的史汪（Swan）。他們按照聚餐慣例，吃了一大堆油滋滋的開胃菜、烤雞串，喝溫清酒。這間居酒屋環境雜亂，他們從高中開始就常常光顧，不過店鋪現在已經由老闆的兒子接手。

馬克斯問莎蒂想不想一起去。她通常都不參加這種老友的聚會，但因為他們剛想出重製楓葉鎮的計畫，她此刻心情輕鬆，很想慶祝一下。

抵達居酒屋時，莎蒂發現和馬克斯的母親一樣，兩位朋友也以為莎蒂就是馬克斯交往很久的女友柔伊。

「不是，」莎蒂說，「抱歉，我們只是同事。」

「可惡。」小綠說，「我們還以為終於能見到那個讓馬克斯定下來的女生。」

「馬克斯高中時是什麼樣子？」莎蒂問。

「嗯，既然你應該不是他女友，就可以跟你講。」史汪說，「所有人都跟馬克斯交往過。」

「馬克斯跟所有人都交往過。」小綠邊說邊笑。莎蒂感覺得出這種接話節奏是他們常開的玩笑。

「要是他是女生，」小綠說，「就會被說是賤貨，但他不是，大家只是叫他種馬而已。」

「他在大學也這樣。」莎蒂說，「我完全不意外。你們兩個和他交往過嗎？」

「他有一次帶我去參加學校舞會。」小綠說，「他是很棒的舞伴，不過我們只是朋友。」

「這就是讓馬克斯扳回一城的優點，」史汪說，「他是很棒的朋友，所以沒有人會真的討厭他。」

「你跟他交往過嗎？」小綠問莎蒂。

「哇喔，沒有，他是我朋友的朋友。」莎蒂說。

「她那時候不太喜歡我。」馬克斯說，「現在可能還是一樣。」

「怎麼會有人不喜歡馬克斯？」史汪說。

「他做了什麼？」小綠說。

「這故事說來話長。」莎蒂說，「他說我們暑假可以借用他的公寓，結果他自己又跑回來住。」

「你就是因為這樣不喜歡我嗎？我以為這件事我已經彌補過了。」馬克斯說。

「呃，我也不知道你要當《一五》的製作人，我們跟你爸吃飯那天才知道。山姆沒有跟我說過。」

「山姆。」馬克斯搖搖頭，舉起他的清酒杯。「敬山姆！乾杯！」

「敬山姆！乾杯！」莎蒂、小綠、史汪跟著複述。

「山姆是誰？」小綠笑著問。

他們喝了好幾輪清酒，還不夠莎蒂喝醉，但足夠讓她覺得身體暖洋洋。

小綠去店外抽菸，莎蒂跟她一起去。「我以前超愛他，你知道嗎。」小綠說。

莎蒂點點頭，因為她不知道該回什麼話。

「絕對絕對絕對不要跟馬克斯上床。不管怎麼樣，不要就對了。」小綠告誡，「會有某個瞬間，他會看著你，他的頭髮、他的眼睛讓你覺得他很無害，很性感，應該跟他上床。」

「我已經認識他六年了。」莎蒂說，「我不覺得會發生這種事。」

哎，不過莎蒂．葛林是個玩家！在遊戲裡，如果有個標誌警告你不要打開某扇門，你絕對會把門打開。如果真的不該開，總是可以回到存檔點，再重新開始。

莎蒂和馬克斯搭計程車回飯店，搭電梯到房間所在的十二樓。陪她走回她房間時，馬克斯說了二十是個重要的數字之類的話，在日本，人滿二十歲（不是十八歲，也不是二十一歲）時，就正式成年了。「日文叫はたち。」

「我認識你的時候就是二十歲。」莎蒂說。

「沒錯。」馬克斯說。

他們站在她房間門外，他轉身往自己房間走。「馬克斯？」她叫住他，「我現在不想開始談新的戀愛。」

「嗯，我也是。」馬克斯說。

「但我覺得如果我們上床應該會不錯。」她說，「我們現在在別的國家，在其他國家發生的性行為不算，我覺得。」

「我沒聽過這種習俗。」馬克斯走回她門前。

莎蒂常常覺得性和電玩遊戲有很多共通點。兩者都有特定的目標要達成，都有特定的規則不該違背，都有正確的動作組合（猛按按鈕、轉動搖桿、按特定按鍵、發出指令）決定整件事是成功或失敗。知道自己做對時，都會產生某種愉悅，而抵達下一個關卡時，都有緊繃得到釋放的感覺。擅長性事，就是擅長玩性這種遊戲。

對於和馬克斯的第一次性愛，莎蒂記得的不多，但她記得結束之後深深感到舒適與放鬆。

他的身體自然和她的嵌合；他的體味很淡，只有肥皂和皮膚的乾淨氣息；她感覺到彼此之間產生一種恰到好處的友好距離。我和你在一起，他的身體彷彿在說，但我也清楚我們是各自獨立的個體。不過到頭來，她並不確定這些感受是緣於馬克斯這個人，或她吞下肚的清酒和烤串，或飯店乾爽的白色羽柔被，或是因為她此刻離家將近九千公里遠。

她暫時閉上眼睛，想像自己回到根津神社的鳥居下。

一扇門，又一扇門，又一扇門。

在所有門的盡頭，站著馬克斯。馬克斯穿著白色亞麻襯衫和褲腳捲起的卡其褲，戴著一頂很蠢的草帽，是柔伊在玫瑰碗跳蚤市場買給他的。他向她脫帽致意。

她轉身側躺，對躺在床上的馬克斯笑，說，「我喜歡這個城市。」

「我們要不要在這裡住一陣子？」他說。

他們隔天就飛回家，像其他出差的洛杉磯人一樣，在行李輸送帶那裡告別。等行李時總有一個瞬間，覺得行李好像永遠不會來了，但提示音剛響過不久，馬克斯的行李就轉出來。他問莎蒂要不要等她一起，不過這只是客套話。馬克斯要去谷區一間遊戲公司開會，莎蒂要回威尼斯區的辦公室，兩人方向相反。馬克斯得先過海關，再搭接駁車到長期停車場，才能勉強趕上在谷區的會議。莎蒂叫他先走，他親吻她的臉頰。還是朋友，他說。當然，她說。又過半小時，莎蒂的行李箱倒數第二個轉出來。其他人都走了，只剩下一對日本老夫婦，他們的粉藍色塑膠行李箱是最後一個。

莎蒂拖著大行李箱過海關。他們問她有什麼要申報，她重述了已經列在報關單上的東西：給芙烈達的絲巾、給艾莉絲的項鍊、給她父母的袋裝甜食。她每次都覺得海關人員想設法抓到她說謊。

「你做什麼工作？」海關人員問她。

「我製作電玩遊戲。」她說。

「我很愛電玩耶，」海關說，「我有沒有可能玩過你做的遊戲？」

「《一五》。」莎蒂說。

「沒聽說過。我主要都玩賽車遊戲，像《極速快感》（*Need for Speed*）、《俠盜獵車手》，還有《瑪利歐賽車》也算。你怎麼開始做遊戲的？」

莎蒂痛恨回答這個問題，尤其這個人才剛說他沒聽過《一五》。「喔，我國中的時候開始學電腦程式設計。我SAT數學考八百分，拿過西屋科學獎和萊比錫獎，然後進了麻省理工學院，那邊還滿競爭的，就算是對我這種地位低微的女生來說也是。我主修電腦科學，在麻省理工又學了四種還是五種新的程式語言，還學過心理學，特別專攻遊戲技巧和說服力設計，還有英語，包括敘事結構、經典閱讀、還有交互式敘事的發展史。我找到很優秀的導師，但不幸讓他變成我的男朋友。總而言之，當時太年輕了。然後我大學肄業去做遊戲，因為某個讓我又愛又恨的朋友邀我。那個遊戲你沒有聽說過，不過賣了大約兩百五十萬份，喔，這只是美國國內銷量，所以……」但實際上她只說，「我很喜歡玩遊戲，所以我想試試看能不能自己做。」

「喔，那就祝你順利囉。」海關說。

「謝啦。」她說，「也祝你工作順利。」

莎蒂拖著行李箱出來，到了計程車站，正準備坐上車，就看到馬克斯。

「你怎麼還在這裡？」她問。

「呃，說起來好笑，」他說，「我一路到了長期停車場拿到車，正準備要開走，突然決定掉頭開回來。車現在在短期停車場。」

「所以你為什麼要回來？」

他伸手握住她大行李箱的拉桿，開始把行李箱往停車場推，「我想說你可能需要有人載你回家。」

3

「莎蒂！馬克斯！趕快來！再十分鐘！」山姆打來。

馬克斯走進剛設置好的楓葉世界伺服器機房，拿著一個放滿香檳杯的托盤。

「莎蒂呢？」山姆問。

「她應該在附近。」馬克斯說，「我打打看她的手機。」他其實不太確定香檳適不適合這個時候，但最後他心想，管他的。大家為了讓楓葉世界上線拚盡全力，他們有資格慶祝，不管一般人應該如何。

不公平把重製版命名為《兩界：楓葉世界體驗》（*Both Sides: The Mapleworld Experience*），簡稱《楓葉世界》（*Mapleworld*）。雖然利用了很多楓葉鎮原有的圖像、環境、音效、角色設計，但是要把遊戲變成 MMORPG，改動規模還是比莎蒂原先預期大得多。莎蒂比喻這就像是在出價競爭中成功買下一棟房子，然後用船把那棟房子運到別的國家，好不容易運到之後，又突然覺得雖然喜歡房子的建材，但房子本身其實還好，所以就千辛萬苦把舊房子一點一點拆掉，再蓋出一棟全新的房子。

團隊整個春天和夏天都在為開放線上遊玩做準備，包括建立貨幣系統、思考遊戲要怎麼在現實世界中營利、設置專屬伺服器、承租更多辦公空間以容納新加入的員工。新加入的員工（先增加十人，遊戲如果受歡迎，還需要更多）要負責設計新的支線任務、關卡、挑戰，管理遊戲世界，讓遊戲能夠二十四小時運作。網路廣告做得像艾莉絲手寫的婚禮邀請卡：「所有詩人、夢想家、世界建構者注意！二〇〇一年十月十一日午夜，不公平遊戲誠摯邀請您體驗楓葉世界。」他們新聘的外展經理一個個聯絡每一位楓葉鎮民，確保他們能搶先加入楓葉世界的社群，還製作了凸版印刷的紙本邀請卡，寄到每一位鎮民家裡。現在，剩下唯一的工作就是打開開關。

上線前一個月那天，恐怖分子駕著飛機撞進摩天大樓和其他建築，這件事讓不公平內部爭論過現在究竟適不適合推出《楓葉世界》，會不會引起反感，在這樣的歷史時刻，大家還會不會想玩《楓葉世界》這種遊戲。世界似乎陷入混亂，人變得容不下異己，而這個遊戲卻如此溫和。最後，他們斷定做任何事都沒有最完美的時機，照計畫推出《楓葉世界》就對了。

莎蒂帶著一箱香檳走進機房。她把酒瓶都拿出來擺在桌上，然後加入馬克斯、山姆和其他《楓葉世界》團隊成員，擠在全新的伺服器旁邊。

ＩＴ部的人對山姆附耳說道：「梅瑟，我們要在午夜之前就把網路啟動，這樣才能在午夜整點上線運作，不然會晚五分鐘。」

「有道理。再五分鐘，各位！」山姆宣布。

「可惡，」莎蒂說，「我忘記帶開瓶器。」她回頭跑上樓梯。

「莎蒂！」馬克斯在背後喊她，停了一下又喊，「香檳不需要開瓶器！」

可是莎蒂沒聽見。馬克斯也上樓去找莎蒂，而賽門和安東正走下來。山姆和他們握手，「嘿，很高興你們來了。」

「我們可不會錯過。」賽門說。

「《楓葉世界》看起來很棒。」安東說，「莎蒂昨天秀給我們看過。我們都會加入，也會向《對高》的玩家宣傳。」

「現在必須啟動了。」ＩＴ部的人對山姆說，「如果你想準時，就不能再等。」

山姆聽過很多遊戲沒有準時上線，所以一推出就搞砸了的恐怖故事。《楓葉世界》是他的世界，絕對要準時。

「你想要接下這份重責大任嗎？」ＩＴ部的人問。

山姆伸手，打開開關。「我感覺自己好像神，」他開玩笑，「我說要有光！」

這群疲憊的程式設計師歡呼。山姆感謝每個人的辛勞，安東把香檳一一開瓶。這時山姆注意到莎蒂和馬克斯沒有回來。

山姆覺得在製作《楓葉世界》這幾個月裡，他和莎蒂的關係維持得很好。和以前還是不太一樣，不過也沒那麼針鋒相對了。不過，想到馬克斯和莎蒂錯過啟動伺服器的一刻，還是讓他惱怒，儘管整件事只不過是個形式。

《楓葉世界》的支援人員默默退回各自的座位，開始工作，管理這個新誕生的遊戲，而山姆往樓梯走去。他看見莎蒂和馬克斯站在樓梯頂端，莎蒂好像正在把一根睫毛從馬克斯臉頰上拿掉，而馬克斯看著她，一邊笑著。莎蒂的舉動並不特別親密。山姆沒有逮到他們在做愛，或接吻，或衣衫不整。但是莎蒂的動作帶有一種柔情，讓山姆差點當場坐倒在樓梯尾端。他感覺到腿隱隱抽痛，已經超過一年沒有這種感覺了。

莎蒂和馬克斯在戀愛。

她說過山姆不了解她，但他其實很了解，知道她陷入愛情時的神情。她的眼神變得溫柔，表情沒那麼狡黠和不自然；她的手動作堅定，彷彿馬克斯的臉頰是她的所有物；站姿微微向他貼近，既放鬆又柔軟；她的臉頰紅潤。她一直都很美，但是戀愛時更美。他足夠了解她，因此知道：這段感情已經開始一段時間了。

「山姆森，」馬克斯從上面喊他，「我們錯過了嗎？」他興致高昂，他們兩個都是。

「香檳不需要開瓶器。」莎蒂邊說邊笑。

山姆可以直接逼問他們，或等著他們主動告訴他。但是他為什麼需要得到告知？好確認他親眼見到的事實嗎？如果他們不是認真的，早就告訴他了。馬克斯會說，「我在想要不要約莎蒂出去，你覺得呢？」或是莎蒂會說，「告訴你，很好笑，我現在在跟馬克斯交往，不知道接下來會怎樣。」正是因為沒告訴他，讓他知道他們認真到不行。

莎蒂和馬克斯的整個未來都展示在他眼前。莎蒂可能會和馬克斯結婚，婚禮會辦在北加州，在卡梅爾或蒙特瑞。在婚禮上，莎蒂的奶奶會用同情的眼光看著山姆，因為她一直待他很好，也因為她會知道他的心碎。芙烈達會用她柔軟老邁的手抓住他的手輕拍，說一些「人生是很長的」之類毫無助益的老太太智慧語錄。莎蒂和馬克斯會合買一棟房子，大概買在月桂峽谷區或帕利賽德區。他們會養一條狗，體型又大又修長的混種犬，不然就是波索獵犬，取名叫薩爾達或羅賽拉。他們會辦盛大的晚宴，那個家讓大家趨之若鶩，因為莎蒂和馬克斯很有品味。他們兩個都很優秀。然後，時候到了，就會有小孩，山姆會成為悲哀的單身漢山姆叔叔，每到生日和節日就送孩子們禮物。每一天，他都必須在工作時見到馬克斯和莎蒂。他會看著他們一起來上班，一起下班，想像得到在車上的畫面，他們開的玩笑，那些只有和你共享人生的人聽得懂的哏。最後，莎蒂會變成陌生人，這對山姆來說是災難，是悲劇。他會認清，如果他不是這樣的人，不這麼恐懼、懦弱、愛計較、沒安全感、害怕性事、支離破碎，莎蒂也許會是他的。無庸置疑。他會傾身越過桌面親吻她，她會引導他到某個有軟墊的地方，他們會做愛。也許性事不算特別棒，但都沒有關係。因為他們擁有的其他事物比性更好。因為他愛莎蒂。這是他這個少數不變的部分。他生命中最大的愉悅，就是在她身邊，一起玩遊戲或製作遊戲。她怎麼能沒有同樣的感受？再也不會有另一個莎蒂，而現在他也永遠失去這一個了。這不是她的錯，他有那麼多年可以尋找解答，但他只知道和她一起做遊戲，浪費了所有時間。他有那麼多年可以仔細思索自己陷入的困境。現在，舊的困境將被新的困境取代：全世界我最愛的人愛上了別人，我該如何繼續走下去？拜託誰來告訴我答案吧，他想，這樣我就不用把這個必輸的遊戲玩完。

「你們什麼都沒錯過。」山姆說。他笑笑，但沒辦法抬頭看他們兩個。

他走上樓梯，經過他們。

「你要去哪裡？」馬克斯問。

「我馬上回來。」山姆說。

一開始他想回辦公室整理一下思緒，但隨即感覺這樣還離莎蒂不夠遠。他決定開車離開，一坐進車裡，就發現自己不自覺往東開，回到他外公外婆在的家，家裡還有一隻狗，叫星期二，是他在前一年夏天收養的流浪狗。

從不公平開車到回聲公園大約要四十分鐘，不過這天難得交通順暢。他第一次往反方向開車去上班時，曾一度陷入恐慌，因為義肢感覺不到煞車。他必須下高速公路停在路邊。他用力踩煞車，踩得太大力，殘肢重重撞進義肢的接口，嚴重瘀青。到不公平剩下的路程他走平面道路，第一天回去上班就遲到半小時，在那第一天過後，又隔了一個月沒進辦公室。

他去找另一個治療師對治開車的焦慮。山姆討厭心理治療，但他有很多地方要去，所以還是治療吧。治療師說，克服駕駛恐懼症最簡單的方法，就是繼續駕駛。山姆開始在夜裡下班後開車在洛杉磯到處繞，開車時，他就會想起母親。

他記得她說過祕密高速公路的事，由東到西，由北到南，於是開始尋找。畢竟他沒有別的事可做，而且如果讓他找到，就能省下通勤時間了。他在車裡大聲播放會讓他想起安娜的經典搖滾樂：滾石合唱團（the Rolling Stones）、披頭四、大衛・鮑伊（David Bowie）、巴布・狄倫（Bob Dylan），然後在洛杉磯市區和山丘蜿蜒穿梭，探尋可能是祕密道路的死路。

某一次開車時，一隻郊狼衝到他車前，這是山姆在洛杉磯的第二年夏天，郊狼到處都是。

他會看見郊狼在前院曬太陽，百無聊賴啃著秘魯番荔枝和枇杷樹上掉下來的果實；郊狼大步走在銀湖區和回聲公園區的街道上，有時兩兩成群，有時全家出動，翻找日落大道上素食餐廳外的垃圾桶，勤勤懇懇爬上格里斐斯公園，照顧著自己的幼崽。這些郊狼能幹、精明，有種奇妙的人味，彷彿有動畫師把牠們加上了人類的特徵。牠們的毛亂得很有藝術感，像是小鮮肉演員在獨立電影裡飾演毒蟲時會剪的髮型。郊狼比山姆面對的大部分人更像人類，比當時的山姆自己更像人類。牠們無所不在，讓城市顯得野生而危險，彷彿他住的並不是大都市。

山姆用力踩煞車，那隻郊狼停住，沒有動彈。山姆打開車窗，「去！」他喊。那隻郊狼還是不動，於是山姆走出車外。那不是郊狼，又好像是郊狼，山姆還是不知道怎麼分辨。總之，牠很幼小，不比幼犬大，和郊狼一樣滿身亂毛，肌肉輪廓又像鬥牛犬。牠的腿在流血，山姆擔心是被車擦撞到。這隻郊狼／狗看起來很害怕。「如果我把你抱起來，」山姆輕聲說，「你會咬我嗎？」

這隻郊狼／狗茫然又驚嚇地看他，身體發抖。山姆脫掉格子襯衫，把小狗撈進懷裡，放進他車子的後座，驅車去有急診的動物醫院。

那隻狗的腿斷了，需要縫合，還要打石膏幾週，不過她身體健壯，總會康復。

山姆問獸醫師這是不是郊狼，她翻了個白眼。她就只是一隻狗，是混種犬沒錯，可能是德國牧羊犬、柴犬、靈㹴之類的組合，從肘部可以看得出來。郊狼的肘關節位置比狗的更高。她用電腦打開一張圖片：一隻郊狼，旁邊是一隻狼，旁邊是一隻家犬。看，她說，很明顯吧？山姆看來並不明顯，山姆從不覺得任何事顯而易見。對，很明顯。他說。

山姆付了診療費，帶著受傷的小狗回家。

他在東好萊塢山丘撞到她的位置附近張貼附上她照片的傳單，但很高興沒人聯絡。他決定養這隻狗。她能分散他感受到的不適。山姆此前從來沒有獨居過，現在突然變得孤單，但矛盾的是，疼痛又讓他不想接觸其他人。他把狗取名叫露比星期二（Ruby Tuesday），因為撞到她的時候車上正在播同名歌曲，最後乾脆只叫她星期二。

星期二的腿痊癒之後，晚上就睡不著了。山姆也同樣失眠，所以不太確定她是否只是想陪他。她在他只有一室的小屋裡遊走，看起來很憂愁，有時還會吠叫。他又把她帶去看獸醫，獸醫開給他狗用抗憂鬱藥，並建議他們把散步時間拉長。他們照做了，一起走過看起來都很類似的街區，往山上走，進入道路變曲折、人行道變少的東銀湖區山坡地。有些時候，他們會遇見郊狼。山姆不知道這是不是自己的想像，他總覺得郊狼對星期二很友善。

星期二常常被誤認為是郊狼。他們出去散步時，常有人停下車問他為什麼要帶郊狼散步。他會告知對方她不是郊狼，只是一隻狗。有些人會嘲笑他們，有些人會和他爭辯，有些人會堅持自己很清楚她是什麼動物，似乎想說服山姆承認自己說謊，承認星期二是一隻郊狼。有些人會動怒，彷彿星期二和山姆故意把他們當白痴。星期二似乎沒有意識到她是這些爭議的源頭。

「人啊。」山姆會對星期二感嘆，搖搖頭。在她的沉默中，山姆感受到認同。

他們走上山，又走下山，直到走出山區，來到銀湖大道，這裡有一小排高檔商店和咖啡廳。接著他們會在紀念品店那裡向北走，走到狗公園停下來。

有一次，星期二在和一隻秋田犬與一隻標準貴賓犬社交，三隻狗輪流追逐對方，用複雜又讓人眼花撩亂的方式互動。

秋田犬正在聞星期二的屁股，一個女人的聲音突然大喊：「有一隻郊狼在攻擊狗公園裡的狗！各位！把狗帶走！快點！」

那天狗公園裡有大約二十五到三十隻狗。山姆一時沒看見什麼郊狼，但也不代表真的沒有。他呼喚星期二，要幫她拴上牽繩。現在原本該輪到她禮尚往來，去聞聞秋田犬的屁股，所以她不太願意過來。他們走到狗公園入口時，警告大家小心郊狼入侵的女人看看星期二，又看看山姆，不自然地朗聲大笑，說：「不會吧，那隻原來是你的狗啊？」

他覺得她的笑聲和她說「原來」都很惱人。「對。」他說。

「我真的以為是郊狼。」女人的牽繩牽著一隻小小灰灰、狂吠不止的小東西，大概是比熊犬吧。「我以為這傢伙在攻擊其他狗。」

山姆告訴她「這傢伙」是女生，而且她只是在玩。

「嗯，從我這邊看過去又不一樣了。看起來像在兇猛攻擊。」她拍拍星期二的頭，「乖妹妹，」她說，彷彿在替她祈福。「郊狼跟狗到底差別在哪裡？」

山姆結結巴巴解釋了肘關節的事。

「唉，最近喔，多小心總沒有錯。」她說她的狗上週才剛被郊狼攻擊，繪聲繪影形容嚎叫聲、郊狼的口水、情急之下丟出的瑜伽磚。山姆含糊應答。「我必須走了。」他說。

「好好好，抱歉弄錯了。」

她把自己的錯誤說得好像大家都會犯的錯也很惹人厭，但山姆不想在狗公園和人吵架。女人看著他，等著他說他也很抱歉，但他沒辦法說出口。她繼續說：「不過如果不能確定，還是安全最重要。最好還是要確認，對不對？她也可能有混到郊狼的血啊，對不對？」

他心臟猛烈跳動起來。因為星期二的失眠症和他自己承受的痛苦，那個星期他睡得很少，現在一股狂怒翻湧上來，文明的表象開始崩塌。「你最好先仔細看清楚再下判斷，管好你自己的嘴。」

「嘿，你什麼態度！我是想避免人和狗和小孩受傷耶！你才不應該帶長得像郊狼的狗來公園，爛人！」

「你才是爛人。你這個無知的爛人。」他說，對女人比中指。星期二和山姆回家。山姆覺得很挫敗，一股空虛感一直在他腦裡迴盪：要不要讓她掛一塊「我不是郊狼」的牌子在脖子上？這樣會比較輕鬆嗎？但那也要別人會讀牌子上的字，那個女人看起來就不會認真看。他的結論是，洛杉磯這個地方就是愚蠢。他有股非理性的強烈嚮往，懷念麻州的一切。

他走回家，意識到兩件事：整個對峙的過程，他都沒有感受到任何疼痛；那個對他大吼大叫的女人一定完全沒注意到他的殘缺，這件事已經好多年沒有發生了。他覺得自己已經準備好回到工作崗位。

山姆把這個故事告訴莎蒂時，她笑了，不過其實沒在認真聽。他用幽默的方式包裝這個故事，磨平他對公園裡那個女人尖銳的敵意，但說故事的時候，感覺好像又回到了那個狗公園。他感覺得到加州乾燥高溫的天氣，和心臟惡狠狠的跳動。原本他想當成趣事講的事突然變得不有趣了。任何人只要認真看著星期二，都不可能把她當成郊狼。但那個女人看都沒看，這種不公平讓他深受打擊。為什麼大家能接受心懷善意的人用這麼隨便的方式看待世界？

山姆分享的興致被莎蒂的笑澆熄。他問她有什麼好笑，她困惑了一瞬間（他不是希望她覺得好笑嗎？），接著不高興地回答：「你有注意到這個故事是在講你自己吧？所以你才會在狗公園失控。星期二就是你，你就是那隻沒有人可以歸類的超特別的狗。」當時他們才大吵一架不久，兩人之間氣氛緊繃。

山姆說她這是把事情簡化，說她的解讀既侮辱他也侮辱了狗。「這個故事的重點是星期二。」他堅持，「可能也是洛杉磯。可能是想講在銀湖區的狗公園裡都是哪種人。但是主要是星期二。」

「字面上可能是吧。」她說。

如果知道自己會晚歸，他都把星期二託給外公外婆。他到他們家時已經超過凌晨一點，但山姆知道東賢才剛從披薩店下班回來。他自己開門進屋，星期二湊上來打招呼，身體柔軟又溫暖，東賢跟在她後面，身上還留有大蒜、辣椒紅醬、橄欖油、麵糰的味道。

「我以為你今天不回來。」東賢說。

「結束了。」山姆說，「我現在沒事要做。他們有事會打給我。」

「你還好嗎？」東賢問。

「現在不太好。」

「你想聊聊嗎？」東賢和善、老邁的臉龐看著他，就讓他幾乎承受不住。

「不想。」山姆抱起星期二放在腿上。狗開始舔他臉上的鹽分，他才發現自己在哭。

「怎麼了？」東賢問。

「我愛莎蒂．葛林。」山姆無可奈何地開口，他覺得說出來很幼稚，但事情就是這樣。

「我知道。」東賢說，「她也愛你。」

「沒有，她愛的是別人。」

「可能只是暫時的。」

「是馬克斯。我覺得他們很認真，我不知道怎麼辦。莎蒂和我大概一年前吵了一架，可是我一直以為最後還是會沒問題。」

東賢用他甩麵糰練出的強壯手臂抱住山姆。「你會找到其他你愛的人。」

「拜託不要說海裡還有很多條魚。」

「我沒有打算說，但是你自己都說了，的確是這樣。蘿拉怎麼樣？」

「她很好，可是她不是莎蒂。我覺得世界上沒有任何人了解我，除了莎蒂。」

「也許你應該讓更多人了解你。」

「可能吧。」

「山姆，你知道你奶奶和我剛開餐廳的時候，開的是韓食餐廳嗎？」

山姆搖搖頭。

「可是韓國城有太多韓食餐廳了，我們必須想別的出路，所以才決定要做披薩。韓國城那一帶沒有其他任何披薩店。一開始很可怕，因為我們根本不懂披薩，但是我們自己學習披薩的知識。我們別無選擇，有兩個小孩，有帳單要付。」

「你表哥亞伯特告訴我說，在商業上這叫戰略轉向。人生也是一樣。最成功的人是最能改變自己心態的人。你可能沒辦法和莎蒂談戀愛，但是你們兩個這輩子都會是朋友，這跟戀愛有同樣的價值，甚至更珍貴，只要你願意這樣看待。」

「我知道戰略轉向的概念。」山姆說，「可是我不覺得適用在這裡。」他低聲笑了。東賢常常用亞伯特的商學院課程內容來逗山姆。

不過，這個不貼切的比喻還是讓他心情好了點。山姆看到手機上有馬克斯的訊息，他們需要他，《楓葉世界》的團隊有問題要問。山姆親吻東賢的臉頰，然後就和星期二坐上車，開回阿伯特金尼大道。

開到蘭帕大道距離交流道入口大約一百五十公尺處，山姆發現一條奇怪的岔路，靠近菲律賓城。凌晨兩點半獨有的光線讓他突然看見那條路：寬闊、平坦的泥土路，部分隱沒在一棵沒開花的藍花楹樹後方。他開得更近，注意到那條路沒有路名標示，但有個深綠色的六邊形路標，上面只有三個點，排列成三角形：

∴

在數學證明中，這個符號表示「所以」，但山姆不知道放在路標上是什麼意思，從沒見過這種標誌。他停下車，往道路遠處張望，看不見明確的消失點，這條路似乎沒有通往哪裡，又似乎確實能通往哪裡。他可能會死，也可能會到達比佛利山。（但很少是這種二選一的情況，對吧？如果山姆開上一條無名道路，通常最後只會繞一圈又回到原來的位置。）「要不要試試看？」山姆問星期二。小狗在後座打呼，沒表示任何意見。山姆打亮方向燈。

第六章

婚姻

1

造訪楓葉鎮的玩家，首先會見到山姆在遊戲裡的化身「梅瑟鎮長」（Mayor Mazer）。他打扮得像油漬搖滾樂手：撕破的藍色牛仔褲、紅色格紋襯衫、馬汀大夫鞋，有意讓人聯想起態度率真、很有人情味的人物，例如《小木偶》裡的蟋蟀吉米尼（Jiminy Cricket）、演員安迪·格里菲斯（Andy Griffith）、民俗歌手伍迪·蓋瑟瑞（Woody Guthrie）。山姆自己已經不用手杖，但他給了梅瑟鎮長一支手杖，是多瘤的木頭製成。梅瑟鎮長走路的動作也設計成像山姆一樣輕微跛腳。這個化身戴著山姆的眼鏡（厚重黑框），和山姆一樣唇上蓄鬍（倒V型），大家都想不起來究竟是梅瑟鎮長還是山姆先留的鬍子。

「歡迎你，好朋友，我是梅瑟鎮長。」化身會自我介紹，「你是新來的吧。我們楓葉鎮和其他地方一樣有自己的問題，不過熟悉之後，就會發現這裡很不錯。我這輩子都住在這裡，這我很清楚。離開太難了。這裡是五千元楓葉幣，讓你有個好的開始。我建議你到處逛逛，迷人谷的楓葉這時節正漂亮。我們的購物區目前還很小，不過需要的東西絕大部分都買得到，很推薦我們的手工乳酪喔。逛的時候你也可以順便認識新鄰居。現在是松露的季節，記得多留意四周，如果能找到非常稀有的彩虹松露，可以賣出高價。這裡的人真的都很友善，如果你遇到任何問題，可以回來找我，我隨時都在楓葉鎮鎮公所裡。」

二〇〇九年時，《廣告週刊》選出新世紀最有辨識度的品牌角色，梅瑟鎮長排名第七（前後分別是舒達床墊的數羊小組（Serta Counting Sheep）和可口可樂的北極熊）。雜誌陳述：「我們爭論過要不要把梅瑟鎮長放進這份名單，因為他有點介於遊戲角色和品牌角色之間。不過最後，這位時髦小鎮（波特蘭？銀湖區？公園坡區？楓葉鎮到底在哪裡？）裡的時髦鎮長還是上榜了，因為 Etsy 上大概有一百萬個商品都印有他的樣子，而且他不正是所有人理想中的鎮長嗎？這個鎮禁用槍枝，奉行社會主義原則，鼓勵保護環境的遊戲方式（試試看砍掉很多楓樹但不種新的會怎麼樣）……同性婚姻在美國合法之前，在楓葉鎮就已經合法。楓葉鎮很可能是你媽接觸的第一款 MMORPG，這主要都要歸功於梅瑟鎮長這個品牌。他很親切、他很潮、他知道在楓葉鎮去哪裡買瓷器最好，也知道怎麼在你家客廳養琴葉榕。當然，他跟其他人一樣都會收集你的個資，但是他算是好人，對吧？不管你喜不喜歡他，網路世界少有像梅瑟鎮長這樣象徵美式烏托邦願景的人物或品牌。」

不過這些都是後話。

上線後兩週，超過二十五萬人次在《楓葉世界》裡創立帳號，伺服器時不時就超載。程式當機時，會跳出一個有梅瑟鎮長的頁面：看來楓葉鎮今天天氣不太好，去拿雨傘吧，我們馬上回來。不久之後，粉絲做的「當梅瑟鎮長說今天楓葉鎮天氣不好……」迷因圖就在網路到處流傳，成為表達無聊和挫敗的新哏。

山姆、莎蒂、馬克斯爭論過在這個時間點推出像《楓葉世界》這麼「溫和」的遊戲究竟合不合適。結果，在二〇〇一年秋末，《楓葉世界》正符合大家的渴望：一個比自己身處世界管理得更好、更具包容力、更容易理解的虛擬世界。

大約在《楓葉世界》上線十週年時，山姆講了一場 TED Talk，題目是「在虛擬世界建構烏托邦的可能性」。

「儘管二〇〇五年十二月四日在不公平遊戲發生了那件事，儘管事實證明正好相反，但我仍然不認為躲在虛擬身分之後的我們，必定是最糟糕的。我衷心相信，」他總結，「虛擬世界可以比現實世界更美好，可以更講道德、更正義、更進步、更有同理心、更包容差異。而如果可以做到，不就應該去做嗎？」

2

二〇〇二年年元旦剛過不久，多弗打給莎蒂，告訴她兩個消息：(1)他終於離婚了，(2)他要在蒂伯龍和一個年輕女人結婚，對方是多弗以前的學生，在麻省理工比莎蒂小幾屆。

「我不知道你想不想來，不過我想邀請你、山姆、馬克斯來參加婚禮。」多弗說，「我想在寄請帖之前先直接通知你。如果你能來，對我意義重大。」

前往蒂伯龍的車程大約九小時，山姆、莎蒂、馬克斯輪流開車。車裡氣氛愉快輕鬆：《楓葉世界》很成功，莎蒂和馬克斯又正在戀愛。不過，他們仍然瞞著山姆。

「他說他離婚，你聽了生氣嗎？」山姆說。

「生氣？」莎蒂說，「我超怕他問我要不要跟他復合。」

「他真的有夠混蛋。」馬克斯說，從後座伸手去前座捏捏莎蒂的手。

「嘿，」山姆說，「你們兩個在交往對不對？」這句話說得隨意，彷彿山姆並不在乎答案，只是隨口一提：嘿，要不要停一下車找吃的？嘿，我把廣播打開喔？這時是他負責開車，路程已經過了一半，他們正駛在太平洋海岸高架公路上，大約聖西蒙南方八公里處。

馬克斯和莎蒂在辦公室時很低調，完全沒料到山姆已經知情。幾個月來，莎蒂一直想開口告訴山姆，但是馬克斯反對。「他反應會比你想的更嚴重。」馬克斯說。

「我不覺得他會反應很大。我和山姆從來沒有約會或是交往過，而且最近比起朋友，更接近普通同事，你跟他關係還比較好。」莎蒂說，「真的，騙他更不好。」

「我們沒有騙他，只是還沒告訴他。」馬克斯說。

「那就告訴他啊。」

「不然我們學多弗，直接寄婚禮請帖給他。」馬克斯說。

「多弗有先通知我好嗎。」莎蒂笑，「而且我和你不會結婚。」

「為什麼？」

「我可能不太相信婚姻吧。」莎蒂說。

「沒什麼好相信的，莎蒂，這又不像相信神、相信聖誕老人，相信李・哈維・奧斯華（Lee Harvey Oswald）沒有共犯之類的。就只是一個民事儀式，一張紙，和好朋友一起開個派對……」

「你又不想通知我們的朋友。」

「只有山姆。」

「還有所有山姆認識的人，那就幾乎等於所有我們認識的人。你寧可跟我結婚也不想告訴山姆嗎？我有沒有理解錯？」

「我覺得這兩件事沒有關係。」馬克斯說。

對話就像這樣迴環反覆，他們每隔一兩個月就認真討論一次，但最終依然沒有作為。莎蒂覺得這整件事很不像馬克斯的風格，他這人一向非常透明公開。他很誠實，對自己熱愛哪些人事物毫無隱瞞。最後，她認為馬克斯的無作為是基於對山姆的忠誠，儘管天真，但也感人。她以前也有這種忠心奉獻的動力，直到終於認清他是什麼樣的人。

多弗的婚禮要舉行時，他們已經在一起將近一年。馬克斯還留著和柔伊一起住過的房子，但實際上已經住進芭蕾小丑公寓。莎蒂和馬克斯還考慮要一起買房。

「沒關係，你們在交往也沒關係。」山姆說，「如果你們是怕我抓狂，我不會。我不會現在直接把車開進太平洋裡。」他讓車稍微偏了一下，開個玩笑，「但是我想要知道。其實很明顯，我了解你們兩個，所以很明顯，老實說，你們不告訴我還滿沒禮貌的。」

「我們是在交往沒錯。」莎蒂說。

「我愛她。」馬克斯補充。「我愛你。」他對莎蒂說。

「我也愛你。」莎蒂說。

山姆點頭，「很好。我想得沒錯。恭喜。你們想去看赫斯特城堡（Hearst Castle）嗎？我們快要經過了，我沒去過。」

山姆在參觀城堡的導覽過程中非常安靜。加州這片土地上遍佈富麗堂皇的古怪大型建築，而這是最古怪、最富麗堂皇的一棟。莎蒂已經訓練過自己，不要去迎合山姆的情緒，不要為他考慮太多，儘管如此，她還是感覺得到他心煩意亂。

導覽結束後，莎蒂告訴馬克斯她想單獨和山姆聊聊，然後他們兩個走出去，來到一座半月形的露臺，面向太平洋。這時是下午兩點，水面反射的陽光非常刺眼，即便戴著太陽眼鏡，莎蒂還是很難看清山姆。

「我九歲的時候覺得這裡好漂亮，但現在看起來好荒謬。」莎蒂沒話找話，填補寂靜。

「怎麼會？赫斯特有錢，所以蓋了他自己想要的世界，這裡有斑馬、有游泳池、有九重葛、可以野餐，而且沒有人會死掉。這跟我們在做的事有什麼不一樣？」

「你還好嗎？」她問。

「我有什麼不好？」山姆說。

「我不知道。」她說。

「我以前可能愛過你。」山姆說，「而且以後也會一直用我自己的方式關心你，但是我們在一起是走不下去的。我很多年前就知道了。」

「對。」她同意。

「如果你跟我能夠變成一對，你或是我早就展開行動了，不是嗎？」

「對。」

「可是被兩個我最親近的同事蒙在鼓裡，感覺很奇怪。」山姆說，「你們認為我會介意，這種想法很自以為是。」

「我覺得，」莎蒂說，「馬克斯害怕你會往不好的方向想。而且我們一開始也不確定要不要認真交往，如果不是認真的，就不想白白讓你心情不好。」

「現在你們確定是認真的了嗎？」

「你說『認真』的語氣好像在講一種病。」

「『認真』這個詞是你先說的耶。」

「是你的語氣問題。」

「現在你們確定是認真的了嗎？」山姆重複。

「對，現在確定了。」

莎蒂仔細打量山姆。在談話期間，太陽改變了角度，她現在能看見他了。他現在二十七歲，唇上留著鬍子，但每次她允許自己回想起在醫院裡的那個小孩，就會忍不住對他心軟。討厭眼前這個男人很容易，討厭在這層皮囊之下的那個小男孩則比較困難。他說話的聲音平靜冷淡，但眉毛微微皺起，嘴巴繃出堅決的線條，彷彿被要求吞下一顆苦藥，正在忍耐不要抱怨。他的表情令她想起有一次，他剛動完手術，沒有察覺她走進病房。當時他顯然忍受著強烈的痛苦，眼睛眨也不眨，下巴無力，悶聲喘氣，看起來像一頭野獸。有那麼一瞬間，她辨認不出自己的朋友。她認得出來的、屬於山姆的那張熟悉臉龐徹底消失。接著他看見她，露出笑容，又變回山姆，彷彿戴上了面具：「你來了！」他說。

「我必須說，」山姆說，「我不意外他會喜歡你。他一直都對你有意思。我們第一年做《一五》的那個夏天他就問過我。我那時候跟他說你不可能喜歡他這種人。所以我可能只是很驚訝自己判斷錯誤吧。」

「為什麼我不可能喜歡他？」她知道自己不該問這個問題。

「因為他很無聊。」山姆聳聳肩，彷彿馬克斯的平庸是不爭的事實。「所以他一直在找新對象。他很容易對人厭煩，但不是對方的問題，是因為他這個人很無聊。」

「你真的很混蛋。」莎蒂說，「馬克斯愛你，你不能做人善良一點嗎？」

「說出實話哪裡殘忍。」

「這不是實話。而且有時候說實話確實很殘忍。」

「我們在哈佛修英雄入門的時候，你知道他最喜歡《伊利亞德》（*The Iliad*）哪一段嗎？」

「我們沒討論過這種事。」莎蒂說著，努力壓抑心裡升上來的惱火。

「結局那段，有夠無聊。因為什麼什麼原因，所以他們把赫克托爾（Hector）埋葬……說他是什麼馴馬人什麼的。赫克托爾就是無聊。他不是阿基里斯（Achilles）。馬克斯跟赫克托爾一樣無聊，所以他很吃這一套。」

馬克斯來到露臺。「你們在聊什麼？」

「《伊利亞德》的結局。」

「那一段最棒了。」馬克斯說。

「為什麼最棒？」莎蒂問。

「安排很完美啊。」馬克斯說，「『馴馬人』是很務實的專業。這一段表示人就算不是神或國王，生命還是具有意義。」

「赫克托爾就是我們。」莎蒂說。

「赫克托爾就是我們。」馬克斯重複。

「赫克托爾是馬克斯。」山姆說，「無聊。」他咳嗽，「我們應該在馬克斯的名片上放『馴馬人』。」

他們決定在聖西蒙附近過夜，隔天再上路。他們經過第一間飯店就直接投宿，結果那裡老舊又沒有冷氣。以加州中部沿岸的天氣而言，這天晚上特別溫暖，就算窗戶打開，房間裡的空氣還是不流通。

隔天早上，山姆來到車旁時，已經把他的黑色捲髮剃成寸頭。「發生什麼事？」馬克斯問，拍拍山姆剃光的腦袋。

「我覺得很熱。」山姆說。

「很好看。」馬克斯說，「對吧？」

莎蒂知道他這種行為八成隱藏著某種對她傳遞的訊息，但她一點也不想去破解。這種想法令她覺得自己太自我中心又小心眼，但老是在玩遊戲的不是山姆嗎？不是他每次都丟給她一個迷宮，要她去解開嗎？跟他相處真的很累人。「對啊。」她說，「我們該出發了。」

「我不是為了好看，」山姆說，看起來似乎有點難堪，「我真的很熱。」

「是喔，」莎蒂說，「我們房間也很熱，但是我們一覺醒來髮型都沒變。」

莎蒂覺得山姆做每件事都是為了好看。他們搬到加州後不久，他就去把法律上的名字從山姆森．梅蘇爾改成山姆．梅瑟。他給她的解釋是：梅蘇爾這個姓氏對他沒有多大意義，而梅瑟聽起來更像個偉大的世界構築者。去年他開始要求他們只叫他梅瑟，彷彿是瑪丹娜（Madonna）或王子（Prince）這種藝名。「私底下還是可以叫我山姆，」山姆對莎蒂說，「可是在公開場合，我比較喜歡被叫梅瑟。這現在是我的名字了。」

梅瑟全面參與《楓葉世界》的上線宣傳。他熱愛表演，熱愛對一群全神貫注的粉絲侃侃而談遊戲經。而且現在擺脫了長期疼痛，他做這些事比宣傳《一五》時更如魚得水。不過，在不斷延長的宣傳行程中，山姆開始改變造型，看起來不再像梅瑟鎮長。他養成了穿丹寧布連身工作服的習慣，胸前口袋繡著「梅瑟」，裡面加一件白色汗衫，還常常戴軍綠色布雷頓帽。多年來他一直想隱藏自己的殘疾，現在拍照卻一定拄著手杖。他用手杖來指東西、排開人群、在需要時加強手勢。他最近裝了牙套，也開始戴隱形眼鏡，人生首度開始重訓，練出厚重的肌肉，像個摔角選手。他在右上臂刺了刺青：엄마，韓文的「媽媽」，旁邊還刺了小精靈小姐圓圓的黃色大頭和粉紅蝴蝶結。山姆創造出的梅瑟這個形象，對玩家來說幾乎和他在遊戲中的化身梅瑟鎮長一樣知名。不過，二〇〇二年的這位梅瑟，卻和一九九七年的山姆毫無共通之處。

現在，他又把頭髮剃了。莎蒂負責開車，馬克斯在副駕熟睡，而山姆坐在後座。她盯著照後鏡裡的山姆看了一下。第一次見到他時，她想像過要描繪他的眼鏡、臉、頭髮，需要很多個圓圈。她必須承認自己懷念他頭髮的那些圈圈。他在鏡中和她對視一眼，接著就移開視線。下一刻，他戴上了布雷頓帽。

莎蒂和馬克斯的私人關係公開之後，莎蒂和山姆的同事關係變得更惡劣。或許這也可以想見，兩人一如往常容易起爭執，但現在對彼此更不客氣。

莎蒂對製作或宣傳《楓葉世界》沒什麼興趣。她沒興趣成為不公平的「形象代表」，也很樂意把這些責任交給山姆。她想做的是回頭開始製作新遊戲，能夠把《兩界》、《楓葉世界》、《一五》遠遠甩開的新遊戲。

山姆這邊呢，他很享受建構《楓葉世界》的過程，也想再做新一代《一五》。「現在有很多人在關注我們，莎蒂，想想看擁有這些資源我們能做什麼。現在就是做新《一五》的最好時機。」

「在四十歲之前我都不想再做《一五》，山姆。我跟你不一樣。我一直重複做同一件事不會有什麼快感。」

「你為什麼老是想放棄成功的作品？為什麼只有新的東西才能吸引你？這已經有點病態了。」

「你為什麼這麼害怕新嘗試，一定要做已經做過的東西？」

就像這樣。

莎蒂想做的遊戲叫《歡宴總管》（*Master of the Revels*），是一個模擬遊戲，場景設在伊莉莎白時代的倫敦劇院，目標是偵破克里斯多福．馬羅（Christopher Marlowe）的謀殺案。馬克斯曾抱怨怎麼都沒有什麼好遊戲和劇場有關，莎蒂由此得到靈感。

從第一次聽莎蒂描述《歡宴總管》那瞬間，山姆就很反感，覺得這遊戲矯揉做作，不可能被廣大玩家接受。

但莎蒂仍然堅持下一個遊戲應該做《歡宴總管》。

「你不是認真的吧，莎蒂，大家都討厭莎士比亞，也討厭歷史。你想呈現的世界太黑暗了，做這種遊戲到底想證明什麼？」

「我不想永遠都做《楓葉世界》這種充滿夢幻泡泡的遊戲。」

「《楓葉世界》沒有夢幻泡泡。感覺你好像吸取了《兩界》的經驗，結果現在卻想重複最糟糕的部分。」山姆說，「這是自甘墮落。」

「你講這種話很爛。」莎蒂說，「而且我們做每件事都必須考量到最廣大的受眾嗎？做遊戲的理由只有這樣嗎？我倒很想知道。」

「沒錯，如果我們要投入幾百萬元就必須這樣，更何況我們有限的生命裡時間並不多。」

「不是每個遊戲都必須是《楓葉世界》，山姆。不是每個遊戲都必須吸引所有人。」

「我真的很厭倦跟你討論這個。」

「我才厭倦。」

「你太自以為是了，莎蒂。」

「你就是個只會討好別人的混蛋。」

這時候，他們的對話已經大聲到所有在二樓工作的人都聽得見。

山姆說：「如果你想做這個遊戲，可以自己去做。」

「好啊，我自己做，我還在心裡祈禱你會這樣說呢。」

「你不能真的自己做！我也是製作人，還是要經過我審核。」山姆說。不公平創立時，山姆、莎蒂、馬克斯達成共識，每個出品的遊戲都必須至少得到兩個人批准。「你不能擅自決定要做。」

「馬克斯會支持我。」

「我想也是。」

「他支持我是因為這個遊戲會很棒，山姆。」

「他支持你是因為你做什麼他都支持。因為他搞上你了。」

「滾出我辦公室。」

「不要。」山姆說。

莎蒂出手把山姆推出門外。

「出去！」

山姆說，「不要，我們去找馴馬人，一口氣把這件事解決。」

莎蒂推開山姆搶先一步，兩個人都踏進馬克斯辦公室。

「我猜她已經跟你講過她的構想了吧。」山姆說，「《垃圾總管》。」

「去你的。」莎蒂說。

「對。」馬克斯說。

「嗯，我覺得很爛。」山姆說，「就是花幾百萬經費做的《艾蜜莉射手》。」

「如果這不是我的構想，」莎蒂說，「你起碼會給點尊重。」

「我拒絕跟她合作這個遊戲。我覺得根本就不應該做。」山姆對馬克斯說，「我們花在上面的每一分錢都會白費。但是最後一票在你手上，所以……雖然我也不覺得你會公正客觀。」

「我覺得這個構想很好。」馬克斯說。

「還真是出乎意料。」山姆說。

山姆走出馬克斯的辦公室，走進自己辦公室，摔上門。

「就這樣。」莎蒂說，臉色漲紅，「如果你同意，我下一個遊戲就要做《歡宴總管》，而且不跟山姆合作。」莎蒂對自己點點頭，「我真的受夠他了。」

她也離開馬克斯的辦公室，回到自己辦公室。

馬克斯掙扎了一瞬間，不知道該跟著誰。他最後右轉，走向山姆辦公室，敲敲門。

「你想討論一下嗎？」馬克斯問。

「你現在是用下半身思考。」山姆說，「這就是為什麼我九六年那時候告訴你不要約莎蒂出去。我說過會讓權力失去平衡之類的。」

「我不打算跟你吵這個。」馬克斯說，「你這樣很幼稚又沒禮貌，山姆。不公平也是我的公司，如果我評估不值得，就不會說要做。但我從第一次聽到莎蒂描述，就覺得《歡宴總管》很吸引人。伊莉莎白時代的劇場、克里斯多福・馬羅被謀殺的故事，我覺得這些都很有趣，應該能創造出有趣的世界。就算這個遊戲是兩個高中生在遊戲創作營拿出來的試作版，我也會被吸引。而且老實說，我一直想做和劇場有關的遊戲。」

山姆搖頭嘆氣：「馬克斯，你覺得我不夠了解莎蒂嗎？《歡宴總管》集結了她最糟糕的突發奇想。我剛剛說像《艾蜜莉射手》，但是其實更像《解決方案》。」

「我們兩個都很愛《解決方案》啊。」馬克斯說。

「《解決方案》以大學生的程度來說很讚。如果是為了激怒同學，而且不用花到一毛錢，那《解決方案》當然很讚。」

馬克斯思索山姆的論點。「我覺得這不像《解決方案》。」

「莎蒂想做黑暗又燒腦的遊戲，這樣大家才會把她當一回事，她想讓像多弗那種人刮目相看，想讓那些給《兩界》負評的人重新尊重她。可是莎蒂最擅長的不是黑暗。」

「我不知道耶，山姆，我覺得不管擅不擅長都值得嘗試。這是以專業角度來說。而且這個遊戲可能會很棒啊，你不知道莎蒂一開始描述的時候有多興奮。」

山姆看著馬克斯，一瞬間突然很鄙視他：你這個誰都可以的傢伙，為什麼一定要選莎蒂・葛林？

山姆想像得到他們兩人躺在芭蕾小丑公寓的床上。莎蒂醒來，轉身看馬克斯，然後說：我有想法了，接著就對馬克斯描述她構想的《歡宴總管》，她每次興奮時都像那樣，雙手在空中揮舞，語速像機關槍。她走下床，情不自禁在房間裡來回踱步，因為莎蒂每次有了好點子就會靜不下來。山姆想不起來先前有哪一次他不是第一個獲知她的靈感。

「告訴你，沒關係，馬克斯。」山姆說，「我不在乎她想做什麼。」

那天晚上，在莎蒂公寓的床上，馬克斯問莎蒂她是不是確定想做《歡宴總管》，而且不和山姆合作。

「你是想說我能力不夠嗎？」莎蒂用準備吵架的架勢問。

「不是，當然不是。」馬克斯說。

「在我們一起做遊戲之前，我都是獨立作業，沒有他。」

馬克斯說，「這我知道，我是覺得……」他小心選擇措辭，「你們兩個合作的遊戲有不一樣的能量。」

「我們現在幾乎不講話了。」莎蒂說，「每次談話內容也沒什麼創意可言，你跟不公平的其他人應該也都有聽見，我們關係惡劣已經一陣子了。我看不出來這樣要怎麼合作。他討厭《歡宴總管》，我很喜歡，如果我們合作，真的會自相殘殺。我不覺得我們會徹底鬧翻，但的確需要一些時間各自冷靜一下，才能不討厭對方。

「而且問題可能出在我而不是他。我想要自己做出完全屬於我的作品，不管成果好不好，沒有人可以歸功給山姆。」

「這我理解，我也支持你。《歡宴總管》莎蒂．葛林出品。大聲說出來！不過有一件事我很好奇。我一直都在旁邊，可是實在看不懂你和山姆到底怎麼了。你們以前關係那麼好，柔伊有一次還跟我說，如果我要叫你去做什麼事，只要說是為了山姆就好，反過來也一樣。」

「沒有什麼明確原因。」莎蒂說，「有一段時間我以為是某個原因，但是其實全部都有問題。」

「所以還是有個原因嗎？」馬克斯追問。

「聽起來可能很不可理喻。我告訴山姆的時候他覺得我很瘋。你記得我們為了尤里西斯引擎去拜託多弗嗎？山姆說他不知道多弗以前是我的老師和交往對象，可是被我發現他根本兩件事都知道。」

「怎麼說？」

「多弗在你們玩的那片光碟上簽名了。」

莎蒂走到書桌前，拿出光碟片，秀給馬克斯看。馬克斯讀了那段題詞。「天啊，多弗有夠爛。」他說。

「我知道。」

「再解釋清楚一點。山姆知不知情有什麼差別嗎？」

「呃，那就表示比起我的身心狀態，他更在乎製作《一五》啊。這麼多年來我都相反：我喜歡我們的遊戲，但是我更在乎山姆。對我來說，這一次背叛是明確的案例，證明有很多次山姆都認為遊戲和他自己比其他任何事物重要。」

「可是山姆就是這樣啊。」馬克斯說，「你們兩個也沒那麼不一樣，都對工作很執著。」

「我不一樣。我為了他搬來加州耶。我知道還有其他考量，但是你和我最主要都是為了他搬來加州。」

「我不想翻舊帳，但山姆其實也認為他搬來加州的原因之一是為了你。他當時很擔心你。你跟多弗的關係……」

「我們根本沒聊過這件事。」莎蒂說，「我不覺得他會這樣想。」

「可是我和他會聊。」馬克斯說，「常常聊。」

莎蒂搖頭。

「還有啊，也不是說這件事很重要，但是我不太確定山姆到底有沒有看到《死海》的光碟片本身。那個下午的事我記得很清楚。你在你房間睡覺，山姆在翻我們的遊戲，想找《一五》的視覺參考。他已經把他自己的遊戲片都翻完，所以我去你書架上拿你的。我很確定是我去拿《死海》放進光碟機裡，因為我一直很擔心山姆的腳，覺得如果要站起來去拿遊戲再坐下，我去比較好。我記得我沒有仔細看光碟片，山姆也不可能有機會看到。」

馬克斯希望這就是真相，但莎蒂知道他搞錯了。

「我知道也不只這件事……」馬克斯繼續說。

「不只。還有《一五II》，每次得到肯定的都是山姆，而且就像我剛剛講的，問題可能根本不在山姆。我只是想擁有屬於自己的作品，也不想再和他商量。我才二十六歲，馬克斯，沒必要接下來大半輩子每件小事都跟他綁在一起。」

電話響起，馬克斯去接，是房地產經紀人。莎蒂在芭蕾小丑的租約快到期了，經紀人介紹他們一間威尼斯區的獨棟住宅，牆壁是飽經風吹日曬的灰紫色，兩層樓，裝了護牆板，在阿伯特金尼的辦公室東邊。和洛杉磯大部分建設一樣，這棟房子在一九二〇年代落成，屋裡的樓梯沒有扶手，十分危險，到處都裝有法式門、寬木條地板，客廳天花板是尖頂，看起來像教堂。（事實上，這棟房子的確曾短暫被某個異教團體佔據，成為從南加州通往啟蒙與涅槃的基地。）房子舊得很迷人，而且也確實能住。在前院，有棵長到將近十公尺高的九重葛正緩慢絞殺一棵棕櫚樹，房子周圍的籬笆呈四十五度斜角，屋頂需要盡快修繕。房產清單上形容這裡是「波西米亞夢土」，所謂波西米亞，意思就是「明明欠修繕卻要價高昂」。馬克斯和經紀人談了幾句，蓋住收音口，轉向莎蒂。

「她問我們要不要出價。」馬克斯說。

莎蒂和馬克斯開始找房這段時間，已經錯失好幾棟理想的房子。加州房地產成交速度就是這麼快。莎蒂習慣了失落，也不再對任何房子投入太多情感。「這棟很不錯。」莎蒂說，「不過應該也會有其他選擇。你決定吧。」

「我喜歡這棟，」馬克斯說，「我覺得這應該就是我們家了。」

「那就決定囉，」莎蒂說，「我們稍微出高一點，看看怎麼樣。」

幾天後，對方同意了他們出的價碼。

兩個月後，經過薰蒸除蟲、換鎖，簽完數不清的文件，他們終於搬進去。

「我應該抱你跨過門檻嗎？」馬克斯問。

「我們又沒結婚，我自己用雙腳走進去就好。」莎蒂說。

她用鑰匙開門，在小小的後院逛了一圈。這時是秋天，院子裡三棵果樹有兩棵結了果：一棵是富有甜柿，一棵是芭樂。

「莎蒂，你看到了嗎？這是柿子樹！柿子是我最喜歡的水果。」馬克斯從樹上摘下一顆胖胖的橘色柿子，坐在已經徹底除蟲的木頭鋪板上，直接開吃。果汁流到他的下巴，「我們怎麼這麼幸運？」馬克斯說，「我們買的房子裡，竟然有我最喜歡的水果。」

山姆曾說馬克斯是他這輩子遇過最幸運的人：舉凡感情、工作、外貌、整個人生，他都強運滿滿。但莎蒂越了解馬克斯，越覺得山姆沒有真正弄懂馬克斯「幸運」的本質。馬克斯之所以幸運，是因為他把一切都當成像中了樂透，獲得意外財富。柿子真的是他最愛的水果嗎？或是因為後院裡有柿子樹，才變成他最愛的水果？事實無從得知。他以前絕對沒有提過柿子。她想，天啊，真的很容易愛上他。「不用先洗一下嗎？」莎蒂問。

「這是我們的樹耶，除了我的髒手以外沒有人碰過。」馬克斯說。

「有鳥啊？」

「我不怕鳥，莎蒂。你也來吃一顆。」馬克斯站起來，替自己又摘了一顆，也摘一顆給她。他走到房子側邊接了水管的地方，把柿子沖洗過，再交給她。「吃吧，寶貝。富有柿兩年才結一次果。」

莎蒂咬了一口，柿子有種溫和的甜味，果肉口感介於桃子和哈密瓜之間。或許現在這也會成為她最愛的水果？

3

從前，在比《楓葉世界》更大規模的模擬世界裡，舊金山市長要求市政廳核發結婚證書給同性配偶。當時是情人節前幾天，賽門和安東正埋頭進行《對應高校：高三》（*Counterpart High: Junior Year*）的後製。他們倆都同意這種政治發展很有意思，但並不認為自己適合婚姻，因此從沒討論過要結婚。就算有意，此時也不適合拋下工作。《對高3》的遊戲測試已經持續太久了，他們加進太多新元素，讓整個遊戲問題重重。為了達成按時上市，這陣子他們都一天工作十八小時。

「不過你覺得我們該去嗎？」賽門問。這時是清晨四點，安東開車載兩人回公寓沖澡、換衣服，也許還能小睡一兩個小時。

「去哪？」安東打呵欠。

「去舊金山。」賽門說。

「幹嘛去？」

「去被套牢啊。」賽門說。

「我都不知道你想結婚。」

「以前沒有這個選項啊。」賽門說，「有選擇才會知道想不想要嘛。」

「我覺得我們必須先把遊戲做完，才有腦力考慮做其他事。」安東說。

「你說得對。你說得很對。」

早上八點，他們塞在返回不公平的路上。

「我覺得我現在有閉門恐慌。」賽門說。他負責開車，安東則抓緊時間補眠。

「不行，」安東仍然閉著眼，說：「我只睡了兩個小時，你不能講這麼難的概念。」

「誰知道會不會突然又不准發結婚證書了？」賽門說，「我們是忙著做校園奇幻穿越遊戲沒錯，但還是可以花點時間在現實世界裡結婚吧。」

「我在睡覺，賽門。」

「好啦，你睡。」

兩分鐘後，安東睜開眼睛。「我真的不知道你那麼傳統。接下來你是不是會想要那種有白色尖角籬笆的房子？」

「如果你是說要在聖塔莫尼卡或庫佛買房，我覺得很不錯。我真的受夠每天往返西好萊塢了。」

接著，凌晨三點，又輪到安東開車載兩人回家。

「我覺得我想去舊金山，」賽門承認，聽起來像在生自己的氣，「你要跟我去嗎，安東尼歐·

魯伊茲？」

六年前，他們是大一新生，在一堂角色動畫課上認識。一開始，安東並不受他吸引，覺得他像滿身肌肉的神燈精靈，不是他的菜。而且比外表更糟的是賽門惹人厭的個性：他會出言糾正教授、他討厭美國動畫、講話老是喜歡夾雜長長的德文字詞和引用難懂的電影、笑聲聽起來像吹葉機。

大約上課兩週後，賽門交出第一份二十秒的動畫習作《螞蟻》（*The Ant*）：開頭是一個可惡的小孩拿著放大鏡對準螞蟻，鏡頭放大螞蟻，發現牠是個穿著皮夾克、翻著白眼的叛逆青年。螞蟻發表了一段尖酸刻薄的獨白，闡述他對生存的最後感想，接著就華麗起火燃燒。班上沒人對這段動畫有好評語，安東其實覺得這是他見過最精緻的學生作品，但他討厭在評論時間發言。下課後，他去找賽門，說，「你的作品很棒。」

「謝啦。」賽門回答，「你知道那個角色的靈感是你吧。」

安東翻了個白眼，拉上皮夾克的拉鏈。「我不知道要做何感想。」

「燒掉的部分不算。」賽門說，「是其他部分。性感的螞蟻。」他微笑，臉上突然出現原本不存在的酒窩，安東心想，救命啊，他笑起來好可愛。

他們找馬克斯和他們一起去舊金山，以免臨時需要證人，當然，也因為如此一來，他就不會因他們做遊戲做到一半離開而生氣。馬克斯要去，莎蒂決定也要跟去，總要有人負責照相吧。

接著，既然大家都要去，這個活動又具有公民與歷史意義，楓葉鎮長也決定同行。

他們在星期二早上飛到舊金山，抵達市政廳時，隊伍已經一路蔓延到建築周邊，而且隨著時間經過，還越排越長。儘管天氣寒冷潮濕，仍然隱約有種置身音樂節的氛圍，不太像科切拉（Coachella），比較像新港爵士音樂節（Newport Jazz），再加一點去上交通法庭時被官僚體系繞得頭暈目眩的緊張感。賽門一直擔心結婚證書的核發會突然終止，或者警察、律師、恐同抗議者會出現，毀掉一切。「閉門恐慌。」賽門說。

「好啦，」山姆說，「讓你說。」

「不要接他的話。」安東說。

「什麼是閉門恐慌？」山姆說。

「就是擔心門會關起來。」賽門說，「害怕隨著時間流逝，自己會錯過機會。字面意思就是門關起來，你再也進不去。」

「那我有。」山姆說，「我一直都有這種感覺。」

雨開始變大，山姆和莎蒂被派去買雨傘，因為這群人來自永遠晴朗的洛杉磯，完全沒想到要帶傘。市政廳前的小販雨傘已經賣光了，所以他們必須走得更遠，到格羅夫街上去買。第二個遇到的小販賣的是二手／失竊雨傘，非常可疑。他們對彼此說，我們的朋友要結婚了，要買比這更好的吧。再走了大約八百公尺，他們找到一間運動用品店，賣的是給高爾夫球賽觀眾撐的巨大雨傘。這時山姆和莎蒂已經全身濕透，他們都同意早該在八百公尺前向那可疑的攤販買傘。為什麼我們老是標準這麼高？他們打趣。畢竟沒有其他選擇，兩人買了三把巨傘，撐開其中兩把，開始長途跋涉回市政廳。

三十秒後，他們意識到撐著兩頂一點五公尺的大遮雨篷無法在人行道上並行，莎蒂要山姆把傘收起來，跟她共撐一把，然後把手臂伸給他。山姆把這隻手臂視為改善關係的示意，於是決定提起他看到了《歡宴總管》目前的進度：「我喜歡那個不飽和的色調，不是純粹的黑白，很有風格。很聰明。」

「謝謝，」莎蒂說，「謝謝你願意這樣說，畢竟我知道你對這個遊戲很不以為然。」

「我沒有不以為然。」山姆說，「而且不管怎麼樣，我的意見沒差吧？不管我說什麼，你都會做這個遊戲，現在已經在做了。這樣也很好。」

「所以你不覺得《歡宴總管》是史上最爛的創意，會一口氣毀掉整間公司嗎？」

山姆搖頭，不覺得。

四小時後，賽門和安東成為當天第兩百一十一對結婚的新人。儀式結束後，大家飢腸轆轆，前往附近的茶餐廳，塞了滿肚子麵點。馬克斯點了一瓶昂貴的廉價香檳，而和山姆一樣喜歡高談闊論的賽門，此時決定說點祝酒詞。「謝謝我們的朋友和同事願意休假一天，來當我們婚姻的見證人。也謝謝你們和我們一起做了三代《對高》。相信大家都同意，從頭到尾，這個遊戲就應該叫《二重身高中》。」

「尊重不同意見！」馬克斯呼喊。

「和大家想的不一樣，」賽門繼續說，「我最喜歡的德文詞其實不是『二重身』，而是『雙人孤獨』（Zweisamkeit）。」

「所以本來另一個備選名稱是《雙人孤獨高中》，」安東說，「我說服他放棄了。」

「感謝你。」山姆小聲說。

「『雙人孤獨』意思是即使跟其他人在一起，也會覺得自己形單影隻。」賽門轉頭看著他老公的眼睛，「在遇到你之前，我一直都有這種感覺。跟家人、朋友、每一任男朋友在一起的時候都是。因為太常有這種感覺，我以為活著就是這樣，活著就得接受人在根本上是孤獨的。」賽門眼睛濕潤，「我知道我很不可理喻，我知道你不在乎德文或婚姻。我能說的只有我愛你，謝謝你還是跟我結婚了。」

安東舉起酒杯，「敬雙人孤獨。」他說。

賽門不是德語母語者，他對「Zweisamkeit」（兩人世界）的詮釋錯得可愛，不過在這慶祝的場合中，沒人聽出端倪。

新一代《對應高校》在八月上市時，賽門和安東已經不再具有已婚身分。加州最高法院宣布舊金山市越權，因此當初發出的那些結婚證書全都無效。奇怪的是，安東反應比賽門更激烈。

閉門恐慌讓賽門早有心理準備，現在他的合法婚姻沒了，考慮到他們身處的國家與年代，也不算太驚訝。他吸了幾排原本為特殊場合保留的古柯鹼，然後就回去工作。他告訴決定休一天假的安東說，「太遺憾了，竟然遇到這種進一步退兩步的爛事。」

安東把被子拉上來蓋住頭頂。一開始，他想打給選區的眾議員、去沙加緬度抗議、寫憤怒的信和投書，但最後他自己認清現實：他不擅長抗議、組織活動，也根本不是關心政治的人。

曠職一週後，莎蒂開車到他家找他。「我本來覺得結婚不會有什麼差別，」安東告訴她，「可是就是有差。我現在覺得完全被耍了。」

回到辦公室，莎蒂把馬克斯和山姆找來她辦公室。「《楓葉世界》裡應該要有婚姻制度。」

「你不是不相信婚姻嗎？」馬克斯說，「何必把過時的體制強加在無辜的數位居民身上？」

「會有某些人只在《楓葉世界》裡可以結婚。」莎蒂說，「而且如果不能糾正現實世界的不公平，打造自己的世界還有什麼意義？」

《楓葉世界》發行三年後，婚姻制度作為更新內容之一悄悄上線。遊戲裡的婚姻功能和現實世界中一樣，讓結婚的居民能夠共有資產與楓葉幣。在《楓葉世界》裡，婚姻設定為兩個成年人合意即可進行，沒有特別提到生理性別或社會性別。老實說，想在《楓葉世界》裡規定婚姻的性別本來就很荒謬，因為很多居民沒辦法歸類為男或女，甚至不是人類。這世界裡當然有像梅森鎮長一樣風格鮮明的人類，但同時也有精靈、獸人、野獸、外星生物、妖精、吸血鬼，以及其他各式各樣無法用二元性別定義的超自然存在。

楓葉鎮裡某個下雨的十月早上，安東尼歐・魯伊茲和賽門・佛里曼在《楓葉世界》的特別活動裡結了第二次婚。山姆和莎蒂這次不必到處找傘，因為程式設計師早在前一晚就準備好了。

山姆希望婚禮盡可能逼真，所以先在現實世界中接受牧師封立。完成賽門和安東的儀式之後，梅瑟鎮長表示其他想結婚的居民也可以上前。在活動結束之前，他總共替兩百一十一對新人完成儀式。

接下來幾週，五萬人註銷了《楓葉世界》的帳號，另有二十萬人新加入。

仇恨郵件幾乎是立刻出現。他們的電子信箱和實體信箱都收到死亡威脅，主要是針對山姆。煞有介事的炸彈威脅讓不公平所有人被迫撤離辦公室一個下午。多個反平權組織發起抵制，認為《楓葉世界》太政治化。也有平權團體發起抵制，認為山姆是在開嚴肅議題的玩笑，只把這件事當成行銷噱頭。讀者投書在各種地方出現，有些支持梅瑟鎮長，有些反對他。（《新聞週刊》〔*Newsweek*〕：〈遊戲應該涉及政治嗎？梅瑟鎮長持肯定意見〉）山姆上了電視談話節目，引用馬素・麥克魯漢（Marshall McLuhan）的話：「觀察一群人玩的遊戲，就能充分了解這群人。」

馬克斯決定雇用保全，於是那幾週，來自俄羅斯的前舉重冠軍歐嘉（Olga）都盡忠職守，跟著山姆到處跑。

山姆堅持回信給所有寄信來的人，就連最惡毒的仇恨信也會回。有一次，莎蒂發現他在書桌前回一封信，那封信開頭是：「親愛的瞇瞇眼猶太基佬控」。

「我喜歡這個人開頭還加了『親愛的』，」莎蒂說，把信甩到房間另一頭。莎蒂覺得愧疚，婚姻功能本來是她的想法，但山姆是《楓葉世界》的形象代表，因此承受了所有炮火。

要說有什麼改變，山姆似乎受到仇恨信鼓舞，在推出婚姻功能的經驗後，繼續用《楓葉世界》做出更多政治表態。他不認為這些是政治表態，只認為是比較敏感的管理問題，也不失為行銷的好方法。他禁掉使用者自己開設的槍械店和自賣武器；支持一群穆斯林楓葉鎮民建立與保護伊斯蘭文化中心；集結玩家角色進行大規模抗議，反對在伊拉克的戰爭和離岸鑽油計畫；召開鎮民大會，對居民談楓葉鎮與整個國家面對的問題。每次他採取有爭議的立場，仇恨信和帳號註銷通知就如雪花般湧來，接著《楓葉世界》的每一天繼續過下去，遊戲外的世界也一樣。

4

山姆第一次玩了《歡宴總管》後，打給莎蒂，問能不能去她家討論。此時是勞動節週末，他打電話時，她人正在漢考克公園區的奶奶家。既然她都已經來到這附近，就提議開車去他家找他。

莎蒂駛在日落大道上，開過快樂腳傷心腳廣告牌（快樂腳，但快要變成傷心腳了），轉進山姆家那條路。他還住在那個剛搬來加州時租的小平房裡。

「怎麼樣？」她說，「講吧。」

「那個，我實在很討厭……」他停了一下，「你沒有和我合作，自己做出這種作品。」山姆對她露出尷尬的笑，「很棒，莎蒂。很藝術。是你目前做過最棒的。」

「沒想到你會說這種話。」莎蒂感覺到自己因為開心而臉紅。她不知道自己還那麼在乎山姆的想法。

「為什麼？」

「因為我以為你只看得見你自己做的東西。」莎蒂說。

在不公平，包括莎蒂自己在內，每個人都很苦惱該怎麼行銷《歡宴總管》，這遊戲很精彩，但也擺明了需要知識門檻。在《歡宴總管》裡，玩家要扮演好幾個角色，這些人全都和克里斯多福・馬羅的謀殺案有關聯：馬羅的愛人、和他競爭的劇作家、正在研究這樁謀殺案的二十一世紀莎士比亞學者、克里斯多福・馬羅本人，最後，還有歡宴總管，為英格蘭女王管理（與審核）宴會的人。《歡宴總管》結合了互動式推理劇和動作冒險遊戲。莎蒂費盡心力重現出伊莉莎白時代的英格蘭，除了謀殺和推理之外，遊戲裡還有很多性場景。

最後，他們決定唯一的行銷方式就是誠實介紹遊戲內容。新聞稿裡寫著：「由《對應高校》的工作室出品，打造出《一五》與《楓葉世界》、充滿想像力的遊戲設計師莎蒂・葛林，再度推出充滿突破性的全新冒險作品。《歡宴總管》絕對和過去所有遊戲都不一樣。結合推理、愛情、悲劇，獻給相信遊戲也是一種藝術的玩家。」

遺憾的是，因為新聞稿裡提到不公平、《一五》、《楓葉世界》，遊戲記者就以為《歡宴總管》也是山姆做的遊戲。他們開始為《歡宴總管》安排公關活動時，這種誤解變得很明顯：只要山姆願意出席，宣傳機會就會變多。在有了梅瑟鎮長這個角色和婚姻功能的話題之後，山姆的知名度比莎蒂高出許多。某種程度上，《歡宴總管》確實也是他的遊戲。畢竟是由他的公司製作，他本人也有掛名，莎蒂是他的夥伴。行銷人員先向馬克斯提出讓莎蒂和山姆一起跑宣傳的安排。馬克斯說他不確定他們兩人願不願意。但出乎他的意料，山姆說他很樂意，只要能對《歡宴總管》有幫助。

馬克斯去和莎蒂談時，她顯得比較抗拒。「我知道聽起來很壞、很小心眼，但是我不希望大家認為遊戲是他的。」莎蒂說。

「他們不會。」馬克斯說，「我向你保證，他們不會。山姆會特別告訴大家，他只是個製作人，遊戲是你的心血結晶。」

十一月，山姆和莎蒂飛往全國各地，在各大展會和通路現場宣傳《歡宴總管》。山姆的確說到做到，沒有居功，不過記者還是對訪問他更感興趣。「這個問題想問梅瑟，」記者會這樣說，「遊戲應該跟政治掛鉤嗎？」他們見到的人裡有四分之一都以為山姆和莎蒂是情侶，令人煩不勝煩。他們澄清說不是時，記者會微微表露出吃驚。在電玩產業裡，一個男人為什麼會和不是自己太太、也沒上過床的女人共事？但莎蒂冷靜應對這一切。作品最重要，她不斷提醒自己。作品會流傳，但必須先讓大家知道這個作品的存在，才能流傳下去。

宣傳行程跑到第四天，莎蒂得了腸胃型流感。她早上吐了，吃完午餐又吐，吃完晚餐又吐，但她堅持沒吐的時候感覺還好，不影響她宣傳遊戲的能力。她懷疑是在拉斯維加斯時自助餐吃到的生蠔有問題。「可能我不應該吃內陸城市的自助餐提供的生蠔。」她對山姆承認。

兩天後，他們從達拉斯沃斯堡機場開車去德州葡萄藤市，途中莎蒂要山姆停車，因為她必須再去吐。

莎蒂吐在一棵近期新種的紫薇樹下，然後告訴山姆她想開車，這樣比較不會暈車。「你開太慢了。」她說。

山姆說，「莎蒂，你覺得你有沒有可能是懷孕了？我數過，你這三天已經吐了七次，不可能還是生蠔吧？」

「不可能懷孕。之前是因為生蠔，現在絕對是因為暈車。」她堅持，「孕吐都是早上，但是我整天都在吐。」

開往飯店的路上，她看見一間藥局，說：「我去一下，買運動飲料和暈車藥。」她也買了驗孕棒。

葡萄藤市的飯店是一間溫馨到令人煩躁的民宿，總共有七個房間，都以德州的歷史人物命名。旅行社不小心幫他們訂到派克與巴羅（Parker and Barrow）套房，而非兩個分開的房間。「要不要我找找看有沒有其他飯店？」山姆小聲說。

「沒關係，這是德州的套房。」莎蒂說，「德州的東西不都很大嗎？」

令人失望的是，派克與巴羅套房完全不是德州尺寸，只有一間小小的臥室，一間有沙發床的小客廳，還有位在整個套房正中間的小浴室。「我剛進哈佛住的宿舍就長這樣。」山姆評論。

進房間半小時後，莎蒂走進浴室，又帶著盒子和插在玻璃杯裡的驗孕棒出來。「對不起。」她說，「很噁心我知道。浴室裡真的沒有平台可放，只有一個落地式水槽。這個飯店太幽默了。我想殺掉所有人。我是史上最噁心的旅伴，真的很對不起。」山姆笑出來，莎蒂在沙發上他身旁坐下，一起看電視有什麼節目：古早的迪士尼電影《海角一樂園》（*Swiss Family Robinson*），描述一個流離失所的家庭住在樹屋裡。他們等著驗孕結果出爐。

山姆先注意到變化。「兩條藍線是什麼意思？」他拿起包裝盒確認，而已經知道意思的莎蒂又回浴室去吐。這時她感覺到的其實更偏向心理而非身體不適，但嘔吐往往一吐就停不下來。她刷了牙，出來走到沙發旁，再度在山姆身旁坐下。她擱在咖啡桌上的手機響起，山姆看得到是馬克斯。她讓電話進了語音信箱。「我也想住在樹上。」她說，「我們可以去住住看嗎？」她把頭靠在山姆肩膀上，她聞起來還有點胃酸和膽汁的味道，但他沒動也沒說話。她說：「離遊戲驛站總部（GameStop HQ）的活動還有兩小時，如果我睡著了就把我叫醒。」

一個月後，十二月，他們去紐約接受更多訪問，其中《遊戲故事》（*Game Story*）要為他們拍照，這本雜誌打算做山姆和莎蒂的封面專題，下標：「兩位歡宴總管：梅瑟與葛林幕後直擊。」為了拍攝，他們兩個都同意換上全套伊莉莎白時期的服裝。莎蒂被打扮得像伊莉莎白一世女王（Queen Elizabeth I），山姆則像威廉・莎士比亞。整個情境很荒謬，莎蒂和山姆笑得停不下來。攝影師是個六十幾歲的義大利男人，對電玩毫無認識，也不知道他們是誰。

「你們是夫妻對不對？」攝影師問。

「她不相信婚姻。」山姆說。

「沒錯，我不相信。」莎蒂說。

「有小孩就會不一樣囉。」攝影師說。

「大家都喜歡講這種話。」莎蒂說。

拍攝結束後，莎蒂脫掉戲服衝向廁所。

山姆正在脫緊身上衣，公關的手機上收到一則訊息。「不公平是在威尼斯區對不對？」她說，「我朋友說有個歹徒在威尼斯區一間科技公司裡持槍掃射。你最好告訴你們公司的人不要出門。」

「太可怕了，哪間公司？」山姆問。雖然他很關心是哪個矽灘的鄰居遇到這種事，但倒不覺得這條新聞和自己有什麼關聯。不公平是遊戲公司，不是科技公司。

「我只知道這樣。」公關說。

「我打給馬克斯。」山姆說，「他可能會知道。」

山姆掏出手機，看見過去十五分鐘有好幾通馬克斯的未接來電。他嘗試回撥，但馬上轉進語音信箱。他打了辦公室的桌機，西岸明明是早上，卻沒有人接電話。

他走進女廁，想叫莎蒂打給馬克斯。他聽得見她吐的聲音，於是敲敲隔間的門。「莎蒂？」

「山姆森，你為什麼跑進女廁？」

莎蒂從隔間走出來。她已經習慣嘔吐了，馬上就能平復下來。她正要開玩笑說山姆跟蹤她進女廁，就看見他的表情。

5

二〇〇五年，美國人平均一年發出四百六十則簡訊。

當時簡訊寫法更像電報，而不像對話。這種早期的簡訊有種簡練的詩意。

莎蒂和馬克斯交往後只傳過幾十次簡訊。沒必要傳簡訊，不論在工作或在家，他們大部分時間都在一起。

莎蒂打給馬克斯的第一通電話也轉進語音信箱，於是她改傳簡訊：

你還好嗎？

一分鐘後，他回復：

我愛你。很好。

有兩個小鬼。正在談。TOH。

莎蒂的手發抖，她把手機給山姆看。「什麼是TOH？」她問，「我搞不懂這些縮寫。」

「是馴馬人（Tamer of Horses）。」山姆說。

第七章 NPC

你在飛。

底下是一面有著鄉間風光的棋盤。兩隻娟珊種乳牛在薰衣草田裡吃草，尾巴揮趕著不存在的蒼蠅。一個穿平紋織洋裝的女人騎腳踏車穿越石橋，哼著貝多芬皇帝協奏曲的第二樂章，經過一個戴布雷頓帽的男人，男人也開始用口哨吹這段旋律。在你看不見的蜂巢裡，有一群發出嗡嗡聲的蜜蜂。橋下的小巷有個髮色漆黑的男孩，餵方糖給眼神野性的馬吃。一片蘋果樹耐心等待秋天來臨。無人留意的角落，有個頭髮灰白的男人看著兩個少年在池塘裡游泳。你聞得到那個男人的渴望，比薰衣草氣味更強烈，你心想：人類想要的太多，幸好我是鳥。在種滿草莓的原野上，表皮帶蠟感的莓果與白花交錯而生。

你一向抗拒不了草莓，所以你往下降。

身為有翅膀的生物，你有時需要向不會飛的生物解釋飛行，你的標準說法是飛行要綜合考慮牛頓的物理學、拍翅膀的協調性、天氣、解剖構造。不過老實說，飛的時候最好不要思考飛起來的原理。你的哲學是：向空氣投降，享受眼前景色。

你到了目的地，小小的鳥喙包住莓果，正準備扯下來，突然聽見扣動扳機的聲音。

「不要跑，小偷！」

你感覺子彈貫穿你空心的鳥骨。

棕色與米黃色的羽毛炸開，像蒲公英種子一樣飛散。鮮血噴濺在草莓上，紅上加紅，但你是擁有四色視覺的生物，兩種紅對你來說很不一樣。

你落在泥土地上：幾近無聲的撞擊，揚起一陣只有你能看見的輕薄塵埃。

又一槍。

又一槍。

你的翅膀拍打，你選擇解釋為嘗試再飛起來的努力，而非死前不由自主的抽搐。

幾小時後，你察覺到有人握著你的手，這表示你有手，表示你不是一隻鳥，表示你一定是嗑了什麼藥效很強的東西，比如迷幻藥，你從來沒試過，雖然柔伊一直想讓大家都試試看，說她知道門路。有一瞬間，兩種感傷爭相湧現：感傷於你不能飛，感傷於你沒有和柔伊一起試過迷幻藥，感傷於……

你快死了。

不對，這樣說不對。你是想表達知道了萬物終有一死，讓你產生存在主義式的哀愁。你還不會死，不過這條生命本來就很快會邁向終結。

再重複一次：你還不會死。

你三十一歲，是渡邊隆和渡邊李愛蘭（AeRan Lee Watanabe）的獨生子，這兩人分別是企業家和設計系教授。你在紐澤西出生，有兩本護照。你在不公平遊戲工作室工作，辦公室位在加州威尼斯區阿伯特金尼大道。你桌上的名牌寫著：

渡邊馬克斯

馴馬人

你有很多個人生。在成為馴馬人之前，你是擊劍選手，是高中西洋棋冠軍，是演員。你是美國人、日本人、韓國人，擁有這麼多身分，也就等於不真正隸屬於任何一個身分。你把自己想成世界公民。

你現在是醫院的公民。一台機器在幫你呼吸，嗶嗶聲很規律，顯示你還活著。

你沒醒，但也沒睡著。

你什麼都看得見也聽得見。

你什麼都想不起來。你沒有真的失憶，但沒辦法立刻回想起為什麼會進醫院，為什麼醒不過來。

你對自己的記憶力很自豪。在辦公室裡，總有人說，「問馬克斯，他知道。」通常你的確知道。你記得普通的事。人名、長相、生日、歌詞、電話號碼。你記得有點不普通的事：整部劇本、整篇詩詞、綠葉演員的名字、晦澀字詞的意義、長段的小說內容。你記得別人父母、小孩、寵物的名字。你記得城市的地理分佈、飯店樓層配置圖、電玩關卡、前任身上的傷疤、說錯話的次數、別人穿過的衣服。你記得第一次見到莎蒂時她身上穿著什麼：黑色無袖洋裝，內搭白色蓋肩袖T恤，腰間綁著另一件紅色法蘭絨衣，腳上是酒紅色厚底牛津鞋，透膚襪上有玫瑰印花，戴著那年春天大家都在戴的黃色橢圓鏡片太陽眼鏡，頭髮中分，綁成兩條北歐風髮辮。

「你就是馬克斯吧，」她說，對你伸出手，「我是莎蒂。」

「我已經認識你了，」你回答，「我玩過你做的兩個遊戲。」

她從黃色太陽眼鏡上方打量你：「你覺得玩一個人做的遊戲就能認識對方了嗎？」

「對，以我的拙見，沒有更好的方法。」

「那你對我有什麼認識？」她問。

「你很聰明。」

「我是山姆的朋友，所以這很容易推測出來。我也可以這樣推測你。有什麼是你玩我的遊戲之後的認識？」

「你有點壞心眼。你的內心很有趣也很不尋常。」

莎蒂可能翻了白眼，隔著太陽眼鏡看不太清楚。「你也做遊戲嗎？」

「沒有，我只有玩而已。」

「那我要怎麼認識你？」

很久以前你就知道，記憶是擁有健康大腦的人隨時都能玩的遊戲，而記憶遊戲的輸贏取決於一項標準：你是放任記憶隨意生成，還是主動決定記住？

所以，一開始你在哪裡？

你在和夏洛特・沃斯（*Charlotte Worth*）與亞當・沃斯（*Adam Worth*）開會。

他們都有藍眼睛，一臉天真，剛來到洛杉磯，身強體健，看起來像拓荒者或民謠歌手，讓你想起山姆和莎蒂，如果山姆和莎蒂是來自猶他州、身材高大的前摩門教徒夫婦，就會長這個樣子。

沃斯夫婦來報告他們的遊戲提案，遊戲名稱暫定為《我們無盡的日子》（*Our Infinite Days*）。（你曾經開玩笑說，如果要寫回憶錄，書名就要叫《所有名稱都是暫定》。）《我們無盡的日子》是射擊冒險遊戲，描述世界末日時，有個女人和年幼的女兒在沙漠化的荒地上旅行，抵禦人類與某種生物的攻擊，沃斯稱這種生物是「沙漠吸血鬼」，介於吸血鬼與殭屍之間。女人有失憶症，而小女兒年僅六歲，必須擔負起替媽媽記憶的責任。女兒相信她哥哥和爸爸都在西岸，但六歲小孩的記憶值得信賴嗎？

「失憶症這個設定很老套，」夏洛特致歉，「但我們知道一定行得通。」

「其實我們是受到第一代《一五》的啟發。」亞當說，「靠小孩的記憶和判斷力來通關很有挑戰性。非常厲害。」

「我們很想見見葛林和梅瑟。」夏洛特說，「我們是忠實粉絲。」

「她連《兩界》都很喜歡。」亞當說。

「什麼叫『連』？那是我最喜歡的遊戲。」夏洛特說，「邁爾埔地的想法很天才。我還曾經打扮成強悍玫瑰。」

「沒有人認出來。」亞當說。

「我真的很崇拜莎蒂．葛林。」

「不是梅瑟嗎？」你問，覺得很有趣。

「他們兩個都很棒，但是莎蒂．葛林的邁爾埔地和《兩界》，莎蒂．葛林的《解決方案》，這種就是我想做的遊戲。」夏洛特說，「我好期待玩《歡宴總管》。」

「《解決方案》。」你說，「這你也知道啊，真的是粉絲。」

也許這是粉絲的刻意示好，但你還是很受用。畢竟有很多想從你這裡有所獲得的人，連稍微研究一下不公平的遊戲都做不到，令人驚奇。

你謝謝沃斯夫婦來訪，告訴他們等莎蒂和山姆從紐約回來，你會和那兩人討論《我們無盡的日子》，並保證最晚下週結束前給他們回覆。你看著夏洛特和亞當，看見他們迫切需要有你和他們一起做出這個遊戲，看見他們想必經歷過很多次拒絕，眼中充滿缺憾。你想著不知道他們做什麼正職養活自己，如果一直沒有成功，這段關係不知道能支撐到什麼時候。（有人說成功會毀掉一段關係，但缺乏成功毀掉關係的速度也一樣快。）你這份工作最棒的一點就是能告訴創作者：對，我看見你了，我理解你在做什麼，我們一起做這件事吧。儘管有違專業程序，你還是猶豫要不要現在就告訴他們，你的公司同意製作《我們無盡的日子》。你喜歡這兩人，也想玩這個遊戲，答案很明顯。

你正要送他們去搭電梯，就聽見某種聲音，像打雷，或車輪壓過金屬板，或附近拆除建築物時，落錘撞擊發出的巨響。

聲音很大，但未必是嚴重的事。

聲音像爆炸一樣響亮，但洛杉磯本就以此聞名，充滿毫無意義的喧囂與憤怒。

你不認為那是槍聲。

你隱約聽見叫喚聲，但分辨不出是來自樓下大廳還是外面。

你對沃斯夫婦微笑，為了讓大家安心，笑著說，「在遊戲界工作就是這麼刺激。」沃斯夫婦對你勉強的笑話很捧場，一時之間，一切都恢復正常。「我們要不要把概念圖留下來，讓你的夥伴過目？」夏洛特問。

你正要回答，辦公室電話就響了。是不公平的前台接待員高登（Gordon）。「嗨，馬克斯，這裡有個人想見梅瑟。」

你察覺高登的聲音很緊繃。「有什麼問題嗎？」

「我、我不能說。」高登說，「他們說必須跟梅瑟談談。」

「好，稍等。」你對沃斯夫婦的方向一笑，壓低聲音小聲對電話說，「我問問題，你回答是或不是。我要報警嗎？」

「是。」高登說。

「對方有槍嗎？」

「是。」

「超過一個人嗎？」

「是。」

「有人受傷嗎？」

「不是。」

透過電話，你聽見某人大吼，「把電話他媽放下來！叫那個死同性戀滾下來。」

「告訴他們梅瑟不在，但是不公平的執行長會下去見他們，也一樣可以談。」

「好。」高登聽起來意識恍惚，他重複你說的話。

「沒事，高登。」你掛上電話。

你轉身，沃斯夫婦盯著你看，等待你發話。「我們要怎麼辦？」亞當．沃斯問。像《我們無盡的日子》裡的角色一樣，他們彷彿隨時準備好迎向世界末日。

你解釋目前的狀況，請他報警。亞當．沃斯拿起電話。

你準備離開，安東靠過來問：「怎麼了？」

你重述你知道的狀況，安東說要跟你去。「如果莎蒂知道我讓你單獨下去一定會殺了我。

「這裡有事要交給你做。」你說，要安東找管理員關掉大樓的電源，讓電梯無法運作，要他堵住樓梯口，要他讓大家保持冷靜，阻止所有人下樓，要他帶員工到頂樓去，然後堵住門。

「天啊，可是馬克斯，你確定真的要下去嗎？」

「他們只是需要找個人講話，可能對公司有怨氣吧。我以前也說服過這種人。」

安東說，「真的嗎？你還是等警察來比較好。如果你發生什麼事，莎蒂和山姆都會殺了我。」

「我不會有事，安東。把高登留在下面不太好，不管這些人有什麼怨言，都應該衝著不公平來，而不是我們的接待員。」

安東抱抱你，你走向樓梯。「要小心，馬克斯。」他說。夏洛特．沃斯叫住你。「馬克斯，你要不要帶武器？」這是認真的玩家會問的問題。玩家準備走進可能觸發戰鬥的地方之前，都應該先檢查身上的物品，確認拿好武器。

「什麼武器？」你說。你沒有任何武器。你一直過著輕鬆的人生，不必採取任何形式的防禦。也許是養尊處優讓你輕忽了。「我是去對話的。我相信對方只是需要有人聽他們說說話。」

你下樓前，最後看了一眼辦公室，總覺得好像忘了做什麼事。在遊戲裡，那個缺少的東西往往就是解答。你注意到沃斯夫婦的作品集，夏洛特留在你桌上，你隨手寫了一張便利貼上去：「莎，告訴我你的看法。馬。」

你把作品集交給助理，就跑下樓梯。你只願意回想到這裡，因為莎蒂現在在你的病房裡。

「你是他太太嗎？」醫生問。

「對。」莎蒂說謊。

你覺得很好笑，因為莎蒂對婚姻很有意見，一點也不信任這種制度。你不知道這種想法怎麼來的，畢竟她父母婚後已經度過了幸福的三十七年，她祖父母時間更長。如果要說誰該質疑婚姻，也應該是你。你父母婚後不幸福的日子，幾乎和莎蒂父母幸福的日子一樣長。你想不起來上一次看見父母在一起是什麼時候。大一暑假你回家時，就發現他們已經分居在東京的兩棟不同公寓。

「爸在哪？」你問你母親。

你母親一副漠不關心的樣子，「他說他想走路上班。」

再過十年後，他們還是沒有離婚，這你也說不上來為什麼。

去年你向莎蒂求婚。你去請她父親同意，他同意了。你買了戒指，單膝跪下。

「我無法想像變成別人的太太。」她說。

「你不會變成太太，我會變成你的先生。」你說。

她沒有被這種論調說服。你很驚訝她這麼抗拒，於是詢問她原因。她說你們已經一起擁有一棟房子，所以沒必要結婚。她說她不想和事業夥伴結婚。她說婚姻是壓迫女性的過時制度。她說她喜歡自己的姓氏。

「我也喜歡你的姓。」你說，「我愛你的姓。」

結果莎蒂現在來了，告訴醫生她是你太太。如果你能說話，就會對她說：「原來我只要陷入昏迷你就會跟我結婚。早知道這麼簡單就好了。」

嚴格說來，你沒有陷入昏迷。

昏迷是透過藥物控制的結果。

你聽見醫生在說話，推測你被開了三槍：大腿、胸口、肩膀。最嚴重的是打中胸口的那槍：子彈穿過肺、腎臟、胰臟，現在在腸子某處漸漸冷卻，等待你的身體恢復到足以熬過取出子彈的手術。他們說情況還不算最糟糕，因為你和大部分人類一樣，身體內建冗餘。悲傷的是，你的胰臟只有一個。受傷的打擊讓你的身體陷入休克，所以現在才會是昏迷狀態。你年輕又健康，至少原本如此，根據這天的狀況，他們說你活下來的機率「不錯、優於平均、不差」。你稍感安慰。

莎蒂離開了，一位護理師走進病房，調整懸掛在你病床旁、擔負排泄與補充營養功能的裝置。他用一塊海綿小心擦拭你的身體，儘管身陷於此，受人照顧還是讓你產生小小的愉悅。

你在不公平遊戲的入口大廳。

一個白人男孩穿著一身黑，下半臉綁著一條紅色方巾，用一支小槍指著前台接待員高登的頭。另一個白人男孩也是一身黑，拿著一把比較大的槍，臉上是黑色方巾，他把槍管指向你。「你這傢伙是誰？」紅色方巾男孩想知道。

你不知道為什麼這兩人沒有直接搭電梯上去辦公室所在樓層。他們不是想大肆搞破壞，牽連到越多人越好嗎？你不知道善良、娃娃臉、像顆陶土球一樣的高登，是怎麼把他們留在大廳。你記得高登的萬聖節扮裝：他自己做了皮卡丘布偶服，可以真的放電發出火花。

你對槍不熟悉，只在電玩裡用過，例如《毀滅戰士》。玩《毀滅戰士》時，槍也不是你的首選武器。你寧可選擇鏈鋸或火箭發射器，更有大殺四方的刺激感。你推測小槍是手槍，大的那把是突擊步槍。

「嗨，我叫渡邊馬克斯，這裡是我的公司。」你伸出手，不知道會不會有人願意握。兩個男孩對這個舉動很困惑。你輕輕點了個頭：「有什麼我可以幫忙的？高登說你們想跟梅瑟說話，但梅瑟不在。」

紅色方巾對你高聲大叫，「我不相信你！你這該死的騙子！」

「我發誓，他真的不在。」你說，「他在紐約，宣傳我們的新遊戲。願不願意告訴我你們想說什麼？」

「帶我去辦公室。」紅色方巾說，「讓我看那個死玻璃是不是真的不在。」

「好。」你說，想盡辦法拖時間，好讓安東能帶大家撤離到頂樓，「我可以帶你去，但你可不可以幫我一個忙……」

「老兄，我他媽不可以幫你一個忙。」

「跟我解釋一下你們想找梅瑟做什麼。或許找我也是一樣。」

黑色方巾說話輕微口吃：「我們不想傷害其他人，只需要跟梅瑟談。如果我們是想開槍掃射你們辦公室，剛剛早就上去了。我們要梅瑟下來這裡。」

「那我們打給他。」你提議。你撥通山姆的號碼，但山姆沒接電話。他和莎蒂一定正在拍雜誌照。你留了語音留言，盡量讓聲音平靜：「我是馬克斯，你有空就打給我。」

你看著這兩個男孩，因為戴著方巾，判斷不出年紀。他們可能跟你差不多大，或年輕一點。你不怕他們，但你怕他們手上的槍。

「他會回電。」你隨口提議，「既然我們在等梅瑟打來了，先讓這裡的高登離開怎麼樣？」

「賤人。」紅色方巾說，「我們為什麼要放他走？」

「他不重要。」你說，「他只是個 NPC。」他們顯然都是玩家，所以你知道他們會懂這個詞。

「你才是 NPC。」紅色方巾說。

「你不是第一個這樣說的人。」你說。

你在飯店裡，聖西蒙近郊的飯店。

莎蒂睡著了，所以你去樓下的酒吧。山姆在那裡，你這位從不喝酒的朋友正在喝酒。

你問他要不要人陪，他聳聳肩說：「隨便你。」你坐進他旁邊的高腳椅。

「我不知道怎麼會變成這樣。」你勉強說，「我們兩個都不是有意的。」

「我完全沒有聽你分享這個故事的慾望。」他說。他已經醉了，但聽起來還沒醉，只是語氣緊繃又惡劣。「你跟莎蒂的關係和我跟莎蒂的關係不一樣，所以真的沒關係。你想幹誰都可以。」他說，「但想做遊戲就不是跟誰都可以。」

「我也跟你們兩個一起做遊戲。」你指出，「《一五》的名字是我取的耶，拜託。每個步驟我都跟你們一起。你不能說我沒有參與。」

「對，你有參與，但是說到底你根本不重要。如果沒有你，也會有其他人。你只是馴馬人。你只是ＮＰＣ，馬克斯。」

ＮＰＣ是遊戲中不由玩家操控的角色，是ＡＩ控制的環境演員，讓由程式建構出的世界更逼真。ＮＰＣ可以是摯友、會說話的電腦、小孩、父母、愛人、機器人、軍隊中粗魯的排長，或是反派。不過，山姆這句話是種侮辱：除了說你不重要之外，也是想說你既無趣又容易預測。但事實上，所有遊戲都需要ＮＰＣ。

「所有遊戲都有ＮＰＣ，」你告訴他，「不然就只有一個沒用的主角到處走來走去，沒人可以對話，也沒事可以做。」

山姆又點了一杯灰雁伏特加，你叫他不要再喝了。「你又不是我爸。」山姆說。

酒保看著你，你點了一杯啤酒。

「真希望我沒認識你。」山姆說，「真希望我們不是室友，希望我沒讓你認識莎蒂。」山姆說話開始含糊不清。

「莎蒂不屬於你。」

「她是。」山姆說，「她是我的，而且你也知道，你還是去追她。」

「不是。誰都不屬於任何人。」

「為什麼？」山姆說，「為什麼？」

「山姆。」

「你會跟她結婚嗎？」山姆問，他說「結婚」的方式好像在說「謀殺」。

「暫時不會。」

「婚姻到底有什麼好的？性行為到底有什麼好的？製造小孩或是扮家家酒到底有什麼好的？為什麼人不能屬於和自己一起工作的人？」

「因為人生是一回事，工作是另一回事。」你說，「兩件事不一樣。」

「對我來說都一樣。」

「可能對莎蒂來說不一樣。」

「可能不一樣。」山姆低聲說。「我太失敗了，馬克斯。如果我不是這種失敗的膽小鬼，也許去莎蒂飯店房間的人就是我了。我知道是我自己的問題。我知道我有過機會。」山姆把頭垂下來，抵在桃花心木的吧檯桌面，開始啜泣，「沒有人愛我。」他說。

「我愛你，兄弟，你是我最好的朋友。」你付了酒錢，扶著山姆回到他房間。他走進浴室，關上門，你聽見他開始吐。

你坐在山姆房間的床上，打開電視，正在重播一部醫療劇。一個男人得了腦癌，如果不接受風險很高的實驗性腦部手術，很快就會死亡。但最後，那場實驗性手術還是要了他的命。真奇怪，你心想，大家這麼討厭看醫生，卻這麼愛看跟醫生有關的戲。

山姆待在廁所的時間比你預期還久，所以你喊他：「山姆？」

他沒有回應，於是你進入浴室，看到他站在鏡子前，手上拿著修容組裡的剪刀。他已經剪掉了大約一半的頭髮。

「我吐的時候沾到了。」他說，「一直洗不掉，所以乾脆剪掉。現在我想把整顆頭剃掉，可是我太醉了。」

你不發一語，從他手裡拿過剪刀，替他剪完剩下的頭髮，然後拿出他的電推剪，把頭髮盡可能全剃乾淨。

「現在誰是ＮＰＣ？」你對他說，「控制器在我手上，我才是要解任務的人。」

「你發現發瘋的室友在浴室裡，在莫名其妙的絕望中把頭髮亂剪掉一半。你要怎麼做？」山姆說，模仿互動式劇情遊戲的敘述格式。他把手指插進剪下的頭髮裡。「什麼都不要告訴莎蒂。」

「兄弟，她一定會注意到。」你用雙手抱住他的頭，親吻他的頭頂。

你在不公平遊戲的大廳。

「你們玩過很多遊戲嗎？」你一方面要拖時間，一方面也是真的想知道。

「玩過一些。」紅色方巾說。

「哪些？」你問，「不用怕，只是工作上的調查，我只是想知道大家都玩什麼。」

他們說他們玩了《戰慄時空2》（*Half Life 2*）、《最後一戰2》（*Halo 2*）、《魔域幻境之浴血戰場》（*Unreal Tournament*），還有《決勝時刻》（*Call of Duty*）。窩在桌子底下的高登點評：「你們還真喜歡射擊遊戲。」

「沒人問你意見，肥仔。」紅色方巾說。

很多年前，你參加過討論暴力與電玩關聯性的研討會，現場最具這方面專業知識的人穿著手肘有補丁的燈芯絨夾克，寫過一本以此為主題的書。他說絕大部分玩家都能分辨玩暴力遊戲和在現實中施行暴力的差別，而且小孩如果透過遊戲沉浸在暴力幻想中，心理可能還會變得更健康。你不是專家，但你知道一件事：沒有任何人類是被電玩裡的武器殺死。

你看著你的手機。從打給山姆到現在過了五分鐘。

你走近高登座位下的小冰箱。「要喝礦泉水嗎？我們這裡也有能量飲料。」

紅色方巾搖頭，但黑色方巾接受了。他拉起方巾喝水，你看見了他的臉。很稚氣，皮膚柔軟，被壓出紅印，還有斑點鬍渣。

「所以你們和梅瑟有什麼仇？」你說，「按照剛剛說的，你們沒玩過我們家的遊戲啊。」

「《楓葉世界》。」黑色方巾說。

「不必告訴他。」紅色方巾說。

「為什麼？他很快就會發現了。」黑色方巾說，「他老婆在《楓葉世界》裡跟一個女人結婚了，然後現在要為了那個女人離開他，而且……」

「幹，」紅色方巾對他的同夥說，「跟他一點屁關係都沒有。」

「所以你覺得是山姆的錯。」

「誰是山姆？」紅色方巾說。

「梅瑟鎮長。」

「我覺得是梅瑟的錯，我要復仇。」他說，像那種翻譯品質很糟糕的遊戲角色對白。

你轉向黑色方巾。「那你呢？你為什麼要來？」

「因為我覺得這樣不對。」黑色方巾說，「小小孩也會玩《楓葉世界》。我沒有偏見，但是為什麼要強迫灌輸小孩同性戀的事？」他盯著你，想看你是否同意。你不讓表情洩漏態度。

「而且從幼稚園開始我跟他就是最好的朋友，所以我必須來。」

你點頭。這些傢伙說得好像帶著兩把槍跑來辦公室想射殺遊戲設計師完全合理，彷彿這一趟只是要去釣魚，或是陪新郎去拉斯維加斯度過最後的單身週末。你想像他們在離家之前挑選方巾，爭論哪一條比較適合持槍射擊辦公室。「所以你們打算做什麼？」你說。

「我要殺掉梅瑟。」紅色方巾說。

「可是梅瑟不在，所以你們今天最好還是先回家吧？」

「去你的。」紅色方巾說，把槍管抵進你臉頰。「太浪費時間了。我現在就要去辦公室。」他把槍移到你脊椎上，你領著他們爬上樓梯。二樓安靜得令人放心，但你打開防火門時還是屏住呼吸。

整層樓都空了，你努力不要表現出鬆了一口氣。

「你騙我嗎？」紅色方巾說，「人都在哪裡？」

你編了一個故事，說剛好員工旅遊。「你看，山姆的辦公室就在這裡。」

「如果你是大人物，為什麼你沒去員工旅遊？」紅色方巾問。

「因為總要有人看家啊。我是NPC嘛，對不對？」

兩個方巾男孩開始把山姆架子上的東西掃下來，《一五》的紀念品灑得到處都是。「我討厭那個遊戲。」紅色方巾說，「讓小男生穿什麼他媽的裙子。」

電話響了。紅色方巾要你接起來。是警察，他們在外面，帶了一位談判專家。他們想和紅色方巾說話。但在交出電話之前，你蓋住話筒，告訴紅色方巾：「你們應該思考一下要怎麼結束這件事。」他的眼珠是淺棕色，你看得出他眼裡的恐懼。「現在還沒有人受傷，這樣對你們比較好。所以你們就提出要求，然後讓這件事過去吧。你們今天不可能對梅瑟開槍。」

紅色方巾接過電話，直接掛斷。他開始啜泣，把方巾扯下來擦眼睛，你第一次看到他完整的臉，看起來就是個小男生。他就像那個晚上把頭髮剃掉的山姆，看起來很脆弱，儘管身陷目前的情況，你還是想幫他。

「沒關係。」你說，想用手臂環抱紅色方巾。這是錯誤決定。他用兩手把你推去撞牆。

「放開我，你這變態。」

「拜託，喬許。」黑色方巾說。

「你他媽不要喊我名字。」紅色方巾說。

就在這一刻，安東下樓來走進辦公室（他到底在想什麼？），雙手高舉。「馬克斯，」他呼喚你，「我是安東，你還好嗎？」

紅色方巾把槍對準安東。

「他就是梅瑟嗎？」紅色方巾說，「你是不是騙我？」他轉向你，「他是不是明明就在這裡？」

「他不是梅瑟，」你說，「只是我們另外一位員工，他叫安東尼歐・魯伊茲。」

「他看起來很像梅瑟。」紅色方巾堅持。也許他真心相信安東就是梅瑟。那一天，安東不幸穿了一件紅色格紋襯衫，和《楓葉世界》裡山姆的角色一樣。山姆和安東長得並不像，只是都稍微練過身體，有深色頭髮，橄欖色皮膚。他們連族裔都不一樣。但你意識到，對這個拿槍的男孩而言，究竟他眼前的這個「對象」是誰，或許並不重要。

或許他並沒有把安東誤認為山姆。或許他只是不喜歡安東的外貌。安東的莫霍克髮型和緊身牛仔褲，看起來就是遊戲公司奉行自由主義的證據。

或許他就是想開槍射人。

你聽見紅色方巾的手指扣動扳機，立刻跳到安東和槍中間，「喬許，不要開槍。」你說。

來不及了。紅色方巾打出槍裡的五顆子彈。一顆擊中安東，你不知道打中哪裡。

三顆擊中你。

我感覺到

射擊

一場葬禮，

射擊

在我腦中

射擊

舉行

射擊

最後一顆子彈，紅色方巾用來打進自己的頭。

「天啊，喬許，」黑色方巾說，「你怎麼這樣？你為什麼要這樣？不是說只是要嚇嚇他們嗎？」黑色方巾跪到地上，緊握雙手，開始念主禱文。

在你昏過去幾秒前，

你的電話響了。是莎蒂。

對了，莎蒂懷孕了。你覺得你想要這個寶寶，但那是她的身體，你交由她決定。你們討論過各種阻礙：對工作、對生活的改變。你是遊戲製作人，所以你做了一張表單，就像在考慮要不要製作某一款遊戲時一樣，列出優缺點、分工、潛在危害、成本、收益、日期、可達成的目標。

你把你用筆電做出的成果給她看。「我們想像中的寶寶名字不能叫『活頁簿 1.xls』。」她評論，把檔案重新命名為「葛林渡邊二〇〇六夏遊戲」。

她要了一份紙本，過了一兩天，她說想生下這個寶寶。「永遠沒有夠好的時機。現在就是好時機。」她說，「《歡宴總管》已經做完了，我到春天為止可以繼續做資料片，寶寶會在夏天出生。只要順利，結果一定會比你的電子雞好很多。」

你和莎蒂開始把寶寶叫做「電子雞・渡邊葛林」。

你在醫院裡。

走廊彼端有一群人在唱歌，但你聽不清楚是什麼曲子。他們越來越接近你的病房，你聽出是瓊妮・密契爾（Joni Mitchell）那首讓大家聽了都想自殺的歌。更糟糕的是，頌歌隊在醫院裡唱這首歌，聽起來加倍令人消沉。你想不起歌名，因此心神不寧。你一向記得歌曲的名稱。

有人用一條星星形狀的聖誕燈泡裝飾病房。你想不到會是誰。跟你比較熟的人都是猶太教徒，或佛教徒，或無神論者，或不可知論者。

如果聖誕節到了，就表示你已經在昏迷狀態度過了三週。

如果聖誕節到了，就表示你沒能遵照承諾聯絡沃斯夫婦。

如果聖誕節到了，就表示《歡宴總管》已經在通路上架，數位版也開放下載。

如果聖誕節到了，就表示莎蒂已經進入孕中期。

你父親和母親來了。他們非常少同時出現，所以你知道自己一定情況危急。

你想起那首歌叫〈河流〉（River）。

你母親坐在床邊的椅子上，穿著印有草莓和鳥的洋裝，正拿一根長長的針，把顏色鮮亮的紙鶴串成一串。你知道她在做什麼：這是日本的一項習俗，叫做千羽鶴。如果摺滿一千隻紙鶴，就能讓一個人恢復健康。

雖然看不見人，但你感覺得到父親坐在地板上。他在摺紙鶴，好讓你母親串成一串。這就是婚姻。

過了一陣子，你父親離開了，母親繼續串紙鶴，但少了父親，庫存很快就見底。串紙鶴的速度比摺紙鶴快得多。

山姆進來時，做了自我介紹，說，「你是馬克斯的媽媽吧。」

「我叫安娜。」她說。

「我媽媽也叫這個名字。」山姆說，「馬克斯從來沒說他媽媽和我媽媽名字一樣。我以為你叫別的名字。」

你母親解釋，「我的韓文名字是愛蘭，但在美國大家都叫我安娜。」

「渡邊安娜。」

「渡邊是我丈夫的姓，我全名是李安娜。」

「我媽媽也叫李安娜。」山姆說。

「我看起來跟你媽媽像嗎？」

「一點也不像。」山姆說，「真奇怪，馬克斯和我竟然沒聊過這件事。」

「可能他覺得沒必要特別說吧。」你母親說，「李是很常見的姓，安娜也是常見的名字。」你母親對布料以外的事情毫無感性，「可能他根本不知道？」

山姆走到床邊，仔細打量你的臉，「不會，馬克斯一向什麼都知道。」發現山姆過世的母親叫什麼名字時，你覺得這一定是命運，從那天開始，山姆就成了你弟弟。只要你相信，那麼名字就是命運。

山姆轉回去面向你母親。「你的紙鶴快不夠了，」他說，「如果你能教我怎麼摺，我可以幫忙。」你母親示範，山姆在醫院的地板坐下來，也開始摺紙鶴。

你還活著。

莎蒂在梳你的頭髮，一邊告訴你《歡宴總管》成了全美暢銷遊戲冠軍。「我覺得他們根本不喜歡這遊戲，」莎蒂說，「只是同情我們而已。」

如果那是真的，你想叫她不要再這樣假謙虛。沒有人會因為同情白花六十美元。但忽然間，你的意識飄遠。

你還活著。

「安東出院了，」山姆說，「他會康復的。」

很好，你想。

「高登剛剛來看你，帶了薰衣草給你。」

你看不見那些花，不過好像聞得到。你內心有個自私的部分想著，要是當初你把高登獨自留在接待處，自己和其他人一起到頂樓避難就好了。

電玩遊戲不會讓人變得暴力，但也許給了你錯誤觀念，讓你以為自己能當英雄。忽然間，你的意識再度飄遠。

還活著。

你在半夜醒來，病房裡有人陪著你，你看見她紅棕色的頭髮，聽見鉛筆在紙上劃出沙沙聲。是柔伊。你好奇她在做什麼。

「我在做一部電影的配樂。」彷彿聽見你的問題，她開口回答你，「是很蠢的恐怖片，可是要把配樂弄對很難。我想到一個很聰明的設計，不知道能不能成功。我想只用鼓和銅管編曲，但又擔心這樣聽起來會像高中樂隊。我可能必須放棄目前的進度從頭開始。他們付我的錢超少。當然還有尾款的部分，但是我覺得他們不會付。這部片叫《血腥氣球》（*Bloody Balloons*）。」柔伊翻了個白眼，「《血腥氣球》怎麼可能付得出尾款。」她對你笑，「馬克斯，你最好趕快好起來。想像到世界上沒有你，我完全不能忍受。」她捏捏你的手，親了你的臉頰，

「不行，我不接受，我拒絕接受。我好愛你，我的好朋友。」

我好愛你。

讓前任變成朋友的方式，就是繼續愛對方，就是知道一段關係的結束能夠轉為另外一種關係，就是認清愛可以持續不斷，但也充滿變化。

你快要死了。

也許是幾小時、幾天、幾週後，你聽見一位醫生用異常平靜的聲音告訴你的父親和母親：你，渡邊馬克斯，世界公民，就快要死了。

你是遊戲圈的人，所以相信「遊戲結束」是建構出來的。如果停止遊玩，遊戲才會真正結束。否則永遠都有下一條命，就連最淒慘的死亡都不是終結。你可能會中毒、掉進強酸桶、被斬首、被射中一百次，但只要按下重新開始，就可以從頭再來。下一次你會找到對的方法，下一次，你也許能贏。

但事實無法否認。

你感覺到身體。黏滯的血液在循環系統裡流動，速度就像尖峰時段十號州際公路的車速。心臟不是自主跳動。大腦。

漸漸。

慢下來。
一點一點的，大腦
逐漸。
飄遠。
很快你就不再是你。像我們大家一樣，你會成為他人口中的某人。

你是馴馬人。
三十二歲生日時，山姆做了一個桌牌送你，上面寫著：

渡邊馬克斯
馴馬人

你一看到就笑了。「要計較的話，」你說，「有些版本其實是翻譯成『馴馬勇士』。」
「那就不是你了。」山姆說。
他第一次用這個稱號叫你時，其實是在罵你，但多年下來，這個名字逐漸變成暱稱，變成朋友間的玩笑。

所以你接受了。這就是你。

你小時候從來沒想過要成為電玩遊戲製作人。必須承認，有時候你會想，做這份工作會不會純粹是基於某種令人慚愧的消極態度？你會成為遊戲製作人，是因為山姆和莎蒂想做遊戲，而你當時沒有其他事好做嗎？你會成為遊戲製作人，是因為你愛著那些想做遊戲的人嗎？你人生中有多少事是因緣湊巧？你的人生是由天空中一枚巨大的多面骰來決定的嗎？但話又說回來，所有人生不都是這樣嗎？到頭來，誰能說自己主動選擇了人生中的任何事？況且，就算遊戲製作人不是你主動的選擇，你還是做得很好。

你想到《我們無盡的日子》，真希望能玩到。遊戲會面臨的問題可以預見，你很想和沃斯夫婦一起解決。舉例來說，他們必須決定要採用吸血鬼還是殭屍，必須決定一種奇幻生物，不然就要創造一種新的。或者……

但這些都不再是你該煩惱的了。

山姆握著你一隻手，莎蒂握著另一隻。你父母也在，不過他們站在你朋友身後。這很合理，莎蒂和山姆一直是你的家人，和你真正的家人一樣。在他們身後，一千隻紙鶴掛滿房間。

「沒關係，馬克斯。」莎蒂說，「你可以放下了。」

大腦和身體分離時，你想著，我一定會很想念那些馬。

你在桃子園裡。

那是完美的一天。高中同學史汪來找你，他認識的人在佛雷斯諾附近的增本家族農場（Masumoto Family Farm）裡認養了一棵桃子樹。那個人說你和你的朋友想摘多少就可以摘多少，但只有星期六早上可以去摘。

「有人會認養桃子樹？」你問。

「那不是普通的桃子。」史汪告訴你，「這種果實太容易碰傷，沒辦法運送到賣場。這座農場從一九四八年開始就由那個家族經營，從日裔集中營解散後就成立了。我朋友還必須寫一篇申請文和填申請表，才能認養到那棵樹。」

你告訴柔伊，她想去。她邀請了莎蒂，莎蒂邀請了艾莉絲。你邀請了山姆，山姆邀請了蘿拉，那個他在交往的女孩。然後你又邀請了賽門和安東，因為他們真的應該放一天假，先別管什麼《愛的二重身》。你們整群人在早上六點離開洛杉磯，九點三十分抵達佛雷斯諾，這裡看起來像另一個世界。

桃子大得不可思議，摸起來軟綿綿，沒有為了承受運送和賣場的貨架摧殘而經過改良。柔伊試摘一顆，她說感覺好像在吃花。她把桃子遞給你，你咬了一口，說感覺像直接喝桃子汁。然後你把桃子遞給山姆，山姆咬了一口，說這好像一首形容桃子的歌，不像真的桃子。

你的朋友們開始用越來越荒謬的比喻來形容桃子。

「像找到了耶穌。」

「像發現小時候相信的事是真的一樣。」

「像在吃《超級瑪利歐》裡的蘑菇。」

「像得了痢疾之後康復的感覺。」

「像聖誕節的早上。」

「像光明節的八個晚上。」

「像性高潮。」

「像高潮好幾次。」

「像看了很讚的電影。」

「讀了很讚的書。」

「玩了很讚的遊戲。」

「像做遊戲的時候終於完成除錯。」

「像青春的滋味。」

「像生病很久之後終於覺得身體變輕鬆了。」

「像跑馬拉松。」

「我這輩子什麼事都不用再做了，因為我已經吃過這顆桃子。」

莎蒂最後一個試吃完。不知為什麼，最後吃剩的部分又傳回你手上，你把桃子朝著樹舉高，而莎蒂正在努力摘桃子。

莎蒂戴著一頂很大的草帽，她爬上梯子，把一個柳編籃放在最上面一階。她看起來美好又健康，像協助就業宣傳海報上的女孩。她對你笑，亮出門牙間的縫隙。「我很敢吧？」她問。

「很敢。」

你在草莓園裡。

你死了。

畫面上跳出對話框：重新開始遊戲？

你想，好啊，有何不可？如果再玩一次，有可能會贏。

突然之間，你出現了，全新的你，羽毛豐厚、骨頭完整，身體裡流著新鮮的血液。

你飛得比上一次更慢，不想錯過任何細節。乳牛。薰衣草。哼著貝多芬的女人。遠方的蜜蜂。一臉難過的男人和池塘裡的情侶。你登台前急促跳動的心臟。蕾絲衣袖碰觸皮膚的感覺。你母親對你唱披頭四的歌，裝出利物浦人的口音。第一次把《一五》通關。阿伯特金尼辦公室頂樓。莎蒂的味道混著小麥啤酒。捧著山姆圓圓的腦袋。一千隻紙鶴。黃色鏡片太陽眼鏡。一顆完美的桃子。

這個世界，你心想。

你飛過種滿草莓的原野，你知道這是陷阱。

這一次，你繼續向前飛。

第八章

我們無盡的日子

1

山姆第一次見到馬克斯死掉，是在一九九三年十月。馬克斯當時在一齣黑盒子版本的《馬克白》中甄選上班柯（Banquo）這個角色。「劇情是這樣，」馬克斯解釋，「弗里恩斯（Fleance）和我正要去參加馬克白舉辦的晚宴，我們下馬，雖然我覺得不會有真的馬，畢竟這只是大學劇團。我點亮火把，這樣殺手才能看到我嘛。然後三個殺手就來了！他們攻擊我，我壯烈犧牲，詛咒所有殺我的人，說這是背叛！之類的。」馬克斯壓低聲音，「我已經看出來導演是個白癡了。我必須自己把打鬥的動作規劃好，不然就會看起來很假。山姆，你來當殺手，可以吧？我會從浴室這邊上場，你要嚇我一跳。」馬克斯把他的平裝本《馬克白》遞給山姆，翻開到第三幕第三場。

山姆當時只和馬克斯一起住了二十三天，覺得和馬克斯還不夠熟，沒辦法假裝要殺他，甚至沒辦法和他對戲。他不想被捲進其他人的戲，其他人的人生。對室友了解越少、室友也對他了解越少最好。

山姆最不想讓馬克斯知道的就是他的殘疾，雖然山姆並不認為那是殘疾。其他人的是殘疾，山姆則是「腳有點狀況」。山姆感覺自己的身體像老式操縱桿，只能直直往固定方向移動。要避免看起來像不良於行，就要避開容易暴露出殘疾的狀況：不平的地面、不熟悉的階梯，以及絕大部分情境模擬遊戲。山姆拒絕：「我不太會當演員。」

「這不是演戲。」馬克斯說，「是假裝謀殺。」

「我有很多讀本要看。星期三還要交一份作業。」

馬克斯翻了個白眼，拿起沙發上的靠枕。「這個枕頭就是弗里恩斯。」

「誰是弗里恩斯？」

「我的小兒子。他逃過一劫。」馬克斯把枕頭丟向門。「快逃，弗里恩斯，快跑，快跑，快跑！」

「讓目標的兒子逃脫絕對不是好事。」山姆說，「他兒子為什麼要叫弗里恩斯？」

「那我的角色為什麼要叫班柯？很值得思考的問題，山姆。」

「我要用什麼謀殺你？」

「刀？或劍？劇本上應該沒寫。不管真正的莎士比亞是誰，總之他這裡寫得很籠統，毫無參考價值：『他們發動攻擊』。」

「呃，我覺得武器會有差別。」

「那武器就交給你來選了。」

「你為什麼不反擊？你不是戰士之類的嗎？」

「因為我沒想到會被攻擊。你就是在這種時候冒出來。要讓我嚇一跳。」馬克斯對山姆露出看見共犯的笑容，「幫我嘛，這是我的重頭戲，你懂吧，我想要看起來很帥。」

「也是你的最後一幕對吧？因為你死掉了。」

「不對，我會變成鬼魂再登場，但是沒有台詞，只是在宴會上出現。」馬克斯說，「其實我不確定他們會不會讓我登場，還是只打算放一張空椅子。這要看我們有沒有打算呈現馬克白的觀看角度。」

「班柯是好角色嗎？」山姆問，「我對《馬克白》不太熟。」

「是主角的好朋友。但不是馬克白。不負責演那段『這個故事由傻瓜講述，充滿喧囂與憤怒，沒有任何意義。』不過也算有光輝時刻。至少我有名字！我有死掉的戲！還會變成鬼！我現在才一年級，還有很多時間可以爭取男主角。可惜我一直很想演馬克白，但在畢業之前恐怕不會有人再做這齣戲了。」

接下來一個小時，馬克斯以各種方式死去。倒在沙發上；跪倒在地；拖著腳步走過公共空間，掐著不同的身體部位：喉嚨、前臂、手腕、豐厚的頭髮。他低聲念台詞，有一次高聲吼出來，導致宿舍長還跑來確認馬克斯不是真的被謀殺了。山姆發現自己幾乎沒在注意自己的腳，他很享受念出殺手的台詞；藏在門後，再從馬克斯背後用枕頭攻擊他，或假裝要掐馬克斯的脖子。就算馬克斯其實察覺了山姆的攻擊都往右側偏，他也沒有說出來。

「你還不差啊，以前有演過戲嗎？」馬克斯問。

「沒有。」山姆說。他原本想說到這裡就好，但他氣喘吁吁，受到稱讚有點飄飄然、放下了戒心，不禁繼續說：「我媽以前是專業演員，我以前有時候會陪她對戲。」

「她現在在做什麼？」馬克斯問。

「她……呃，她過世了。」

「對不起。」

「好久以前的事了。」山姆說。承認自己以前有媽媽是一回事，但是把媽媽過世的故事告訴一個長得那麼好看、跟你又不熟的人……「話說，」山姆說，「一般在劇場都不太會用活的動物吧。」

「的確。」

「不是大學劇團的問題，你剛剛說……」

「我懂你意思，山姆。」馬克斯說，「你下學期要不要去試鏡？」

山姆搖搖頭。

「為什麼不要？」

「我有點……你可能已經有……」山姆坦承，「就這裡。沒什麼影響，可是我不想上台。要不要再練一次？」

山姆說不上來他是從什麼時候開始和馬克斯成為朋友，他認為這個晚上應該是個很合理的開端。

他需要一個起始點，才能計算這段友誼持續的日子。決定是排練馬克斯死亡的那一晚後，他算出總共是四千八百七十三天，大約是這個數字。數字通常能讓山姆安心，但想到這個數字多麼不值一提，想到馬克斯在他生命中佔的份量，卻讓他心神不寧。他又驗算了一次確認。對，四千八百七十三天沒錯。這是山姆睡不著時常做的基礎算數。

四千八百七十三，山姆想，手頭寬裕的十七歲年輕人戶頭存款數字；鐵達尼號乘客數的兩倍；那種所有人都彼此認識的小鎮居民人數；一九九〇年受通膨影響的筆電售價；年輕大象的體重；比我和我媽認識的日子多出六個月左右。

十五歲時，他年紀夠大，能注意到其他人也擁有自己的內在世界，但又還不夠大，不能擁有駕照。有一次，他問外婆是怎麼熬過母親死後的那段時間。她有工作要做，有受傷的孫子要照顧，而且即便她不輕易傷感，從未提過自己的情緒，她自己應該也有傷慟要面對。當時他們坐在她車裡，剛從聖地牙哥比完數學比賽要回家，山姆因為在自己一點也不在乎的領域上表現得比其他人都好，感覺有點飄飄然。

儘管曾經因為車禍面臨生死關頭，山姆還是很喜歡坐車出遊的過程。他和外婆最棒的對話都發生在車裡，在晚上。其實丰子和東賢會輪流載他，但他更喜歡坐外婆的車。丰子車開得很快，只要是她手握方向盤，旅程就只要花三分之二的時間。

「我們怎麼熬過來的？」山姆的問題讓丰子苦思。「我們早上起床，」她最後說，「去工作，去醫院，回家，上床睡覺。然後再來一次。」

「可是一定很難吧。」山姆追問。

「一開始最難。但是幾天過去，幾個月過去，幾年過去，就會漸漸變好，其實沒那麼難。」丰子說。

山姆以為她要結束這個話題了，但她繼續說下去：「有的時候，我還是會和安娜說話，有一點幫助。」

「你是說和她的鬼魂嗎？」他外婆是全世界最不可能見到鬼的人。

「山姆，別傻了，世界上沒有鬼。」

「好吧，所以你會和她說話，但是她不是鬼。她會回應你嗎？」

丰子瞇眼盯著山姆，想確認孫子是不是想讓她出糗。「會，在我心裡她會。我太熟悉你媽媽了，我可以扮演她。跟我媽媽和我奶奶也是這樣，還有我小時候最好的朋友有娜，她在她親戚家旁邊的湖裡淹死了。世界上沒有鬼，但是這裡，」她指指自己的頭，「是一座鬼屋。」她捏捏山姆的手，突然轉變話題。「你該學開車了。」

在黑夜的掩護下，山姆覺得能夠安心向手子承認他其實很害怕開始自己開車。

2

槍擊案發生後七十二天，馬克斯喪禮後兩天，賽門打給山姆。「我知道現在情況很糟糕，」他開口。那一年所有人找山姆講話時都用這句話開場。「但是辦公室要怎麼辦？安東現在好一點了，我們當時才剛開始《對高4》的試玩和除錯。如果不回去上班，就會趕不上八月的發行日。遊戲確定還要在八月上市嗎？而且大家都在問工作會不會繼續，我其實不太知道怎麼跟他們講……不是想催你，但是我們必須知道接下來怎麼辦。」

管理公司的實際業務，想當然耳通常都是馬克斯的工作。山姆和莎蒂是創意工作者！他們有大計畫和重要的構想！馬克斯確保帳單準時支付、辦公室燈會亮、植物有澆水。馬克斯負責和人溝通。倒不是說山姆以為馬克斯只做這些事。真正的工作安排都是默默進行：馬克斯扮演馬克斯，讓山姆和莎蒂能扮演好山姆和莎蒂。但是當然，現在馬克斯不在了。

山姆試著想像馬克斯會對賽門說什麼。「謝謝你聯絡我，你說得完全沒錯。我會和莎蒂討論。」山姆說，「今天之內會給你答案。」

山姆打給莎蒂，她沒接電話，他就傳訊息：我們要怎麼處理辦公室？五分鐘過去，莎蒂回覆：你想怎麼做就怎麼做。

他想回傳一些刺耳的話，因為山姆只想窩在床上，或許莎蒂現在也正是這樣。山姆想做的是嗑藥嗑到茫，找一種很棒的藥，能讓他的大腦休息一整年，卻不會要了他的命。

他的疼痛，像惱人的身心健康風向標，再度捲土重來，他平常用來抑制的方式全都失效。疼痛似乎總在他進入最深層睡眠時出現，他那愚蠢的人類大腦在此刻最難抵擋夢的侵襲。這種時候，山姆總會在夢裡想起自己輕忽了某件小事：他又回到甘迺迪街的公寓裡，突然想起自己忘記替《一五》某一個部分除錯。或者他開車駛在四〇五號州際公路上，正想踩煞車，就發現自己的腳已經沒了。山姆會驚醒，滿身大汗，幻肢抽痛，滿心驚慌和愧疚。這種感覺實在太不舒服，讓他難以再度入睡。從十二月以來，山姆從未連續睡超過兩小時。

不過和莎蒂不一樣，山姆會接電話，會回電子郵件，會和人說話。

他打了措辭強烈的簡訊，在按下傳送鍵送出給莎蒂的前一刻，今天第二次，他在心裡問自己：馬克斯會怎麼說？山姆肯定馬克斯會花時間同理莎蒂的處境。莎蒂懷孕了，她不僅失去工作夥伴，也失去了人生伴侶。和山姆不一樣，莎蒂沒經歷過這麼沉重的失去或悲慟。對莎蒂來說更難承受。山姆做出結論：馬克斯會自己去把該做的事做完。

在馬克斯中槍後這兩個半月裡，山姆從未回到阿伯特金尼大道的辦公室，最後打算回去時，他決定獨自行動。他不想讓助理、外公、蘿拉、賽門，甚至星期二去經歷辦公室裡可能存在的恐怖景象。他只想找莎蒂和他一起。不過，雖然提了自己要去，直接問她要不要一起去又太殘忍。她也沒主動說要一起去。

在辦公室大門前，出現了一個臨時祭壇：梅瑟鎮長和一五的填充布偶，塑膠筒裡枯萎的康乃馨和玫瑰，到處綁滿象徵支持的緞帶，被雨浸濕的卡片看起來像在外面放了幾十年而不是幾週，遊戲箱，祭祀用的蠟燭。每次有槍擊案發生時，都會出現這些無用的小東西，試圖表示：我們和你們站在一起，我們愛你們，我們譴責這種罪行。面對這些東西，山姆毫無感覺，只有一瞬間出現想用力踢一腳梅瑟鎮長布偶的衝動。他跨過祭壇時，心裡記了一筆：(1)清掉祭壇。接著他把鑰匙插進門鎖，心裡有點希望門打不開，但門輕易開了。他又記下：(2)鎖，(3)新保全。

室內的空氣比平常冷一點，有點不新鮮，但山姆聞起來沒有謀殺的味道，沒有任何味道。站在大廳裡，山姆覺得好像走進了博物館裡少有人造訪的房間。他可以想像一個精緻的小說明牌寫著：遊戲公司，加州威尼斯區，約二〇〇五年。大廳裡的樹快枯死了，(4)植物。

山姆疲憊但警醒地穿過大廳空間，像潛行遊戲裡的角色。其中一根木柱上有個彈孔，(5)補彈孔。

最嚴重的損害是馬克斯被擊中的地方，地面留下一片可怕的血跡。馬克斯的血滲入混凝土拋光地面。地板已經超過定期保養期限，血跡也已經留在那裡太久。山姆不斷嘗試更強的清潔手段，試圖把血跡清掉：水、清潔劑、碘離子清潔液、強力去污粉、漂白水，但汙跡滲得太深，必須找人來重鋪地板。(6)地板。

警察拉的封鎖帶鬆垂，讓房間有種節慶的氣氛。山姆把帶子丟進垃圾桶。

山姆走進馬克斯的辦公室。雖然他不負責經營不公平遊戲，但從外公外婆那裡也學了一些經營知識。在馬克斯的檔案裡，他找到保險公司的聯絡方式。聯絡到的業務員說他們的承保範圍沒有明文包含大規模槍擊案，（兩個人就算大規模了嗎？山姆心想。）因此，保險可能無法涵蓋維修費用。但是請記得拍照，梅瑟先生，還是可以嘗試申請理賠。

山姆找到清潔公司的名字，還有當初搬進來時幫他們做地板的承包商。接著，為了支付這些費用，他找到了會計師的名字。這位會計師顯然從一九九七年起就和他們合作了，當時他們還在劍橋區，不過山姆以前從來不需要和他聯絡。「你好，第一次和你通話，很遺憾你們遇到這種事，但幸好你們又恢復營運了。」會計師說，「不公平現在可動用現金不多。」

「是嗎？」山姆說。

「你們有很多現金去年十月用來支付阿伯特金尼的辦公室，這筆支出很大。不過長期來看，是很好的決定。」

人生中第一次，山姆一點也不想考慮什麼長期。

他離開馬克斯的辦公室，走進自己的辦公室，發現一五的週邊商品散落一地，像被轟炸過的格爾尼卡城：馬桶蓋髮型的斷頭、肥短的手腳、小孩圓圓的大眼、海浪、船隻、穿著足球衫的軀幹。山姆從地板上撿起一顆陶瓷做的一五頭顱，這顆頭原本和一具身體連在一起，構成一個存錢筒，是遊戲在丹麥發行時的宣傳品。山姆看著殘破的陶瓷頭顱不寒而慄：那些傢伙想殺的是他。他們想殺他，最後毀了一五的商品，殺掉了馬克斯。

在馬克斯病房裡的記憶閃現。莎蒂突然對山姆大喊：他們要的是你，他們要的是你，他們要的是你。她用拳頭打他的胸口，他沒阻止她。大力一點，他想，拜託。隔天，或是隔週，或是隔了一個月，她向他道歉過，但歉意不像攻擊那樣充滿篤定。

山姆把一五的頭丟進垃圾桶，離開辦公室，鎖上門。他沒心情處理死掉的一五博物館，或許再也不需要塞滿紀念品的辦公室了。這些紀念品能證明什麼？他們製作了遊戲，有人替這些遊戲宣傳，試圖用沒人需要的垃圾小物營利。

他記下：(7)梅瑟辦公室垃圾，又回到馬克斯辦公室。他口袋裡的手機震動，是莎蒂，她的聲音緊繃微弱：「你到了嗎？很慘嗎？」

「不算非常糟糕。」

「描述一下。」她說。

「我……沒什麼值得說的。」

「你要說實話。我不想被嚇到。」

「辦公室還是一樣。他們主要破壞的是我辦公室。我沒辦法把一五的存錢筒拼回去。地板也有一些損傷。柱子上有個彈孔。」

莎蒂沉默了一下：「『損傷』很籠統，什麼損傷？」

「是血。山姆說，「滲進混凝土地板裡了。」

「有多大片？」

「我不知道。最大片的周長大概一兩公尺吧。」

「你意思是馬克斯流血死掉的地方有一片一兩公尺的血跡。」

「對，大概吧。」山姆覺得精疲力盡。他內心有個角落想反駁，想說馬克斯沒有倒在地上流血而死。他是十週後在醫院裡死掉的。但山姆太累了，沒辦法計較這些。「我聯絡過地板承包商了，地板可以翻新。」

「我也可能不想把地板弄乾淨。」莎蒂說。

「你意思是希望我放著不要管？」

「不是，但是不應該清掉。」莎蒂說，「馬克斯不應該被清除掉。」

「拜託，莎蒂，血跡不是馬克斯，只是……」

她打斷他，「是他死掉的地方。」

「是……」

「是他被謀殺的地方。」

「我覺得要讓大家在一大片血跡旁邊工作很困難。」

「對，就是很難。」莎蒂說。

「還是要選一塊老地毯？馬克斯很愛圖騰地毯。」

「一點都不好笑。」

「對不起，不好笑。我太累了。說真的，莎蒂，你不想讓大家回來工作嗎？」

「我不知道。」

「你想自己過來看看嗎？」他懷抱希望，「我們可以一起決定要怎麼辦。我去載你。」

「不要，我不想看，山姆。我該死的一點都不想看！你有什麼毛病？」

「知道了知道了。」

「你處理好就對了。」她說。

「我來就是要處理，莎蒂。」漫長的沉默。他聽得見她呼吸，知道她還在。

「仔細想想，既然狀況這麼糟糕，把辦公室搬走可能比較好？」她說，「就算把地板弄乾淨了，還有人會想在那間辦公室工作嗎？」

「我不知道我們的錢夠不夠搬走，」山姆說，「每個案子進度都落後，這兩個半月我們持續付薪水，但幾乎沒完成什麼工作。賽門和安東現在該把《對高4》做完，《歡宴》的資料片也應該在十二月完工。」

「安東要回來了？」莎蒂說。

「對，賽門覺得可以。」

「真勇敢。」莎蒂說，但她語調裡有種惡意，他感覺得出來她準備發起新的爭執。「你意思是因為你覺得很麻煩，所以我們不能搬走嗎？還是真的不能搬？」

「莎蒂，我是在跟你講現實狀況。我今天早上跟會計師聊過了。你可以自己打去問他。」

「你就是有辦法把現實扭曲成符合你企圖的樣子。」

「我有什麼企圖？我只想讓我們的員工回來工作。」

「我不知道，山姆。你會有什麼企圖？」

「我不希望公司倒閉。這就是我的企圖。馬克斯也會有一樣的想法。」

「馬克斯不會再有想法了。」她說，「告訴你，山姆，就照你的意思做，反正每次都這樣。」

「你沒事吧？」

「你覺得呢？」她掛斷電話。

（8）莎蒂……

他唯一能為莎蒂做的事，就是讓公司繼續運作下去，等待她準備好回來。

這一天漫長得不可思議，現在才十一點，地板師傅還有兩個小時才會到。山姆在馬克斯辦公室裡堅實的橘色沙發上躺下，閉起眼睛，但沒有睡著。

馬克斯辦公室的電話響起，山姆沒去思考是誰打來，也沒猶豫自己該不該接馬克斯的電話，就接了起來。

「太好了！終於通了！」一個女性聲音說，「語音信箱已經滿了。我想寄電子郵件，但是我只有馬克斯的信箱，而且……」

「我是梅瑟。你哪位？」山姆不耐煩地說。

「梅瑟？哇，很榮幸能跟你講電話。」

「你哪位？」山姆重複。

「喔！對不起，我叫夏洛特．沃斯。我先生和我去跟馬克斯討論過我們做的遊戲，就是在……在……呃，他那時候說會考慮製作。他有沒有提過？故事是一個媽媽帶著女兒在末日後的世界求生，媽媽有失憶症，女兒是像一五一樣的小孩，然後還會有吸血鬼，但其實不算吸血鬼，很難解釋，還有……」

山姆打斷她，「我怎麼會知道。」

「我知道現在時機不對，但是馬克斯那邊有《我們無盡的日子》的概念圖……遊戲就叫這個名字，我們留在他辦公室裡了，我們在想能不能拿回來。」

「我怎麼會知道。」山姆重複。

「呃，如果你有看到的話……」夏洛特說，「還是可以麻煩你請人找一下，是一本黑色的資料夾，上面有縮寫AW，是我先生亞當．沃斯的名字。」

「不是，你到底有什麼毛病？」山姆說，「馬克斯死了，我沒時間也沒意願去找你先生的資料夾，或是聽你無聊的遊戲提案。」

「對不起。」夏洛特說，聲音帶著哭腔，加倍激怒了山姆。莎蒂講電話的態度很糟糕，但她可沒有哭。這個陌生人有什麼資格哭？「我知道時機不對。我真的知道。只是我需要把資料拿回來，如果你可以……」

山姆掛斷電話。

在一九九三年哈佛拉德克利夫戲劇社（Harvard Radcliffe Dramatic Club）秋季製作的《馬克白》裡，導演最終決定不讓馬克斯飾演班柯的鬼魂。他安排飾演馬克白的演員在長長的宴會桌邊盯著一張空椅子，只有馬克白看得見隱形的馬克斯，然後他又指示馬克白對那張空椅子丟餐包，這種小餐包是半夜從亞當斯宿舍食堂偷來的。「竟然只用餐包，山姆！」馬克斯抱怨，「有夠丟臉！」不過，首演之夜，馬克斯就原諒了這個決定。他對山姆說，「如果我在死前那幾幕表現得好，讓觀眾真正留下印象，那就算不出場，他們也感覺得到我的存在。」

山姆的手機響起，地板師傅提早到了。山姆下樓去放他進來。

山姆領他去看那片汙跡，師傅立刻積極動工。「我記得這地板是我做的，大概五六年前，對不對？」師父說，「這裡弄得很漂亮，燈光很好。一個紅頭髮白皮膚的女孩子帶我進來的。

你說你們是什麼公司？科技業對不對？」

「電玩公司。」山姆說。

「工作一定很好玩。」

山姆沒回答。

「這是怎麼弄的？」師傅問。

「不好意思。」山姆說，假裝為了接電話走遠。「對，我是梅瑟，地板師傅現在已經到了。」

他尷尬假裝對話，「對，對。」他發現自己正對著有個彈孔的那根柱子。明天有工人會來補，但山姆現在看著這個洞，覺得或許應該留著這個傷疤。這不像沾滿血跡的地板一樣可怕，彈孔形狀完美渾圓，邊緣乾淨。神奇的是木材也沒有迸裂，只是邊緣微焦，像一個原本就存在的木節，外人並不會一眼就看出這代表他的夥伴已經死了。

就只是個洞而已。

3

《歡宴總管》資料片原訂在主遊戲推出整整一年後的十二月發行，但直到四月底，還沒有什麼確實的進度。小森（Mori）是莎蒂指派的負責人，他不太願意向山姆抱怨莎蒂，但最終還是必須承認進度之所以緩慢，是因為莎蒂總有種種合理的理由失聯。

「我能理解。」小森說，「她現在一定很不好過。」

「沒有她的話你們可以直接繼續做嗎？」山姆問。

小森考慮了一下才回答：「我們可以，但我覺得最好不要。」

山姆很明白他的感受。「我會跟她談。」他說。

理論上，莎蒂應該在家工作。打電話給她沒用，所以山姆傳簡訊。他一想到傳訊息給莎蒂有多徒勞就覺得不滿，每次她都會忽略至少一半訊息內容，往往還是重要的那一半。他傳：歡宴資料片團隊需要你參與。

我今天下午會去找他們。莎蒂大約一小時後回傳。

你要進辦公室嗎？山姆回傳。

不會，我打電話。

他們有點找不到方向。山姆傳。

莎蒂沒有回。

不公平遊戲辦公室正式重啟那一天，山姆希望他們兩個能一起對回來的員工說點話提振士氣，鼓勵大家繼續堅持下去之類的那種戰前信心喊話。莎蒂答應時，山姆小心翼翼重拾希望。要是他們都能回來工作就好。要是她能回來工作就好。

他們約好員工抵達前一小時在辦公室外碰面。鎖已經換了，保全也更新過，所以必須由他放她進來。

她在約定時間前一分鐘出現，讓他鬆一口氣。她穿著黑色針織洋裝，他第一次親眼看見她懷孕了，很訝異自己有股衝動，想做出許多人會對孕婦做出的侵略舉動：侵犯她的個人空間，摸摸她的孕肚。但他不會對莎蒂做這種事。他對她揮手，她也邊過馬路邊揮手，山姆心想，我們要進去了，我們會再跨過這個門檻，沒問題的。

「哈囉，好久不見。」他說，對她伸出手。

她看起來好像要回握他的手，但旋即表情一變，肩膀微微垮下來，鼻翼擴張，轉身面向牆壁。他看不見她的臉。「等我一下。」她說。

她的呼吸聽起來急促紊亂。她轉回來面向山姆，但沒看他的眼睛，額頭上已經冒出一層薄汗。「我沒辦法。」她說。

「我們先進去吧。」山姆打開門鎖。「進去再說，你進去就會感覺好一點了。」

「你今天只能靠自己了。」

「莎蒂，我……」一如往常，他說不出「需要」。「大家會想見到你。」山姆頓了一下，「我知道這樣對你要求太多，但這是我們的公司，我們和馬克斯的公司，大家都要靠我們。你如果不想說話，什麼都不必說，只要進去看看大家。安東已經在裡面了。」

莎蒂臉色蒼白，身體顫抖。她說：「對不起，山姆。我真的不行。我……」她突然就在人行道上吐了，手指緊抓建築外牆穩住自己，他聽得見指甲刮在磚面上的聲音。

「妊娠劇吐症。」她說，「我孕期越長，症狀就越嚴重，但是醫生一直堅持應該快結束了。」她的嘔吐物沾到洋裝和臉上，山姆不知道該怎麼幫她。「我沒辦法進去。」她說。

她現在懷胎六個月，山姆不打算逼她跨進那扇門。「沒關係，」他說，「改天再說。」山姆想送她回家，但他必須去見員工，去對他們說話。「你這樣能開車嗎？」

「我走路來的。」她說。

他目送她過馬路，接著獨自回頭，走進不公平遊戲。他無法想像請助理去清莎蒂的嘔吐物，但也不希望驚魂未定的員工一來就看到這場面。山姆從掃具櫃拿了拖把和水桶，捲起袖子。

他一邊清理人行道，一邊思考該對不公平遊戲歷盡滄桑的員工們說什麼。他該解釋莎蒂為什麼缺席嗎？該一開始就說莎蒂今天原本也想來嗎？還是讓他們自己去推測比較好？馬克斯會怎麼說？

山姆，沒有你想的那麼難。大家想得到安慰，而且其實也想放下這件事。就告訴他們現在回來工作很安全，告訴他們就算身處在這個毫無規律可循、充滿暴力的宇宙裡，他們看似瑣碎的工作還是具有價值。

山姆倒水在人行道上，把嘔吐物沖進下水道。

先找個趣事開頭，說個跟我有關的好笑故事。謝謝他們回來，要發自內心。這樣做就好了。

你把事情弄得比實際上還困難。你每次都這樣。

隔天早上，莎蒂傳簡訊給山姆：我想提早開始休產假。我會用電話跟《歡宴》團隊保持聯絡，在家裡監督他們的進度。

好。山姆回傳。他知道這樣不行，但還是同意了。

又過去一個月。山姆再度傳簡訊給莎蒂：我覺得我們需要好好談一下。我可以去找你嗎？

用電話講就好。

那我打去你要接。

她沒回應。

他打電話。

她沒接。

他不理解，也沒時間深刻思量她的內心是什麼狀況。他只想讓《歡宴總管》有進度，至少，讓她好好帶領她的團隊。馬克斯死後已經過了三個月，這是唯一一件他堅持她該做的事。

從莎蒂構思《歡宴總管》開始，資料片就已經同步動工。《歡宴總管》幾乎和《兩界》一樣花錢，因此用同樣的遊戲引擎推出額外內容，理論上是讓這個遊戲能夠有盈餘的重要手段。《歡宴總管》主遊戲以《哈姆雷特》的劇場演出為核心，資料片則打算用《馬克白》當主軸。

基於種種原因，資料片務必得在遊戲推出後一年內發行。

他開車到她家，走到大門前敲門。她沒回應，他敲得更大聲，大喊她的名字：「莎蒂！」

自從馬克斯和莎蒂買下這棟房子，山姆一直心懷怨妒。馬克斯給他看仲介刊在網路上的房屋介紹時，他第一印象是這房子像鬧鬼的破屋。但是一聽說兩人買下房子（就在兩人證實他們在一起後不久），他就開始對這種房子產生執念。他數不清自己看了房屋介紹頁面幾次，研究空間配置和現場照片，像在備考一樣認真。他會把腦海裡一三一二號新月美宅的平面圖帶進墳墓。根據鄰近地段的廣告，他推斷他們買貴了，雖然這兩人是他最好的朋友，他卻期望他們的投資面臨貶值，避無可避。成交幾個月後，房屋介紹與照片都從仲介網站上撤下，山姆陷入恐慌，接著產生強烈的悲傷。莎蒂和馬克斯第一次邀他到家裡吃晚餐時，他覺得自己好像親眼見到名人，是那種紅得莫名其妙的傢伙。不過實際見到的這棟房子很迷人。這是馬克斯和莎蒂的家，當然迷人。

所有窗簾都緊閉著，但山姆看得見一個房間有燈，他知道那是她的臥室，她在家。

「莎蒂！」他再度大喊。

幾分鐘後，她來應門，看起來沒什麼變，除了懷孕和臉色蒼白。

「什麼事？」她說。

「我可以進去嗎？」

她拉開門，留出讓山姆勉強可以擠進去的空間。房子裡空氣不流通，他隱約聞到新鮮顏料的味道。

「你在畫畫嗎？」山姆問。

「是艾莉絲。」莎蒂說，「她借住在這裡。」

她帶他走進客廳，客廳不髒亂，但植物顯然沒人照顧。

「所以什麼事？」她說，「讓你進來了。」

「《歡宴》資料片團隊想知道資料片要怎麼做。」山姆說。

「我說過我會打給他們。」莎蒂說。

「如果沒辦法在今年上市，我們就必須升級引擎，不然技術就會落後……」

莎蒂打斷他：「我知道遊戲是怎麼運作的，山姆。」

「如果能在你生產之前完成會比較好。」

「對。」

「要不要我把這件事交給別人？你可以跟我講大方向，我來盯。」

「這是我的遊戲，山姆。我會把資料片做完。」

「對，可是大家都會理解。畢竟是這種狀況。」

「這樣你就開心了是不是？染指我的作品，找更多方法說成是你做的遊戲。」

「莎蒂，這不是我的用意。我是想幫你。」

「如果你真的想幫我，就不會來煩我。」

「我也很樂意不來煩你，但是總要有人讓公司運作下去。」

莎蒂拉長毛衣袖子蓋住手。「為什麼？」莎蒂說，「為什麼一定要做這些事？」

「天啊。因為這是我們的公司。」山姆站起來，一瞬間以為自己會歪倒，幻肢像心臟一樣激烈搏動。但他沒坐下，也沒說自己不舒服，只是放任疼痛與睡眠不足加劇怒火。「我受夠了。你真的認為自己比其他所有人都更痛苦嗎？你認為你比我更痛苦嗎？你是全世界第一個生小孩的人嗎？第一個失去親友的人嗎？你認為在悲傷這一塊你是什麼了不起的先驅嗎？」

莎蒂向前移動，她感覺得到兩人之間衝突的能量，感覺得到自己即將吐出殘忍的話，來回應他那些殘忍的話。但殘忍的話沒出現。心煩意亂的一瞬間後，她向前栽倒，開始哭泣。

他看著她，沒有上前。「振作起來，莎蒂。來辦公室，我們一起熬過痛苦，就這樣做下去。我們把痛苦放進作品裡，讓作品變得更好。你必須參與，必須跟我溝通。你不能無視我，無視公司，無視以前的一切。馬克斯死了，不代表一切都結束了。」

「我沒辦法去那裡，山姆。」

「那你比我以為的脆弱。」山姆說。

太陽沉落，空氣突然變冷，洛杉磯海岸城鎮一向如此。「老實說，」她低聲說，「你一向把我看得太高了。」

山姆走向門口。「來不來辦公室我不在乎。但是你要把《歡宴》做好，那是你的遊戲，你當初可是為了做這個遊戲，不惜跟我鬧翻，希望你還記得去年十二月之前的事。這是你欠我、欠馬克斯、欠你自己的，莎蒂，這是你欠這個遊戲的。」

「山姆，」她在他到門口時喊，「請你不要再來這裡了。」

她沒有承認山姆說得對，也沒有再和山姆說過話，頂多偶爾勉強傳個簡訊。她一次都沒有進過辦公室，不過多調了一台電腦回家。她定期和小森溝通，小森向山姆回報說莎蒂自己完成了非常多工作量。最後，《歡宴總管：蘇格蘭》（*Master of the Revels: The Scottish Expansion*）資料片在她生產前一週完工，也按照預定時程發行。

山姆聽說遊戲做得很好，但沒有親自體驗過。要花好多個月，他才能提起玩這個遊戲的力氣。

4

娜歐米・渡邊葛林（Naomi Watanabe Green）在七月出生。和她母親懷她時做的遊戲一樣，完全準時。

山姆不知道莎蒂希不希望他去拜訪，而他一向對不確定自己受不受歡迎的場合無所適從。

此外，他也不是特別想看見這個寶寶。他害怕所有嬰兒，那種純潔無瑕令他退避三舍。尤其這一個，他害怕在她臉上看見馬克斯。

你應該去看看寶寶，想像中的馬克斯勸他，信我這一次。

但山姆沒聽他的建議。

不過，他還是為莎蒂做了能做的事。他去工作，就算不想去也去，就算要忍受痛苦也去。他打電話給艾莉絲，他不喜歡艾莉絲，但想知道莎蒂的情況。他開車路過她家，確認燈開著，不過跟那棟房子保持距離，因為這是她要求的。也許還不夠，但他能做的就是這些。

5

在《對應高校：高四》（*Counterpart High: Senior Year*）完成除錯的那一天，賽門對山姆宣布：「這種時候就該辦個派對，梅瑟。」

山姆坦承自己完全沒想過辦派對這種事。

「你在開什麼玩笑？天啊，真想念馬克斯。你問為什麼要辦派對？我也不知道，因為遊戲做完了，我們也熬過了這一年。他們想殺掉我們，差點毀掉我們，但是我們還在！大家辦派對都是為什麼？」

和其他許多事一樣，派對主要是馬克斯管轄的範疇，山姆以前從來沒有主辦過。馬克斯的建議是找個派對顧問：「拜託，山姆，你不必什麼事都自己做。」

《對高》結束在一場畢業典禮，因此顧問提議主題就用「畢業之夜」。賓客可以戴畢業帽，穿畢業袍，或是打扮成高中生。會有個祕密房間放酒精飲品和水果調酒，會有一台拍貼機，會有放著畢業紀念冊的簽到桌。山姆覺得聽起來很幼稚。「大家就喜歡幼稚的。」派對顧問向他保證。

山姆邀了莎蒂，但心知她不會來。艾莉絲說她自顧不暇。「我覺得她有標準的產後憂鬱症狀，再加上她原本就有憂鬱症。」艾莉絲說。他還是每天都有想直接殺到她家去的衝動，像大學時那樣。但莎蒂是個大人了，還生了個孩子。山姆也是大人了，他有公司要經營，而且絕大部分只能靠自己。

馬克斯過世後第四百一十三天，不公平遊戲辦了一場派對，慶祝《對應高校：高四》發行。賽門穿戴皇家藍的畢業衣帽，有點微醺，一如往常一喝醉就變得多愁善感，他吸了一排古柯鹼，讓自己清醒一點，開始追憶馬克斯發掘他們時的狀況：「我們那時候資源不多，還在上大學，提案真的是史上最爛，只有兩百頁超冗長的論述，和幾張概念圖。」

「還有那個標題。」安東追加。他穿著嬰兒藍晚宴服，揹著寫有「畢舞之王」的肩帶。

「對，馬上就被山姆否決。」賽門說。

「也沒有馬上。」山姆也穿著畢業衣帽，配色是鮮紅色和金色。派對顧問放了一大堆這種衣服在門口，提供給沒扮裝來參加的人。「那你們覺得馬克斯為什麼決定要製作原本名叫《愛的二重身》的遊戲？」

「不知道。」賽門說，「如果是我，絕對不會給我們資金做遊戲，這一點我知道。」

「可是他的判斷沒錯吧？看後來的結果就知道。這是我們最成功的系列。」山姆說，「他當時對你們說什麼？他注意到什麼？我很想知道。」

賽門思考這個問題。「他說他會讀完我們給的材料，說他很感興趣。然後他說……喔這句我記得很清楚，他說『告訴我你們是怎麼想的』。」

接下來幾小時，山姆和來參加派對的人應酬，像在履行工作一樣，事實上現在這也的確是他的工作。接近午夜時，他被應酬搞得疲累不堪，想找個地方躲起來充電。要去他或馬克斯的辦公室都必須再穿過派對會場，穿過一大堆記者、玩家、員工、其他遊戲公司同業組成的火線，所以他進了莎蒂的辦公室，那裡離一切最遠。她辦公室裡有人：安東坐在她桌前。

「畢舞之王在這裡做什麼？」山姆問。

「國王累了。」安東說，「而且我討厭嗑藥的賽門。」他尷尬承認自己如果想暫時躲開賽門，就會來莎蒂的辦公室，因為他和賽門在二樓共用一間大辦公室。至於山姆，早在槍擊案發生前，他就已經不會進來莎蒂的辦公室了。

安東在翻莎蒂桌上一本放著很多圖畫的資料夾。「這是你們在做的東西嗎？」他問。

「不是。」山姆說，「從來沒看過。」

「還滿不錯的。」安東說。

山姆拉來一張椅子，在安東旁邊坐下，兩人開始認真翻閱。資料夾裡是一系列圖畫和分鏡圖，描繪出美國西南部某處的末日後景觀，都是鉛筆和水彩繪成。

第一頁上有個標題：《我們無盡的日子》，碎裂的石頭字體上長出野花。

山姆覺得這標題有點熟悉，但說不上來為什麼。

安東大聲唸出文本：「第一天到第一百零九天：乾季。已經超過一年沒下雨，湖都乾了，海平面下降，越來越難弄到淡水。乾旱引發的疫病橫掃美國，五分之四的人口患病死亡，地球上大量動植物也受害。活下來的人則有很多都變成了沙漠吸血鬼，他們大腦中的化學物質因疾病和缺水而產生變化，有些吸血鬼比較殘暴，稱為焦渴派（the Parched）。有些殭屍溫馴但沒有記憶，是溫和派（the Gentle）。溫和派可能突然變成焦渴派，反之亦然。」

山姆笑了，「這樣啊。」

安東翻頁，看著下一張畫，是一張水彩，細膩描繪一個女性沙漠吸血鬼進食的場景。沙漠吸血鬼撲向一個男人，舌頭變形成長長的管狀，刺進男人鼻腔。旁邊的圖說寫道：人體中高達百分之六十是水，心臟和大腦中水佔百分之七十三；肺臟，百分之八十三；皮膚，百分之七十四；骨骼，百分之三十一。沙漠吸血鬼渴望的不是人血，而是人身上的水。

「概念上來說還滿有趣的。」安東說，又翻過一頁。小女孩和母親走在像達利的畫一樣超現實的美麗沙漠裡，焦糖色的沙上留下一行腳印。母親手裡有槍，女兒有刀。圖說寫著：六歲的小女孩常常不知道怎麼形容自己面臨的處境，但她負責守護記憶，所以被稱為守護者。玩家可以在媽媽和守護者之間切換，但是如果想抵達海岸，兩個角色的操作都必須熟練。守護者相信父親和兄弟都在海岸那裡等著她。

「這個人畫工很好，」山姆說，「但是故事滿老套的。」

「不過我還是覺得有點東西。」安東堅持，「這些畫讓我覺得……不知道怎麼說，就是滿有感覺的。」

安東翻頁：守護者和媽媽正在抵擋吸血鬼攻擊。圖說寫著：第兩百八十九天：記憶的重擔。我們做夢時，夢見的是舊世界：雨，浴缸，肥皂泡，乾淨的皮膚，游泳池，夏天時穿過正在噴水的灑水器，洗衣機，遠方看起來像夢境的海。

下一張畫，守護者用麥克筆在小腿上畫了一條線，旁邊還有一排又一排其他的線：如果不數日子，就不會知道自己存活了多久。

「好像的確有點東西。」山姆說，「我要把這本帶回家看。」他蓋上資料夾，從桌上拿起來。一張綠色便利貼脫落，飄到地上。是馬克斯的字跡，小小的、間隔均勻的字母，全都是大寫：

莎，告訴我你的看法。馬。

山姆瞬間想起回到辦公室那天打電話來的那個女人。「我好像知道這本是誰的了。」山姆說，「是一個團隊。一個女人和她老公。」

「如果你打算見他們，告訴我一聲。」安東說，「我可能想參加。不知道為什麼這有點讓我聯想到《一五》。」

山姆把資料夾滑進手臂下夾著。「你常和莎蒂講話嗎？」山姆問。

「有時候吧。」安東說，「我還希望能更常聯絡。寶寶真的超可愛，頭髮超濃密，跟她和馬克斯長得很像。」

所有寶寶都很可愛，山姆心想。「你覺得她會回來工作嗎？」

「我不知道。」安東說。

「像莎蒂這麼愛電玩的人，不可能永遠離開。」山姆是說給自己聽，也是給安東聽。

「我有時候也會想要不要轉行。」安東說，「我是喜歡電玩，但是因為這樣被槍擊真的值得嗎？」

「但你還是回來了。」山姆說。

安東聳聳肩。「還有什麼比工作更好？」他停頓，「還有什麼比工作更糟？」

山姆點頭，仔細打量眼前的安東。在他心裡，賽門和安東一直還是小孩，因為馬克斯決定製作《愛的二重身》那時，他們真的好年輕。但安東早已不是小孩了，他的眼睛讓山姆聯想起自己的眼睛，有那種承受過痛苦，也預期會再度承受的神態。山姆把手放在安東手臂上，模仿他看過馬克斯做的動作。「以前可能沒告訴過你，但是我想讓你知道，真的很感謝你回來把遊戲做完。我知道一定非常不容易。」

「說實話，山姆，我很感謝有《對應高校》，很感謝不用一直待在這個世界裡。」安東頓了一下，「有時候，在做《對高》的時候，那個世界對我來說更真實，比這個世界更真。我更喜歡那個世界，因為那裡可以完美。我讓世界變得完美。真正的世界是難以預料的一團混亂。真實世界的編碼我一點都沒辦法改變。」他自己笑笑，然後看著山姆，「那你還好嗎？」

「很累。」山姆承認，「整體而言，我會說今年是我人生中第二慘或是第三慘的一年。」

「絕對算得上我最慘的一年。」安東說，「那你經歷過的慘事滿驚人的。」

「非常驚人。」山姆同意。

他們準備再度回到派對裡，安東又補了一句，「我想到一件事，她說她晚上會打遊戲，可能是她電腦上的遊戲吧？還是手遊？她提過某個餐廳遊戲，好像背景是西部拓荒時代。不是什麼複雜的東西，她都說那是『垃圾笨遊戲』，不過可以讓她緩解焦慮。我想說的是，我覺得她還沒徹底放棄遊戲。」

山姆思索這項資訊，最後點點頭。「對了，安東，你覺得《我們無盡的日子》這個名字怎麼樣？」

「還可以，不過在蒙大拿一定賣不好。」安東說。

ＤＪ大聲喊：「大家馬上到頂樓去！」兩年前的十二月，這句指令有截然不同的意義，山姆和派對顧問爭論過再把大家叫去頂樓合不合適。但最後，他覺得應該重新收復那片空間。頂樓一向是阿伯特金尼大道這棟建築最棒的角落，馬克斯很喜歡頂樓。

「走吧？」山姆說。

安東抓著山姆的手，兩人任由人群把他們擠上樓梯。

「準備丟畢業帽。倒數三秒！三、二、一……」

山姆丟出自己的帽子，安東丟出舞會王冠。

「恭喜對應高校二〇〇七學年度畢業班！」

「我們做到了。」山姆說。

「我們做到了！」安東大叫。

ＤＪ播放〈大家都有（擦防曬的）自由〉（Everybody's Free [to Wear Sunscreen]），這首一九九九年的怪歌由巴茲・魯曼（Baz Luhrmann）朗誦，傳聞內容是寇特・馮內果（Kurt Vonnegut）沒有用上的畢典致詞講稿，結果後來發現作者根本不是馮內果，而是《芝加哥論壇報》（*Chicago Tribune*）的專欄作家瑪莉・施密奇（Mary Schmich）。山姆和安東對歌詞的作者爭議毫不知情，只是單純享受這首歌，在頂樓邊緣傾身伸長脖子，欣賞從阿伯特金尼這裡看得到的一線海洋。

「你知道有件事很荒謬嗎？」安東說，「我為了做《對應高校》，錯過自己畢業那一年。」

「我也是。」山姆說，「不過是在做《一五》。」

派對大約在凌晨兩點三十分結束，以洛杉磯這座有夜城而言算滿晚的。山姆把徘徊的人都趕出去，鎖上全部的鎖，然後坐進車裡，開車回家。幾乎每天下班他都路經莎蒂家，這天也不例外，畢竟很近。他看得見二樓有盞燈亮著，是客房，他猜應該已經變成寶寶的房間。他可以想像自己下車走到門前，但從未真的實行。這一夜，他決定在她家外面停車，傳簡訊給她。

我們在派對上很想你。你能想像嗎，我本人，厭世的山姆·梅蘇爾，竟然負責主辦派對？大家看起來玩得滿開心的。

她沒回。他再傳。

我在考慮製作某個新遊戲，你可能會有興趣？有點像《一五》結合《死海》。我可以把東西留在你家門前嗎？我覺得這是馬克斯也可能想做的遊戲。

她立刻回覆。山姆，我沒辦法。

∵

山姆和沃斯夫婦見面這一天下著雨。

助理告訴他沃斯夫婦人在大廳，山姆說他會自己下去帶他們。

「謝謝你們再過來一趟。」山姆說，「隔了這麼久才聯絡你們很抱歉。從你們和馬克斯見面之後大概過了一年半左右？」

「感覺上更久。」亞當・沃斯說。

「又好像沒過多久。」夏洛特補了一句。

山姆注意到他們輕鬆替彼此補完句子，不禁懷念起身邊有夥伴的感覺。

回到他辦公室後，他把資料夾還給亞當。「這是你的，不好意思放在我們這邊這麼久。內容很好，我已經看了好幾遍，我覺得……」

夏洛特迅速插話：「如果這個你覺得不適合的話，我們還有其他構想。」

「不會，這個我喜歡，但我不太確定有沒有理解透徹。」山姆說，「要不要說說你們是怎麼想的？」

6

馬克斯中槍後第五百零三天，夏洛特．沃斯與亞當．沃斯夫婦開始製作《我們無盡的日子》。

為了迎接他們到來，山姆在前一晚收拾了莎蒂的辦公室，把她的私人物品先搬到他自己的辦公室。一位助理打算隔天下午把箱子載去她家，此後，他的兩個夥伴就將正式從不公平遊戲這個工作空間裡消失無蹤。

山姆去看沃斯夫婦安頓得怎麼樣。亞當不在，但夏洛特坐在桌前，筆電上開著一個遊戲。

「我想找《蘇格蘭》資料片裡的某個東西參考。」她解釋，「莎蒂．葛林表現鮮血的方式很厲害。不知道是不是我想太多，我覺得她好像刻意讓每個人的血液顏色不同，連濃稠度都不一樣。讓血液擁有個人特色是很小的細節，但我覺得太厲害了。」

「我還沒玩過。」山姆承認。

「真的假的？」夏洛特說，「真的很棒，比上一次更血腥。劇院大屠殺那一關是我玩過最血腥最驚悚的遊戲。」

「嗯，我看過這種評論。」山姆開始走出辦公室，「不打擾你了。」

「等等，」夏洛特說，「如果你還沒玩過，一定也沒看過這個。等我一下，是一個彩蛋。我覺得是彩蛋啦。」

「她很討厭彩蛋。」山姆表示。莎蒂認為彩蛋破壞了遊戲世界的真實性。

「你介意被劇透嗎？」

「不會。」山姆不認為遊戲有劇透這種事。因為重點不在情節本身，而在讓情節發生的過程。他已經知道《蘇格蘭》資料片的劇情：倫敦各地的演員一個接一個被幹掉，玩家必須成功管理劇團，並找出是誰一直殺死演員。

「找到了，這裡。」夏洛特說，把電腦螢幕轉向他，「劇院大屠殺那一幕之後，飾演馬克白的演員被謀殺了。玩家是經理，必須決定這齣戲是要按照表定時程繼續演下去，還是要取消。遊戲警告玩家上座率會很低，但是最好的決定顯然還是繼續演下去，對吧？世界必須繼續運轉。這時候會有三個演員選項：(1)飾演班柯的演員，『很有專業素養』，本來就是馬克白的替補；(2)理查·博比奇（Richard Burbage），『開價越來越高，而且可能有傳染病』；(3)一個『來自巡迴劇團、出身與實力未知』的演員。」

「選第一個是最合理的吧。」山姆說，「他最熟悉劇本，況且經歷過大屠殺之後，也不會有人想來看戲了。不過二或三聽起來比較有意思。」

「嗯，因為我很迷這個遊戲，三個選項我都玩過。彩蛋就在三號門後面。」她點擊第三個選項，「一般遊戲過程裡，你可以選擇看表演，如果覺得應該都差不多也可以跳過。不過遊戲設計師莎蒂·葛林在這裡另有安排，所以我們就看一下表演吧？」

夏洛特把筆電轉向山姆。

在舞台上，在這全是白人的伊莉莎白時代英格蘭，竟然站著一個帥氣的亞洲男人，飾演馬克白。馬克白剛剛聽說他妻子死亡的消息，說出這齣戲最廣為人知的獨白，也就是「明日，明日，又明日」那段話。

多年前，在思考公司該取什麼名字時，馬克斯曾經提議要叫「明日遊戲」，山姆和莎蒂都立刻反對，認為「太溫和了」。馬克斯解釋這個名字是取自他最喜歡的莎劇獨白，一點都不溫和。

「你有什麼靈感是跟莎士比亞無關的嗎？」莎蒂說。

為了證明自己的論點，馬克斯跳上廚房裡一張椅子，對他們表演他爛熟於心的這段話：

明日，明日，又明日，
日復一日碎步前行，
竭至歷史的最後一個音節，
我們的所有昨日為傻瓜照亮
歸向塵土的道路。熄了吧，熄了吧，區區燭火！
生命只是行走的影子，是可憐的演員，
短暫登台時的喜與悲，
過後就不再有人傾聽。這個故事

由傻瓜講述，充滿喧囂與憤怒，

沒有任何意義。

「太慘了。」莎蒂說。

「幹嘛要開什麼遊戲公司？乾脆去自殺好了。」山姆開玩笑。

莎蒂又說，「而且這段話跟遊戲有什麼關係？」

「還不夠明顯嗎？」馬克斯說。

對山姆和莎蒂來說一點也不明顯。

「遊戲是什麼？」馬克斯說，「就是明日，明日，又明日，是可以無限次再生、無限次彌補錯誤的機會。不是說只要一直玩下去，總有機會贏嗎？沒有什麼失去是永久的，因為沒有任何事物會永久不變。」

「很會講喔，帥哥。」莎蒂說，「下一位。」

山姆看完整段過場動畫，謝過夏洛特，回到自己辦公室，關上門。

他一離開，夏洛特就開始內心糾結：把這個彩蛋給梅瑟看是不是錯了？她只是想分享一段兩人共有的經驗。雖然和梅瑟的感受絕對不同，但馬克斯的死對她和亞當來說也是創傷，而馬克斯在《蘇格蘭》資料片中登場，讓她得到了一點安慰。老實說，她也有意對新老闆炫耀，有意向梅瑟展現她對遊戲的知識淵博，希望他知道，決定製作《我們無盡的日子》絕對不是錯誤。

她到底在想什麼？想也知道很不妥當。她和他完全不熟，今天又是上班第一天。亞當常常抱怨她不懂拿捏跟陌生人的距離。

亞當回來時，夏洛特頭抵在桌上。「怎麼了？」亞當問。

「我是白痴。」她說，跟他說了剛剛的事。

「是有點不妥當，」亞當說，「但是最後他說了謝謝，對不對？」

「對，但沒說其他的話。可能只是禮貌。」

亞當思索，「不，梅瑟不是那種多禮的人。」

山姆坐在自己桌前，不知道該怎麼形容看見馬克斯出現在莎蒂的遊戲裡有什麼感受。不是單純的痛苦，或悲傷，或開心，或懷念，或渴望，或愛。最觸動他的是莎蒂的聲音，還是一樣響亮清澈，透過一個遊戲，穿越時空對他說話。其他人也會在這一幕裡認出馬克斯，像夏洛特．沃斯就是。但莎蒂說話的對象是山姆。在長久的沉默之後，他再度聽見她的聲音，他認為自己感受到的是希望。

有個置物籃裡堆著莎蒂最愛的遊戲，她總是好好收在書架上的那些遊戲。最上方是九〇年代發行的《奧勒岡小徑》，山姆決定拿來玩。

他沉浸在西部拓荒時代各種瑣碎的權衡裡。需要多少個馬車零件？多少套衣服？要搭木筏強渡到河對岸，還是在此岸等待水流更穩定？明知道大部分的肉都會腐壞，還要射殺野牛當食物嗎？被響尾蛇咬了之後，要花多少時間復原？到了奧勒岡之後會怎麼樣？

很容易記起小時候他們沉迷這款簡單遊戲的原因。有好多個下午，他們肩並肩躺在病房床上，一起操作同一個角色，一起做決定，把六七公斤的筆電傳來傳去。

山姆心想，如果這個遊戲不是只能一個人玩就更棒了。「嘿，莎蒂，」他對空空的房間說，「你覺得把《奧勒岡小徑》做成開放世界 MMORPG 怎麼樣？」

想像中的莎蒂回答，「我會想玩，但是你想做的是《奧勒岡小徑》，還是蒸氣龐克版的《模擬市民》（*The Sims*），還是《動物森友會》（*Animal Crossing*），還是西部版《無盡的任務》？」

山姆點點頭。

要保持簡單，莎蒂說，簡單一向最好，我才是那個每次都想把遊戲弄得太複雜的人。也許你可以用《楓葉世界》的引擎。沒什麼不可以。這個引擎在被徹底淘汰之前，應該還能再做一兩個遊戲。

「我要寫下來。」山姆說。

過去兩年來，山姆幾乎沒做任何需要創造力的工作。他從未在沒有莎蒂的情況下獨自製作遊戲。儘管接受了她想獨立作業的理由，他自己卻從來沒想過單獨創作。

他鎖上辦公室的門，拿出素描本，削尖一支鉛筆。

「怎麼開始？」山姆問，覺得自己在發抖。他已經好久沒有用紙筆工作。

一輛火車到站，她說。

「我好懷念這種感覺。」他說。

一個旅客下車。地面覆蓋薄薄一層霜，在旅客的靴下碎裂。仔細看：是青草奮力衝破霜面嗎？冒出來的白頭是番紅花嗎？沒錯，春天要到了。畫面跳出文字框：歡迎你，陌生人。

第九章 拓荒者

拓荒者在上霧地（Upper Foglands）現身

陌生人在早春抵達，此時正在融冰的地面有結晶矽般的紋路。她墨黑的頭髮編成辮子，戴著圓形銀框眼鏡，那像是別人的私物。陌生人一身全黑，乍看之下，絲絨大衣巧妙的版型讓人幾乎看不出她懷著孩子。

在《友誼鏡報》（*Friendship Mirror*）特約編輯的詢問下，陌生人說她名叫艾蜜莉・B・馬克司（Emily B. Marks）。友誼鎮（Friendship）上假名盛行，因此沒有人認為這是她一出生就擁有的真名。

編輯伸手要和艾蜜莉相握，問：「另一半什麼時候會來和您會合呢，馬克司太太？」目光明確盯著艾蜜莉的孕肚。

「是小姐，不是太太。我一個人，也不打算找伴。」艾蜜莉說。

「容我提醒：像您這樣秀麗的年輕人在這一帶最好不要獨自行動。」編輯說，「這裡的生活不好過，就算您生性獨立，也必定會發現結伴更有益。不知是否方便請教，您打算落腳何處？」

她說已經選中友誼鎮西北端的一小片地，「聽說在很高的懸崖上，靠水邊。」

「在上霧地？希望你不討厭石頭！我記憶中從來沒有人在那裡經營過農場，而且附近居民只有……」編輯努力回想，「阿拉巴斯特・布朗（Alabaster Brown），一個釀酒人，他結婚了十幾……」

「我對鎮上的八卦不感興趣。」艾蜜莉說，「跳過。」

「如果之後想了解，離開之前可以去鎮上的留言板看看。友誼鎮最近發生的大小事都寫在那裡。」編輯指著一個櫥櫃，友誼鎮的社區新聞和工作機會都張貼在那裡。「我們聊完之後，我就會把你來到鎮上的報導也貼上去。」

艾蜜莉問：「我可以選擇不要貼那篇文章嗎？」

這個問題對這位報社職員來說似乎太複雜了，因此他直接忽視。「就連阿拉巴斯特・布朗的葡萄園都沒有你在霧地的那塊地方偏遠。如果是我，小姐，一有機會我就會找個離鎮上更近的地方。翠綠谷（Verdant Valley）就很適合養孩子……」

「跳過。」艾蜜莉詢問馬廄的方向，打算去找匹馬。編輯答應幫忙，在路上走到一半，又把她擱下。「給你。」他說，憑空掏出半條法國麵包，上面塗了紅醬，還撒了油滋滋的起司絲。

「歡迎禮物，給你一個好的開始。」

「你太客氣了。」艾蜜莉說，「這是什麼？」

「我都說這叫一口起司麵包，靈感是來自我祖父母在鄉下……」

「跳過。」

艾蜜莉把東西收進背包，編輯就在這幾秒間消失了。

地方婦女分送石頭禮物

她之所以選擇上霧地這個地方，就是因為與世隔絕，但沒想到這裡這麼偏遠，這麼不宜人居，空氣冰冷潮濕，泥土帶有鹹味，霧氣久久不散，陽光幾乎無法穿透。她醒著的時間都在努力求生：向商人買種子，在凹凸不平的頑劣土地上播種，替作物澆水，騎著天藍色的母馬「像素」（Pixel）往返鎮上。

有時候，她會遇見鎮上居民，就算對方不認識她，還是會大方送她禮物：一顆蕪菁，或一塊起司。送禮是友誼鎮上的重要文化，而她覺得很不好意思，不得不回禮。她開始送給這些好鄰居石頭，這是她農場裡大量出產的物品。

第一次成功種出胡蘿蔔時她簡直要落淚。她把蘿蔔搓洗乾淨，擺在一個白盤子裡，坐在門廊的階梯上，盯著蘿蔔沉思，一邊看著夏天第一批螢火蟲出現。她沒吃掉胡蘿蔔，因為實在太珍貴了，但她感動到為此寫了一首詩：

在某些季節
想著胡蘿蔔
比真正吃到胡蘿蔔
更能得到滋養

唉，如果無人可分享，寫詩有什麼用？她決定出趟遠門，到距離最近的鄰居家去。阿拉巴斯特・布朗不在家，所以她把詩壓在一顆石頭下，另外加了一行友誼鎮慣例的留言：禮物來自你的鄰居，邁爾農場的艾蜜莉・B・馬克司小姐。

幾天後，一個紫髮紫眸、穿著連身工作服的人來拜訪她。「石頭啊，」阿拉巴斯特・布朗說，「我聽說有個戴眼鏡的女人到處送人石頭。這裡很少有人敢拿石頭這種樸素的東西當禮物。我個人是很樂意收藏，但話先說清楚，馬克司小姐，如果你打算用石頭勾引我，我已經結過十二次婚，不打算再多結一次了。」

「我沒打算尋求這種關係。」艾蜜莉說，「你的農場離我的最近，所以我希望能跟你交個朋友。」

「那就好。這個鎮會不顧一切把人湊作堆，我已經受夠共有財產了，最後還是都會走向財產分割。一來一往，財產總是會減少。」阿拉巴斯特把雙手都插進口袋，往地面上一啐，說：「好啦，倒杯葡萄酒給我，我們可以一起抽支菸，讓你把你的人生故事告訴我。」

「我懷孕了。」艾蜜莉說。

「先倒酒再講故事，麻煩你。」

「我意思是孕婦一般不能抽菸喝酒。」

「你以前住的地方可能是這樣，但你很快就會發現在這裡做什麼都不會有太大的影響。只要你的心數足夠，就能活下來了。」

「既然沒有影響，那何必抽菸喝酒？」艾蜜莉問。

「你是愛挑毛病的類型是吧？我第七個老婆也這樣。」阿拉巴斯特說，「身為低賤又平凡的現實奴隸，我們抽菸喝酒的理由和其他地方一樣，總要找點事做，填滿無盡的日子。」

傍晚分別之前，艾蜜莉向阿拉巴斯特坦承禮物不是石頭：「是壓在石頭底下的那首詩。」

「那是詩啊。」阿拉巴斯特・布朗笑了，「還想說那是什麼，我以為是胡蘿蔔的廣告。好幾任老婆都說過我缺乏感性，不過，希望這不會影響到我們兩個的友誼。」

書店兼售卡片與遊戲

阿拉巴斯特．布朗雖然是個怪人，卻是極少數讓艾蜜莉覺得能好好說話的對象，因此兩人開始頻繁造訪彼此。

「我覺得我不適合這種生活。」艾蜜莉坦白，「我努力幾個月只種出一根胡蘿蔔，而且根本沒空讀書。生活不該只剩下管理農場。」

「你不一定要有農場啊。」阿拉巴斯特提出建議。

「我不用嗎？」艾蜜莉說。

「這裡家家都有農場，所有人都是從農業起家的。友誼鎮的作物多到吃不完。你要不要乾脆在鎮上開店？」阿拉巴斯特說，「找一種沒人做過的生意，換取你需要的東西。我就是因為這樣才開始釀酒。這裡沒人在意你以前做什麼，你想選擇成為什麼樣的人都可以。」

「只要我選的是當農民或商店老闆。」艾蜜莉說。

艾蜜莉在懷胎五個月時決定開書店。友誼鎮上還沒有書店，而且如此一來，艾蜜莉就能多讀點書，少做農事。她用半價虧本賣掉農作器械，把用不到的地租給阿拉巴斯特，投入所剩不多的金幣，在鎮上蓋了一棟小樓。她把店取名叫友誼書店。

《友誼鏡報》特約編輯為書店的開幕採訪艾蜜莉，「我們的讀者很想知道您為什麼決定開一間……」編輯搜索記憶，「這是一間書店，對吧？」

「我沒事會寫寫詩，也很愛讀書。」艾蜜莉說。

「是，我了解您是這樣，」編輯說，「但是這對友誼鎮民的日常生活和困難有什麼幫助呢？」

「我相信虛擬世界能幫助人解決現實世界的難題。」

「什麼是『虛擬』？」

「幾可亂真。像你本身就是。」

「您的話可真難懂。」編輯說。

懷孕第六個月時，艾蜜莉知道了為什麼友誼鎮上沒有書店：因為這裡沒多少讀者。鎮民們忙於農事和送禮，少有空閒時間，即使有空，也不會想靠著燭光讀《湖濱散記》（*Walden*）。

懷孕第七個月，她已經考慮把書店收掉，她沒有那種傳教士的熱忱，無法感化不讀書的人。乾脆離開友誼鎮算了。是阿拉巴斯特建議她拓展商品品項，販售賀卡。「當然書也可以繼續賣。」阿拉巴斯特說。

「有什麼差別嗎？」艾蜜莉不以為然，「大家會想買賀卡嗎？」

「會，我相信會。像生日或其他有的沒的場合，有一大堆需求。」像突然想到一樣，阿拉巴斯特補上一句，「你也可以賣遊戲。讀書是苦差事，但我聽說娛樂商品很容易賺錢。」

艾蜜莉把店名改成友誼書籍文具玩具商店，開始引進新商品。賣桌遊和文具的確比只賣書受歡迎一點。艾蜜莉的心數最多也只能達到兩顆心，但至少能活下來了。

一天傍晚，阿拉巴斯特發現艾蜜莉暈倒在家門口，於是把她弄醒，「是因為寶寶嗎？」

她搖搖頭，但無法開口說話。

「你恐怕是吃得太少了，看得出來你的心數一直都太少。」阿拉巴斯特從背包裡掏出一罐拓荒者果汁給她，「喝掉。」

「有一種疼痛只會在我的腦袋裡出現。」她稍微恢復精力之後開口，「這輩子一直都這樣。每次這種痛一出現，我就動彈不得。我實在撐不下去了。」

阿拉巴斯特仔細打量艾蜜莉。「我認為是眼鏡的問題，以你的頭而言這副眼鏡太小了，你應該去找驗光師。」

「友誼鎮這裡有嗎？」

「有，代達羅斯醫生，她的店離你的店不遠。真沒想到你完全沒注意過。」

新驗光師接受有趣的交易

一早，艾蜜莉聯絡埃德娜・代達羅斯醫生（Dr. Edna Daedalus），的確，她的辦公室和她的店只相隔三戶。艾蜜莉抵達時，代達羅斯醫生還有病人，所以她就隨意看看。除了眼鏡之外，辦公室還放了不少色彩繽紛的玻璃製品，有稀奇古怪的小雕像，也有比較實用的玻璃器皿。艾蜜莉拿起一個小小的水晶馬，仔細觀察。

「嘶！」艾蜜莉被馬鳴聲嚇了一跳，才發現是醫生發出來的。「她喜歡你。」代達羅斯醫生說。

「醫生，我有一匹叫像素的馬，這個雕像跟她一模一樣。」艾蜜莉說，「她就是這種天藍色。」

「那個就是你的馬，她沒有告訴過我名字。她每次都在你的店外面等。我和你的馬已經是好朋友了。」代達羅斯醫生說，「你說叫橡樹嗎？植物的橡樹？」

「不是，是像素，圖片的像素。你是個藝術家，代達羅斯醫生。」艾蜜莉斷言，小心把馬放回展示櫃。

「自己做著玩的。」她說，「至於我的主業，當然還是製作鏡片。你也是為此而來吧。」

艾蜜莉看著代達羅斯醫生。她們倆穿得一模一樣，是友誼鎮商人的典型打扮：黑裙子、白襯衫、黑領結。代達羅斯醫生比她矮一點，膚色蒼白泛青，捲髮是漫畫人物般的藍黑色，圓眼鏡下的大圓眼睛則是翡翠綠。艾蜜莉心想，如果要畫她，需要畫好多個圓圈。觀察後她開口：「你的眼睛讓我想起我認識的人。你是哪裡人？」

「在這裡不是絕對不該問這種問題嗎？」代達羅斯醫生說。

「我都忘了！沒錯，我們都是在抵達友誼鎮的第一天誕生的。」

代達羅斯醫生領著艾蜜莉走進裡間，讓她看視力檢查圖，然後用一支細細的手電筒照她的眼睛。

「我可以問你的馬為什麼叫這個名字嗎？」代達羅斯醫生問，「我從來沒聽過像素這種名字。」

「是我自己發明的詞。」艾蜜莉說，「像風一樣輕快的元素，因為她的腳程很快。」

「像素。」醫生重複，「真不錯，我以為意思和小小的畫像有關。」

「詞是我造的，」艾蜜莉說，「但如果你想，也可以替它發明其他意義。」

「謝謝你。」醫生說，「那我統整一下：像素，意義一，名詞，腳程很快的動物。意義二，也是名詞，螢幕上圖片的最小單位。」

「什麼是『螢幕』？」艾蜜莉問。

「我用來稱呼一片地的長度單位，很實用，所以我滿希望能推廣這種說法。比方說，你在上霧地的家和阿拉巴斯特·布朗的家距離是三個螢幕。」

艾蜜莉和醫生對彼此微笑，彷彿共享了一個祕密。

她們的確有祕密，是一種發現有另一個人和自己語言相通時產生的祕密愉悅。

「你和阿拉巴斯特是朋友嗎？」

「只是認識。」代達羅斯醫生說，「你的鏡片度數不對。這副眼鏡是做給你戴的嗎？看起來是那種為了搭配衣服的現成選擇。眼鏡不應該這樣買。更何況女性在懷孕時視力會改變，你應該配一副新的。」醫生頓了一下，「妳懷孕了沒錯吧？」

「沒有。」艾蜜莉說，「你怎麼會這樣以為？」

「真是對不起！我不應該擅自推斷。」

艾蜜莉笑起來：「我已經懷孕八個月啦。雖然我不知道在友誼鎮怎麼算。」

「這裡的時間不一樣嗎？」

「你應該知道不一樣。」

「給我幾天時間……」

「先不管天的定義。」

「給我幾天做一副新眼鏡，你馬上就能看清楚所有像素。」

「像素這個詞是這樣用嗎？」艾蜜莉警覺。

「我認為是。在這種語境下，看見所有像素意思是視力優良。」

「那就是第三種定義了。我要給你多少錢？」

代達羅斯醫生提出以物易物：「你的店招牌上有寫到遊戲。我一直在找圍棋這種遊戲。有人說那是中國版的西洋棋。我小時候和奶奶玩過，很想再玩一次。你知道這種遊戲嗎？」

艾蜜莉聽說過圍棋，但沒玩過，也沒看過哪裡有賣。「我會幫你留意看看能不能買到，這個支線任務滿有趣的，但可能要花好幾星期，希望你不介意等。」

「先不管星期的定義。」代達羅斯醫生說。

艾蜜莉詢問平常的進貨管道，問不到代達羅斯醫生要的圍棋，倒是找到一本書名是《古老的遊戲與娛樂》（*Ancient Games for Fun and Amusement*）的書，裡面描述了圍棋的基本配備：一張十九乘十九格的棋盤，三百六十一個棋子（一百八十一個黑子，一百八十個白子）。艾蜜莉決定自己動手，她砍了一棵紅杉樹，用木材做棋盤，還做了個暗格收納棋子，然後在側邊雕上細緻的花紋，有眼鏡圖樣和代達羅斯醫生的名字。

她再度來到驗光室，裡面沒有病人，醫生正在做一個小小的玻璃雕像，還看不出來是什麼。艾蜜莉把她的作品拿給代達羅斯醫生看時，突然有點心虛。「如果你覺得合適，應該可以用玻璃作棋子。」

醫生停下手邊動作觀察棋盤，「這棋盤做得很好，獨一無二，我對你的提議也很有興趣。如果黑子用玻璃，白子用石頭做怎麼樣？聽說你家的地有很多石頭。」艾蜜莉答應負責收集石頭，代達羅斯醫生伸出手和她相握，「那就說定了。」

「這交易其實有點不對等，代達羅斯醫生，」艾蜜莉道歉，「恐怕我讓你負責了更麻煩的部分。」

「沒有完全對等的交易。」醫生回答，「而且有事打發時間也不錯。」

「我可以問你現在在做什麼嗎？看起來不像眼鏡。」

「這是要送給友誼鎮最有愛心的人的獎品。」代達羅斯醫生說。

「怎麼決定誰是友誼鎮最有愛心的人？」艾蜜莉問。

「應該跟給出的禮物數量有關吧。」

「這地方真是……」艾蜜莉搖頭，「我就知道送禮不太對勁，總覺得有什麼其他意圖。」

「馬克司小姐，你看待事情的角度太憤世嫉俗了。你覺得區區一個玻璃獎品，就足以讓人全年無休的樂善好施嗎？」代達羅斯醫生完成手上的雕像。「不是我妄自菲薄，但恐怕這東西還不足以成為動機。」她把心臟交給她，「還是熱的。」

很難向代達羅斯解釋原因，但這顆水晶心臟讓艾蜜莉深深感動，如果她能哭的話，也許還會落淚。

當晚，她寫了一首詩：

噢，水晶之心
剔透而靜止
如此美麗

必定會產生
影響

隔天早上，她把詩壓在一袋石頭下，留在代達羅斯醫生的店門口。

懷胎第九個月時，艾蜜莉有天看見友誼鎮公佈欄的廣告：

醫生徵求玩家

醫生徵求玩家，需機智敏銳，能在策略遊戲「圍棋」中對戰。對無經驗者可提供遊戲教學。請於太平洋標準時間星期二晚上八點造訪我在翠綠谷的私宅。

星期二晚上，艾蜜莉騎著像素來到翠綠谷。理論上這時候騎馬應該更不容易。她在書上讀過孕婦不該騎馬，但心裡確信這些規範對她不適用。

抵達時，代達羅斯醫生正在門口等候。「歡迎你，陌生人。」醫生說，似乎並不訝異見到艾蜜莉，也不訝異沒有其他人回應她貼出的廣告。

醫生的家採西班牙式設計，有紅瓦屋頂，灰泥牆上盤著九重葛，門前有兩棵瘦瘦的棕櫚樹。

「你家的房子和植物在我們這區不太常見，醫生。」艾蜜莉指出。

醫生邀請艾蜜莉進到書房，這裡貼著東方海浪花紋的壁紙。她倒一杯茶給艾蜜莉，對她說明圍棋怎麼玩：「規則很簡單，就是用自己的棋子包圍對手的棋子。但簡單之中有無限的變化，所以數學家和程式設計師都熱愛這種遊戲。」代達羅斯醫生把白子給艾蜜莉，自己拿黑子。

「什麼是『程式設計師』？」艾蜜莉問。

「程式設計師是預知可能結果的先知，看見不可見世界的預言家。」

「哇。你以前住的地方有這種事嗎？」

「有，我們那邊的人很迷信。」代達羅斯醫生遲疑，「但我不是因為這樣才玩過圍棋。我以前對數學略有涉獵，不過天賦不高。」

前三局艾蜜莉都輸了，但每次都離贏棋更近一點。「我該回霧地了，」艾蜜莉說，「今晚不能再下了。」

「我陪你走。」代達羅斯醫生主動提議。

「離這裡很遠。大概有……十一個螢幕遠，路像迷宮一樣複雜。而且我是騎馬來的。」

「懷孕騎馬你不擔心嗎？」

「不擔心。」

「那你下週二還會過來嗎？」醫生問。

艾蜜莉說，「天氣好的話就會，代達羅斯醫生，我可以叫你埃德娜或小埃嗎？如果我們要交朋友，每次都叫你代達羅斯醫生實在太長。」

「叫我代達羅斯比較好。」醫生說。

「好歹少了兩個字，我也算爭取成功了。」

她們從秋天玩到入冬。艾蜜莉的圍棋實力穩定進步，十二月時，她第一次打敗代達羅斯。

此時艾蜜莉的肚子已經大到不可思議，代達羅斯堅持陪她走回家。

「怎麼會有人想住在上霧地？」代達羅斯問。

「很適合我。」她說。

「回答真簡略。要我坦白說我對你很好奇嗎？」代達羅斯說，「人總會想了解用圍棋把自己擊垮的對手。」

「代達羅斯，我認為最親密的關係應該允許保有隱私。」

代達羅斯沒有逼她，兩人沉默著走了一段。「我的人生原本很輕鬆，」艾蜜莉說，「受過的苦稱不上比別人多。我做自己喜歡的工作，做得很得心應手。但我的伴侶過世了，現在我變得很討厭工作，也一直很憂鬱。其實比憂鬱還嚴重，一直覺得很絕望。我爺爺佛雷（Fred）最近也過世了，我很愛他。我開始覺得人生好像就是一連串的失去，你應該已經注意到我很討厭輸，討厭失去。我會來到友誼鎮，大概是因為不想再待在原本住的地方，有時候甚至不想再待在這個身體裡。」

「你說的『伴侶』是？像丈夫或妻子那樣嗎？」

「對，類似。」

「配偶？」

「對。」

她們穿過一片原野，有十幾頭北美野牛在一道籬笆後吃草，原野上有個牌子寫著：請勿射擊野牛。

「我不記得之前走過這裡。」艾蜜莉說，靠近籬笆，讓牛聞她的手。「我小時候在奧勒岡小徑看過好多次死掉的野牛，那時候覺得好生氣。他們殺掉野牛只是因為野牛動作慢，容易獵捕，殺完就這樣放任牛肉腐爛。」

「是啊。」

「外面的世界有時候對我來說太殘酷了，我很高興現在能住在一個野牛受到保護的世界裡。」艾蜜莉轉身看著醫生，但兩人此時已經快走到霧地，厚重的霧氣讓她們幾乎看不清彼此。

「馬克司小姐，我有個提議。」

「你說。」

「如果對你有幫助，我希望可以成為你的伴侶。」代達羅斯說，「我知道我沒辦法完美取代你失去的伴侶，但我們兩個都是獨自一人，我認為可以互相幫助。悲傷可以共同分擔，就像一起玩圍棋那樣。」她伸手去握艾蜜莉的手，單膝跪下，「我的提議是：離開霧地吧，搬來翠綠谷。」

「你意思是要結婚嗎？」

「關係不一定要賦予名稱，」代達羅斯說，「但如果你想要有名稱也可以。」

「那你是什麼意思？」

「意思是我想邀你玩很久的圍棋，一直玩下去，不會停下來。」

過去，艾蜜莉有很多不想結婚的理由，其中之一就是婚姻太過傳統，對女人來說是陷阱。她這一生曾拒絕過兩次求婚，但這次再站上這個抉擇的路口，卻能看見踏上另一條路會有多輕鬆。她和阿拉巴斯特討論這件事。

「翠綠谷物產更豐富，但人實在多得很噁心。」阿拉巴斯特批評，「你真的想去住那裡嗎？到時候你就得每天阻止別人送你蕪菁。」

「阿拉巴斯特，我想討論的不是住在翠綠谷好不好。」

「那你想討論什麼？」

「我其實不太認識代達羅斯，只不過一起下過幾局圍棋。她甚至不讓我叫她的名字，只能叫姓氏。」

「喔，如果是這件事，這我倒不太擔心。找到你想一起玩的人才最重要。無論如何，這裡的婚姻還滿實際的。你們把財產共有，如果最後行不通，就再把財產分割。我已經經歷過……」

「十二次，我知道。」

「但我還是樂此不疲。」

「你幾個月前對我說的話完全相反。你那時候一直強調反覆共有和分割財產有多疲憊。」

「共有財產還是有樂趣在，否則我們怎麼會一直去做？說『樂趣』可能太誇張了，應該說有意思吧，能夠推動故事進行下去。」阿拉巴斯特看著艾蜜莉還在持續變大的肚子。「你現在幾個月了？」

「十一個月吧，不太確定。我很快就可以直接用滾的滾去鎮上了。」

「我覺得你已經在這裡住了不只十一個月，而且剛到那時候就已經懷孕了。會不會你肚子裡的孩子也在等你結婚？」

「不，我不可能有想法這麼傳統的孩子。」艾蜜莉說。

「也許是某種比你孩子的意志更強大的力量？甚至比生物學更強大？」

「你說的是哪種力量？」

「演算法。」阿拉巴斯特的眼睛迅速掃視房間，彷彿他們正受到監控，接著壓低聲音說，「你知道吧，看不見的力量，偉大的智者，指引我們所有人的人生。」

「你好迷信。」

「可能吧。但如果就是演算法禁止小孩在結婚前出生呢？」

「喔，拜託，不敢相信友誼鎮會有這麼傳統的道德觀念。這個世界的規則到底是誰訂的？」

結果，當天晚上艾蜜莉還是做了個清醒夢，看見她像素化的寶寶，困在像素化的子宮裡。她咒罵阿拉巴斯特讓她腦袋裡出現這種狹隘的觀念。

接下來幾週，艾蜜莉既不想接受也不想拒絕代達羅斯的求婚，乾脆完全對她避而不見。通勤時間感覺變得更漫長，加上身上的重量，讓艾蜜莉的心數消耗得很快。

最後代達羅斯醫生來到她店裡，但沒提求婚的事：「我做了個東西給你，呃，我叫它XYZZY傳送門，能幫你快速抵達友誼鎮各個地方。」

醫生安裝了傳送門，連接艾蜜莉的家和店面，讓她免去通勤的麻煩。門是鼠尾草綠，側邊刻了三個點：

∵

艾蜜莉研究這三個點，「這是『所以』的符號倒過來嗎？」

「這三個點這樣放的時候，意思是『因為』。我知道我家比你家更靠近鎮上。如果你決定和我結婚，」代達羅斯醫生說，「我不希望是出於便利性的考量。」

當晚，艾蜜莉讓阿拉巴斯特看那個傳送門，阿拉巴斯特試著走進去，不久後又走回來，說，「真的有用。我需要喝酒，多倒一點。」艾蜜莉倒酒，然後兩人一起走到門廊。

「艾蜜莉，那個怪醫生還滿浪漫的。」阿拉巴斯特說。

「嗯，我也覺得。」

「到頭來愛是什麼？」阿拉巴斯特說，「不就是一種非理性的願望嗎？寧可把演化競爭擱在一旁，也要設法讓別人的人生路走得更順？」

結婚公告

艾蜜莉・B・馬克司女士與埃德娜・代達羅斯醫生在真心見證下結婚，儀式僅邀請親友參加，包括天藍色母馬像素，以及釀酒人阿拉巴斯特・布朗。馬克司女士拿著一打玻璃花紮成的捧花，這些花由代達羅斯醫生親手吹製。儀式進行到一半開始落雪，但已懷胎兩年的馬克司女士表示自己不冷。約定終生前的幾個月，這對新人一直在下圍棋。馬克司女士表示最初想結婚的動機，是希望免去在寒冬中走十一個螢幕到對方家的路程，避免妨礙兩人的遊戲。

代達羅斯醫生送馬克司女士的結婚禮物是修剪成迷宮的籬笆，就在她家的庭院裡。我們問為什麼要製作這樣一份禮物，醫生神祕表示，「製作遊戲就是在想像玩遊戲的人。」

誕生公告

艾蜜莉・B・馬克司與埃德娜・代達羅斯欣然告知各位，兩人的兒子魯多・坤特斯・馬克司代達羅斯（Ludo Quintus Marks Daedalus）已經誕生。代達羅斯醫生表示孩子很健康，有十七方格像素大小。

醫生與妻子生活幸福；無聊

婚也結了，孩子也出生了，但艾蜜莉和代達羅斯仍然決定分開住。醫生又建了一個傳送門，連通兩家，因此實際上不存在共有財產的急迫性。寶寶魯多・坤特斯也習慣了住在兩個家裡。

魯多是個異常快樂的小傢伙，從來不哭也不鬧脾氣，長時間不管他也沒問題。他不想要其他小孩陪伴，獨自一人似乎就心滿意足。他的幼兒期很短，和漫長的妊娠期正好相反，兩歲時舉止和體型就已經像是八歲小孩。魯多太好帶了，所以艾蜜莉有時覺得比起人類，他還更像娃娃。「他比胡蘿蔔還容易養。」她評價。

上霧地的房子建在水邊，等魯多長得夠大，艾蜜莉就教他游泳。魯多迅速掌握游泳技巧，每次都想游得更遠。「你一定要隨時確認心數，折返時不能低於一半。」艾蜜莉提醒。

「好，媽媽。」魯多說。

魯多和艾蜜莉會游出兩個螢幕，接著就折返。

「海有幾個螢幕大？」魯多問。

「九到十個螢幕吧。」

「你怎麼知道？」

「我曾經游到盡頭。」

「盡頭有什麼？」

「有霧，還有像牆壁一樣的一片虛空。到那邊你就會知道是盡頭了。」

魯多點點頭，「很可怕嗎，媽媽？」

「不會，沒什麼好怕的，就是盡頭而已。」

「我也想看。」魯多說。

「為什麼？」

「不知道。因為沒看過吧。」

「以後再說，等你可以游得更遠，心數也更多之後。」

那晚，魯多睡著後，艾蜜莉把這段對話告訴代達羅斯。「你怎麼看？」

「我覺得好奇自己身處世界的邊界是很自然的。」代達羅斯說，「我們應該鼓勵他去探索。他是個強健的孩子，不會受太嚴重的傷。我把棋盤拿出來吧？」

大致上而言，這段婚姻很平凡，透過一局又一局圍棋延續。艾蜜莉確實在和代達羅斯下棋時，最覺得兩人親密無間。

她對阿拉巴斯特坦露心聲：「生活應該不只工作、游泳、下圍棋。」

「你說的這種無聊，」阿拉巴斯特說，「我們大部分人會稱為幸福。」

「大概吧。」

阿拉巴斯特嘆氣，「這遊戲就是這樣，艾蜜莉。」

「什麼遊戲？」

阿拉巴斯特紫色的眼珠翻了一圈，「你很幸福，也很無聊，得找新的方式打發時間。」

「我有沒有告訴過你我以前是做引擎的？」艾蜜莉說。

「沒有，應該沒說過。」

「有一次，我做出了能製造日光的引擎，有一次是製造霧的引擎。」

「厲害。我不知道引擎有這種憑空創造的能力。那你要不要再動手做？」

特殊事件：超級暴風雪迫近友誼鎮

三月底，代達羅斯去了鮮明崖（Eidetic Bluffs），替那裡的學校學生檢查眼睛。「去那裡要花一整天耶，」艾蜜莉抱怨，「如果他們這麼需要眼鏡，幹嘛不自己來找你？」

「那裡有三十個孩子，小艾。」代達羅斯說，「如果今天看不見的是魯多呢？」

「你就是心太軟。」

代達羅斯出發沒多久，暴風雪就來了。艾蜜莉倒不太擔心醫生，因為在友誼鎮，最嚴重的狀況頂多是心數不夠。即使代達羅斯遇上風暴，只要恢復精力就能再回來。

暴風雪過後三天，代達羅斯還沒回來。雪已經開始融了，艾蜜莉把魯多・坤特斯托付給阿拉巴斯特，騎馬前往鮮明崖，那裡的人告訴她代達羅斯並沒有來過。

第四天，代達羅斯的馬回到翠綠谷家中的馬廄，主人卻不在。

艾蜜莉和編輯談過，儘管不情願，還是請他在公佈欄貼了代達羅斯失蹤的通知。「馬克司小姐，」編輯說，「有時候人離開我們這個世界沒有理由，我們要……」

「跳過。」

第五天，艾蜜莉又去找了一次，這次她只找先前沒走過的路，因此來到了未開發的友誼鎮西南角，這一區的土地便宜而荒蕪。她騎過幾座牧場、一座鳥舍、異國植物苗圃、鋼琴店、水療中心、小型遊樂園、展示舊科技的博物館、馴馬場、電子遊樂場、賭場、炸藥倉庫，還有其他佔地太廣、太過時、美感上太不搭調，因此無法出現在鎮中心的產業。她遇到的人都沒見過代達羅斯。在電子遊樂場，一個身穿麻紗西裝的男人建議她去山洞找找，因為偶爾會有人去那裡避難。「要找到入口不容易，」他提醒，「有人說入口會移動。」

她在山的周遭繞了一圈。太陽已經西沉，但還有一點光線，她決定找到天完全變黑再回頭。黃昏將盡，她已經快要放棄，就在此時聽見細細的聲音呼喊：「我在這裡。」

「我來了！」她讓像素掉轉馬頭，慢慢往回找。她看見岩石裡有個閃著奇怪光芒的地點，於是下馬，步行穿越一片星雲，進入一個洞穴。代達羅斯就在裡面，奄奄一息，右手呈現不尋常的黑色。代達羅斯說暴風雨一來，她的馬就受到驚嚇，把她甩出去。她來到山洞裡避雨。「我的手好像受傷了。」代達羅斯說完就昏迷過去。

艾蜜莉照顧代達羅斯，讓她慢慢恢復。她很快就意識到如果要讓代達羅斯活下來，就必須把她的手截肢。代達羅斯說她寧願死，也不想失去自己的手，艾蜜莉回答說她如果要保全兩手，就難逃一死。截肢勢在必行。

身體的復原期很短，但心情的恢復卻很漫長。代達羅斯非常沮喪，拒絕踏出家門，甚至關在臥室閉門不出。有一段時間，她不願和魯多．坤特斯說話，甚至不想看到他。

「我真的不知道這裡也會發生這種事。」艾蜜莉說。

「你不要管我了。」代達羅斯說，「我現在是個廢人，再也沒辦法做鏡片了。」

「我不可能不管你。」

「那我走。我會一路游到海的盡頭，然後不會再回來。」

「那我要跟誰下圍棋？」艾蜜莉開始在代達羅斯床邊的桌上擺放棋子。

「我不想玩。」代達羅斯說。但當艾蜜莉把第一顆黑子下在棋盤上，代達羅斯還是忍不住接著下了一顆白子。每天下午，艾蜜莉會把棋盤放得離代達羅斯的床再遠一點點。藉著這種方法，代達羅斯重新走入世界，卻仍然不願離開家，也不想重拾驗光工作。

幾週後，艾蜜莉對代達羅斯提議：「聖誕節快到了，我想起當初做棋盤給你的時候好開心，所以有個想法：我們可以一起替友誼鎮的其他人製作遊戲。就算你少了一隻手，我覺得你還是可以製作棋子，做棋子應該不像做鏡片那麼精細吧。魯多現在也大了，可以當你的學徒。我負責製作棋盤，我們可以把成品趁聖誕禮物季賣掉，你覺得呢？」

「我覺得你在施捨我。」代達羅斯說，「但我可以試試看。」

她們一起製作了跳棋、西洋跳棋、西洋棋、圍棋，那些精緻的木雕棋盤和手工吹製的特製棋子簡直是藝術品。她們把遊戲公司取名叫代達羅斯與馬克司遊戲。這些遊戲大受歡迎，製作出的所有商品都銷售一空。

「我好懷念做遊戲的感覺。」艾蜜莉說。

「你以前就做過嗎？」代達羅斯醫生問。

「嗯，小時候和我的兄弟一起做過。不是你理解的那種遊戲。」

「你說說看。」

「有個遊戲是一個小孩在海裡迷失方向。」

「很難想像怎麼用棋盤呈現。」代達羅斯醫生承認。

艾蜜莉指著代達羅斯的棋盤上的方格，「想像這個棋盤是一個世界，每個方格交界處都是一個分歧點，而每個棋子都是一個人。」

「那你的手代表什麼？」代達羅斯問。

「右手是那個迷路的孩子，左手是神。」

代達羅斯把手伸過桌面，但沒辦法按自己所願碰觸艾蜜莉。「我愛你，」代達羅斯說，「我很難把這話說出口，因為有時候我會覺得這樣還不夠。」

聖誕節當天早上，代達羅斯和魯多送艾蜜莉一套她們一起做的特殊桌遊。遊戲板看起來像一條路，而玻璃棋子刻成有頂蓬的小小馬車，還有一顆多面骰和一疊卡牌。在遊戲板側面，代達羅斯刻上兩人兒子的名字，魯多．坤特斯，她說，「這遊戲就叫這個名字。」

艾蜜莉問《魯多．坤特斯》要怎麼玩。

「很簡單，媽媽，」魯多說，「你可以選擇當農民、商人或銀行家，然後要想辦法從麻州出發，抵達加州。但是這些卡片上有路上會遇到的阻礙。」

「為什麼要叫《魯多．坤特斯》？」艾蜜莉問。

「因為這是我的名字！」魯多說，「而且媽說魯多是遊戲的意思。」

小孩的名字是代達羅斯取的，雖說有點奇怪，但艾蜜莉從來沒有細想過含義。「那坤特斯是什麼意思？」艾蜜莉很肯定自己早就知道了。

「第五，」代達羅斯說，片刻後又說：「第五個遊戲。」

拓荒者聊天室

你與代達羅斯84進入私人聊天室。

艾蜜莉B馬克斯X：是你嗎？

代達羅斯84：對，是你親愛的妻子，埃德娜．代達羅斯醫生。

艾蜜莉B馬克斯X：不要講廢話，山姆森，是你吧？能不能至少有一次誠實一點。

代達羅斯84：……對。

艾蜜莉B馬克斯X：你怎麼找到我的？

代達羅斯84：找到你？這整個地方就是做給你的。《拓荒者》（*Pioneers*）是《楓葉世界》的拓荒年代資料片。我把它做得像《奧勒岡小徑》，是因為我知道你會喜歡。

艾蜜莉B馬克斯X：你想整我？

代達羅斯84：不是，不是這樣。馬克斯過世之後，我想做一個能夠讓我回想起過去、回想起你的遊戲。我希望你能玩《拓荒者》，但不確定你會不會來玩。等我發現你是艾蜜莉．B．馬克司，就覺得一定要和你當朋友。你看起來很孤單，自己住在友誼鎮最遠的角落。

艾蜜莉B馬克斯X：就算是這樣，玩家的真實身分屬於個人隱私。我註冊的電子信箱應該不會被認出來。但你已經知道了吧。你是不是查我的ＩＰ？

代達羅斯84：對。

艾蜜莉B馬克斯X：我跟你說過不要管我，就不能尊重我的意願嗎？

代達羅斯84：我很擔心你。

艾蜜莉B馬克斯X：你欺騙我。

代達羅斯84：我怎麼欺騙你？

艾蜜莉B馬克斯X：你侵犯我的隱私，假裝成我不認識的陌生人。

代達羅斯84：我沒有，我就是我。只是名字和一些小地方不一樣，但就是我。你也就是你。而且我覺得你早就知道了，可能只是不想承認。

艾蜜莉B馬克斯X：那你也知道我現在只能離開友誼鎮了，對吧？

代達羅斯84：不是只有你在面對馬克斯的死亡。他也是我朋友，是我的夥伴。公司是我們的。我們兩個都要面對這些事。

艾蜜莉B馬克斯X：…………

代達羅斯84：我很想你，莎蒂。我想參與你的生活……我以前錯了。人不應該獨自承受痛苦。

艾蜜莉B馬克斯X已離開聊天室。

艾蜜莉走過友誼鎮熟悉的地景，原本美麗又撫慰人心的景色現在看來都是無恥的騙局。她爬上像素的馬背，騎馬下山，來到阿拉巴斯特家。

阿拉巴斯特來應門，把艾蜜莉迎進家裡。她向這位朋友坦承自己恐怕很快就要離開友誼鎮了。「埃德娜跟表面上不一樣。」艾蜜莉解釋。

「我們都是這樣吧？」阿拉巴斯特說。

「但是我發現她是某個我以前認識的人，這遊戲對我來說就毀了。」

阿拉巴斯特點點頭。「我覺得你應該考慮到，」阿拉巴斯特說，「在這個世界或另外那個世界，能找到玩伴都是很難得的。」

艾蜜莉盯著阿拉巴斯特紫色的眼珠和頭髮，「山姆？」

「山姆是誰？」阿拉巴斯特說。

「你也是山姆嗎？」

阿拉巴斯特彎低身體，膝蓋跪地，「莎蒂。」

艾蜜莉的身影瞬間從阿拉巴斯特家裡消失。

一個文字框在螢幕上跳出來：

艾蜜莉已離開友誼鎮。

男孩抵達盡頭

幾天、幾個月或幾年過去後，艾蜜莉重新登入，查看魯多的狀況。她不在這段時間他大了三歲，現在是個健壯的十一歲男孩。

「媽媽，你跑去哪裡了？」魯多逼問，「我和媽咪都很擔心你。」

「你想去游泳嗎？」艾蜜莉問。

艾蜜莉和魯多像平常一樣游了兩個螢幕，魯多問可不可以繼續向前游，艾蜜莉想了一下，「怎麼會不可以？你現在長大很多了。」

他們一直游，游到抵達海的盡頭。

「盡頭這裡好平靜。」魯多說。

「是很平靜。」艾蜜莉同意。

「媽媽，我很擔心。」魯多說，「我的心數好像不夠游回去。」

「不用擔心，寶貝，你不是真的，所以你不會死。」

宣讀本地商人遺囑

二〇〇八年暴風雪來襲時，尋找代達羅斯的過程中，艾蜜莉曾在未開發的友誼鎮看見一座牧場。牧場被冰霜掩蓋的招牌上寫著「馴馬勇士」，下面另一面小小的牌子則寫著「養護、保養馬蹄、馴馬，馬術相關服務。沒有無法訓練的馬。」她當時有更緊急的事要弄清楚，就沒有停下來察看。

幾個月後，她已經不和代達羅斯往來，但那塊招牌還是在她腦中揮之不去。那個名字似乎是某個她年輕時知道的地方，或者，是某個曾經做過的夢。在友誼鎮的最後這段時間，她決定去看看那裡有什麼。就算實際上是個不相干的牌子，至少她也能在永遠離開友誼鎮前，幫像素修修馬蹄。

她縮小畫面，查看大範圍地圖，發現沒有標示馴馬勇士所在位置，為了找到那個地方，她在彎彎繞繞的路上靠不精確的記憶循原路找，兜了不少圈子。等到她和像素終於跨進牧場大門時，太陽已經西沉。

艾蜜莉騎過一片果樹林、一條長長的石頭小徑，穿越馬廄與原野，在牧場深處，有一棟白色的尖頂房屋，簡直像一間教堂。她從像素背上下來，按響門鈴。一個戴著白色牛仔帽的男人來應門。他六十幾歲，明顯比友誼鎮所有人年紀都大，有點O型腿，確實像大半輩子都騎在馬背上的人，背一點也不駝。在帽子下，他有一頭濃密的深灰色頭髮。她心想，他看起來好像他爸，隆先生。NPC對她舉帽致意。「你好啊，旅行者。馬有什麼狀況嗎？」

艾蜜莉解釋自己的馬需要修蹄，兩人商討馬蹄鐵的材料和價格，達成共識後，NPC向她伸出手，她親吻他的臉頰。

「這樣我也不會算你便宜。」他說。

「我好想你。」她說。

「哇，小姐，我都要臉紅了。」

「你最喜歡《伊利亞德》的哪一段？」

「什麼伊利亞德？」他的動作停住，脫掉帽子，下一秒彷彿被附身一樣，變成另一個版本的自己：「他的妻子安德洛瑪刻首先上前，哭喊：『喔，我的丈夫，你死得這麼年輕，只留下我這個寡婦，還有我們的孩子，你和我的孩子，還只是個嬰兒！……你的父母滿心酸楚，赫克托爾，但最悲痛的是我。你沒能在床上善終，伸手向我告別，也沒留下任何話給我，讓我在日夜飲泣時聊以慰藉。』」結束後，他鞠了一躬，重新把帽子戴回頭上。

「能見到你真好。」艾蜜莉說。

「有需要隨時過來，小姐。」

艾蜜莉覺得和 NPC 的對話不夠盡興，不過和 NPC 對話多半如此。

不過，如果不是馴馬師，莎蒂也許永遠不會下定決心整理艾蜜莉的人生。

山姆在《拓荒者》裡有一項創舉，是推出讓玩家離開遊戲的方法。山姆不喜歡玩家有一天突然消失，連在《楓葉世界》裡生活多年的居民，也可能某一天就突然不再登入。山姆認為，保留讓人主動離開遊戲的選項，是更健全的作法。MMORPG 做得再好，玩家最終還是會離開，會改玩其他遊戲，進入其他世界，甚至轉而投身現實世界。因此山姆在建立《拓荒者》時，就增加儀式項目，加入了離婚、遺囑宣讀、喪禮。

編輯讀出艾蜜莉的遺囑，「我親愛的兒子魯多・坤特斯已經游去尋找海的盡頭，接下來許多年他應該也會繼續探索。我只是個平凡女人的網路化身，在魯多離開後，就深受嚴重的腸胃不適所擾，只能認定是身體暗示我不願意在少了魯多的狀態下繼續活著。因此，我決定離開友誼鎮。農場、店面和這兩個地方的所有物都留給我的朋友阿拉巴斯特・布朗。我的馬像素以及像素的玻璃雕像留給妻子代達羅斯醫生。我必須說，我並不完全後悔在友誼鎮度過這些時光，也不後悔與代達羅斯醫生共度。我怨恨她一直以來的欺騙（她自己知道自己做了什麼），但也會永遠珍重記住那些一起下圍棋的夜晚。我來到這裡時，心無比匱乏，但友誼鎮單調的生活和那些不陌生的人給我的善意讓我恢復精力。很感謝來過這個溫柔的地方，連野牛在這裡都能安心通行。」

編輯折起遺囑，評論道，「她的話真難懂。」

友誼鎮墓地裡立起一座艾蜜莉的墓碑，上面刻著：

艾蜜莉・馬克司・代達羅斯

一八七五至一九〇九

她因痢疾而死。

第十章

貨物與軌道

1

「可是莎蒂，你老實說，你一定多少猜到那是他了吧。」多弗說。

到了某個年紀，會有個階段，生活絕大多數時間都花在與旅途中來訪的故人吃飯敘舊。對莎蒂來說這年紀是三十四歲。多弗和莎蒂在銀湖區的崖邊餐廳（Cliff's Edge）吃飯。餐廳看起來像個樹屋，一棵像樹人一樣巨大的榕樹長在正中間，餐桌就分佈在大樹周圍一層層木製平台上。餐廳服務生以強壯的小腿肌與超群的平衡感聞名。莎蒂常想，在崖邊餐廳當服務生想必就像身為平台遊戲某個無聊關卡裡的角色。多弗說話時，被樹吸引了目光，他伸手抓住一根表面平滑的粗大枝條，說，「這是我到過最像加州的地方。他們是覺得這裡永遠都不會下雨嗎？」

「是沒下過。」莎蒂說。

「你覺得餐廳是圍繞這棵樹建起來的嗎？」多弗問。

「只有這個可能吧。」

「也可能是建好之後才把樹移植進來啊。」多弗主張。

「這棵樹這麼大，很難想像要移動這麼大的樹。」

「莎蒂，你在加州耶，這裡是沙漠，本來什麼都沒有。如果有人的夢想是蓋一座長得像樹屋的餐廳，加州人就會實現這個夢。我愛死加州了。」

「你不是討厭加州嗎？」

「我什麼時候說過這種話？」

「我們分手的時候。我清楚記得你分析過這裡有各種末日等級的危險，會讓我死在這裡。」

「喔，那是我亂講屁話，因為不想讓你離開。等一下服務生來就問問看樹的事。」多弗說，「馬克斯把不公平搬到這裡很聰明。如果我那時候有一丁點理智，就會跟你一起來，跪在地上求你跟我復合。」

「你不是那種會跪著求人的類型。」莎蒂說。

服務生來幫他們點菜時，多弗問起那棵樹的淵源。服務生說自己在這間餐廳才工作沒多久，不過答應去問經理。

「真的，」多弗說，「你一定早就發現是他了吧。」

「是，也不是。這有點像在看那種介紹真實案件的節目，大家都覺得警察怎麼這麼狀況外，有這麼多線索指向那個方向，怎麼會不知道兇手是誰？可是觀眾在看的時候已經先知道解答了，如果自己身在現場，其實沒有那麼明顯，到處都一片黑，還沾滿了血。」

「但是世界上有那麼多遊戲，你為什麼會去玩《拓荒者》這種無趣的休閒遊戲？」

「因為我不是你，我什麼遊戲都玩。那個遊戲有些元素很吸引我。」

「比方說？」

「我聽說那是資源收集的開放世界遊戲，加上社交功能。還聽說遊戲的靈感來源包括《奧勒岡小徑》、《模擬市民》、《牧場物語》，所以就想玩玩看。山姆大概知道我很容易因此上鉤吧。」

「你對《奧勒岡小徑》一直有種不成熟的偏愛。」

「是，多弗，就是有這種事，我就是會喜歡你不理解的遊戲。」

「所以山姆做出一整個 MMORPG，就只為了吸引一個玩家？了不起。很瘋，但是很了不起。」

「不對，他宣稱他做這個遊戲，是因為想起我們小時候玩的那些遊戲。」

「農場經營和資源收集遊戲都很長壽。」

「沒錯。我知道《拓荒者》的收益不錯。」莎蒂停頓，「而且……老實說，在馬克斯過世和後面發生那些事之後，我想玩的遊戲真的就是山姆做的這種。我猜山姆一直在注意我有沒有玩，一發現我開始玩，就創了一堆角色，想讓我繼續玩下去。」

「故事是什麼？」

「喔，天啊，是很荒謬的愛情故事。我叫艾蜜莉．馬克司，一個背負著黑暗過去的孕婦，他呢，注意了，他是埃德娜．代達羅斯醫生，鎮上的驗光師。」

「聽起來很辣。」

「比較是溫柔悲傷的那種。」

「代達羅斯醫生！拜託，莎蒂，你怎麼可能不知道那是他？」

「他在裡面是女生，這是一個原因。」

「你覺得他為什麼要這樣做？」

「可能是想誤導我吧？也可能是像華特．惠特曼（Walt Whitman）的說法，我們每個人都有不同面向之類的。你玩遊戲就一定會選同性別角色嗎？」根據經驗，莎蒂知道只要有選擇，多弗一向會選女角。

「但最後我還是發現那是他了。可能我一直都知道，只是不讓自己發現。回想起來，他留了很多很明顯的線索。埃德娜在故事某一段失去了一隻手。」

「拓荒時代的西部可不好混。」

「很慘，」莎蒂說，「她不知道自己還能不能再製作鏡片。」

多弗笑出來，「我他媽愛死遊戲了。那你們現在怎麼樣？」

「我們還是不講話。」

「你是說你還是不跟他講話吧。」

「就是這個意思。」

「莎蒂，到底為什麼？」

「因為他騙我。」當然，事實遠比這複雜。

「喔，莎蒂．葛林的標準好高喔。」

「某人曾經把我銬在床上還敢講。」

「你看吧，我幹過那種事，每次來洛杉磯你還是會跟我吃早午餐。」多弗說，「而且我做那件事的時候你已經不是我學生了，這我確定。」

「我的標準是什麼，又跟我和山姆冷戰有什麼關係？」

「莎蒂，你幾歲？」

「三十四。」

「你夠老了，觀念不要再那麼年輕。只有年輕人可以標準這麼高。中年人呢……」

「例如你本人。」莎蒂說。

「例如我本人，」多弗承認，「我四十三了，我不會否認。」他敲敲自己胸膛，「但我還是很性感。」

「你還可以啦。」

他繃出手臂肌肉。「摸摸看這肌肉，莎蒂，這叫還可以嗎？」

她笑出來，「我才不要。」但還是伸手摸了。

「厲害吧？我現在重訓做得比二十年前還多。」

「恭喜喔，多弗。」

「我還穿得下高中穿的牛仔褲。」

「想跟高中妹妹約會的時候很實用。」

「我沒跟高中妹妹約會過。」多弗說，「我自己念高中的時候不算。大學女生，有，愛死了，永遠不會膩。」

「我真的不懂你為什麼沒被開除。」

「因為我是好老師。大家都崇拜我，你就崇拜我。但是回到我剛剛說的，人到中年……」

「你是說在人生中無法避免妥協，所以疲憊不堪的可憐傢伙嗎？」

「有件事你最好對自己承認：對你來說，不可能有其他人比山姆更重要。你還是放下那些沒用的計較……」

「不是沒用的計較，多弗。」

「你最好放下那些有憑有據的不滿，主動去找神秘的代達羅斯醫生，跟那位先生握握手……」

「是小姐。」

「跟那位小姐握握手，然後繼續做你們的正事，一起做遊戲和玩遊戲。」服務生過來，把餐點放上桌，離開前說：「經理說這棵樹已經在這裡七十年了。」

「啊，答案出來了。」多弗說，「為了這棵樹才建了這座餐廳。結案。」多弗往他的夏卡蔬卡燉蛋裡加辣醬。

「你一口都還沒吃，怎麼知道要放辣醬？」

「我了解我自己，我喜歡吃辣。你最近在忙什麼？」

「沒什麼。」莎蒂說，「帶小孩去上幼稚園，努力保持理智。」

「聽起來不太好。你應該繼續工作。」

「嗯，我還是會回去工作的。」她轉換話題，「你來洛杉磯做什麼？」

「老樣子，開幾個會。」多弗說，「某個根據迪士尼樂園遊樂改拍成電影的導演有興趣把《死海》影像化。」多弗放下叉子，用手做出不雅動作。「拍不成啦。喔對了，我要離婚了。」

「真是壞消息。」莎蒂說。

「逃不掉。」多弗說，「我他媽就是個爛人，我都不想跟我自己維持關係。唯一慶幸的是這次我們沒有小孩，不會讓情況更混亂。」

「你接下來怎麼辦？」

「回以色列，看我兒子。泰利現在十六歲了，你能想像嗎？我目前也在做新遊戲。」多弗安靜下來吃夏卡蔬卡，蛋黃和紅醬一直沾到鬍子上。「喔對，我就是想問你這件事。既然你現在手邊沒有遊戲在做，有沒有興趣到麻省理工教我那門課一學期？我很樂意幫你牽線，但前提是你想做這件事。」

「我考慮一下。」莎蒂說。

「全看你。」

「我去修你的課的時候，很好奇你為什麼會想教書。」

「因為當老師最讚了。」

「是嗎？」

「當然。誰不喜歡純真的學生？而且每隔很長一段時間，就有機會遇到一個莎蒂・葛林，讓你他媽大受衝擊。」他把頭往後一仰，椅子都傾斜了一下，「碰。」

莎蒂覺得自己臉紅了，說來慚愧，聽見他的讚美，她還是會很高興。「你髒話太多了。」這頓飯結束後，莎蒂開車載多弗回到位在好萊塢山盆地的飯店。下車之前，他親吻她的臉頰。「我知道我是中年人了，」多弗說，「已經跟不上時代，而且顯然也不知道女人想要什麼，畢竟我已經離婚兩次。但還是要告訴你，就我看來，為某個人打造出一整個世界是很浪漫的事。」多弗搖搖頭，「山姆・梅蘇爾，那小子真是浪漫到沒救了。」

2

進階遊戲專題每週上一次課，星期四下午一點到四點。莎蒂沒改變她早在十六年前當學生時的上課形式。每個星期，八個修課學生中有兩個要帶遊戲來發表，可以是小遊戲，或是大型遊戲的一部分，只要能在時限內做完都可以。其他同學會玩遊戲，並在課堂上評論。整學期下來，每個人都要完成兩個遊戲。

課堂和莎蒂學生時期有一項差異：班上女同學佔了一半，至少外表上看來是如此。

莎蒂說出自己對全班的期許：「我不管你們用什麼程式語言，但很樂意提供這方面建議。我不管你們用不用遊戲引擎，不過如果能去了解怎麼製作遊戲引擎也很好。我也不管你們做哪種類型的遊戲，每種類型都有好遊戲和爛遊戲。大家可能看不起休閒遊戲，但休閒遊戲也常常有好作品。我自己什麼都玩，有些好遊戲要用手機玩，有些是用PC或主機。我不會期待你們的作品非常完整，但我希望大家誠實，並且尊重彼此。要把自己的遊戲拿出來需要很有勇氣。身為設計師，我失敗的次數可能比成功還多。在你們這個年紀時，我還不知道我後來會失敗這麼多次。用這麼悲慘的事實來結束我的開場白真是抱歉，」莎蒂笑笑，「不過你們一定會失敗，那也沒關係，我提前告訴你們，這堂課的評分標準是及格或不及格，所以你只要成功的比例比失敗多一點點就能過關了。」

全班都笑了，在第一堂課這個關鍵時刻，她成功讓他們知道，她會站在他們那邊。

一個黑髮黑眸、名叫戴斯妮（Destiny）的學生問，「你是在這堂課設計出《一五：海之子》的對不對？」

「你記得完整標題啊，厲害。我和我的夥伴山姆……」

「梅瑟，對不對？」戴斯妮對莎蒂的履歷如數家珍，「梅瑟也修這門課嗎？我知道他上的是哈佛，但是有時候也會去修別的學校的課，對不對？」

「梅瑟沒修這堂課。他的遊戲設計完全是自學的。我是在修完這門課之後才做了《一五》。我在這門課交的遊戲更簡單，只靠自己在一學期內寫完兩個遊戲的程式可不容易。」

戴斯妮點頭，「我喜歡《一五》，真的，是我小時候最愛的遊戲。你們以後還會再做《一五III》嗎？」

「我們以前討論過，不過我覺得應該不可能。」莎蒂說，「好，回到戴斯妮的第一個問題。我帶了我以前在這門課上做的遊戲過來，遊戲名字叫《解決方案》。我要求你們誠實，所以至少也要讓你們看看我在你們這年紀做出來的遊戲是什麼樣子。現在看起來很舊了，不過你們可以玩玩看，再告訴我感想。不要忘記，我當時十九歲，那時候是一九九四年，我沒有錢又只有大約四個星期，做出來最好的成果大概就這樣。另外，這個遊戲的靈感是我奶奶。」

莎蒂用電子郵件寄給大家《解決方案》的連結。

全班都打開筆電，開始玩莎蒂的少作。莎蒂自己也玩了幾關。遊戲在技術上已經過時，但她覺得概念還是很有力。

孩子們開始發現《解決方案》的祕密時，果然發出憤怒的聲音。時間走到整點時，莎蒂要大家停下來。

「說說你們的想法。」莎蒂說，「希望你們有話直說，我可以承受。就從遊戲的美學風格開始吧。」

他們對這遊戲的方方面面進行評論。莎蒂鼓勵他們不留情面，也樂於為自己辯護，向他們解釋一九九四年有多少限制。整體而言，班上同學欣賞黑白視覺風格，但有個戴貝雷帽的男孩問莎蒂一九九四年是不是所有遊戲都是黑白的。他的名字叫哈利（Harry），莎蒂用「戴貝雷帽的哈利」來記住他。她才不像多弗，她會在第一週就記住所有人的名字。

「不是，哈利。」莎蒂說，「一九九四年也有彩色遊戲。我是刻意選擇用黑白呈現，因為我知道如果手頭資源不多，就必須更注重風格。只要你刻意安排，限制也能成為風格。」

「我就是這樣想的，」哈利說，「我不是真的以為一九九四年只有黑白遊戲。不過，很常見嗎？」莎蒂在點名表上寫下：黑白哈利。

「我很喜歡這個遊戲。」戴斯妮（海之子戴斯妮）開始說，「喜歡遊戲的概念和政治性。如果要說缺點，就是這個遊戲太虛無主義了。一旦發現工廠在製作的東西之後，遊戲就變得……」戴斯妮思索適合的說法，「呃，很重複。我覺得遊戲應該在那時進入新階段。」

「你知道嗎，戴斯妮，你不是第一個這樣說的人。觀察非常精闢，我如果當初有更多時間，應該就會像你說的繼續做。但有時候，就是必須在僅有的時間裡把遊戲做完。如果一直追求完美，最後什麼都不會完成。

「我和梅瑟一起長大，是最好的朋友，我們很喜歡一起玩遊戲，也很計較完美的玩法這回事，認為每一種遊戲都應該有某種特定的玩法，能夠犯最少的錯，做出最少違背良心的妥協，用最快的速度拿到最高的分數，不必死掉或重來。我們當時玩《超級瑪利歐》，就算只少吃一個金幣，或被烏龜打到一次，都會重新玩。沒錯，那時候真的有點太執著，也真的時間很多。總之，我做設計師後，有很長一段時間還抱持這種觀念，卻讓自己動彈不得。

「你們勢必會交出自己不完全滿意的遊戲，這沒關係。我期待你們讓我驚訝，期待你們做出好作品，但也希望你們至少要拿出作品來。」

一個名叫喬喬（Jojo）的學生舉起手，他穿著一件滿是破洞的楓葉鎮套頭衫。（楓葉鎮民喬喬，莎蒂筆記。）「衣服不錯。」莎蒂說。

喬喬點頭，彷彿穿這件衣服純屬巧合，或是被什麼外在勢力逼著穿上的。「我想問，當時你的同學對《解決方案》有什麼看法？」

「喔，你問得很好，」莎蒂說，「他們討厭得要命，其中一個還想讓我被退學。」

「就因為這個遊戲？」

「是啊，他們不喜歡被叫做納粹，我教授是這樣說的，應該算是個忠告吧。在那之後我就沒有再做過說玩家是納粹的遊戲。」

全班因莎蒂的玩笑而笑。

「說到這裡，剛好四點了。我們下週見。喬喬，羅柏（Rob），你們兩個先交遊戲。最晚星期日晚上要把遊戲用電子郵件寄給大家，讓我們在下一次上課前有空先玩。」

戴斯妮一直在教室後方徘徊，直到其他人走光。「不好意思？我想再問你一個問題，可是不想當著大家的面問。」

「好，沒問題，」莎蒂說，「跟我一起走到我辦公室吧。我五點要去保姆那裡接女兒。」

「你有小孩？」戴斯妮說，「好酷。我以為遊戲圈的人都沒有小孩，工時實在太長了。」

「現在稍微有點改善了。」莎蒂說，「而且畢竟我是公司老闆，所以……」

「所以只要自己開公司就沒問題了嗎？」

「對，這樣男人們就要替你完成你想做的事。」莎蒂說。

「我可以說嗎？我真的好興奮是你來教這堂課。畢竟系上的女生和有色族裔還是不多。而且我喜歡你所有作品，不只《一五》，每個我都玩過。《歡宴總管》是我的最愛。你真的太了不起了。」

他們已經走到莎蒂的辦公室，門旁的名牌上仍然寫著多弗・米茲拉。「我到了，你不想當著其他同學的面問我的問題是什麼？」

「喔，那個，我不想讓你尷尬。」戴斯妮說，「我玩《解決方案》的時候，真的覺得很棒。」

「然後？」

「可是完全比不上《一五》。我沒有惡意，我真的非常尊敬你，葛林教授。」

「沒關係，這我也知道。所以我才帶這個遊戲來。我想讓你們看看我一開始的程度。」

「所以我想問的問題是，怎麼你在做了《解決方案》這種遊戲之後沒過多久，就能做出《一五》那種遊戲？怎麼從那一步走到這一步的？這我想不通。」

「說來話長。」莎蒂認得出戴斯妮那種眼神。她知道那種即使滿懷雄心壯志，眼界卻超出能力範圍的感覺。「我不確定能不能給你簡單的答案。」莎蒂承認，「我想一下再告訴你好嗎？」

那天晚上，莎蒂試圖回想一九九六年的自己，當時有三件事驅動她，沒有一件能反映出她氣度不凡：(1)她渴望證明自己的專業能力，讓麻省理工的所有人知道莎蒂・葛林不是因為身為女性得到特別優待才進來的；(2)她想讓多弗認清不該拋棄她；(3)她想讓山姆知道能和她共事很幸運，因為她是團隊裡最厲害的程式設計師，是那個有遠見的人。但要怎麼跟戴斯妮解釋這一切？如何跟戴斯妮解釋讓她一九九六年工作上大幅躍進的原因，是她一直受自私、怨恨、不安的念頭所困？莎蒂下定決心要變得偉大，而偉大的藝術通常不是快樂的人創作出來的。

莎蒂想把戴斯妮的問題丟給山姆，他對什麼問題都說得出答案，莎蒂已經發現山姆的天賦之一，就是他能用更寬厚、更美化的角度來詮釋世界，或至少能如此詮釋她。這不是她第一次想要聯絡他。回到劍橋區之後，每顆小石頭都讓她想起山姆和馬克斯。但她總覺得兩人之間太多包袱的關係已經無法只靠撥出一通電話來挽救。她知道他還活著，常常在不公平營業部門寄出的群組信裡看見他的名字，但自從《拓荒者》之後，就沒有直接和他交流過。

她下載《拓荒者》時，沒注意到是誰做的，也沒對遊戲有什麼特別的期待。她那時在產後恢復期，頭昏腦脹、憂鬱、孤單，靠遊戲尋求安慰，像一般人靠食物尋求安慰那樣。她喜歡休閒遊戲，那種在想盡辦法讓自己和一個永不滿足的新生命活下去時，能分心玩一下的遊戲。她玩了一個以拓荒時代西部為背景的資源收集遊戲，一個要讓一群村民在小島上繁衍的遊戲，好幾個送餐遊戲，一個飯店經營遊戲，一個有關神奇花朵的遊戲，一個有關主題樂園的遊戲，最後，她開始玩《拓荒者》。

她對《拓荒者》的投入程度馬上就超越其他遊戲。一開始這個世界就讓她覺得舒適又熟悉。當然會這樣：《拓荒者》是用她開發的引擎製作的。即使發現裡面的玩家聰明得不尋常，她也認為是因為《拓荒者》吸引了像她這樣的人，懷念一九八〇年代遊戲的三十幾歲玩家。

她發現代達羅斯在吹製玻璃愛心時，就懷疑過山姆，但她放任自己不知情。她想繼續玩的心情超過想知道真相。莎蒂說山姆騙了她，但事實上，她也欺騙了她自己。這個精心製作的傻氣世界對她如此重要，讓她覺得很丟臉。

一年半後，她已經可以在吃早午餐時對多弗聊起這件事，只當一件趣聞，她發現自己不氣山姆了。她開始對他心軟，甚至有點能理解他的立場。他是為她做出這個遊戲，但一定也是為了他自己。在馬克斯過世後他一定非常孤單。她把多少讓不公平繼續營運的工作都丟給山姆？莎蒂從來沒有再回到那間辦公室，也從來沒有對山姆說過謝謝。

第二學期開學後幾週，她去了哈佛書店的地下層，那一層賣的是二手書。她想買些二手繪本給女兒，卻注意到一本放錯架位的魔術眼之書。這本書讓她想起多年前出現在地鐵站的山姆。儘管不是繪本，莎蒂還是決定買這本書給四歲的娜歐米。

莎蒂和娜歐米在睡前一起看魔術眼之書。「我看到了！」娜歐米說。

「你看到什麼？」

「一隻鳥。就在那邊，在我前面，好厲害！可以再看一個嗎？這是我最喜歡的書，媽媽。」

兩週後，娜歐米已經把書裡的二十九幅魔術眼圖畫反覆看過好幾次，準備好迎接下一個挑戰了。

莎蒂決定把書寄給山姆，原本打算附張字條，但又決定算了。他一定知道是誰寄的。

∴

安東路經波士頓，莎蒂邀他到她的課上演講。《對應高校》已經出到第七代，她大部分學生都很著迷，對他們的世代來說，這系列就是遊戲界的《哈利波特》，比《一五》紅太多了，和《楓葉世界》受歡迎的方式又不太一樣，是那種會讓曾經玩過的人立刻回憶起青春的娛樂。

下課後，她帶安東去吃晚餐，聊了一些遊戲圈的八卦：誰被捲入性騷擾醜聞？誰又進了勒戒所？哪間公司快要破產？哪個遊戲的續作爛得要命，顯然是外包給一群對此沒興趣的外國程式設計師做出來的？

他們小心避開太私人或太沉重的話題。不過飯後甜點上桌時，莎蒂問，「山姆怎麼樣？」

「就那樣吧。他年底要把《拓荒者》收掉。」她寄出魔術眼之書後，已經過了兩三週，還沒得到他的回音。

「可憐的《拓荒者》。」

「我不知道山姆為什麼要做那個遊戲。當初那是公司的最高機密。你玩過嗎？很詭異的復古遊戲。」

「沒玩過。」莎蒂說謊。

「梅瑟鎮長也要在《楓葉世界》下台了，山姆要辦一場大選，選出他的繼任者。」

「聰明的做法。」

「我覺得不管誰當選，那應該只是個榮譽職位。山姆在做某種擴增實境，我不知道是什麼。他父親上星期過世了。」

「你說那位經紀人喬治嗎？」就莎蒂所知，山姆沒再見過他。

「不是。」安東說，「在韓國城做披薩的那位。」

「不！不會是東賢吧，那是他外公。」

「是他，他外公好像得了癌症。我知道他生病一段時間了，山姆常常需要請假。奇怪，我一直以為那是他爸。」

莎蒂和安東在餐廳門口道別，安東擁抱她，最後分別時，他說，「我每天都想起馬克斯。」

「我也是。」

「那時候沒有人像馬克斯一樣相信我們。我們只是大學生，只有他認為我們有好遊戲。」

「我們也一樣。」莎蒂說。

「我真的希望當時救得了他。」安東說，「我腦袋裡一直重複播放那一天。如果我沒有下樓，如果我阻止他去大廳，如果……」

莎蒂打斷他，「那是因為你是玩家，你會想弄清楚怎麼破關。我的腦袋也會像這樣不受控制。但是你當時無能為力，安東。這個遊戲就是贏不了。」

五年過去，在聽見馬克斯的名字時，她終於不會想哭。

她讀過一本談意識的書，書上說人類的大腦在長年運作下，會製造出所愛之人的人工智能。大腦收集數據，在腦海裡建構出那個人的虛擬版本。在那個人死去後，你的大腦仍然相信那個虛擬的人存在，因為的確，腦海裡的人還在。不過，過了一陣子，記憶會漸漸淡化，每一年，這個當時憑藉活人製造出的人工智能都會漸漸消滅。

她感覺得到自己慢慢遺忘有關馬克斯的細節：他的聲音、他手指的觸感、手比劃出的手勢、他的體溫、他衣服上的味道、走開時的背影、跑上樓梯的樣子。莎蒂想像最後馬克斯會只剩一幅畫面：一個男人站在遙遠的鳥居下，帽子拿在手裡，等待著她。

結束晚餐後，莎蒂大約在七點半到家。她付錢給保姆，送保姆上計程車。娜歐米已經睡了，但莎蒂還是去看看她，她很愛看著娜歐米睡覺。

莎蒂不是天生充滿母愛的人，但這種話不能輕易說出口。她太渴望獨處和擁有個人空間了。不過她很愛她的女兒。她很努力不要過度美化女兒的個性，不要把不屬於她的特質強加在她身上。好的遊戲設計師知道，如果緊抓住幾個初步構想不肯放棄，可能會讓整個計畫的潛力打折扣。莎蒂還沒辦法把娜歐米當成完整的人，這又是一件不能輕易承認的事。她認識的許多母親都說孩子從一來到這個世界就有自己的樣子，但莎蒂不同意。沒有語言的人算是什麼人？沒有品味呢？沒有偏好？沒有經驗？走到童年的盡頭時，哪個成年人會認為自己從一開始就是完全體？莎蒂知道就連她自己，直到最近都還不是個完整的人。期許孩子從一開始就一切俱全並不合理。娜歐米現在還只是一幅素描，到了某個時候，就能成為完整的3D角色。

莎蒂訓練自己不要在娜歐米臉上尋找馬克斯。但有時候，她會猛然看見山姆的長相。娜歐米是亞裔與東歐猶太裔混血，所以就血統組成而言，比起莎蒂或馬克斯，其實更接近山姆。

莎蒂關上娜歐米臥室房門，走回自己的臥室。

她決定打給山姆。加州現在才晚上八點半，他的電話號碼也沒換。他沒接電話，這年頭沒人會接電話了，她留了語音留言：「是我。」她說，「莎蒂。」又補充，免得他聽不出「我」是誰，「我剛剛在波士頓和安東吃午餐，不知道你聽說了沒，我現在住在這裡。總之，很遺憾聽到東賢的事。我知道他有多愛你，他是全世界最好、最紳士的人。」

山姆沒有回音。

等了一兩天，她又打去披薩屋，想問會不會舉辦東賢的告別式。接電話的年輕人說那個週末有告別式。他沒問莎蒂是誰。東賢和韓國城的每個人都是朋友。

3

山姆認為人最好的死法就是電玩遊戲中的那種死亡，壯烈又快速。

他把最後一個銅板投進機台，這時東賢已經病了將近一年。癌症，一開始在肺，後來也在別處出現，到處蔓延，越來越致命，讓山姆強壯非凡的爺爺退化成一團無法正常運作的無助細胞。山姆決定先卸下不公平的職務，專心照顧東賢。他怎麼能不做？東賢照顧了他這麼多年。

山姆看著東賢受苦，他身體裡的部位被切除，最後，再也沒有可切之處，東賢就走了。

山姆的想法反反覆覆。東賢的死亡不像電玩裡一樣迅速，表示山姆在終結之前有更多時間和他相處。死前這段時間如此漫長，讓他有時間對山姆、對他表哥、對他奶奶說完一切想說的話。但是用受苦換來這段時間值得嗎？山姆不知道。

在生命最後幾週裡，東賢幾乎不再開口，變得越來越安靜。因此，某天他從床上坐起身，抓住山姆的手時，山姆非常驚訝。「山姆森，你是個幸運的孩子。」東賢用清晰無比的聲音對山姆說，「你經歷過苦難，但是也擁有很多好朋友。」

東賢當時已經出院，回到家等待最後時刻來臨，在這棟陽光普照的工匠風格住宅裡，他度過了人生最後四十年。山姆發現東賢身上熟悉的披薩香氣已被各種難聞的藥味取代，覺得心煩意亂。

「有嗎？」

「有，馬克斯和莎蒂。他們都很愛你。」

「兩個就算多嗎？」山姆問。

「這要看友誼的品質來決定。」東賢說，「那蘿拉呢？她怎麼樣了？」

「她結婚了，現在住在多倫多。」山姆頓了一下，「我希望我能跟你和奶奶一樣。」

「你擁有的東西不同，」東賢說，「你出生的世界就和我不一樣，也許並不需要跟我和奶奶一樣。」他拍拍山姆的臉頰，又開始咳得停不下來。

「馬克斯死了。」山姆說。

「我知道。」東賢說，「我腦袋還很清楚。」

「馬克斯死了，莎蒂現在有孩子，而且我不認識那個小孩。」

「你可以去認識那個小孩。」東賢說。

「我意思是，有小孩之後就變難了。我不了解小孩。」

「你是做遊戲的，」東賢指出，「一定多少了解小孩。」

「對，可是不太一樣。我好像不喜歡小孩，因為我討厭當小孩。」

「你現在還是很小。」東賢說。

「而且她現在住在波士頓，所以……」

「你可以去找她。」

「我覺得她不希望我去找她。」

「現在去波士頓不用很久了。」東賢說。

「坐飛機要六小時吧。一直都差不多啊。」

「比尖峰時段從威尼斯區到回聲公園還快。」東賢說。

「哪有。」

「這是經典的洛杉磯交通笑話。」

「喔，我懂了。」

「明明很好笑。」東賢堅持。

「最近什麼對我來說都不好笑。」

「你在開玩笑嗎？」東賢笑了，又是一連串的咳嗽。「現在什麼都很好笑。」東賢閉上眼，「等你和莎蒂說到話，告訴她可以來吃披薩。山姆的朋友都免費。」

「我會告訴她。」山姆說。披薩屋已經在兩年前改名，也換了新老闆。

「我愛你，小山姆。」東賢說。

「我也愛你，爺爺。」這輩子絕大多數時間，山姆都覺得我愛你很難說出口。他相信愛應該用行動表現。但現在，說出這句話卻變成山姆能做到最簡單的事。為什麼不告訴對方你的愛意？如果你愛一個人，就要一直說，直到對方聽膩，直到這句話都失去意義。為什麼不說？當然要說。

追思會在韓國文化院舉辦，除了東賢的親友，許多經營小店與餐廳的同業也都出席。山姆和奶奶花了好幾個小時一一接受大家的感謝與慰問。

下午的時間繼續流逝，山姆眼神放空，讓自己同時在場又不在場。這是他在小時候漫長的恢復期中習得的技巧。他可以待在自己的身體裡，卻又不在。他看著眼前人，含糊重複無數次謝謝你們來，實際上眼睛卻對焦在遠方，彷彿韓國文化院的牆面是地鐵站裡的一張魔術眼海報。

突然間，他的眼睛聚焦了。在平面的世界裡，有個人的輪廓變得立體。是莎蒂。

他已經大約五年沒見過她，突然看見活生生的她，簡直就像幻覺。

兩三天前她曾經打給他，但他沒想到她會來。

她對他揮手。

他對她揮手。

她說了句話，但距離太遠，他聽不見。

他點點頭，一副已經聽懂的樣子。

她離開了。

兩週後，東賢的遺囑宣讀。一如預期，大部分東西都留給了手子，但有一項值得注意的例外：「在我披薩店裡放了很多年的《咚奇剛》遊戲機，我留給莎蒂·葛林，表達我對她和我孫子多年友誼的感激與愛。」

山姆有好多年沒打電話給她了，一開始她沒接，但到了傍晚，她回電過來。他先感謝她來參加喪禮。「但是我不是為了這個打給你，是東賢在遺囑裡留了東西要給你。」

「真的嗎？是什麼？」

「是《咚奇剛》機台。」

「什麼？」莎蒂的聲音忍不住變得像小孩一樣興奮。「我超愛《咚奇剛》！你以前說你想玩多久都可以的時候我好羨慕你。你覺得他為什麼會留給我？」

「呃，」山姆說，「因為他以我們為榮。我們的遊戲。他一直把海報都貼在東丰。」

「而且你是……你算是我小時候唯一的朋友，你應該也知道……所以……我覺得他大概覺得我，呃，沒有你就會放棄了之類的。可能吧，我也不知道。總之他很感謝你。」

莎蒂思考了一下，「不行，我不能收，應該給你才對。」

「我怎麼會想要？你才是喜歡玩《咚奇剛》的人。你告訴我要怎麼處理就好，如果你不想要，可以留在我奶奶家。那台機器恐怕有一噸重。」

「我來找人運送。」莎蒂說，「我當然想要。這是經典耶。給我幾天時間安排，或許可以放在我麻省理工的辦公室裡。」

「東賢一定很高興他的遊戲機最後進了全國頂尖的學校。」

「你好嗎？」莎蒂說。

「好多了。我想清楚了……考慮過各種因素，我還是喜歡電玩的死法。」

「快速，輕鬆，還有無限次復活機會。」莎蒂說。

「遊戲裡的角色不會死。」

「其實是一直死掉，只是意義不一樣。」

「你最近在忙什麼？」山姆問。

「養小孩，教課，大概就這樣吧。」

「你會跟多弗一樣騷擾你學生嗎？」

「不會。」莎蒂說，「我真的無法想像跟二十幾歲的人上床，更不要說十幾歲的。每次聊到這個我都覺得有義務強調，多弗是很棒的老師。不知道為什麼我就是會忍不住幫他說話。」

「你喜歡教書嗎？」

「喜歡，」她說，「第一天有個學生還穿楓葉鎮的衣服來。」

「那你看到有什麼感覺？」

「你是說看到《楓葉世界》這隻從我的失敗裡浴火重生的鳳凰有什麼感覺嗎？」

「類似。」山姆說。

「那個學生不知道，那是一種恭維。他們以為《楓葉世界》是我做的。」

「是你的遊戲啊，不是嗎？」

「主要是你。」莎蒂說，「這很明確吧。我這麼計較功勞分配，到頭來其實沒有人記得什麼東西是誰做的。」

「網路上可能有人知道真相喔。」山姆說。

「哇，太天真了吧。」莎蒂說，「竟然相信網路上有不為人知的真相。」

「我最近一直很憂鬱。」山姆坦承，「所以我就好奇，你是怎麼熬過去的？」

「認真工作會有幫助。」莎蒂說，「玩遊戲也是。不過有時候我心情真的很差，會在心裡想像一個畫面。」

「什麼？」

「我想像大家玩遊戲的樣子。是我們做的遊戲，或是任何遊戲都可以。我很絕望的時候，讓我充滿希望的畫面就是看到大家在玩遊戲，讓我相信不管世界變得有多糟糕，還是會有玩家存在。」

莎蒂說話時，山姆想起好多年前一個冬日下午，想起通勤人潮塞滿地鐵站，擋住他的去向。當時對他來說那些人都是路障，但也許他想錯了。是什麼讓人願意在地鐵站裡冷得發抖，只為了看出一幅祕密圖案？那麼，又是什麼讓人在大半夜開車試走一條沒有號誌的道路？也許是這種玩樂的意願，顯示出所有人類心裡都有一塊永遠完好如新的柔軟角落。也許是這種玩樂的意願讓人不致絕望。

「對了，我收到魔術眼的書了。」山姆說。

「所以呢？你看了嗎？」

「沒有。」

「什麼啊，山姆，你在幹什麼？要看啊。去把書拿來。」

山姆走到書櫃前，抽出那本書。

「你沒看出來我就不會掛電話。我家的五歲小孩都看得出來。我教你。」

「沒有用啦。」

「把書舉到臉前面，」莎蒂發令，「貼在鼻子前面。」

「好，好。」

「然後眼睛不要對焦，慢慢把書拉遠。」莎蒂說。

「看不到。」山姆說。

「再試一次。」莎蒂下令。

「莎蒂，這個對我就是沒有用。」

「你怎麼意見那麼多？再試一次。」

山姆再試一次，莎蒂聽著他的呼吸聲。

「山姆？」已經過了將近一分鐘。

「我看見了。」山姆說，「是一隻鳥。」他的聲音顫抖，但莎蒂分辨不出來他是不是哭了。

「很好。」莎蒂說，「是一隻鳥沒錯。」

「然後呢？」

「看下一張圖。」

莎蒂聽見翻頁的沙沙聲。

「我們應該一起做點什麼。」山姆說。

「拜託，山姆，幹嘛要這樣？我們會把彼此整得很慘。」

「不會。不會。不會每次都這樣。」

「不只是你的問題，還有我，還有馬克斯。而且發生過太多事了。我不知道我還算不算遊戲設計師。」

「莎蒂，這是我聽過最蠢的話。」

「謝囉。」

「完全不是事實。總之我還是要問問看。我每次都會問。如果你改變想法了就告訴我。」

娜歐米走進莎蒂的臥室，「要睡覺了！」她宣布。莎蒂發明了一個遊戲，如果娜歐米連續七個晚上比她先宣布睡覺時間到，就可以得到獎品。沒錯，這是企圖操控小孩，也是一種賄賂，但用來哄五歲孩子上床很有效。「你在跟誰講電話？」娜歐米問。

「我朋友山姆，你要跟他說哈囉嗎？」

「不要，」娜歐米說，「我又不認識他。」

「好吧，你現在跑回去房間，我馬上就會過去。」莎蒂回到電話上，「我要去哄小孩睡覺了。晚安，代達羅斯醫生。」

「晚安，馬克司小姐。」

∴

《咚奇剛》機台的重量大約是一百三十五公斤，必須裝在特製收納箱裡，箱子本身又是二十公斤左右的額外重量。從郵遞區號九〇〇二六的民宅運送到〇二一三九的大學辦公室，要收四百美金的貨運費，如果需要人把機器抬進門，會再加收服務費。

在麻州本地也許能找到更便宜的《咚奇剛》舊機台，省下一大筆運費，但這樣的機器不具備相同的記憶體。舉例來說，這裡的機器不會知道，在洛杉磯韓國城威爾夏大道上的東丰紐約風格披薩屋裡，最會玩《咚奇剛》的玩家是S.A.M.。

機器抵達劍橋區時，還是能正常運作，但高分榜已經被洗掉了。就算乍看之下沒問題，這種早期遊戲機的記憶體其實很容易出錯。就算有備用電池，或許也早就沒電了。

東賢的遊戲機高分榜現在一片空白，但莎蒂似乎還能隱約看見S.A.M.的字樣。那條分數紀錄保持了太久，彷彿已經蝕刻進螢幕裡。

4

東賢過世後不到一年，一間在紐約與巴黎有據點的遊戲公司夢想遊戲（ReveJeux）找上山姆和莎蒂，詢問製作第三部《一五》的可能性。夢想遊戲有好幾部代表作，其中最有名的是《武士法典》（*The Samurai's Code*），是一個潛行跑酷遊戲，主角是一支沒有性別的武士小隊。莎蒂和山姆都很欣賞這個遊戲，於是決定飛到紐約和他們開會。

夢想遊戲的團隊很年輕，遊戲業的人一向年輕，依莎蒂判斷，她和山姆可能比房間裡其他人大了至少五歲。她心想，沒想到這麼快就從全場最年輕變成最老的人了。

夢想遊戲說他們是《一五》的「超級粉絲」，希望保留初代遊戲的風格和感性，但加入現代最新的技術。團隊領導人是一位名叫瑪莉（Marie）的法國女人，態度誠懇，看起來才剛從大學畢業。她說起《一五》時，聲音明顯變得激動，「我一定要強調：《一五》是我最鍾愛的遊戲。我十幾歲時第一次玩，但從那時候開始，我就一直覺得一五的故事還不完整。」瑪莉說，「最主要是我想看到一五成長。」

在瑪莉的第三代《一五》提案裡，一五成了上班族，是穿著西裝擠地鐵、朝九晚五的日本人。一五有了妻子，還有個小女兒，女兒失蹤時，他必須脫去上班族的外殼，才能去尋找她，必須再次套上背號十五號的球衣，展開另一場冒險。遊戲的敘事視角會在一五和女兒之間切換。瑪莉將一五視為彼得潘，希望故事像《祕境探險》（*Uncharted*）或《風之旅人》（*Journey*）一樣充滿情緒張力，使人沉浸其中。

「有件事我必須問，」瑪莉說，「你們為什麼一直沒有再做第三代《一五》？這個遊戲實在太棒了，你們兩個也都那麼優秀。」

瑪莉的同事，一個帶著海藍色眼鏡的男人，代替他們回答，對瑪莉說，「我猜他們做其他事就忙不過來了。」仔細看之後，莎蒂覺得這個人或許和她跟山姆年紀差不多。

如果莎蒂和山姆同意讓夢想遊戲負責開發《一五》的續集，就會以監製身分參與，遊戲將由兩間公司共同掛名製作。莎蒂和山姆要擔任顧問，但大部分工作都將由夢想遊戲的團隊完成。

會議結束時，瑪莉給了他們一張高容量磁碟片，裡面是她的團隊試做的第三代《一五》關卡。她提醒他們：「這還沒完成。但我希望你們知道，如果你們願意給我這份榮幸，製作新的《一五》，我一定會把它當成自己的小孩一樣認真對待。」

在回飯店的計程車上，山姆問她，「所以……你怎麼想？要讓他們做嗎？」

「我不知道。」莎蒂說，「他們是很棒的公司。我喜歡瑪莉，也喜歡她提的內容。《一五》明年就十六週年了，我知道大家都會定期更新舊作品的版權。但是想到要讓其他人製作我們的遊戲，感覺還是很怪。」

「是很怪。」山姆同意。

「可能是我太謹慎了。搞不好會很棒啊。如果他們要做第三代，我們可以趁這個機會更新前兩代《一五》，再重新發行，接觸新的受眾。」

山姆點點頭。

「我餓死了，我們去找吃的，再一邊考慮吧。」莎蒂說。

他們已經好多年沒有彼此相伴，一開始，對話就像在應酬一樣生硬，在長長的沉默間隔裡，山姆或莎蒂拼命苦思下一個要討論的話題。

「我聽說你在做文字冒險遊戲之類的？」山姆說。

「喔，對啊。」莎蒂說，「最近在做。我遇到一個以前多弗專題課的同學，她想嘗試在美國市場推出視覺小說遊戲，問我想不想給點意見。我就想試試看也好。這種遊戲做起來很快，根本沒時間停下來想，很適合我現在做。你呢？」

「我最近在做擴增實境。做起來不容易，但總要有人試試看，如果成功了，大家就不會想再玩其他遊戲了。」

「這我不同意。」莎蒂說，「大家玩遊戲是為了角色，不是為了技術。最近有玩到什麼好玩的嗎？」

「《生化奇兵2》（*Bioshock 2*）」山姆說，「世界建構得很好，視覺還可以，就是

Unreal 引擎的那種風格。《暴雨殺機》（*Heavy Rain*）的視角轉換設計得非常棒。《時空幻境》（*Braid*）也很厲害，我玩的過程一直很嫉妒，一直希望這是我們做出來的。你玩過了嗎？」

「我有打算要玩，但現在有小孩在，沒多少時間玩遊戲。娜歐米超愛 Wii，尤其是運動遊戲，所以我們會一起玩。」

「你有照片嗎？」

莎蒂掏出手機。山姆對著螢幕點頭。

「她長得很像馬克斯。」山姆說，「也像你。」

「我把她帶去專題課，我的學生說她長得像一五。」

「以前他們也說我長得像一五。」山姆說。

「我記得，以前我聽了很火大。」

「現在我已經老了。」

「你才沒那麼老。」

「三十七了。」山姆說，「比夢想遊戲所有人都老。」

「我剛剛也在想這件事。」莎蒂說，「我是說我的年紀。」

他們走回去搭電梯，山姆說，「現在時間還不晚，我們可以一起玩《一五III》的試做關卡。」

「一定要嗎？」

「我覺得我們必須玩。這是我們欠一五的。」

莎蒂和山姆上樓，進了山姆的房間。山姆在筆電上安裝遊戲，一起玩了那個關卡，親密無間地把電腦傳來傳去，像山姆十二歲、莎蒂十一歲那時一樣。

玩完第一個關卡後，出現一個擠滿人的畫面，那些數位小人是夢想遊戲的團隊成員，還有山姆和莎蒂。

山姆蓋上筆電。「以這種完成度來說，視覺做得很精緻。音效也是。」山姆聳肩，「這些人是認真的，我覺得應該算好吧，沒什麼好抱怨的。你覺得呢？」

「我也一樣。」莎蒂想了一下，「我覺得有點無聊。但這樣說不公平，他們還沒做完，而且我們可能不是目標客群？」

「可能不是。」山姆轉身面對莎蒂，「你知道我一直在想什麼嗎？我一直在想以前第一次做《一五》的時候有多簡單。我們就像機器一樣，做這個、這個、這個、這個，還年輕，還什麼都不知道的時候，要做出受歡迎的遊戲好簡單。」

「我也覺得。」莎蒂說，「我們擁有的知識和經驗，某方面而言不一定有幫助。」

「太挫折了。」山姆笑說，「這麼辛苦到底是為了什麼？」

「一定有其他版本的我們不會選擇做遊戲。」

「那他們做什麼？」

「他們是好朋友。他們有正常生活！」莎蒂說。

山姆點點頭，「喔，我有聽說過，聽說有的人睡覺時間很規律，而且醒著的時候也不會被幻想世界折磨。」

莎蒂走向房裡的小冰箱，替自己倒了一杯水。山姆看著她的背影。這個角度的莎蒂很不真實，就像玩家一向是靠辮子認出《古墓奇兵》的蘿拉·卡芙特。

「我是不是應該試試看？」山姆說，「擁有正常生活。」

「我現在有了。」莎蒂說，「也沒那麼棒。你想喝水嗎？」

山姆點頭，「我可以問一件一直想問的事嗎？」

「什麼啊，聽起來好嚴肅。」

「你為什麼覺得我們不可能在一起？」

莎蒂坐到山姆身旁的床上。「山姆，我們一直在一起。你不可能不知道。如果要我老實說，我這個人最重要的部分就是你。」

「我說的是那種在一起，你和馬克斯和多弗的那種。」

「你怎麼會不懂？情侶很……常見。」莎蒂觀察山姆的臉，「因為我喜歡跟你一起工作，勝過想跟你做愛。因為人生中真正能一起合作的對象非常稀有。」

山姆看著自己的手，右手食指上有打遊戲多年磨出的老繭，「我以為是因為我很窮。後來我不窮了，我就想是不是因為你不覺得我有吸引力，因為我有一半亞洲血統，而且還是殘障。」

「你到底把我想得多差勁？那是你的想法，不是我。」

「嗯，大概吧。」

「我還是不累。」莎蒂說，「可能是因為不用照顧小孩太興奮了。你想去走一走嗎？」

「我想。」山姆說。

他們住的飯店在哥倫布圓環，他們往北，朝上西區走。這時是三月底，天氣還很冷，不過已經帶點春意。

「我以前跟我媽住在這裡。」山姆說。

「在我認識你之前吧。」

山姆點點頭，「對，你相信有我們不認識的這段時間存在嗎？對我來說很不可思議。我有沒有告訴過你為什麼我媽要離開紐約？」

「應該沒有。」

「有個女人從一棟大樓上跳下來，然後啪嗒一聲，落在我們腳邊。」

「她死了嗎？」

「死了。我媽想假裝她沒死，但是來不及了。我做了十年有關這個女人的惡夢。」

「你都沒告訴過我。我以為你全部的事我都知道。」

「不是全部。」山姆說，「有很多事我都藏起來沒告訴你。」

「為什麼？」

「因為我想在你面前營造出某種形象吧，我猜。」

「說起來很好笑，如果是我的學生，一定會把自己的痛苦像榮譽勛章一樣展示出來。他們這個世代什麼都不會對任何人隱藏。我的學生一直聊自己的創傷，說創傷啟發他們做的遊戲。真的，他們認為創傷是自己最值得認識的部分。我這話聽起來很像在嘲諷他們，是有一點，但不是這個意思。我是要說，他們和我們太不一樣了，真的。他們的標準更高，他們對很多性別歧視或種族歧視的問題非常不滿，而那些事我已經習慣忍受了，至少我自己是這樣。但也是因為這樣，他們變得有點，呃，沒幽默感。我討厭大家把世代差異說得很像一回事，但我現在也一樣。真是莫名其妙。我們和同個世代長大的人有多像，你知道嗎？」

「如果創傷是最值得認識的部分，他們要怎麼克服創傷？」山姆問。

「他們不克服。可能是不需要吧，我也不知道。」莎蒂想了一下，「從開始教書之後，我就一直在想我們有多幸運。我們很幸運能在這個年代出生。」

「怎麼說？」

「如果再早一點出生，做遊戲就沒這麼簡單了。取得電腦會變得更難，我們會變成用夾鏈袋裝著磁片，自己開車把遊戲送到店裡的那個世代。如果晚一點出生呢，網路和某些工具變得更普及，但老實說，遊戲也變得更複雜了，整個產業更專業化，我們就沒辦法靠自己完成這麼多事。靠我們自己的資源，沒辦法做出能賣給歐普那種公司的遊戲。我們也不會把《一五》做成日本風，因為會擔心我們不是日本人不能這樣做。我覺得，網路會讓我們發現有這麼多人都想做跟我們一樣的事。我們那時候很自由，在創意上和技術上都是。沒有人在盯著我們看，連我們自己都沒在觀察自己。我們那時候只擁有高得不可思議的標準，還有你毫無根據的自信，相信我們一定做得出好遊戲。」

「莎蒂，不管生在哪個時代，我們都會做遊戲。你知道為什麼我敢肯定嗎？」

莎蒂搖頭。

「因為代達羅斯醫生和馬克司小姐也變成遊戲設計師了。」

「她們做的是棋盤，那不一樣。而且你知道《拓荒者》裡的誰是什麼身分，這樣不算數。因為你作弊。」

「你也知道自己是什麼身分。」

「我知道，但也不知道。」莎蒂說，「不過我覺得我有某種創傷——又是這個詞——透過遊戲的過程釋放了。很難解釋。當時什麼都沒辦法讓我振作，我非常憂鬱，還有個嬰兒要照顧。就連芙烈達都受不了我。噢，我好想念她。她那時候態度是，『莎蒂寶貝，每個人都會遇到壞事。不要再這樣下去。』但是玩過《拓荒者》之後，我的狀態就沒這麼糟糕了，主要是因為我不會再覺得那麼孤單了。我好像沒有好好感謝過你。」莎蒂看著山姆，她現在依然和熟悉自己的臉一樣熟悉這張臉，「謝謝你，我的好朋友。」

他把手臂環上她肩膀。「關於你為什麼會在『第五個遊戲』揭曉之後跑來找我對質，我有個理論，你想聽嗎？」

「你馬上就會講了吧。」

「我覺得是因為你內心的設計師職業病發作，意識到可以給這個遊戲一個優雅的結局。我寫了故事的開頭和中間，你要完成結尾。」

「這只是理論。」莎蒂說，「你需要往回走了嗎？」

「不用，我很好。」山姆說，「我們再走一下吧。」

他們一路走到九十九街和阿姆斯特丹大道的路口。山姆指著一棟防火梯建在牆外的廉價公寓。「這是我和我媽以前住的地方。七樓。在一九八四年，這裡是比較落後的區域，但現在好像沒那麼糟糕了。」

「現在紐約沒有什麼落後區域了。」

莎蒂抬頭看這棟建築，想像小時候的山姆從窗內看著她。他很完美，毫無瑕疵，像她自己的女兒一樣。莎蒂現在知道山姆背負了很多創傷，但如果不是這樣，他還會對他們要求這麼嚴格嗎？沒有山姆的野心，莎蒂還會變成這樣的遊戲設計師嗎？沒有童年創傷，山姆還會擁有那些野心嗎？她不知道。作品是她的沒錯，但也是他的，是屬於他們兩人的，缺了一人就不會存在。這種套套邏輯她花了將近二十年才弄清楚。

從開始教書和當媽媽之後，她就覺得自己老了，但那個晚上，她發現自己一點都不老。如果老了，不可能還搞錯這麼多事，在還沒老之前就說自己老，也是不成熟的表現。

她的目光越過建築物，看向天空。夜空是深藍色的絲絨，月亮沉沉掛在天上，圓得不可思議。「不知道這個引擎是誰做的。」莎蒂說。

「做得很好。」山姆說，「雲隙光的效果很棒，但月亮有點太美了，比例不太對。」

「怎麼會這麼大又這麼低？也應該再加一點紋理。加一點平滑雜訊就會很不錯，看起來會粗糙一點，不然太假了。」

「可能他們就是想追求這種效果？」

「有可能。」

莎蒂回波士頓的班機比山姆回洛杉磯的班機早一小時起飛，但他們決定一起搭計程車去機場。他還有很多時間，所以一路陪她走到登機門。她看起來心事重重，是那種人要遠行之前的狀態，儘管他有些話想對她說，機場紛亂的氣氛卻不適合談話。到了登機門時，廣播已經叫到莎蒂的登機組別。

「叫到我了。」她說。

「叫到你了。」他說。

他看著她加入登機隊伍，突然想到下一次見到她也許又是好幾年後。「莎蒂，」他叫她，「我想告訴你，我覺得你應該繼續做遊戲。有沒有我都沒關係。你太厲害了，不應該放棄。」

莎蒂離開隊伍，走回山姆站的地方。

「我沒有完全放棄。是放棄了一段時間啦，但我有在試做。」她說，「如果覺得做出來不怎麼樣，就沒什麼意義。」

「我同意。不過我還是想再和你一起做遊戲，如果你有時間的話。」

「這樣好嗎？」

「可能不好吧，」山姆笑了，「可是我就是想這樣做。我不知道要怎麼讓自己打消念頭。這輩子每一次我遇到你，都會問你要不要跟我一起做遊戲。我腦袋裡有一根筋堅持這樣比較好。」

「這是不是就是瘋狂的定義？反覆做同一件事，還期待有不同的結果。」

「遊戲角色的人生也是這樣。」山姆說，「世界會無限次從頭來過，重新開始，這次可能有機會贏。而且並不是每次結果都很糟糕啊。我喜歡我們做的東西。我們是很棒的團隊。」

山姆把手伸向莎蒂，她和他握握手，把他拉向自己，親了他的臉頰。「我愛你，莎蒂。」

山姆說。

「我知道，山姆。我也愛你。」

莎蒂回到隊伍裡，又快要排到入口時，她轉頭看。「山姆，」她說，「你還有在玩遊戲吧？」她的聲音輕快，眼神充滿玩心，山姆辨認出這是一種邀請，像電玩的標題畫面一樣明顯。

「當然，」山姆迅速回答，有點過於急切，「你知道我有在玩。」

她拉開筆電包外側口袋的拉鍊，拿出一個小型硬碟，越過分隔他們的圍欄，把硬碟塞進他手裡。「那你有空幫我看看這個。我才剛開始做，不怎麼樣。現在還不怎麼樣。你可能知道要怎麼改進？」

莎蒂拉上拉鍊，把登機證交給門邊的空服員。

「怎麼聯絡你最好？」山姆問。

「寄簡訊。或是電子郵件。你如果來劍橋區，也可以到辦公室找我。我每星期二和五下午兩點到四點都在辦公室。」

「沒問題。」山姆說，「從洛杉磯飛過去只要六個小時，比從威尼斯區到回聲公園還快。」

「如果你來，我辦公室有《咚奇剛》遊戲機可以玩。老朋友不收錢。」

山姆目送莎蒂消失在通道裡，他低頭看手裡的硬碟：遊戲名叫《魯多・瑟圖斯》（*Ludo Sextus*），「第六個遊戲」，字是莎蒂手寫的，他到哪都認得出她的筆跡。

後記與謝辭

沒有什麼祕密高速公路，至少就我所知沒有。但如果你搭共乘車時遇到對的司機，或是跟住在洛杉磯很久的人出去玩，就可能聽到有關這種高速公路的故事。

我和山姆一樣，曾經住在一棟山上的房子，就在快樂腳傷心腳廣告看板上方。快樂腳傷心腳看板在二〇一九年被撤掉了，但是我聽說在銀湖區某處的紀念品店還能找到它的蹤跡。至於城市另一邊的芭蕾小丑，創作者是強納森・博羅夫斯基（Jonathan Borofsky），幾年前修復完畢，現在每天有幾個小時會踢腳，但我還沒有親眼見過。

新英格蘭糖果糕點工廠很多年前就不在劍橋區了，但那裡的水塔還是漆成糖果色。就我所知，哈佛廣場地鐵站從來沒出現過雀莉・史密斯（Cheri Smith）和湯姆・巴切（Tom Baccei）那套魔術眼系列圖書的聖誕促銷廣告。另外，多年來我一直覺得魔術眼圖畫對我沒效，但現在我看得出來了。

莎蒂說大腦會創造出死去親友的人工智能版本那一段，提到一本有關意識的書，書名是《*I Am a Strange Loop*》，作者是道格・霍夫斯泰特（Doug Hofstedter）。這是漢斯・卡諾薩（Hans

Canosa）推薦我參考的資料。

有關馬克白對班柯的空椅子丟餐包的演出細節，來自皇家莎士比亞劇團二〇一八年製作的《馬克白》，由波莉・芬德利（Polly Findlay）執導，克里斯多福・艾克斯頓（Christopher Eccleston）擔綱飾演馬克白。

在友誼鎮裡出現的「馴馬人」戲段取自阿爾弗雷德・約翰・邱奇（Alfred John Church）一八九五年的《伊利亞德》英譯本。

雖然我父母都在電腦產業工作，我自己也從小開始就是遊戲玩家，以下這些參考資料對我了解一九九〇與二〇〇〇年代的電玩文化與設計師還是很有幫助：《*Blood, Sweat, and Pixels: The Triumphant Turbulent Stories Behind How Video Games Are Made*》，傑森・施賴爾（Jason Schreier）著；《*Masters of Doom: How Two Guys Created an Empire and Transformed Pop Culture*》，大衛・庫許納（David Kushner）著；《黑客列傳：電腦革命俠客誌》（*Hackers: Heroes of the Computer Revolution*）（主要是介紹雪樂山的章節），史蒂芬・列維（Steven Levy）著；《*A Mind Forever Voyaging: A History of Storytelling in Video Games*》，迪倫・霍姆斯（Dylan Holmes）著；《*Extra Lives: Why Video Games Matter*》，湯姆・比塞爾（Tom Bissell）著；《*All Your Base Are Belong to Us: How Fifty Years of Video Games Conquered Pop Culture*》，哈羅德・戈德堡（Harold Goldberg）著。另外還有紀錄片：《獨立遊戲時代》（*Indie

Game: The Movie），傑姆斯・史渥斯基（James Swirsky）與里杉・帕約特（Lisane Pajot）執導；以及《GTFO》，雪儂・孫希金森（Shannon Sun-Higginson）執導。我在這本書完稿之後才讀了朋塔薇・舒威萊（Bounthavy Suvilay）的《*Indie Games*》，很美的一本書，推薦給想了解遊戲多麼具有藝術性的人。

「你因痢疾而死」這句話在迷因界佔有一席之地，但其實從未出現在一九八五年的第一版《奧勒岡小徑》，也就是山姆和莎蒂玩的那一版，同時也是我小時候玩的那一版。他們（和我）在一九八〇年代會看到的是「你得了痢疾」，如果沒有痊癒，接下來就會看到「你死了」。關於這項細節，和其他有關《奧勒岡小徑》的故事，可參考《*You Have Died of Dysentery: The creation of The Oregon Trail – the iconic educational game of the 1980s*》，作者菲利普・布沙爾（R. Philip Bouchard）是一九八五年版遊戲的首席設計師。在此我也想列出啟發《拓荒者》的眾多遊戲，包括《奧勒岡小徑》，由唐・拉維奇（Don Rawitsch）、比爾・海涅曼（Bill Heinemann）、保羅・狄倫伯格（Paul Dillenberger）開發；《星露谷物語》（*Stardew Valley*），艾瑞克・巴羅內（Eric Barone）設計；《動物森友會》，江口勝也、野上恆、宮本茂、手塚卓志設計；《牧場物語》，和田康宏設計；《模擬市民》，威爾・萊特（Will Wright）作品；《無盡的任務》，布拉德・麥奎德（Brad McQuaid）、約翰・斯梅德利（John Smedley）、比爾・卓斯特（Bill Trost）、史帝夫・克羅佛（Steve Clover）設計。以上我盡量列出遊戲設計師的名字，但讀完這本書的讀者想必能理解，如果不是身在現場，很難確認哪個遊戲或遊戲元素是誰的功勞。唯一可以確定的是，我這一生殺過不少虛擬野牛，也整過不少虛擬土地，清除過很多像素石頭。

多弗不可能在一九九六年一月收到《潛龍諜影》的測試版，莎蒂也不可能在一九八八年八月玩到《國王密使IV：羅賽拉的冒險》（*King's Quest IV: The Perils of Rosella*）。在這本書裡，我會選擇最適合故事進展的遊戲，有時日期上會有所出入。舉例來說，《國王密使IV》是那個時代少數幾個率先用女性當主角的遊戲，也成為我最初熱愛的遊戲之一。補充說明一下，咚奇剛直到一九九四年的《超級咚奇剛》才開始戴領帶，儘管莎蒂對那條領帶設計的觀察暗示了不同的情況。

《明日，明日，又明日》是一本關於工作的小說，我如果沒有好好謝謝同事，就太不負責任了。他們的想法、專業能力、提問、觀察、激將、鼓勵、玩笑話、信件、電話、視訊會議、簡訊、投影片簡報，以及偶爾為我導正方向，都讓這本書變得更好。特別感謝我美國的編輯珍妮·傑克森（Jenny Jackson），我的文學經紀人道格拉斯·史都華（Douglas Stewart）。另外還要謝謝史都華·傑瓦格（Stuart Gelwarg）、達娜·史派特（Dana Spector）、貝琪·哈狄（Becky Hardie）、蘿拉·亨奇柏格（Lara Hinchberger）、布萊德利·嘉瑞特（Bradley Garrett）、丹妮兒·布考斯基（Danielle Bukowski）、希爾維亞·莫爾納（Szilvia Molnar）、瑪麗亞·貝爾（Maria

Bell）、卡斯比安・丹尼斯（Caspian Dennis）、妮可・溫史坦利（Nicole Winstanley）、芮根・亞瑟（Reagan Arthur）、瑪莉絲・戴爾（Maris Dyer）、路易絲・柯拉佐（Louise Collazo）、諾拉・理查德（Nora Reichard）、卡翠娜・諾森（Katrina Northern）、艾蜜莉・瑞爾登（Emily Reardon）、金瑟拉・曼寧（Kelsey Manning）、提艾拉・夏曼（Tiara Sharma）、艾蜜莉・莫菲（Emily Murphy）、艾琳・哈特曼（Erinn Hartman）、陶德・道提（Todd Doughty）、維多利亞・莫瑞布朗（Victoria Murray-Browne）、安娜・瑞德曼・艾偉德（Anna Redman Aylward）、朱莉安・卡藍西（Julianne Clancy）、威克・戈弗雷（Wyck Godfrey）、艾薩克・克勞斯納（Isaac Klausner）、阿薇塔・西格爾（Avital Siegel）、布萊恩・吳（Bryan Oh）、達莉亞・瑟賽克（Daria Cercek）、艾莉・沃克（Ellie Walker）、凱西・波里斯（Kathy・Pories）、塔雅莉・瓊斯（Tayari Jones）、瑞貝卡・瑟爾（Rebecca Serle）、珍妮佛・沃爾夫（Jennifer Wolfe）。

《明日，明日，又明日》也是關於愛的小說，謝謝漢斯・卡諾薩，我最愛的人類，雖然他很沒遊戲風度，但還是我最愛的遊戲夥伴。我每次都會感謝父母，有何不可？我爸媽這麼棒。他們的大名是理查・麗文（Richard Zevin）和愛蘭・麗文（AeRan Zevin）。

我的書可以用狗來紀年。《明日，明日，又明日》始於艾迪（Edie）和法蘭克（Frank）時代，完成於莉亞（Leia）和法蘭克時代。他們都是好狗狗。

國家圖書館出版品預行編目資料

明日，明日，又明日 / 嘉布莉.麗文(Gabrielle Zevin)著 ; 方慈安譯. -- 二版. -- 臺北市 : 商周出版, 城邦文化事業股份有限公司出版 : 英屬蓋曼群島商家庭傳媒股份有限公司城邦分公司發行, 2025.05

面 ;　　公分

譯自 : TOMORROW, AND TOMORROW, AND TOMORROW

ISBN　978-626-390-473-6（精裝）

874.57　　　　114001950

明日，明日，又明日（精裝版）

作　　者／嘉布莉・麗文（Gabrielle Zevin）
譯　　者／方慈安
責任編輯／程鳳儀、王拂嫣

版　　權／林易萱、吳亭儀
行銷業務／林秀津、周佑潔、吳淑華、林詩富
總 編 輯／程鳳儀
總 經 理／彭之琬
事業群總經理／黃淑貞
發 行 人／何飛鵬

法律顧問／元禾法律事務所 王子文律師
出　　版／商周出版
城邦文化事業股份有限公司
台北市南港區昆陽街 16 號 4 樓
電話：(02) 2500-7008 傳真：(02) 2500-7759
E-mail：bwp.service@cite.com.tw

發　　行／英屬蓋曼群島商家庭傳媒股份有限公司城邦分公司
聯絡地址／台北市南港區昆陽街 16 號 8 樓
書虫客服服務專線：(02) 25007718・(02) 25007719
24 小時傳真服務：(02) 25001990・(02) 25001991
服務時間：週一至週五 09:30-12:00・13:30-17:00
郵撥帳號：19863813　　戶名：書虫股份有限公司
讀者服務信箱 E-mail：service@readingclub.com.tw
城邦讀書花園 www.cite.com.tw

香港發行所／城邦（香港）出版集團有限公司
香港九龍土瓜灣土瓜灣道 86 號順聯工業大廈 6 樓 A 室
電話：(852) 25086231　　傳真：(852) 25789337
E-mail：hkcite@biznetvigator.com

馬新發行所／城邦（馬新）出版集團【Cite (M) Sdn. Bhd】
41, Jalan Radin Anum, Bandar Baru Sri Petaling,
57000 Kuala Lumpur, Malaysia
電話：(603)90563833　　傳真：(603)90576622
E-mail：services@cite.my

封面設計／王志弘設計工作室
電腦排版／唯翔工作室
印　　刷／韋懋實業有限公司
總 經 銷／聯合發行股份有限公司　電話：(02)2917-8022　傳真：(02)2911-0053
地址：新北市 231 新店區寶橋路 235 巷 6 弄 6 號 2 樓

■ 2023 年 6 月 1 日
■ 2025 年 5 月 1 日二版

Printed in Taiwan

定價／699 元

城邦讀書花園
www.cite.com.tw

ISBN　978-626-390-473-6